夜行记

蒋怨 著

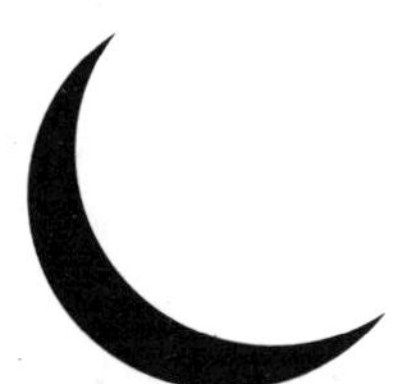

天津出版传媒集团
天津人民出版社

图书在版编目（CIP）数据

夜行记 / 蒋恕著 . -- 天津 : 天津人民出版社，
2018.7（2018.11 重印）
ISBN 978-7-201-13572-4

Ⅰ . ①夜… Ⅱ . ①蒋… Ⅲ . ①中篇小说—中国—当代
Ⅳ . ① I247.5

中国版本图书馆 CIP 数据核字（2018）第 133846号

夜行记
YE XING JI
蒋恕 著

出　　版　天津人民出版社
出 版 人　黄　沛
地　　址　天津市和平区西康路 35 号康岳大厦
邮政编码　300051
邮购电话　（022）23332469
网　　址　http://www.tjrmcbs.com
电子信箱　tjrmcbs@126.com

出 品 人　柯利明　吴　铭
总 策 划　张应娜
责任编辑　玮丽斯
特约策划　大　茶
版式设计　张志浩
封面设计　末末美书
封面绘图　OG

制版印刷　三河市文通印刷包装有限公司
经　　销　新华书店
开　　本　710 × 1000 毫米　1/16
印　　张　25
字　　数　310千字
版次印次　2018 年 7 月第 1 版　2018 年 11 月第 2 次印刷
定　　价　45.00 元

目录

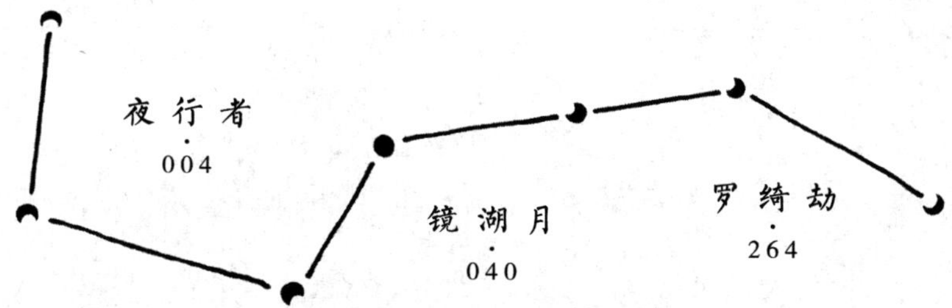

夜行者

是啊，夜还长着呢，属于他们自己的时间也只有这一个个漫漫长夜，因为每一个拂晓的第一抹阳光，会把他们带到一个个完全不同又完全陌生的时空，他们是这些时空里不期而来的访客，不知被什么人所邀请，抑或被什么力量所牵引……

公元一千年，大宋咸平年间。

茫茫无尽的星夜之下，古道婆娑，三人衣衫褴褛，行色匆匆。为首的是一个形容清癯、精神矍铄的老头子；中间一个像熊像猫又像猪的动物，一瘸一拐地走着，背着一只背篓，背篓里并没有多少行囊，一个不起眼的花樽占了大部分空间；走在最后的是一个年轻男子，消瘦的身子裹在破烂的衣衫里，仍掩不住他出众的姿容。

年轻男子有个奇怪的名字，叫作“不哭”，他并不清楚自己究竟为什么会有这么个名字，常常愧赧地想，也许小时候太爱哭闹了，师父总是“不哭不哭”地哄他，最后便得了这么个名字。

让人惊骇的是，月光虽然只照出了三条人影，可这条古道上，却不止这三个夜行者。在他们身后，影影绰绰的影子数也数不清，似人非人，似鬼非鬼，有的爪牙相向，有的媚眼纷飞，和三人保持着一定的距离，不愿接近，也不能走远。

不哭闭着眼睛，两条腿机械地移动着，若非那张俊俏的脸充满了生机，简直像夜幕下行走的僵尸。

他的确睡着了，不仅睡着了，还做着梦。一千年来，他反反复复做的梦，无外乎那几个，今夜这一个，比起那几个，简直可以算是美梦了。

不哭梦到自己像个胎儿一样，蜷缩在那个熟悉的、让他觉得安全的地方，他不确定那是不是母亲温暖的子宫，因为听不到丝毫来自母亲的声音，倒是有个老翁反反复复念着十六个字：十方世界，不隔此端，十世古今，不离此意……

这老翁不是师父，比师父的声音还要凝厚些。这个声音除了在梦里反反复复听了不知多少次，现实里却从来没有听到过——虽然不哭一直没弄清，到底什么才是现实，是每场风雨无阻的夜行，还是每个不知道被带到哪朝哪代、何年何处的白天？

十方世界，不隔此端，十世古今，不离此意……

胎儿一样的不哭在这反反复复的吟诵中自由地、随机地向不同方向伸出小手，每一次似乎都能触到不同的世界，盛世的河清海晏，乱世的残垣断壁，市井的青旗沽酒，山间的树高苔滑。他看不真切，隐隐约约地，似乎看到了一个朱门绣户的大宅院，还有一座尘封千年的古城，小手再伸出去，眼前又换成了熏笼清漏的后宫。

看来，接下来要到的几个地方，应该都不算太坏，起码不像有那么几次，竟到了真的会析骸而爨、易子而食的人间地狱。

第一次做这个梦的时候，不哭并不晓得，他影影绰绰看到的那些场景，将是接下来的某个白天，他们被带去的一个时空，他常常想，到底是他选择了那些时空，还是那些时空选择了他们？如果他的小手伸向了其他方向，是不是他们就会被带到其他时空？

他也不晓得，那十六个字是什么意思，直到某一天，他们到了一个叫“大唐”的朝代，不哭无意间看到李通玄注疏《华严经》的一句名偈——“十世古今，始终不离于当念；无边刹境，自他不隔于毫端”，而后就……变得更加迷惑了。随着师父一路夜行，见多了那些比梦境还要奇异的白昼，不哭忽然意识到，这十六个字说的好像就是他们。小玉背篓里那株不起眼的小草，竟然以一种谁也无法想象的奇异方式把十方世界十世古今勾连成一张大网，他们师徒三个，便可以在这张大网中跳来跳去，从这个点倏忽跳到那个点——就像一只羚羊，可以在东南西北无限广袤的草原上奔跑，比羚羊更自由的是雄鹰，除了东南西北两个维度，它还不受高下的限制，在三维空间里尽情翱翔。而不哭三人，显然是在更高的维度上穿梭。

这个高维，难道就是梦中的胎儿不哭所在的那方小小的空间？

不哭从来没有试图在梦里寻找过答案，他知道，时间差不多了，该醒来了，再不醒来，接着的该是那场可怕的噩梦了，醒啊，醒啊，快醒来啊！不哭挣扎着想要摆脱梦魇，眼睛却怎么也睁不开……

果然，锋利的刀刃越来越近，那个看不清面容的凄绝的女人“又一次”用刀尖割开了自己的身体，不哭“又一次”阻止不及，“又一次”震惊地发现，那女人的身体其实早已经被割裂了，而割裂她的人，恰恰是这个小小的胎儿不哭……

不哭的嘴被人扯到了耳朵边，终于痛得睁开了眼睛，看到了那对大大的八字黑眼圈。

太好了！醒了！可算是醒了！

那个背着背篓的矮胖毛熊使劲儿捯着那对长短不一的小短腿，加快脚步，一边走一边歪着头，一脸探究地看着不哭的脸：“笑得这么厉害，又做噩梦了？”不哭揉了揉生疼的脸蛋，感激地点点头：“谢谢你叫醒我，小玉。”

不哭语气带笑，却顶着一张不折不扣的大哭脸，宋小玉虽说是看惯了，心里却也别扭，伸出爪子——一只毛茸茸的爪子——拍在不哭脸上。

“求求你，别笑。”宋小玉一边走，一边用爪子顺了顺自己身上被夜风吹起的皮毛，自觉重新玉树临风了之后，才又与不哭抱怨。小玉一脸的情绪，“凭什么我这‘行眠功夫’就总练不好？凭什么你就能一边走一边睡还一边做梦？凭什么！”小玉一边说，一边揉着咕噜作响的肚子，“睡着了赶夜路，也许就感觉不到这么饿了。”

不哭心里想，睡得这样辛苦还不如不睡的好。和以往很多次梦醒后一样，他使劲儿回忆梦中人的样子，却发现一丝一毫都忆不起来了。不哭望着云层后依稀的月亮，想着梦中的美人脸，最终浮现的只是上回遇到的那位异族公主的脸庞和她脸上挂着的两行伤别的泪水。

“老爹实在是太过分了！他活了那么久，肯定知道当初的三界大战是怎么回事，咱们跟着他常年赶夜路，就当是给我讲个故事解闷嘛！可他一个字都不说！没意思！”

相比小玉旺盛的求知欲，不哭对此事的兴趣极为有限——三界大战，听起来就是死伤无数、血流成河，想想都让人觉得不忍——他垮着脸道：“再大的事也是千年前的事情了，妖王已不复存在，神仙统领三界，总算天下太平，不是很好吗？”

听他这么说，宋小玉忍不住翻了个白眼。“你连一丁点的好奇心都没有吗？”他捏着自己的小指尖，“一丁点都没有？你就不想知道槿斗妖王那么大的能耐，他是被谁降服的？还有那个带着预言的妖种……预言是什么？最要紧的，那妖种真的死了吗？会不会……”

不哭本对这事没有兴趣，此时却被宋小玉越来越低沉的语气吸引，心也不觉间跟着提了起来：“会不会……什么？”

“会不会……”宋小玉四处瞄了一眼，示意不哭俯耳过来，挨在他耳边极为严肃地说，“会不会那妖种根本没死？会不会我就是那个妖种？”

“啊！”不哭惊得弹起来，“你！”

“嘘……”宋小玉胖胖的爪子竖在嘴前，满意地看着不哭极为震惊的模样，再次向他招了招手，待他重新低下头，宋小玉再一次贴近他的耳边道，“你说我会是个什么妖？”

不哭想了想，还真不知道，宋小玉是什么妖、他们为什么要夜行，以及师父为什么不喜欢他，并列为不哭心中三大不解之谜。

“可能是黑白熊妖吧？”不哭说出了自己慎重猜测后的结果。

小玉的身材像熊，但又看不出熊的凶悍，肚皮白白的，四肢黑黑的，肉乎乎的脸上长着一对绝无仅有的黑眼圈，眼睛跟绿豆一样圆，鼻子又有点像猪……不哭活了这么久，熊妖也见过不少，黑熊妖白熊妖棕熊妖……但他们跟小玉都不一样。

“哼！”宋小玉一甩头，脸上的毛发在夜风中颤颤巍巍的，“绝无仅有的妖！这就是我的特别之处！你看，连我的腿和你们都不一样！不管天上地下，什么动物的左右两腿都是对称的，只有我不一样！”

不哭看着一瘸一拐的宋小玉分外自豪地说出这话，忽然有些心酸，又露出不合时宜的微笑。

“你……你这是做什么？嫉妒我吧？嫉妒是徒劳的，别难过了！你也不是很差！”宋小玉眼里充满同情，安慰着不哭。

不哭赶紧收了自己的笑脸，挠了挠头：“可是……这也不能说明你是妖王之子啊……”

宋小玉白了不哭一眼：“你再想想，我们跟着老爹天天走夜路，走了多少年了？”

不哭看了看前方的高大身影，心中默默算了算，摇头道：“我也忘了，总有几百年了吧。”

几百年，他们昼伏夜行，日日如此，师父没有说过他们的目的地是哪里，也没说过走到哪日是个尽头，更没说过他们为什么要如此日复一日地披星戴月，师父不说，不哭也不敢问，倒是小玉问过几次，却也没有得到什么有用的答案。

天命如此。

想着师父给出的不算答案的答案，不哭能做的只是跟在师父高大的身影后，无穷无尽地走下去。

他们是妖吗？这是萦绕在不哭心头最大的疑问，若不是，他们为何能存在这么长久的时间？可若是，他们三人明明只有小玉带有明显的妖族特征，他和师父怎么看都更像人类。不过……也有可能……或许……大概……师父也是一只妖，是一只多年来从未露过本相、得了大道的妖幻化成人，否则他为何让小玉喊他作“老爹”，却只让自己唤作“师父”呢？这当中定然有他的道理……

“一千年！自我有记忆以来，我们已走了整整一千年！”宋小玉突来的话语打断了不哭的思绪，他双爪互击，神色间是难掩的激动，“你想想，三界大战是什么时候？一千年前！而你我差不多就是那个时候出生的！三界大战，多么大的场面！以老爹活的年头肯定是见识过的，可这么多年老爹对三界大战一事只字不提，你不觉得有点奇怪？他不仅不提，连我问上一句都要大发雷霆，是不是又有些古怪？不哭，这么跟你说吧，不仅我有可能是妖王之子，连你都有可能是！”

“啊！”不哭吓得再次弹了一下，而后双手连摆，“我可不要，我可不要！”

“瞧瞧你那没出息的样子！”宋小玉恨铁不成钢地踹了他一脚，“我只是说有这个可能……”他想了想，又看了看不哭俊美得过分的脸庞，摇头道：“不过你长得太平凡了一点，又没有丝毫妖的特征，更没有我这样的特别之处，应该不是。”

不哭这才长长地松了口气，小玉总是这样，一本正经、一脸无辜地说出一些骇人听闻的言论。纵然师父不说，可这么多年从各路听说的当年一役，莫不是妖王罪恶滔天，杀人无数，最终被一众大罗金仙全力合诛，天地才得以安宁，这样一个罪大恶极的人，定然被师父深深厌恶，所以哪怕只是猜测，不哭也不想与之有上半点的牵扯。

宋小玉觉得无趣，不再和不哭说话，一瘸一拐地走到前面，夜风袭来，吹起他的头发，格外添了几分得意，宋小玉挺胸抬头，神情像个统率一方的霸主。

“那……”虽然不哭觉得小玉说的事情欠缺了一些证据，可关于师父的部分又真的非常奇怪，不哭犹犹豫豫地问道，“小玉，你真的是妖王之子吗？”

宋小玉微微眯眼，深深地吸了口气。“有可能，我只是说有这个可能。不哭……”小玉的语气突然凝重起来，他看着空中的皎皎明月，眼露光芒，“如果我是妖王之子，那么将来，我便是新的妖王，将再次统领妖界！”

不哭的眼睛瞪得溜圆，像是被小玉的话吓到了，许久，他抚着心口说：“小玉，如果你有一天做了新妖王，可千万记得积德行善，不要再像之前的妖王一样涂炭生灵了。”妖王身为一界之主，做的却是那无耻下作的勾当，最后落了个人人得而诛之的结局，没有得到任何人的同情怜悯，就连不哭见过的一些小妖怪，偶然提到当初的妖王都丝毫没有自豪崇拜的模样，说得最多的反而是那带着神秘预言的妖种，又说那妖种经过千年沉寂即将现世，届时将领导群妖反攻仙界——也就是从听说了这个传闻开始，小玉变得神神秘秘的，每天掰着胖爪子数自己到底有没有活够一千年。

听了不哭的话，宋小玉连连点头：“会的，不哭你放心，如果我做了妖王，就带你一起去妖界，封你做大妖将。”

不哭十分开心，尽管他并不想离开师父去什么妖界，但还是十分开心小玉惦记他，所以心中对妖王和妖种的一些猜测也没有说出来，任由小玉想得高兴，又从褡裢里掏出一个酥饼递给小玉。

小玉正饿着，夺过来三口两口就吃光了。

不哭在一旁提醒：“小玉，我觉得你要注意一下形象，毕竟是要做妖王的人……吃饼吃得沾了一脸的饼屑，这样好吗？”

宋小玉一边抹嘴一边点头：“你这个意见提得十分中肯……还有吗？”

不哭摸了摸褡裢：“还有一个，是给师父的。”

宋小玉拍着肚皮教训他：“下次再有什么公主小姐送你吃的，一定多收几个，最好再收些金银珠宝，给咱们做盘缠也好。”

不哭的脸一下子红了起来：“收了吃的已经很不好意思，怎么还能要金银？”一路走来，他常常能收到一些礼物，这几个酥饼便是昨日途经那国的公主所赠，据说还是那从不下厨的公主亲手所制，不哭自是开心收到礼物，却不明白公主为何哭得那样伤心。

“我去送饼给师父。”

宋小玉连忙叫住他，“鬼脸仔！”他爪子直往脸上比画，“别露小哭脸，老爹不喜欢。”

不哭一愣，脸上哭丧的神情瞬间化为一抹轻浅的笑容，眼中却又多了两分落寞，他朝小玉点点头，转身去追师父。

师父不喜欢他。

不哭比谁都知道这个事实，尤其是在队伍里只有三个人的情况下，不哭更能感觉到师父对自己和小玉的不同，他自认比小玉更乖巧听话，却很难得到师父的一个笑脸，分析多年，他觉得极有可能就是因为自己这个哭笑不分的怪毛病——不哭再次揉了揉脸，让脸上的笑容也落了一些，这才追上师父，将酥饼给他。

师父停下了步伐，转过身来，露出一张满是沧桑的面容，略显颓废的脸庞上依稀见得到年轻时的俊朗模样，一双眼睛不知沉淀了多少岁月，仿佛看透了世间的一切，又仿佛对一切都不在意，沉稳而睿智，坚定中却又带着丝丝疲惫。明明看起来不过四五十岁，给人的感觉却像已活了成千上万年一般。师父腰里长年别着一根生了锈的黑色铁皮长笛，于是得了个绰号：“黑铁皮”。

黑铁皮目光炯炯地望着不哭，又看看不哭手里的酥饼。

不哭用绣帕托着酥饼，恭敬地递到黑铁皮面前。黑铁皮刚想接过酥饼，余光瞟了眼那方精致的异域绣帕，一丝不快在脸上一闪而过。果然，和那个人一样，从羞怯婉转的小家碧玉，到风情万种的异族公主，这一路走来，遇到各种各样的女子，几乎没有哪个女人不对他心心念念，痴恋缱绻。

黑铁皮冷冷地看着不哭，月光从侧面洒向年轻人那饱满的额头和高耸的鼻梁，又在他消瘦的脸颊上投下淡淡的阴影，黑铁皮最识得这只鼻子，和那个人一模一样的、秀挺的鼻子。

一腔邪火掠过心底，黑铁皮夺过酥饼，一分为二，只给小玉和自己，再不看不哭一眼。

不哭虽然不知究竟，只晓得一定是自己做错了事，低下头，听着小玉狼吞虎咽的声音，咽了咽口水。

黑铁皮嚼了两口酥饼，忽然回过头，盯着不哭的眼睛，似乎想以目光从不哭的眼睛里挖出点什么来。不哭英挺的鼻子和那对春山剑眉最让黑铁皮触目惊心，可那双眼睛却不同，温润静谧，无波无澜。良久，黑铁皮把手里的酥饼递给不哭，冷冷地说："吃吧，夜还长着呢。"

是啊，夜还长着呢，属于他们自己的时间也只有这一个个漫漫长夜，因为每一个拂晓的第一抹阳光，会把他们带到一个个完全不同又完全陌生的时空，他们是这些时空里不期而来的访客，不知被什么人所邀请，抑或被什么力量所牵引……所以，他们只能紧紧把握一个个漫漫长夜，不能停歇地赶往那杳杳落落的目的地。

虽然师父的语气极为冷淡，却足以让不哭万分欣喜，他小心地捧着半块酥饼咬了一口，眉毛不受控制地耷拉下去，眼中已蕴了水光，只是师父似乎很厌烦见他如此，十分不耐烦地转过身去，冷声道："若再让我听到你与小玉说那些不着边际的妖言传闻，定然严惩！"

不哭张了张嘴，嘴里的酥饼还没有咽下去，黑铁皮已回头高喊一声："小玉！"

小玉连滚带爬地跑过来，挨在黑铁皮腿边撒娇："老爹，我好累。"小玉一屁股坐在地上，他祈祷太阳赶快探出东山，哪怕这一次的斗转星移，再把他们带到那个无垠的大漠国度，甚至再惨一点，荒芜的孤岛、危险的丛林、惨烈的战场，也都无所谓了，只要能停下来歇歇脚。

"那就休息吧。"黑铁皮摸了摸小玉毛茸茸的头顶，四处眺望一下，指了指不远处一点忽明忽暗的灯火，猜测那大约是座寺庙。

小玉欢呼一声直朝远处那小庙奔去，黑铁皮摇了摇头，似乎对小玉十分无奈，继而大步跟上，留下不哭站在原地，手里捧着半块饼，看着两人的背影，原本哭丧的一张脸渐渐地又被笑意取代。

不哭想说刚刚那些传闻都是小玉说与他听的，未来妖王之说更是小玉的猜测，与他没有半点关系，他还劝小玉不要好奇这些来着……他想说，他并没有与小玉说什么不着边际的妖言传闻。

也……不要紧吧……那是小玉啊，不哭深深地吸了口气，那是小玉，无论什么时候都无比关心惦记不哭的小玉，师父袒护他一点是应该的；自己替他背一背黑锅也是应该的。

不哭摸摸嘴角，果然摸到上翘的弧度，他像以往那样使劲儿地揉脸，可唇边的弧度不减反深，他不用看也知道自己笑嘻嘻的样子有多么讨厌，怪不得……怪不得师父不喜欢他。

前方传来宋小玉嬉闹的声音，不哭抬眼望去，见宋小玉正缠着黑铁皮说话，黑铁皮素来喜怒无常，可对小玉却是鲜少冷脸，虽做不到有求必应，却也纵着小玉做任何想做的事情，但对自己……感觉到夜风拂过，不哭打了个哆嗦，他默默地收好没有吃完的半块饼，又摸了摸嘴角，确定自己没再笑了，这才抛开心头杂念，朝他们追去。

果然是座寺庙，可惜是座废弃的破庙，小玉也顾不得那么多了，径直奔过去，看到残破的佛像脚下有一堆稻草，便一头扎下去，须臾之间，响起了呼噜声。

一缕青烟从小玉身后的背篓里钻出来，围绕在小玉身边，聚聚散散地，似乎想将小玉包裹起来，不哭听见师父轻哼了一声，那轻烟抖动一阵，慢慢又缩回背篓里。

不哭转过头，果然见师父已将从不离身的铁笛拿在手中，这铁笛是仙家法宝，于收妖有莫大的功用，他知道那化为青烟的妖是怕这东西的，也因为师父手里有这支黑色铁皮长笛，那些妖精就给师父取了“黑铁皮”这个外号。

不哭十分羡慕地看着小玉用他的猪鼻子打呼噜，摸了摸自己挺直的鼻梁，他突然很想跟小玉换一换，换样貌、换身材……最好什么都换了，最好他变成小玉，得师父拉一拉手、摸一摸头……想到这里，不哭脸上一红，觉得自己实在是不应该，都这么大了，怎么还像小孩子一样争宠吃醋？

感觉到黑铁皮的呼吸也渐渐平稳下来，不哭尽量将动作放轻，先关了庙门，而后才坐到他身边去，无意识地打量着所处的庙宇。

这还真的是一座……很破的庙。忽然……

“啊！”不哭突地站起来，十分紧张地看了看合着眼睛的黑铁皮，见他没有半点动作，显然还是睡着，这才悄悄舒了口气。

黑铁皮也找了个角落，入定静坐。不哭环视着这里，暗牖蛛网，空梁燕泥，看来已经破败多年，忽地，他的目光被靠近窗牖的那处房梁牢牢吸引，再也不能移开——

一个十八九岁的女子俏皮地坐在高高的横梁上，侧脸对着不哭，只这半张脸，足见芳容绝色。她用自己的秀发作笔，蘸着颜料，勾画着一件圆圆的陶器，非常入情，恣意荡着修长白皙的双腿，黑色的罗裙随着双腿的摆动上下飘拂。

罗裙料子轻薄，女子浑身的凝脂冰肌隐约可见，不哭的脸登时红了，眼睛却不听使唤地定定盯着，这才看清，这“罗裙”根本不是什么寻常衣衫，而是以黑烟织就，再随意地裹在身上，也就是说……这女子根本什么都没有穿！

如此看来，这也定是个异类了。

不哭从小就跟在黑铁皮身边收妖除妖，大妖不知捉了多少，小妖更是除了无数，黑铁皮手段非凡，有些小妖对上他不消一个回合便灰飞烟灭，黑铁皮常说“妖非善类”，可不哭总是觉得，那些草木妖、兔鼠精只是趁夜里吸收天地精华修炼自己，一不害人，二不有违天道，为何一定要除？但这话他不能说，一旦说了，黑铁皮不仅不会听他的，对那些小妖下手更是无情，甚至问都不问一句便将之置于死地，于是不哭只能用一些自以为是的小手段，比如现在，他悄悄走到黑铁皮身边，找到一个角度站定。黑铁皮坐着，他站着，这样一来，恰好能挡住黑铁皮看到这女妖的视线。

不哭只能眼巴巴看着小玉和黑铁皮一横一竖，大鼾小憩，自己却再不敢睡，于是忍不住再去看这女妖一眼，这一眼不禁让他大惊失色——从这个角度，他才清楚看到，这女妖手里摩挲勾画的，哪里是什么圆圆的陶器，分明是一颗头骨！人的头骨！

不哭从惊到怒，他原是看这小妖灵秀可爱才心生恻隐，以为她与那些草木精一样无辜无害，谁料却是个吃人害命的大魔头！想到自己不顾旅途疲累竟在掩护一个吃人的妖怪，不哭的气就不打一处来，他气哼哼地坐下，将那小妖完全暴露在黑铁皮的视野之内，要不是黑铁皮休息的时候最讨厌有人打扰，他都想叫醒黑铁皮，收了这妖！

可屁股还没坐热，不哭又唰地站了起来，原来，坐下的时候，脚尖触到了一个硬物，定睛一看，那是一块墓碑，碑上刻着“牧野孝廉柳郎克让之墓”，旁边还有一件白玉冥器，看来是墓中人的陪葬之物。不哭这才明白，女妖并未害人，她手里的人头骨是盗墓得来。

虽然盗坟挖墓也不是什么光彩的事儿，但至少说明她没有害人——对于妖来说，害一个人与挖一个墓，大概要花费同样的力气，这小妖却宁可去挖墓，可见她的心到底还是善的。只是不哭有点不明白，这里并未见到其他白骨，可见这小妖只是偷了头骨回来，目的为何？又为什么连墓碑一起带回来？

心中颇多疑惑，但不哭没有开口询问，一来见那小妖专注得紧，不愿打扰她，二来黑铁皮向来浅眠，些许动静也能惊醒他，若他醒了恐怕又是一场麻烦。于是不哭就站在那里，觉得腰疼了就动动身子，觉得腿酸了就挪挪脚，希望等小妖发现了他，他再想个不用出声就能示意她的法子让她尽早离开……其实不哭也知道自己这样的举动很蠢，并且从来没有成功过，只要黑铁皮想发现，还没有他发现不了的妖，可是不哭仍然愿意努力一下，哪怕这些努力毫无用处。

其实这小妖早已发现了他。

或者说，发现了他们。

小妖名叫涧狐，在这庙里也不知活过了多少岁月，她生于庙后的一条清涧，所以生得体态婀娜，柔若无骨，得名涧狐。涧狐从小对父母没有什么印象，她对这世界的第一个感觉便是水，柔美潋滟的潺潺流水，小小的身躯浸润在水中，不愿出来，也不敢出来，就像胎儿蜷缩在母亲的子宫里，直到一个很美很美的姐姐，怜惜地将她抱出来，交给她的外公抚养。可七百年前不知出了什么变故，外公也不见了。

她的外公九尾狐君是狐族之王，按说不管是死是活，狐族中总该有些线索和感应，但她四处寻找了好些年，都没有感受到外公的半点气息。

寻找外公的那些年里，她游走在人类生活区域的边缘，她也想学着传说中的一些狐族前辈那样入世玩乐逍遥，却终不敢违背外公告诫她的话："人人都说狐族狡诈，可天地间，没有谁比人类更加可怕。"况且，她暗中见到的那些凡夫俗子，都生得俗鄙可厌，并不似传说中的书生公子，有张顶顶好看的皮囊。看来，一切恰到好处，包括相貌，都是天意。

既如此，涧狐就更没有什么入世的理由了，还不如自在地在这人迹罕至的破庙里，与山妖树怪为伍，间或到荒冢间寻些好骨骼，依着些许痕迹和自己的心意画出他们生前最完美的样子——比如现在，她就坐在破庙的房梁上，拿着不知是柳公子还是杨公子的头骨，用发尾蘸着幻化出的颜色一点点地在头骨上重新描绘出眉眼口鼻。一边画，一边想着他生前的模样该是十分出色的，许是画得太投入了，涧狐陡然觉得自己与这位公子竟是相识的，甚至隐约感受到了他生前的爱恨情仇。

狐族生来丽质，又有天生惑人的本事，各种幻化之术掌握得炉火纯青，涧狐身为狐王之孙，魅惑术法无须修炼便浑然天成，不仅惑得了别人，也惑得了自己。她手中的头骨初时尚是森森白骨，可经她发尾描过，便一点点地生出骨肉，长出眉眼……看着手中的作品，涧狐很是满意，画了这么多年，她画过不知道多少人骨，却从没有画得满意过，手上这个虽然只画了一半，却依稀有了她心目中心动的样子，她轻轻呵出一口气在画好的眼中，那眼睛便多了一分神采，涧狐笑了笑，歪着头继续去想完美的鼻子该是什么样。正要落笔之时，眼角瞄到一个圆滚滚的东西从门外扑了进来。

这是……涧狐辨认了一下那圆胖的动物，觉得身形有点像熊，面孔看着又像猪——她只分了一瞬的神，便又将注意力集中到自己的手上，毕竟天大地大，她虽自认见识不少，却也不敢夸口说自己认得所有的东西，况且这破庙也不是她的，任谁走累了进来歇一歇都是可以的，她又不是那些专以捉弄吓唬人为乐的小妖，便也懒得理会。只是这熊猪扑进来就睡，鼾声扰人，而后又陆续进来两人，虽说没再发出些别的响动，但到底不如独自一人的时候来得清静。

可惜了……涧狐看着自己手中的半张面孔，刚刚有些眉目的鼻形已然在脑中烟消云散，再画不出了。

这件事让涧狐有些恼怒，她向那几人所在的地方睨了一眼，想的却是要让他们好好赔偿自己难得一现的灵光。

这一看，便转不了眼。涧狐只觉得这个小官人的眉眼、鼻唇，甚至耳郭四肢无一不符合自己多年的想象，那在心中一遍遍描绘的模糊模样终于清晰起来，她几近贪婪地看着眼前的这张脸孔，半分也移不开眼去，心中涌起的喜悦就像迎风而展的藤蔓，细细密密地将她整个人都包裹起来。

涧狐心中一喜：既有这样活生生的俊官人，我又何必在荒冢乱坟间去寻那一二好骨骼，勾勾画画，映出心头的幻象呢？

失神之下，手中的半成品再拿不住，从半空坠地，骨碌碌地滚到那小官人的面前。

涧狐却比那头骨更快，忽地飘落在不哭面前，眼对着眼、鼻对着鼻地盯着他。

“小官人，你笑起来可真好看。”

不哭正专心地观察着黑铁皮，被突然飘来的涧狐唬得一惊，心中更多的却是对自己这不合时宜的笑容的恼怒，他狠揪了一下自己带笑的脸皮，立时疼得他眼泛泪光。

涧狐低呼一声：“小官人千万珍重！”揪坏了这张面皮，要她到哪里再去寻第二张来？

涧狐开了口，不哭更怕惊醒黑铁皮，他压低了声音说：“快，快走。”

涧狐哪里还听得进去什么话，她觉得自己一定是中了术法，比她的魅惑术更高明百倍的术法！否则她怎会如此失状？她痴痴地看着眼前的人，怎么看也看不够，那一抹笑容竟是如此的动人心魄，轻轻浅浅地便在她心中留下难以复合的印记，她越贴越近，直到身体几乎与身前的人靠在一起……按说，这样近的距离她该怎么都看不清才是，可她又分明看得真切，小官人的一双眼睛，就像深不见底的潭水，又像是天边最亮的启明星，少看一眼都觉得是莫大的损失。

不哭被涧狐逼得连连后退，突地脚下一绊，却是踩到了那颗滚落在地的头骨，头骨上的幻象经过踩踏骤然消失，看得不哭不由一怔。

原本看到这颗尚带着皮肉的头骨，哪怕知道是掘墓而来，心中仍是十分不忍，对涧狐也是埋怨，可此时幻象消失，皮肉重新变为白骨，那十分不忍便少了五分，更对涧狐生出一些惭愧来。

涧狐见他盯着地上的头骨看，以为吓着他了，忙说道：“小官人莫怕，不过是一些骸骨，奴家这便收了。”说着，涧狐素手轻挥，便有一些黑雾卷起那头骨与墓碑送到佛像之后，那里已存放了涧狐不少的作品，因怕忘记他们的名字，索性连墓碑一起盗来，孤寂时坐在那些画好的人头之间与它们道道心事，也算排解了一时的寂寞。

她这一挥手间，裹在她身上的那些黑雾便又稀薄了一些，似乎随时都有消散的可能！看着那黑雾中愈加明显的身姿，不哭转过头不敢再往她身上看，“笑”得一脸灿烂，他被女妖逼得步步后退：“别……别这样，危险，危险……”

不哭脸上的笑意让这女妖更是欢欣：“瞧这傻官人，有涧狐在，就不会让小官人有一丝的危险。”只是，此刻的涧狐绝不会想到，这一句话，竟成了她毕生的承诺……三百年后，当她再次说起同样的话，心中却不知道，对面的那个已惊天动地的妖君，还记不记得那年破庙里，那个青涩的少年、那缕撩人的黑烟。

涧狐身上缠绕的黑烟渐渐散去，胴体尽露，不哭的眼睛瞪得更大了，少顷回过神来，狠狠捶了捶自己的头，几乎用尽全部力量把眼睛闭上。

不哭脸上的笑意更甚，声音却开始发颤：“我……我说的就是你……你有危险！”

话音未落，原本睡着的黑铁皮一掌拍出，绕过不哭直朝涧狐袭来！

涧狐惊呼一声飘身避开，黑铁皮飞出的这一掌结结实实地拍在涧狐身后的佛像上，整座破庙都随之震颤，黑铁皮面如冷霜，追踪着涧狐的身影回身又是一掌。

涧狐被这袭来的两掌打得有些狼狈，连连逃窜，黑铁皮紧追不舍，就在即将击中涧狐之际，衣角一紧，硬生生地将他的掌势扯偏了方向。

“师父……”不哭手足无措地叫了一声，手里却紧紧地抓着黑铁皮的衣角，“她……她从未害人，求师父饶她……”

“我不是你师父！”黑铁皮恨恨地甩开不哭的手，再向涧狐冲去。

小玉实在是睡不下去了，伸了个懒腰，一脸无奈地爬起来。这下才清清楚楚地看到涧狐，从一双玉腿到纤纤细腰再到那张魅惑的脸，顿时热血沸腾了，这等绝色怎么就是妖呢？怎么会是妖呢？！小玉心里惋惜得直捶胸顿足，面上那八字黑眼圈却显得格外正直，叹了口气，走到不哭身边："鬼脸仔，你就别废话了，只要老爹打定主意收妖，几时见他手软？"

涧狐不屑地看了小玉一眼："你这东西，竟然叫小官人鬼……鬼脸仔？莫非你鼻子上面的两个八字窟窿是出气的吗？我看，分明就是嫉妒！"

涧狐说得没错，小玉给不哭取了这么个绰号，七分是嫉妒，三分也是真心，不哭从小哭笑混乱，常人高兴时会笑，悲伤时会哭，但不哭则是高兴时落泪，悲伤时大笑……为此，不哭常常被误会，被嫌弃，逢人丧葬哈哈大笑，甚至不免招来一顿暴揍。

等不及小玉的回答，涧狐飞上房梁，黑铁皮正要去追，被不哭拉住衣角。

不哭跪在地上，磕头如捣蒜："师父，弟子不肖，是弟子天生驽钝，哭笑不分，招惹了她，还望师父慈悲……"

黑铁皮青着面孔反手一挥，不哭便如断线风筝一般被他打了出去！接着传来一声满带怒气的尖细狐鸣，却是即将逃出破庙的涧狐折返回来，赶在不哭落地前接住了他。

"小官人！你没事吧！"

不哭呆呆怔怔地看着涧狐关切而焦急的目光，她竟然回来了，这一回来，恐怕是要失去最后逃走的机会。不哭又缓缓转过头来，看着不远处负手而立的黑铁皮。直到此时，他才觉得有千钧之力砸在自己的胸口，喉头泛着腥甜的味道，熟悉而又陌生。

熟悉的是，他在以往黑铁皮收妖除妖之时常常嗅到这样的味道；陌生的是，他第一次知道自己的血原来是这样的滋味。

黑铁皮似乎也为自己打伤了不哭而感到错愕，但也没有立时上前察看不哭的伤势，他站在那里，终是没再对涧狐下死手，可一双眼中泛着冷厉，不放过涧狐的任何动作。

小玉紧张而茫然地看着眼前发生的一切，他悄悄地朝不哭这边挪了挪脚，似乎想用自己的身体挡住黑铁皮凌厉的视线，末了他干咳一声，语带责备地对不哭道：“你这鬼脸仔，瞎管什么闲事！老爹收妖捉妖，这是千年不变的天理，还不快点让开！”

不哭动了动，却没有让开，也不知是不想让开，还是无力让开，但不管是因为什么，他终究留在了那儿，留在了涧狐身前，这让涧狐极为欢喜，她触上不哭的肩头将面颊柔柔顺顺地挨了上去：“涧狐定然守诺，此生此世，不让小官人受到分毫伤害。”

话音未落，便听黑铁皮一声冷笑，涧狐认定他是在嘲笑自己，登时大怒，仰头尖啸一声，殊丽的面庞上隐隐现出一张狐狸面孔，身后狐尾摆出，周边妖风阵阵，竟是要现出真身与黑铁皮拼命！

“涧狐姑娘！”不哭纵然没有捉妖的本事，但跟着黑铁皮这么多年，眼力自是有的，从刚刚二人对战他便知道涧狐根本不是黑铁皮的对手，他觉得涧狐无辜，更感念她不顾安危返身相救，挣扎着伸手将涧狐挡在身后，“你快些走！”

“走？”黑铁皮怒极反笑，反手将黑色铁笛自腰间抽出，“痴心妄想！”

不哭平日最听黑铁皮的话，不敢有半点忤逆，如今执意要救涧狐本已做了最坏的打算，此时见他抽出铁笛，反倒松了口气，这铁笛黑铁皮并不随便动用，平时遇到的小妖黑铁皮是能除就除，根本不留半点生机，如今祭出铁笛，不哭便知道涧狐的性命是保住了。

就在黑铁皮将铁笛指向涧狐的时候，庙内阴风大涨！瞬间便压住了涧狐的妖风，一个颀长的身影在阴风中影影绰绰地现了身形。

来人一袭青衣，风姿如画，却面色严酷，如临大敌。

此人乍然出现，涧狐一怔之下不敢置信地唤了一声：“外公！”不哭听了一愣，原来，这涧狐竟然是九尾狐君的外孙！而后听见宋小玉用那聒噪的声音满带倾慕地喊了一声“宋公子”！

小玉口中的“宋公子”其实是他的偶像宋玉。一千三百年前，九尾狐君即将修成人形之时，于鄢郢响水河畔瞥见宋玉姿容，惊为天人，便依着宋玉的模样，运化内力，终于在一个月满之夜，修成人形，活脱脱又一个风流宋子渊。一千三百年来，宋玉风雅之躯早已化为尘土，可这九尾狐君却在脸上印牢了那俊美模样，天长地久，千年如故。小玉自己虽然生得粗笨丑怪，似猪非猪，似熊非熊，似猫非猫，却最倾慕俊朗的美男子，于是给自己取个名字“宋小玉”，期盼着哪天一觉醒来，自己也像那九尾狐君一样，变成如宋玉一般的绝世美男。

其实，无论是当年的宋玉，还是现在的九尾狐君，不哭的相貌比起他们，也是不遑多让的。但小玉对他们和对不哭的态度完全不同——对九尾狐君，宋小玉的倾慕艳羡无以复加，而对不哭，常常挖苦讽刺，有时候自己都差点相信不哭就是个蠢笨的“鬼脸仔”。其间缘故，无非不哭为人木讷，待人友善，甚至常常到了“讨好”的程度，而九尾狐君生性高冷苛峭，显得更加高不可攀。宋小玉知道《论语》里的“近之不逊，远之则怨”，却没意识到，“近之不逊，远之则谄”更是心之阙陋。其实，读到“草色遥看近却无”“不识庐山真面目”的时候，宋小玉是隐隐反省过自己这种心理的，并几番决定痛改前非，日后以欣赏的目光去看不哭，可经不住日久天长，慢慢地，对不哭又是一副颐指气使、冷嘲热讽的态度。

九尾狐君走进来，涧狐先是一愣，旋即大喜过望：“外公，好多年见不到您，您到哪里去了？”九尾狐君并不看她，径直走到黑铁皮面前，露出阴冷的目光。

小玉得见偶像已然忘记眼下的剑拔弩张，一瘸一拐地往九尾狐君身边走，黑铁皮满面肃杀：“宋小玉！”

小玉立时被唬得站在当地，狐君没去看宋小玉，更没有看身后的涧狐一眼，盯着黑铁皮淡淡地道：“稚子无知，上师何必与她一般见识？不若放她离去，在下与狐族定然感念仙师之德！”

狐君虽是乍然出现，但态度一直闲适，对黑铁皮亦十分恭敬，说出的话还带了三分恳求之意，可就在他最后一字刚刚离口之时，他眼中骤然一暗，身边妖风暴涨，身后甩出九条狐尾直朝黑铁皮而去！巨大的力量几乎将黑铁皮掀翻在地，一条狐尾紧紧地缠住了黑铁皮的脖子，又有三条分别朝黑铁皮的双眼、天灵直冲而去！

“师父！”

“老爹！”

不哭与宋小玉见此情景莫不胆肝俱裂！不哭忘了胸前伤势飞扑而出去擒那狐尾，却被其他的狐尾轻轻一摆便打回原地，另一边，宋小玉也是同样的结局，翻着跟头落了地。

就在那三条狐尾即将刺中黑铁皮之时，黑铁皮厉喝一声，一手抓住刺向双眼的两条狐尾，另一手抓住头顶的凶器，颈间发力，将缠在脖子上的狐尾硬生生地挣断，脱手的铁笛在空中转了个方向，如闪电般向狐君疾射而来！

那狐君似乎对这铁笛有些惧怕，立时收回狐尾，但也不急于逃避，反而驱使两条狐尾分别朝不哭和宋小玉袭去！

不哭刚遭了两次击打，根本再无躲闪之力，宋小玉更是被刚刚那一击拍得浑浑噩噩的，起身都困难。

眼见两条狐尾分袭二人，黑铁皮双瞳急缩！他扑至宋小玉身前一掌劈开尾狐，同时指尖一弯，铁笛已飞向不哭替他挡住狐尾一击！狐君分出一条狐尾与铁笛缠斗，剩下几条狐尾直朝黑铁皮而去，黑铁皮虽有满身的能耐，可没了铁笛相助，此时也是稍显忙乱。就在此时，狐君眼中含诮，本是击向黑铁皮的狐尾齐齐转向，八条狐尾竟齐齐朝宋小玉攻去！黑铁皮万年不变的冰山脸上终是见了一丝慌乱，挡下七条狐尾的他再无余力，眼角瞄见一旁仍与狐尾缠斗的铁笛，有心唤回铁笛，又见到不哭苍白的脸色，一抹恨意自眼底一闪而过！

最终黑铁皮挡至小玉身前，以肉身硬生生地挡住了狐尾全力的一击，巨大的力量击打在黑铁皮身上，直接将他拍出老远，又重重坠地！

见此一幕，不哭与宋小玉顾不得自身伤势扑到黑铁皮跟前，将他抱起。

狐君站在原地未动，目光漠漠地睨视着黑铁皮三人。“上师，”他的语气尊重而平静，一如刚刚动手之前，“上师囚我七百年，我念你有天命在身，对你一直恭敬有加，岂知上师丝毫不念故交，又要来囚我孙儿……”说话间，狐君身后九条狐尾高高昂起，簇拥在狐君身后，犹如一把华丽的毛扇，犹如九条巨毒蛇首，牢牢地盯住黑铁皮三人，须臾间便能要了他们性命！

眼见狐尾即将击出，涧狐闪身挡住不哭：“外公，切莫伤了这小官人。”

“废物！”狐君眼中划过一抹狠厉，一条狐尾卷起涧狐，没有半点留情地将她甩至一边，怒声道，“你可知我为你闯了多大的祸！你身为狐王之后，不去关心狐族未来，竟被一副皮囊所惑，简直无用至极！”

涧狐捂着胸口吐出一口血来，七百年后久别重逢，这是外公对她说的第一句话。涧狐神情中不禁带了几分迷茫：“这落魄的老头子，到底是什么来头？外公说被他囚了七百年，囚在哪里？”

狐君不再理她，九条狐尾去势如电疾朝黑铁皮三人袭去！岂料庙中猛然阴风又起，便如刚刚狐君出现时那般，一群身影断断续续地出现在狐君面前。为首的是一个身姿妖娆的姑娘，神色十分温婉平静，目光却飘忽闪烁，让人一见便不由心生警惕。

“狐君，你太冲动了。”

见了几人，狐君漠然的面孔陡然变得狰狞起来：“庄蝶，今天的事你管不了！”

“怎能不管？”庄蝶浅浅一笑，原来只属中上的容貌顿时变得妍丽耀眼起来，“狐君带着同归于尽的心思，却也不想想我们这些老朋友，他今日被你打伤，待到天明我们又该怎么办？”

早在这些人出现之时狐君就知道再不能动黑铁皮了，错过大好时机让黑铁皮逃得性命，狐君愤恨不已：“他囚我七百年！这七百年来群狐无首，狐族受尽欺凌，入世者被斩杀大半！我原念着，待涧狐长成接管狐王之位，统率狐族，尽力保一族平安。岂料他囚我一人还不够，又要来囚涧狐！事关我狐族未来存亡，是可忍孰不可忍！”

庄蝶冷笑一声：“狐君倒是不忍了，却不顾咱们的死活了吗？”

一旁的涧狐听着他们说话，这才明白外公对自己寄予了多么深厚的期望，想到多年来自己不思进取只知画骨玩闹，任由狐族日渐衰败，一股浓重的愧疚感由心而升。只是她不懂以外公之能为何甘心被人囚困七百年，而拦住外公的几个看起来也莫不是道行精深之辈，为何要如此忌惮一个半死之人？看着外公被众妖言语谴责，涧狐越发不忿，张口吐出一张精致小弓，瞄着正在打坐调息的黑铁皮无声地射出根根小箭！

这些小箭是由狐毛炼成，细若无物，沾上皮肉便会钻入体内，每一根都受涧狐驱使，只要中上一箭，性命便落入了涧狐手中！

狐君正与庄蝶等人说话，没有留意涧狐，此时见涧狐动手，面色疾变！九条狐尾瞬间朝涧狐掠去，却是晚了。

掉落在旁的黑色铁笛不知何时已飞在涧狐头顶，涧狐甚至还没来得及看到发生了什么，便觉周身一紧，顿时动弹不得！

此时的铁笛化作一汪汩汩的铁水，由涧狐头顶倾泻而下，只一刹那，涧狐便被严丝合缝地包裹在铁水之中。

狐君的身形晃了晃，始终挺直的肩头终于垮了下来，他俊美的面孔微微抽搐着，一双眼中已染满了绝望。

“我宁可她死了……”

庄蝶明白他为何如此，叹了一声：“狐君此言有偏，活着总比死了好，我们都是一般的造化，只盼早日到了西天瑶台，圆满这一世修行。”她一边说，一边抬起纤纤素手拂过狐君胸口。

狐君一阵恍惚，只觉四周氤氲袅袅，仿佛此时已置身瑶台，炼妖台上，弥天槛中，百妖静坐，次第羽化……

这是庄蝶的幻术！狐君深知自己今夜情绪起伏太大，终被庄蝶得了空子施展幻术，庄蝶乃上古奇草所化，因长在断头台下，常年吸取人死前释出的各种情绪，得以成精，最能摄人心魄，善制各种幻境，如幻如真。

“罢了，到底是命数。”狐君长叹一声，破除幻境，脸上再没了刚刚那般痛苦绝望，他走到已经睁开眼睛的黑铁皮面前，神色又似之前一样平静，“上师，这一夜，让我带着涧狐走一程吧。”

黑铁皮一挥手，被缚在铁皮之中的涧狐落到狐君身边，狐君用两条尾巴将她轻轻绕住，转身向门外走去。其余众妖向黑铁皮微微一揖，也转身离开了。

不哭强撑着受伤的身体追了出去，大叫：“姑娘！”

狐君的身形顿了顿，回头盯着不哭。

不哭立时紧张起来：“我……我叫涧狐姑娘……”

涧狐虽被铁皮裹着不能说话，却可以心弦传音，她满是期许地问：“小官人，你是在叫我吗？你求求你师父，让他放了我好吗？”

这样的事情不哭自然难以做主，纵然他肯开口相求，恐怕黑铁皮只会更加坚定心意，他局促不已地低下头，纵然知道涧狐此时看不到他，却也无法面对涧狐。

“我是想问那位柳公子的头骨……你是从哪里挖出来的？”

“此庙西南一千五百米，东南角第三棵松树下……”

涧狐的声音中难掩失望：“小官人，你对这枯骨尚存慈悲之心，却不肯救救我吗？”

不哭无法回答，回头捡了那柳公子的白骨和墓碑，往西南方向走去。

“站住！”黑铁皮忽然大喝一声，不哭乖乖站定，低着头，等着师父上前训斥，虽然他不知道自己又做错了什么，但一定又是他错了。

黑铁皮慢慢踱到不哭面前，定定地看着不哭手里残破的墓碑，目光聚在立碑的日期上——“更始二年季秋”……

更始二年季秋，竟是那时，一千年了。

不哭没有遭到黑铁皮的训斥和拳脚，倒有些不自在了，望着黑铁皮怔忡的神情，忽然觉得此刻的师父竟然那么惶恐，比他自己还要惶恐。

“师父……”不哭小声地唤道。

黑铁皮摇摇头，让自己恢复神志，幽幽一声长叹，转身而去。

不哭不明所以，无奈时间紧急，只能抱着白骨、墓碑匆匆离开。

涧狐不知不哭已经离去，仍在叫着：“小官人？小官人？”

狐君冷笑一声：“你这痴儿，枉在人间活了千年，至今仍不知人性寒凉。你为救他放弃逃生机会，他呢？怎还值得你如此念念不忘？”

涧狐沉默良久，最终轻声说：“外公，我就是喜欢他，他就是我千年来不断寻求的梦中之人，从前我不明白为何狐族中有人受尽负心人的折磨、冷漠地抛弃，却还要执着地一次次入世，但现在我好像明白了一点。”

“只为那一张皮相？”

涧狐笑了一声：“我不知道，但我知道喜欢就是喜欢，哪怕只是一张皮相，见他笑，我心中便欢喜。”

狐君不语，终是长叹一声：“你与你母亲太像了。”

关于自己的母亲，涧狐并不了解许多，外公也很少提起，只是听说她曾为人类所骗，心中郁结不开，修行毁了大半，待生下涧狐后便元气弥散，没多久就香消玉殒了。

“外公……对不起，我让你失望了。”

涧狐突来的道歉让狐君微微怔愣，而后他抬起手来，轻轻地抚了抚裹着涧狐的那冰冷的铁皮盒子。

他的确是失望的，为涧狐，更为狐族，可比失望更深的是他的心痛，正如当年他无法保护自己的女儿一样，今夜他又眼睁睁地看着自己的外孙被人擒住，没有一点办法……

明月短松，加上这一座座新旧坟冢，无限萧瑟，却也无限阴森恐怖。小玉看着不哭跪在坟头絮絮叨叨，也真是哭笑不得。

“柳公子，我殓你入土，也算缘分。不过，你也不必记得殓骨之恩，只是不要记恨涧狐就好……”不哭填好最后一抔坟土，“她也算对你留情一回，转世轮回，你们若有缘分，也许还会以某种方式相遇吧。”

“鬼脸仔，那涧狐是妖，何时才能轮回？再说，人妖怎能相恋？能有什么好结果？”

“是啊，”不哭站起来，拍拍身上的土，“人妖怎么相恋……”

举头望着这轮明月，不哭心中一阵莫名的怅惘：“那小玉你说，我们到底算人还是算妖？”

小玉差点跳起来：“你这算什么？我们当然算人……呸呸呸，我们当然是人啦！”

“你不是也怀疑自己是妖王之子吗？”

小玉还是一副受了侮辱的样子：“那是妖王！要么就是妖王，要么就是大罗神仙！那些奇奇怪怪的妖怎么能相提并论呢！”

不哭诧异地看看小玉气鼓鼓的样子：“可是，我这张奇怪的脸……还有，你从来没有照过镜子吗？”

“鬼脸仔，你什么意思？你说清楚，你到底什么意思？”小玉简直要疯了，“你不说清楚，我把你也埋了，让你好好去陪那个柳公子！”

小玉拉扯着不哭的衣服，几乎快要哭了出来，不哭摸了摸那双大大的黑眼圈，又摸了摸那对圆圆的小耳朵：“我……我的意思是说，你……你既然叫宋小玉，长得怎么会是寻常模样？快走了，不然撵不上师父了。”

小玉这才露出心满意足的笑容：“我就知道鬼脸仔最老实，从来不会说瞎话……”

不哭笑笑，走出这片坟地，素来的疑问又翻腾于心，久久不息：我们到底是人吗？如果是，为什么小玉生了这副模样？为什么我们活了千年都没有死，甚至都没有一点衰老的迹象？我们到底从哪里来，又要到哪里去……

不哭的脚程很快，虽然刚受了伤，但他的恢复力惊人，这么一会儿的工夫已将那柳公子送回墓地重新安葬，身上的伤也好了大半。

小玉在不哭身后累得气喘吁吁：“鬼脸仔，你怎么走得这么快啊？你的伤势怎样了啊？”不哭看看自己的伤口，摇摇头：“没事了。”宋小玉长长叹了口气：“唉，老天爷还是公平，你虽然傻点，可身体真好，不管受了什么伤，歇歇就好。还有，你脚力可真不一般啊。”

不哭看着小玉一瘸一拐紧跟着自己的样子，不禁有些心酸：“小玉，对不起……”

小玉忽然停下，紧紧盯着不哭：“你说什么？什么对不起？”

不哭的目光赶紧从小玉的腿上移开，心想，自己又犯蠢了，小玉第一讨厌别人说他丑，第二讨厌别人说他的腿。不哭扭过头去看路，心虚地补了一句：“我是说，我非要去埋那个柳公子，害你陪着我忙了半天。”

小玉在不哭头上狠狠敲了一下：“哼，亏得你还知道，一千年来，你这份善心，不知道害我多少次了，怎么不对我发发善心……”不哭忽然停住，抓住小玉的手，认真地说：“对不起，小玉，以后我一定好好对你。”小玉赶紧甩开不哭的手，脸上一副被狠狠恶心着了的模样。

不哭和宋小玉一边说一边回到了破庙，看到九尾狐君却没有走。等不哭到了近前，狐君开口道：“涧狐喜欢画骨，她刚刚与我说这些年来她画了不少人骨，都积在佛像后面，小官人慈悲，都送回去葬了吧。”

“啊？”不哭顿时怔住，跑到佛像后面一看，果见那里堆了几十个墓碑和头骨，有的上面还残留着皮肉幻象，随着时间的流逝正在一点点地消退，露出白骨本相。

“这……”不哭看看天色，天边已见了一丝光亮，不出一个时辰太阳便会升起，可眼前这么多的头骨，想把它们一一送回自己的坟墓中去，别说一个时辰，一天也无法办到。

他还在这边为难，那边黑铁皮已经出了破庙，小玉过来拉他：“还不快走？”

不哭面现难色，让他对这些头骨视而不见他是做不到的，可将它们全部送回又不现实。

“这些人早就死了，魂魄转世都不知转了几回，换句话说，这些枯骨都是无主之物了，你何必为一堆废骨操心？”宋小玉见他为难成那个样子，有些受不了地说。

“你这丑熊竟还是明白些道理的。”狐君淡雅地轻笑。

“丑……丑熊？”宋小玉指着自己极受打击，“我是‘丑’熊？”虽然他不认为自己是熊，但就算是熊，他也该是熊里最风流英俊的一个，何来“丑熊”之说！宋小玉很想上前和九尾狐君计较个清楚，可看着狐君那张阴冷的脸，只能识时务地找个理由作罢——理由并不难找，狐君今夜着实动了肝火，连自己那个粉雕玉琢的亲外孙都骂作“废物”，也就不必再和他计较了。

九尾狐君定定地看着不哭：“的确不过是一堆废骨罢了，包括你刚刚埋回去的那个。”

不哭看着那些恢复了本相，已带了年月痕迹的泛黄头骨，最终走到庙外掘了个大坑，将几十个头骨整整齐齐地摆放在里面，填土立碑，忙活了好一阵。

狐君柔声笑道：“涧狐你看，这便是活生生的假慈悲，知道还有几十个要送，便没了耐心。”

不哭被他说得面皮发热，不敢答话，低着头赶上已走出老远的黑铁皮。

夜薄星稀，苍凉古道，师徒三人静默前行，他们身后跟着一群影影绰绰的妖怪，或飞或走，或爬或跳，妖怪们有的低声细语，有的高声谈笑，也有如九尾狐君一般心事重重，更有的面色愁苦，不发一言。

这一夜似乎过得格外漫长，收妖埋骨不知耗去多少时间，如今月沉星落，天边泛白，远处山顶已映出微微的红色，已是日出之时。

黑铁皮停下脚步，扫了一眼小玉，宋小玉心领神会，马上将背上的背篓放下，从中捧出一个两掌大小的花樽，花樽里一层细土，里面种着一株小小的植物，似墨竹非墨竹，似赤榕非赤榕。

见了这株植物，狐君、庄蝶与众妖都安静下来。

众妖将这小小的花樽围在中央，敬畏地等待着——其敬，像是围观着稀世珍宝；其畏，像是守着即将敞开的地狱之门。

第一抹阳光终于照射过来，花樽里的小苗在光芒中慢慢长大，小小的树干慢慢变粗、变高，枝叶随之变大，愈加繁茂。无数根须自花樽中慢慢长出，细细的枝节朝众妖缠来，众妖脸上带着认命的无奈，任那些根须将自己牢牢缚住。

突地一声鹰鸣，被缠缚住的大隼妖王察觉今日束缚与以往不同，那些根须竟在抽取他的妖灵！他顿时想通其中关节，怒目圆睁，朝面上微现痛苦神色的狐君咆哮道："你现在满意啦！老黑元神与弥天槛相连，伤了他，弥天槛便要抽取我们的妖灵补足自身！你这该死的野狐！再到夜里，本王定啄了你的眼睛叼了你的心！"

一时间众妖的号叫怒吼此起彼伏，莫不是要把狐君扒皮抽筋，可也只是一瞬，那些叫声便渐渐弱去，众妖慢慢虚化，被无数根须拉进了花樽之中。

只有狐君，虽然被根须紧紧缚住，却依旧动也不动，忍受着妖灵被抽取的痛苦固执地站在原地，一双眼睛紧紧地盯着身旁的铁皮。

黑铁皮明白他为何如此，走到涧狐身边，心念一动，那困住涧狐的流动铁水便重新化为铁笛，飞入黑铁皮手中。

涧狐初获自由，抬头便见到封住自己的黑铁皮，心生怨气，抬起化出狐爪的手便朝黑铁皮抓去！

"涧狐！"狐君开口喝住涧狐，看着涧狐与她母亲极为神似的脸庞，狐君心如刀绞！

眼看黑铁皮把铁笛送到唇边，狐君双膝一曲，竟然跪在当场！

九尾狐君向来桀骜自负，莫说双膝着地，就连低垂双目、放软声音说句话，都是少见的。

“上师……开恩！”

“上师开恩啊！”

“上师恕吾今夜之罪！”

“吾愿放弃羽化终身追随上师任上师差遣！”

“求上师……”

九尾狐君猛然抬头，黑铁皮唇边的铁笛早已吹奏，而笛尾正对着一脸茫然、手足无措的涧狐……

近在咫尺的人都不会听到铁笛奏出的曲子，但笛尾所对的人，会被雷霆万钧的声音淹没，正如此刻的涧狐，在猝不及防的时间里，几乎神形俱裂，咆哮而来的笛声像战鼓一般伴着一条根须生生穿进了她的胸口，同穿在九尾狐君身上的根须一模一样。

已被根须勒穿皮肉的狐君闭上眼睛。

往西天、登极乐，羽化成仙固然是好，可狐君宁愿七百年前没有遇上黑铁皮，宁愿在人间永生为妖，不成仙又如何？渡天劫又如何？带领狐族众妖纵情恣意、游戏人间，起码得一世自在，无拘无束。

这番交锋不过须臾的时间，传入涧狐胸口的根须稍许变粗，闪起诡异的蓝光。黑铁皮收了笛音，说道：“从今后，你的妖灵就与这条须根合为一体了，直到老夫将你们送到西天瑶台，再由上仙渡你们修过无尽劫数，早日得道。”

涧狐这才明白发生了什么，她慌乱地看向狐君，又朝不哭看去，动了动唇，还来不及说些什么，这条须根便把她紧紧缚住，直至身躯慢慢虚化，进入花樽。

“她都去了，你也回去吧。”

听着黑铁皮的话，狐君幽幽一笑：“涧狐父母早亡，我这外公又早被囚禁，她自小孤苦伶仃，偏又是个痴儿，她从不杀生，也未入世作乱，何辜至此？”

黑铁皮的面色仍带着苍白，闻言连连冷笑：“从不杀生？从前没杀过，不代表以后不杀，非我族类，其心必异！弥天槛里能有她的位置，已是她的造化！九尾，你莫要好歹不分！”

“好一个非我族类，其心必异。”狐君的声音阴恻恻的，丝毫不顾那缚着他的根须已将他的身体勒得皮开肉绽、鲜血迸流！“只是不知上师身后这只妖是哪一族、哪一类？为何我等要在弥天槛中受苦，他却得数百年的逍遥自在？”

他说的自是宋小玉，黑铁皮神色一紧，狐君却一改之前冷厉的面色，对着宋小玉笑了笑。他容貌极俊，这一笑便如春融冰雪，他轻轻一招手，宋小玉便忘了之前那“丑熊”的怒怨，一瘸一拐、满脸痴迷地跑了过来。

“小玉，我为你改个名字可好？”

宋小玉从未得狐君如此温声对待，连连点头：“一切听宋公子安排。”

狐君唇边笑意更浓，对着小玉，闪动着凛冽光芒的眼睛却看向黑铁皮，轻轻说道：“便叫赤伏，如何？”

黑铁皮的脸色顿时变得惨白！他眼中迸出无边怒意，笛声尖啸而出却不是要送狐君回去，而是要一举将之击杀！

九尾狐君仰天长笑，笑得眼角泛起泪花：“赤伏，你当年英武得很，可不是这副又瘸又丑的怪熊模样！”让人开心不易，让人伤心却是这世间顶顶简单的事情！

狐君在大笑中渐渐虚化，他不再抵抗根须的束缚，与百妖一样，任由根须将自己带回弥天槛中，弥天槛内与世隔绝，不受外力侵袭，可黑铁皮一击未中非旦没有停下笛音，反而用尽全力催动铁笛，直至山摇地动，不哭与宋小玉纷纷不支倒地。

“老爹……老爹……”被笛声震得头昏眼花的宋小玉爬到黑铁皮跟前，看他一眼，顿时大叫，“不哭，快来看看老爹怎么了！”

黑铁皮却已经清醒过来。

“我没事。”黑铁皮的脸色依旧苍白，双瞳紧紧地缩着，可他到底没再做出什么惊人的举动，他紧紧握着手中铁笛，看看不哭，又看看小玉，弯腰将小玉抱了起来。

“老爹，你是不是进了那庄蝶的幻境，产生了幻觉？”宋小玉不知道黑铁皮为何如此恼怒，思来想去，也只有这一种可能，想起刚刚自己看到的黑铁皮，双眼赤红、面目狰狞，像要把人活撕了一般恐怖，宋小玉就有些惊惧。

黑铁皮摇摇头，摸着小玉皮毛的手越发轻柔：“你没事吧？有没有受伤？”

宋小玉连忙拍拍胸口：“我没事，但是不哭伤得不轻。”

不哭正羡慕地看着被黑铁皮抱在怀中的小玉，闻言眼中带了期待地往前踏了一小步。

黑铁皮看都没看他一眼。

宋小玉一直不明白黑铁皮为何对不哭始终冷脸相对，但此时也不是询问的时机，看着不哭渐渐苍白的脸色与努力压制却仍是缓缓上翘的唇角，他立时转开话题：“老爹，那个赤伏……”

“没什么赤伏！”黑铁皮猛然打断他，盯着他的眼睛，一字一句地说，“没有什么赤伏！记住！你就叫宋小玉。”

刚刚为何失控，黑铁皮心里一清二楚，一千年了，时光弹指即过，多年来走过多少地方、收过多少妖怪，连他自己都不记得，然而有一些刻意深埋的记忆，一些他以为已经可以坦然面对的过往，却是历经哪怕千年、万年都不会有丝毫的褪色！赤伏……赤伏……看着眼前的小玉，黑铁皮的心早已碎裂千遍，他尽力了……他尽力了啊！拼尽全力却也只换来这样的一个结局！

小玉被他难看的神色唬住，半天没敢言语，一旁的不哭却看得清楚，黑铁皮的嘴角不住地抽动，就像自己常常想压抑那些不合时宜的笑容一样，黑铁皮也在压抑着极大的痛苦。

花樽里的神奇植物从一株小草慢慢长成一棵小树，在光芒中无限长大，树干渐冲云霄，枝蔓展向四方，周遭的一切慢慢雾化，仿佛被这无限长大的树吸了进去，斗转星移，烟云渺渺，而另一个新的世界，仿佛又随着大树无穷枝叶的延展，呈现在黑铁皮师徒眼前……

待大树高耸入云，停止生长的时候，三人才渐渐看清了周遭的一切，一如千年来每天经历的一样，又是一个完全陌生的地方。

镜湖月

“不知几位法师背负何种天命？”

不哭瞄了黑铁皮一眼，没敢擅自开口，小玉更是充耳不闻，完全不似他刚刚口吐莲花的伶俐模样。

倒是黑铁皮毫不在意地吐出两个字：“度妖。”

“啊！”柳夫人发出一声惊呼，陡然倾了倾身子，“几位法师真的会对付那些妖怪？能否为我们柳家看看……是不是迁移了祖坟就能……就能……”

柳家墓园。

刚刚下过一场大雨，天地间的寒气仿佛还没有完全散去。

一棵大树伸展着它茂盛的枝叶，轰然降落在这里。

站在树枝上的不哭脚下一颤，重心不稳，径直摔了下去。

小玉惊呼一声，眼看着不哭以脸朝下的姿势栽下去，他暗暗为不哭那张俊脸感到可惜，这样的力道定然会摔得鼻青脸肿。

“嘭”的落地声传来，却没有听到不哭惨叫，小玉好奇地低头望去，却看到不哭掉落在了一只死猪身上，而不哭的嘴恰好就跟那只猪的嘴死死地吻在了一起……

“啧，啧，啧。”小玉不禁替那些美人美妖痛心疾首，不哭的初吻就这样被一只猪夺走了！旋即，宋小玉又喜从心生，幸灾乐祸起来。

四周一片惊呼，黑铁皮带着小玉翩然落地，小玉还沉浸在不哭和猪相拥相吻的画面中，乐不可支，不期然对上了一双清澈的、带着些许忧郁的眼睛，顿时呆住了。

宋小玉爱吃爱睡爱美人，他期盼着哪天一觉醒来，也能变成如宋玉一般的绝世美男，所以为自己取名为宋小玉。对旁人更是“以貌取人”，跟着黑铁皮漫漫夜行上千年，也记不清到底去了多少地方，遇见了多少人，再加上有这个绝色的不哭做伴，小玉对美人更是十分挑剔，他时常叹道：“美人之美，美在皮最易，美在骨少见，美在魂则是可遇而不可求啊！”寻常的美人根本入不得他的眼。

可他此刻仿佛被面前的人勾去了魂魄，痴痴地打量着这双眼睛的主人，这女子穿着一件长长的素色衣裙，身段纤细而修长，面上虽遮挡了一层薄纱，却仍隐约看出她那刀琢般精致的面容，尤其是一双细长的凤眼，如同海上的明月，目光流转中，偏偏又带着种销魂蚀骨般的忧伤，让人忍不住被牵动心神。

小玉回过神来，环顾四周，发现他们这次来的地方竟是一片墓地，搅扰了人家肃穆的仪式，也怪不得会被人怒目相对。

好在不是第一次面对这样的情形，小玉做出一副儒雅风流的样子，努力保持双腿的平稳，慢慢踱到那美人身边。不哭第一次见小玉走得这样平稳，几乎看不出他的足疾，尽管小玉一脸从容，不哭却知道，他为了这几步，忍了多大痛苦。

宋小玉清了清嗓子：“人生无常，生老病死，爱恨别离，都是天定。还望小娘子缘起时惜缘，缘灭时随缘，在下……”小玉还没来得及自报家门，一个中年妇人警惕地挡在了那美人身前，挥了挥手，身后的护院和家丁立即围了上来。

黑铁皮目光一沉，挡在小玉身前。

这中年妇人眼中满是提防和恐惧，战战兢兢地看向年长些的黑铁皮，强稳住心神问道：“不知三位从何而来，又为何会突然出现在我柳家的墓园之中？”

不等黑铁皮回答，小玉笑着跳过来：“见过柳夫人。我们是游方法师，身负天命，御木而行，给各方带来福泽，来到这里便是机缘，你们也不要担心，我们不会久留，到了夜间便要离去。”

这位柳夫人盯着小玉毛茸茸的嘴脸，仍然是满身的戒备。一棵大树从天而降，紧接着落下模样怪异的三个“人”，尤其是这个毛茸茸的东西，一双眼睛竟直勾勾地望着她的孩儿……难不成柳家的诅咒，今天又要兑现了？

柳夫人微微欠身：“民妇斗胆，敢问法师为何生得如此异相？似乎……与寻常人不甚相同。”

小玉毫不在乎地摆了摆爪子：“夫人须知世界之大物象万千，仅天地之间的奇人异事便多得不知凡几，更不必提尔等凡人触之不及的天上世界，得大道者，又何必拘泥于外物躯壳？”

小玉边说边偷瞟柳夫人身后的女子，虽然样子不免猥琐，可那不徐不疾、闲逸悠然的语调仍旧让不哭听得双眼放光。

如果不去看宋小玉的模样，单听他的话，还真会觉得他就是位世外高人。不哭顿时心生羡慕，不知自己什么时候也能有小玉这般气度，这样师父可能就会喜欢他一些，大家也不会觉得他蠢笨又木讷。

柳夫人勉强地笑了一下：“法师所言有理，民妇愚昧了，还望法师谅解。只不过，凡世之人见识不广，但见与常人不同的异相者……多辨认其为……”柳夫人咽下了后面的那个“妖”字。

趁着柳夫人说话的空当，黑铁皮抬头打量周遭，不哭刚才砸到的那只猪，原来是祭奠用的猪牲，而眼前的这群人个个身着丧服，一旁还放着些挖土的工具，看似是家中有丧，正准备下葬亡人，可是，再看周围的墓碑、坟土，并不是新的。

黑铁皮又看到，这柳夫人身旁站着一位耄耋老者，手捧托盘，托盘上有红布遮盖，家丁们又都抱着成匹的黑布。黑铁皮微微抬头，望见东方微白，刚有天光，心下明白了，于是上前对柳夫人恭敬一揖：“原来贵府是在迁移祖坟，在下和两位徒儿冒昧打扰了，还请柳夫人见谅。眼看这天光即将大亮，就不耽误各位了，我马上带着两位徒儿离去。”

小玉满心都在那美人身上，听了黑铁皮这话，急忙撒娇：“老爹，咱们搅扰了这柳家先人，好歹等人动了坟，赔个不是、上炷香再走吧。”

黑铁皮知晓小玉的心思，冷眼看过去，小玉识趣地闭上嘴，不敢再说话。

柳夫人身旁的老者开口了，“社儿媳妇，虽说迁移祖坟是荫及柳家子孙后代的好事，可毕竟没有经过你婆母的同意，途中又出现了这样离奇的情况，”老者边说边看向黑铁皮、小玉和不哭，“依我看今天不如到此为止吧，迁坟大事，容日后从长计议啊。”

听着老者的话，大家的目光又都聚集在了黑铁皮师徒三人身上，议论之声悄然而起。

柳夫人也面露犹疑之色。

黑铁皮敲了敲小玉的头，闷声吼道：“还不快走！”说完，又瞥了眼怔在那里的不哭，转身而去。

小玉只能怏怏跟上，却不忘回头向那美人告别：“小娘子你节哀，我叫宋小玉，我们有缘……有缘再见了。”说着，小玉一阵伤感，哪里还会有“再见”的缘分？

离开时黑铁皮不经意地瞥了一眼墓碑上的字，这一瞥不要紧，他整个人像是被抽去了魂魄，呆呆地钉在了原地。

见黑铁皮忽然停住，不哭不免诧异，顺着黑铁皮的目光望去，也跟着吃了一惊：那墓碑上正写着“牧野孝廉柳郎克让之墓”！这不正是涧狐盗得的墓碑吗？只是这墓碑在涧狐手里时，已历千年风霜侵蚀，残破不堪，勉强才看清这几个字，而此时此刻，这块碑却保存完好，虽然不新，也绝不过百年——黑铁皮师徒夜行已千年，从大汉元始元年到大宋咸平年间，这是他们的“主时空”，只在夜晚，他们才能活在属于自己的“主时空”里，而到了每个白昼，随着弥天槛的长成，他们会到达一个个毫无规律可循的“异时空”，许是之前，许是之后，无章莫测，就想这一遭时空辗转，竟又到了东汉时期。

不哭看着墓碑，想着冥冥之中会不会有种因果缘分。他不禁又想到涧狐，涧狐初进弥天槛也不知道能不能习惯这笼槛之苦，心中不免有些惆怅。只是不哭如何也想不通，为何师父见了这墓碑，竟比他还要怅惘十倍？

柳夫人却没有注意到黑铁皮和不哭的变化，倒是被小玉的那一声“小娘子”刺痛了，神色倏忽变得坚定起来，向老者微微俯身：“福叔，您看着我柳家三代子孙长大成人，家里的事情没有比您更清楚的了，我若不是实在走投无路，断不会出此下策。”

老者沉默片刻，深深地叹了口气。

“走投无路？好啊，你现在是越来越有主意了！”老态龙钟的柳太夫人被人簇拥着来到了墓地，众人均变了脸色。

柳太夫人浩浩荡荡的阵仗也挡住了黑铁皮、小玉和不哭的去路。对黑铁皮三人，柳太夫人只是微微侧目，却并无太多的惊诧。

不哭抬起头去看这位柳太夫人，她显然年事已高，头发花白，面容苍老，身子也佝偻着，走起路来有些蹒跚，可一双眼睛却清澈明亮，仿佛藏着一股年轻人的神采。不哭惊诧之下拉了一把身边的小玉，小玉被扯了个踉跄，不明就里差点挥手打过去。

柳太夫人却在这时转向黑铁皮：“法师恕罪，只因我们小地方，难免有些山精野怪的传言，老大媳妇见识浅薄，见了异相之人便有些发怵。”

不哭听了这话下意识地解释：“夫人、太夫人千万别误会，我们不是妖怪，小玉更不是妖，我们当真是身负天命之人。”

柳太夫人现出一个笑容，那笑容出现得十分缓慢，让不哭心里越发觉得不安。

“不知几位法师背负何种天命？”

不哭瞄了黑铁皮一眼，没敢擅自开口，小玉更是充耳不闻，完全不似他刚刚口吐莲花的伶俐模样。

倒是黑铁皮毫不在意地吐出两个字：“度妖。”

“啊！”柳夫人发出一声惊呼，陡然倾了倾身子，“几位法师真的会对付那些妖怪？能否为我们柳家看看……是不是迁移了祖坟就能……就能……”

柳夫人话未说完，柳太夫人已经目光凌厉地扫过去，柳夫人顿时告罪：“婆母，今天的事儿您不要动气，媳妇实在是没办法了，这才……”

“这才想出了瞒着我这个老太婆迁移祖坟的法子，哼，你这是想让我百年之后也不得安寝吗？！”柳太夫人冷笑着打断柳夫人的解释。

柳夫人在柳太夫人厉声之下，无从解释，又怕又急，居然当众跪了下来。柳夫人这么一跪，身边的美人也跟着跪了下来，一旁的老者张了张嘴正想说情，柳太夫人如炬的目光已经扫到了他身上。

“柳福，你自幼跟着老太爷一同长大，还救过他一命，为此赐你柳家家姓，待你如族人。老太爷去得早，可自我掌家的那一天起，待你如何？”

柳福恭敬地回答道：“嫂夫人待我极好，老朽感念在心。”

“哼，感念在心还帮她瞒着我！迁移祖坟要是有用，我会等到今天？！”柳太夫人一把揭开老者手捧托盘上的红布，下面是一只素色锦囊。

眼看柳太夫人正要伸手去拿，柳夫人情急之下也顾不得许多，突然起身一把抓住柳太夫人的手，哀求道：“婆母，这是我娘家费了好大周折才向大师求来的锦囊，除了柳家男丁，谁也碰不得的。大师说了，只要按照锦囊里的方位迁坟，我们柳家就可以摆脱那个诅咒了！”

“诅咒……”不哭和小玉面面相觑，难怪这柳家上下都笼着一层说不清的阴影，透着一丝说不清的诡异，原来，是有什么诅咒。

柳太夫人狠狠地甩开柳夫人的手：“我看你是昏了头了，什么大师？明明就是个骗子！你竟然相信那些三教九流的胡言乱语，还想迁移祖坟？这么多年，来我们柳家坑蒙拐骗的人还少吗？！”

柳夫人听了这话一阵默然，柳太夫人神情中也带了些伤感无奈，终究没再伸手动那锦囊，只是吩咐道：“既然除了柳家男丁旁人碰不得……柳福！你也算得上是柳家人，打开那锦囊，我倒要看看是什么风水宝地！”

"是，夫人。"面对气势汹汹的柳太夫人，耄耋之年的柳福像个少年般顺从，小心翼翼打开锦囊，展开里面的字条。

周围顿时安静下来。

所有人都想知道那字条上到底写了些什么。

柳福看清楚上面的字，张口就要念。

不哭不知为何，突然想起与涧狐临别的对话，喃喃出声："此庙西南三里，东南角第三棵松树下……"

柳福听了这话，整个人浑身一抖，睁大眼睛死死地盯着不哭："你……你……你怎么……"

柳太夫人有些不耐烦，抬高了声音："柳福，上面到底写了什么？"

柳福克制着颤抖的声音："回……回夫人，就是这位小师父说的，这……这上面写的正是'灵音庙西南一千五百米，东南角第三棵松树下'！"

居然和不哭说的一样！

"法师，不愧是法师！"柳家家人顿时议论纷纷。

柳夫人联想到大树平地而起三人从天而降的奇景，此刻又印证了她娘家大师的话，不禁急切地看向柳太夫人："婆母，您听到没有……这是真的，我们柳家有救了。"

不哭没想到自己一句话会引起如此轩然大波，所有人都一脸渴盼地望着他。

仿佛他就是能救人性命的大罗真仙。

不哭心中升出一股愧疚感，一切并不是柳家人想的那样，他正想张嘴解释，小玉蹿了过来："我早就说了，我们是能够降妖除魔的游方法师，如今你们相信了吧？"

柳夫人跪下，哀戚地道："婆母，您就答应了吧，这锦囊和这几位游方法师，或许真的就是苍天显灵要度我们柳家。"

柳福也带着人跪下来。

柳太夫人怔了片刻，终于开口：“唉，你也是为柳家着想，既然锦囊也求了，那就迁移祖坟吧，兴许真有用呢。”

柳家人顿时一片欢声。

柳夫人连声应着，急急指挥家丁行动起来，反复叮嘱一定要用黑布裹好棺材，千万不敢见了光，扰了先人。

趁着柳夫人指挥众家丁迁移祖坟的空当，小玉悄然凑到那美人身旁。

美人向小玉行礼作揖，也算谦恭，却让人颇有高冷莫近之感，这高冷还不同于寻常美人的孤傲，带着些许……些许让小玉也摸不清的东西。

柳太夫人看向黑铁皮：“既然法师来到我们柳家，怎好就这样让法师离去？不如到我们柳家做客，让我们一尽地主之谊。”

小玉期盼地看着黑铁皮，他自然希望能留在柳家，可是，以黑铁皮的习惯，从不愿卷入当地人的任何风波，以免影响夜幕降临时的行程。

“那就打搅太夫人了。”刚刚还要急着离开的黑铁皮，居然答应了柳太夫人的邀请！

不哭不禁一怔，这不合师父的惯常做派啊。

小玉一脸欢喜，顾不得其他，上前拉了黑铁皮一下，以示欢欣和感激，而后就急匆匆地蹭到那美人身边，随着众人向柳宅走去。

柳家下人将黑铁皮师徒安排在了三间清静又不失雅致的客房里。不哭将东西放下来，打量着屋子里的摆设，柳家不愧是高门大户，客房打扫得干干净净，丫鬟、小厮也十分懂礼数。从来没有住过这种宅院的不哭不禁对一切都产生了好奇。不一会儿有丫鬟送了茶水过来，不哭接了丫鬟手里的茶水，叫上小玉，亲自给黑铁皮送去，却发现黑铁皮并不在房间里。

师父去了哪里？按照师父的习惯，到了一个新地方，就会带着小玉出去查看周围环境，可这次师父却什么也没说，就将他们扔在了这里。

小玉没有将这件事放在心上，正好老爹不在，没有人再管束他，他也乐得轻松自在，拍了拍不哭的肩膀：“放心吧，兴许老爹只是想要出去走走，一会儿就回来了。”

说完，小玉就跑出去，到院子里逗几个小丫鬟。

丫鬟们见到小玉奇怪的模样，起初有些惧怕，谁也不敢与小玉说话，小玉拿出看家本事，又是作揖又是打滚，终于将女孩子们逗得笑起来。几个胆大伶俐的丫鬟，甚至拿出果子点心来逗小玉吃。

小玉亮着圆滚滚的肚子，吃着瓜果心里开心极了，见柳家下人对他放下提防之心，拉住旁边的小丫鬟低声道：“你们太夫人和夫人说的……那个诅咒，到底是什么？”

听到这话，丫鬟们的脸色顿时变了，纷纷低下头，一问三不知。

提起这件事，大家瞬间失去了玩性，站起身来就要离开。

小玉心中焦急，清清嗓子，打起英雄气概，爬到石凳子上，站起来，又一脚踩在了桌子上，他一长一短的跛脚由此被掩饰了，显得威武一些，又拍着胸脯道：“就算有什么妖魔鬼怪魑魅魍魉的诅咒，只要有我宋小玉在，嗯，有我师徒三人在，保管叫妖孽有去无回！”

一个半人半妖、半猪半熊的东西居然口口声声地喊着捉妖……

这样的景象顿时化解了方才紧张的气氛。

丫鬟们笑得花枝乱颤。

英雄也逞得差不多了，小玉心想着时不我待，毕竟夜幕降临，又该上路了，于是决定修书一封约那让他一见倾心的柳家娘子相见。小玉字斟句酌地写好后，姐姐妹妹地央求丫鬟们带给柳家娘子，忍受了好一阵哄笑，宋小玉的彩笺还是没有找到使者。

没办法了，只有不哭一个人选了。小玉又万分纠结地想，万一这柳家娘子如那些庸脂俗粉一样眼光庸俗，没看中自己，倒看中了送信的不哭，该怎么办？转念，又安慰自己，柳家娘了气质不凡，在墓园的时候，并未多看不哭一眼，想来，眼光也必定不俗吧……

小玉正在愁肠百结时，忽然感觉脖子一紧，有人一把将他拎起，小玉大惊失色，抬起头看到了一脸严肃的黑铁皮。

黑铁皮面色阴沉地抱着手里的花樽。

“老爹。”小玉只来得及发出一声呼喊，就被黑铁皮带出了房间。

两人来到柳宅后面一片竹林，黑铁皮手一松，将小玉丢在地上。

小玉揉了揉被摔疼的屁股，刚要向黑铁皮表示自己的不满，却发现不哭正在一旁奋力地挖地。

小玉的眼睛顿时亮起来。

黑铁皮沉声吩咐：“你跟不哭一起挖，快点。”

小玉心里陡然一暖，都说母子连心，看来他与黑铁皮这对不知是真还是假的“父子”也是连着心的，他方才准备了一箩筐的废话想说服黑铁皮逗留一天，没想到根本无须他开口，黑铁皮主动成全了他的心思。那么……万事俱备，就看柳家娘子的态度了。

想到这些，小玉干劲大兴，拿起锄头，三下五除二，和不哭一起挖了个近半米深的大坑。

“师父，可以了。放进去吧。”

“还不行，继续挖。”

不行？小玉和不哭面面相觑，这弥天槛的神通，他们见了不是一次两次了，大战九尾狐君那一次，他们在西晋逗留了十天，也不过是把花樽浅浅埋于西晋都城外一个矮丘上，弥天槛在落日余晖而逝的时候，便不会离开那个时空，而是像株野草般长在那里的土地上。

现在，这个大坑足以装下十盆花樽了。黑铁皮还嫌不够？

看不哭和小玉都放慢了动作，黑铁皮少见地耐着性子向他们解释：“这回还算是个人口颇多的盛世，人来人往的，埋得浅了，怕时间长了，被人发现……”

小玉没听见别的，只听见“时间长了”四个字，这么说，老爹是要逗留比较长的一段时间了？也是，婚姻大事，总是要耽搁些时日的……

不哭迷惑地看着小玉莫名其妙的心花怒放，生怕他再恣意些，口水也要流出来了。

小玉甩开臂膀，干劲十足，挖吧挖吧，挖得越深越好，最好让弥天槛在这里深深生根，最好永远不要离开这个地方。

“再说，明年开春，万一有人在这里翻土播种，还是挖得更深些才保险。”

这话出口，连小玉也实在憋不住了，一向惜时若金连夜赶路的老爹，居然要在这里待到来年开春？来年开春？这才刚刚入秋啊。老爹要在这里住上这么久……别说成亲了，小小玉也该坐了胎了。

不哭以为自己听错了，小心地问道：“师父，你的意思是，咱们要在这儿留到来年开春？”

黑铁皮不语，算是默认了。

“那夜行大计……”

不哭止了话，他看到黑铁皮的神情非常严肃，几乎从来没有过的严肃。他的问题应该是无须回答的，留在这里的意义，无疑比他们执行了上千年的夜行大计还要重要。

牧野城外，一辆马车自西而来。

杜婉仪雇用这辆看起来还不算寒酸的马车，几乎花光了她剩余的全部积蓄，这使得她身边的随行丫鬟一直在絮叨她。

“要是柳家不认你这门亲，咱们可是连去客栈过夜的钱都没有了。”

杜婉仪笑了笑，清丽姣美的脸庞转向窗口，看着外头的车来人往，淡淡地道：“你不懂。”

经历了家道中落，她才看明白，这世道永远是先敬罗衣后敬人，若没有一个体面的排场，恐怕她们连柳家的大门都进不去，还谈何认亲？

丫鬟无趣地撇了撇嘴，想要反驳却又想不出什么话来，讪讪一阵，突地笑了，挨到杜婉仪身边道：“娘子，我那名字不好，我想改一个名字。”

杜婉仪看着她，忽然觉得那看似单纯善良的眼睛下面藏着一丝可怕的东西。丫鬟歪着头笑："就改成如玉，好吗？"

杜婉仪垂下眼帘，果然，她那样帮着自己，到底还是有预谋的。而自己，险些就拿她当了贴己的姐妹，人心世道果然如此。杜婉仪有些恼自己，已经吃过一次大亏，还是不长记性吗？

只一瞬，杜婉仪又抬头望向窗外，正是四月春光正好之时，日暖天晴，行人的心情仿佛被好天气感染，一个个惬意轻松。

"好啊，就叫如玉。"

丫鬟如玉别有心思地笑了，不再陪坐在杜婉仪身边，坐到外面去与车夫说话。

"柳家是什么样的人家？"

车夫性情豪爽，闻言笑道："柳家祖上举过孝廉，做过县令，如今虽不做官了，但在城里也是数得着的人家……你们这是去投亲？"

"是啊！"如玉斜着眼梢看向车夫，"我家老爷生前，与柳家老爷有过约定，两家子女，若为异性，便结为夫妻，若是同性，便结金兰。所以，这趟过去，也算投亲……"

车夫点了点头："那便可惜了，柳家也只有一个女儿。不过，也是好事……"说到这里，便戛然而止，再无下文，如玉听出他那一声中含着他意，连忙追问："怎么叫也是好事？"

车夫干笑两声却不答话，如玉哪肯放过？歪缠了半天，车夫拗不过她，只得道："我这也是听来的，柳家门第是高，但从祖上开始柳家男丁皆不长命，一旦有了子嗣，数年内必然暴毙。你家娘子过去，与柳家娘子结个金兰，做个异姓姐妹，倒也干净，早晚出门子再寻个好人家。否则，真的嫁进柳家……"

一番话听得如玉脸色微变，她躲回车厢内与杜婉仪道："可听见了？柳家原来还有这许多是非……"

杜婉仪依然看着外面，漫不经心地"嗯"了一声，过一会儿又反问：

“你又是为何而来？”

如玉怔了一下，而后摇头轻笑：“果然是见过世面的。”

杜婉仪头也不回：“彼此彼此。”

马车又前行了一阵慢慢停下，已是到了柳宅，如玉先跳下马车，见到眼前一座简朴大宅，白墙黑瓦，青砖铺地，虽不见多少富贵景象，却也比沿路看来的那些灰土黄墙的人家好上不知几百倍。

如玉回身接了杜婉仪下车，小声说道：“看门面倒还过得去，也不知家里是不是真如娘子说得那般殷实厚重。”

杜婉仪没有理她，看过了赭色的门、院外的槐，目光落在刻着吉兽的瓦当上，瓦当上的吉兽嘴尖腰细，并不像普通的白虎，倒像是狐狸。

“去唤门吧。”杜婉仪拿出几枚钱交给如玉，“要客气一些。”

如玉接过钱在手里掂了掂，趁着转过身去的时候揣在腰间一枚，这才上前叫门。

拍了没两下，大门无声地开了一道缝，并没有寻常木门开启时的嘎吱之音，可见一扇大门也保养得不错——所谓大户人家，看的就是这细枝末节的小事，这让如玉心里踏实了些，脸上的笑容也越发真切。

如玉说明来意，又塞钱过去，那应门的小童先是怔了怔，而后马上唤了外院管家过来，那外院管家极为客气地将杜婉仪请进院内，在门后的凉亭小坐。

“娘子请在此稍候，小的马上去禀报夫人。”

杜婉仪闻言起身，向管家道了个万福：“如此有劳了。”

管家忙避向一旁，口中连说不敢，越发加快脚步向院内赶去。

杜婉仪这才又坐下，坐姿端庄，目不斜视，如玉在她身旁侍立，虽也极力做着稳重的样子，一双眼睛却忍不住在院内打量。突然，她不留痕迹地碰了碰杜婉仪，杜婉仪朝她的示意看去，便见院子东南角的一片瓦当上贴着一张道家黄符，再看院内四角，都有这样的黄符。

杜婉仪的目光缩了缩，但也仅仅一瞬，便恢复了正常。

那边管家将杜婉仪到来一事报给了柳家如今的当家主母柳夫人，柳夫人听闻此事慢慢收紧眉头，半晌没有言语，并没有如管家想象般急着迎杜婉仪进来。

“夫人，可是有什么不妥？”

柳夫人面现愁容，最终叹了一声：“去叫惜儿过来。”

马上有丫鬟出去，不多时，一个身着姜黄衣衫的妙龄少女由外而入，见着柳夫人便挨过来，甜甜地唤了声“姑母”。

看着严惜儿青春貌美的脸庞，柳夫人面色稍缓：“惜儿，可记得黄颡口杜家？”

“自是记得。”严惜儿面现讶色，“可杜家多年前已失去音讯，难不成……”

柳夫人点了点头：“如今就在门外。”

严惜儿张了张嘴，神色说不出是恼怒还是委屈，她上前一步拉住柳夫人的手轻轻晃了下：“姑母，这该如何是好？”

柳夫人看了看窗外的夕阳，眉头里的忧虑更深了几分，“这倒是个什么光景？一早来了那三个怪人，傍晚，又来了这个冤家！”柳夫人捉起严惜儿的手，“我将你接来，你便也该明白我的心思，只是没想到杜家闺女突然现身前来投奔，我一时之间也没了主意，所以找你来商量一下。”

“姑母……”严惜儿轻轻咬了下唇，偏头略一沉吟，“柳杜两家乃是世交，又有通家之约，自是不好将其拒之门外。不过，那杜家败落这么多年，我们也曾派人寻访过杜家后人，却一无所获，都道是在山洪中满门遇难。这杜婉仪一个弱女子，又是如何存活下来？即便她在大难中逃得性命，为何不即时前来投奔，事隔多年后才现身？且不说这杜娘子是真是假，即便是真，这三五年间发生了什么事，都未可知。”

说话时严惜儿一双水汪汪的眼睛熠熠生光，既娇俏又聪慧，看得柳夫人极为欢喜，忍不住连连点头，“你说得不错。”说罢，她与管家道，

“请杜娘子进来吧，在查明真相之前，先不要惊动柳太夫人那边。”

那管家见杜婉仪礼数周到，又是柳家未来的女主人，本是对她存了很多好感的，如今听柳夫人这么一说，心中便有了几分底。毕竟杜家失去联络已经多年，而柳夫人更在两年前就接了自家的侄女严惜儿入府，虽然没有明说，但其中的意思大家都很明白。

管家心中为杜婉仪叹息，面上却是不显，仍带着极为和气的笑容回到大门处，客客气气地将杜婉仪请了进去。

杜婉仪心思敏锐，管家一来一回间的态度差别虽然细微，却也并不是无迹可查，她垂着眼，仔细地抚平衣裙上的褶皱，现出一抹最为得体的笑容，这才跟着管家去见柳夫人。

夜幕悄然降临，弥天槛缩小为竹林里的一株小草。幽蓝的月光，静谧的竹林，给重获“自由”的涧狐更添了几分惬意。这是涧狐被收进弥天槛后的第一个夜晚，虽说白日里的牢槛之苦并不舒服，但想到夜夜都能见到她的不哭小官人，涧狐对自己的命运表现得倒没有外公那般忧戚。

环顾四周，涧狐觉得这里有一种似曾相识的感觉，起初，她还以为是重见天“月”后的幻觉，但这种熟悉的感觉越发强烈。

众妖难得有不必跟着老黑匆匆夜行的闲适，早就四散撒野去了，口口声声说得热闹，太出格的事儿他们也是不敢做的，否则转天回到弥天槛里的时候，受苦的还是他们自己。

九尾狐君看着众妖影影绰绰地散去，唯有涧狐心有所念地徜徉，猜她还是念着不哭，不禁长叹：“你到底还是像你母亲。”涧狐再往下追问母亲的事情，九尾狐君却缄口不再回答，只转身化作一道蓝光，消失在月光中，只留了一句：“现在我倒有些感谢老黑把你收进弥天槛，我能日日守着你，断不会让你重蹈她的覆辙……”

涧狐知道外公也像众妖一样不知道去哪里游弋了，的确转身想去寻不哭，可那种熟悉的感觉却将她的脑子越充越满，勾起了心底深处的某些东西，某些让她怀念又让她不安的东西，这东西，并不能分明地捕捉到。涧狐殷切又漫无目的地四下徘徊，以希能够找到这感觉的源头。

不能成眠的还有黑铁皮，从柳宅的客房走出来，踱步到院子里，望着夜空中的明月。

不哭和小玉跟他走了千年，在他们眼里，黑铁皮是个非常简单的人，除了喝酒没有任何爱好，踏青赏月，听荷品雪，从来入不了他的眼，有那个时间，还不如打坐入定。可今夜，他看着月亮一直看到深夜。

白天的时候，他向人打听清楚了，这是大汉建初年间。

建初年间……建初年间！谁想到行踪无常跨越时空的弥天槛，竟将他带回了一千年前！他人生最黑暗的日子！

那件事，刚刚过去八十年……

天上一日，地上一年，也就是说，那件事，刚刚过去八十天。

黑铁皮的呼吸略略加快了些，那些早已掩埋的记忆如雨后春笋一般拱涌而出！

刚刚过去八十天！

黑铁皮望着漫漫夜空，九霄之外，那个叫作青诛的上仙，还处在深深的悲痛与惊惧之中，天界都知道，青诛永远那么慈悲、从容、宠辱不惊，可只有他知道，此刻的青诛有多么惶恐和无助。刚刚失去了心爱的姑娘，他悲痛万分，可他知道，这是她的劫数，自己无能为力。可是，他又将失去最信任的战友，这件事他难辞其咎，他几乎亲手毁了他最好的兄弟、唯一的战友——赤伏。

赤伏……这一次，我一定会救你！

黑铁皮握紧了拳头，一遍遍告诉自己：不惜一切代价，我一定要救你！莫说留到来年春天，便是永远不再回去，我也一定要救你！

万千思绪一起涌到心头，黑铁皮觉得胸腔似乎燃了一团火，几乎不可承受，他跃上院墙，又跃上古树，再跃上高山，希望自己离苍穹更近一些，可仰头望去，苍天还是茫茫无边。黑铁皮气喘吁吁，是啊，他已经不再是那个年轻的青诛，他老了，老到还有能力重新承担一回吗？

山巅之上的黑铁皮发出一阵苍老的笑声，没关系，老了没关系，除了仙籍没关系，再登不得苍穹亦没关系，他还是有办法帮到曾经的自己，他清楚地记得，来年四月，那个还是青诛的他，前往峨眉，途经中原，有一瞬的驻足。

黑铁皮努力让自己冷静下来，来年春天，毕竟还是数月之后的事情，当下第一要务还是确保能安然地留在此地，不要被人看出异端。黑铁皮这样想着，低头俯瞰这座东汉小城，定睛望去，竟然在山下一面湖畔发现了不哭的身影。

小玉到底还是把饱含心绪的锦书交给了不哭，又拐弯抹角、软硬兼施地警告了一番。不哭连连点头，一脸愧赧，就像真的抢了兄弟的心上人一样。

不哭连着向几个丫鬟问路，才打听到柳家娘子的闺房所在。不哭隐隐觉得诧异，打听人家闺房并不是一个妥当的行为，可对方几个丫鬟的反应并不是斥责和不屑，甚至连拒绝也没有，而是不约而同地露出莫名其妙的戏谑神情。不哭也来不及多想，快些送了信，快些向小玉交了差也就踏实了。没想到，走到柳家娘子小院外的时候，他竟然看见一个男子蹑手蹑脚地出了门。

看着这个男子的背影，联想到方才几个丫鬟莫名其妙的神情，不哭心里升起了一个不好的猜测，这柳家娘子看起来如此不同于寻常女子，难道竟是因为她心性如此放荡不羁，到了可以随便……的程度？不哭已经不能想下去了，两条腿却不听使唤地追着那男子，算了，弄清楚状况，回去告诉小玉，让他死心也罢了。

不哭跟着这神秘男子，来到山脚一面湖畔。不哭看到石碑上刻着“镜湖”两个字，湖面微波不兴，果然澹澹幽深，在月下泛着暗光，就像一面大铜镜。

后来，不哭才打听到，这镜湖在百年前人迹罕至、荒无人烟，旁边只有一座不知荒废多久的破庙，湖水虽美，湖畔却杂草丛生，野林蔽日。是柳家祖上孝廉柳克让，买了镜湖畔方圆百余亩的地，建了如今的柳宅，镜湖也就渐渐成了牧野人尽皆知的“名胜”。

不哭看着那男子在镜湖边寻了一个石阶坐下来，不哭不知道他要做什么，找了棵大树隐蔽，目不转睛盯着他。男子面前亮起一簇火光，似乎是在烧什么东西，不哭看不真切，约莫是白衣白绢类的。

火光渐渐熄灭，大约是烧完了。不哭等着男子接下来的动作，却只见他一动不动，坐了很久，任夜风冷露侵蚀着他单薄的身子。

接连一昼两夜没有休息，不哭瞌睡得厉害，只一个瞬间的盹寐，再睁开眼时，发现男子不见了！

不哭正想上前，身后一个声音响起：“你梦到什么了吗？”

不哭转身，正是那个男子，不哭这才看清他的脸，那似笑非笑的样子分明在哪里见过！而且，就是不久前刚刚见过！但是，不哭实在想不起来，这个男人是谁呢？又是在哪里见过他呢？

那男子看出了不哭的疑惑，微微一笑：“柳家墓园，我们见过的。在下柳如之。”

不哭瞪大了眼睛，这才回过神来，原来，宋小玉心心念念的美人儿，居然是个男子！难怪，不哭初见那“美人”，也觉得气质格外与众不同，原来，是身上这股男子的英气。

这倒也好，不管师父要在这里逗留多久，总还是要走的，一走就是无边无垠的时间和空间，倘若真是个美人，岂不空负小玉魂不守舍的一番惦记？

“不哭公子，你还没有回答我的问题，刚才，你似乎是睡着了，你梦到什么了吗？”

不哭有些诧异，这位柳公子没有问他为什么跟踪自己，倒是问做了什么梦。好奇怪的问题，好奇怪的人。

柳如之看不哭一脸茫然的样子，显然没有他想要的答案："可惜我不能像你，想睡的时候就能睡着。"

不哭更加诧异了，他在石阶上坐了那么久，是为了睡觉吗？"柳公子来这里是为了睡觉的？房间里不能睡吗？"

柳如之认真看着不哭的脸，美倒在其次，那种干净让他忽然有了倾诉的冲动，也许不哭不会像旁人那样笑自己的痴癫，可是，真要倾诉，他又不知道该从哪里说起。最终，柳如之这样答道："在这里睡着，能与一个人在梦里相遇。"

不哭的脸上的确没有旁人嘲笑的神情，但那种相当认真的迷惑，也让柳如之有些失望。转而，不哭似乎明白点什么，脸上露出一丝笑意："是……已经离开的故人吗？"

轮到柳如之迷惑了，不哭的语气明明是伤感的，怎么脸上挂着莫名的笑意？不哭看出柳如之的迷惑，拍了拍自己的脸："对不起，我的脸有问题，伤心难过的时候它就笑，高兴的时候它反而哭，平日里我自己还能控制，偶一忘情的时候就忘了……"不哭因为这个毛病没少招人误解和白眼，就连黑铁皮有时生气也因为这个狠踢过不哭几脚，他已经习惯为此负疚于所有与他交流的人了。

柳如之听了不哭的解释，倒也不掩饰自己的好奇，盯着不哭的脸看了一会儿："大千世界无奇不有，这算不得什么毛病，不过是跟别人有些不同罢了。至少你跟我在一起的时候不用控制，既然我知道了你面上显现出来的跟你心里的感受是反着的，那我就反着理解好了。"

从没人这样跟不哭说过，原来这算不得什么毛病……

"想来，我自己的问题比你要严重得多。我爱上了一个从来没有见过的女子。在梦里，私订终身，缠绵缱绻，同衾同椁……"

不哭瞪大了眼睛。

两人聊得投机，不觉到了深夜。柳夫人发现柳如之不见了，惊惶地找来严惜儿，她们不约而同地想到傍晚来投的杜婉仪。

柳夫人姑侄两个率了丫鬟气势汹汹地往安顿杜婉仪的客房去了，却发现门从里面闩上了，丫鬟絮儿敲了几下门，没有应声，便唤芽儿的名字。

芽儿是柳夫人遣来伺候杜婉仪的自家丫头，说是伺候，也是监视。不料芽儿听了唤声，却从外面过来了，见了气急败坏的柳夫人，急忙下跪请罪。柳夫人这才知道，芽儿要伺候杜婉仪沐浴，杜婉仪却坚决拒绝，给芽儿遣了个差，支到厨房去了。

严惜儿一边安抚着焦躁的柳夫人，一边吩咐絮儿到园子找些剪花用的小刀片，将薄薄的刀片塞进门缝，慢慢移开门闩，门闩移开落了下去，柳夫人迫不及待朝木门狠推一把，不想门只是剧烈地晃了几下，并没有打开。

几人这才发现，门里面不仅上了闩，还加了一把锁！这锁看着眼生，想是杜婉仪自己带来的。

柳夫人心里一沉，这杜婉仪沐个浴而已，不仅赶走了自己的丫头，还加了两重门锁，若非其间有什么不可告人的缘故，又何必如此大费周章？柳夫人忙差芽儿去叫些身强力壮的家丁，便是刀劈斧砍也要把门打开。

这时，门从里面打开了，如玉搀扶着杜婉仪出来给柳夫人请安，显然杜婉仪出浴匆忙，头发上还挂着水珠，柳夫人二话不说，指挥丫鬟们冲进屋去，里里外外找了个遍，既不见柳如之的踪影，也不见任何异常的端倪。

“说！你把如之藏到哪里去了？”柳夫人大吼着向杜婉仪冲过来，恶狠狠地扯住她的头发，白天里粉饰出来的慈祥端正荡然无存。

这一瞬的严惜儿，极力控制着内心的起伏，尽量将自己的存在感降到最低，使自己能够站在一旁，冷眼看着这一幕——当年的柳夫人，就像是今天的严惜儿，也是严家的大娘子，多少人的掌上明珠。嫁进柳家后，尽管经历了那场巨大的劫难，严惜儿也并没有亲眼见过姑母这样的失态。她无法想象，换作她是柳夫人，会怎样处理这样的情形；她更无法想象，换作她是杜婉仪，会怎样面对这样的冲突。

杜婉仪痛得仰起头，一旁的严惜儿不动声色地看到，杜婉仪脸上并没有她想象的惊恐，她甚至觉得杜婉仪对这样的情况并不陌生。同是大家娘子，金枝玉叶似的人儿，她如何能面对这样的摆布和屈辱？这个杜婉仪，绝对不一般。

杜婉仪眼帘低垂，声音轻柔却坚定："婉仪尚未见过公子。"

柳夫人一愣，倒退一步，随即冷笑起来："好，好啊！我家如之对外从来以女装示人，除了家中上下，外人都以为我柳家这辈人中只有一个娘子。你初来乍到，怎么就知道如之是位公子？"

杜婉仪嘴角泛起一丝苦笑："公子以女装示人，也是少年之后的事情了。先父和柳伯父曾有过指腹之约，他们都是恪守信义的读书人，早在柳公子和婉仪出生之时，就交换了八字。旁人不知公子真身，我杜家不能不知。"

杜婉仪一番话不卑不亢，又抬出了两位先人，言外又在提点柳夫人不要存着悔婚的心思。柳夫人恨得牙根痒痒，目露凶光。

这时，家丁匆匆来道："夫人不好了，娘子……房外布的网子捉到了一只妖怪。"

杜婉仪知道，家丁嘴里所谓的娘子，就是男扮女装的柳如之。

柳夫人一愣，狠狠剜了杜婉仪一眼："来人啊，将杜娘子看管起来，不准她再走出房门一步。"说完，匆匆离开。

严惜儿悄悄扶起杜婉仪，轻轻握了握她的手："杜姐姐见谅，表哥是姑妈的心头肉，是姑妈的命根子。姐姐还要好好将息自己。"杜婉仪抬头，对上了严惜儿充满温暖和善意的笑颜。

严惜儿微微欠身，转身去追柳夫人。

院子里，众家丁举着火把严阵以待，小玉正躺在挂满铃铛的网子里，龇牙咧嘴，大声嚷嚷："我都说了，我不是妖，所谓窈窕淑女，君子好逑，我是喜欢柳家娘子才会到这里来，不偷不抢，光明正大！"

院子通向门庭的走廊上，柳太夫人梁氏居中而坐，柳夫人携着严惜儿匆匆而来。

柳太夫人梁氏不解地问："这大半夜的，到底是怎么一回事？"

柳夫人抿起嘴唇："婆母，我也是为了如之好，毕竟这三个人突然来到柳家，我怕他们会对如之不利。"

小玉在柳家上蹿下跳，四处打探柳家的事情，又句句不离柳如之，还胆敢差人送信勾引柳如之。柳夫人不禁生疑，自己苦心孤诣，为了保护儿子，让他在公开场合为女装示人，以希避开女妖，倒有男妖找上门来？！于是柳夫人命家丁潜伏在柳如之住所周围，保全万一，却发现柳如之居然不见了，柳夫人这才慌了，让人捉了小玉，把整个柳家都给惊动了。

柳夫人刚要接着说下去，只觉得耳边疾风划过，"啪"的一声，脸颊火辣辣的疼痛，她半晌才回过神来。

柳太夫人扬着手，一脸怒气地站在柳夫人面前，厉声喝道："跪下！我看你眼里是越来越没有我这个婆婆了！既然你早就发现这个丑熊怪一直在打如之的主意，为什么不马上告诉我？"

柳夫人脸色煞白，瘫倒在地，泣不成声："如之不能出事，婆母，我们去请凌虚道长出关吧……"

严惜儿随即跪在地上："柳太夫人息怒，姑妈也是怕扰了您歇息，这才做了主张，趁夜安排妥当，以备万一。若是有什么情况发生，自然会第一个禀报柳太夫人。"

柳太夫人看着严惜儿冷笑道："处处都有你这丫头……也罢，该到你头上的早晚都是你的。"柳太夫人露出一丝莫测的笑意，转而看向网子里的小玉。

小玉乖巧地一笑：“老夫人，您明察秋毫，我对柳家娘子是一片赤诚，本想见面倾诉衷肠，没想到造成了这样的误会。我真不是妖，我怎么能是妖呢……”小玉看着众人瞧着他的眼神，觉得自己这句话说得格外心虚。

柳太夫人冷笑：“这么多年了，我还没看到哪个混入凡人堆里的妖肯承认自己是妖呢！”说着一挥手，几个家丁面面相觑，稍有踟蹰，在柳太夫人冷冷地注视下，壮着胆子上前，对着小玉开始拳打脚踢。小玉将自己缩成了一团，一边嗷嗷惨叫，一边暗暗佩服这老太太，凡人见了妖，少有不怕得惊慌失措的，她一个黄土埋了半截的人，居然如此声色俱厉。

“好啊，本来就皮糙肉厚，团成这副样子想必更不怕打了！来人，将油锅抬出来，我倒要看看，是不是妖怪也不怕下油锅！”柳太夫人悠悠地说道。

小玉吓得也不缩成一团了，咧着嘴直叫唤：“我……我真的不是妖啊，我们是收妖的，老爹跟不哭可以做证，老爹……”

小玉凄厉的喊叫声，没能动摇柳太夫人的心思。

家丁们很快将油锅架了起来，柳福上前抓起了小玉，虽然他心中有些不忍，可是太夫人的话谁敢不从。

小玉望着冒着热烟的油锅，眼见就要晕厥过去，柳福的手一松，他就会被油炸得外焦里嫩，那时他的容貌尽毁，柳家小娘子一定不会再理睬他了。

小玉正为自己伤心，柳福只觉得眼前黑影一闪，紧接着胸口一疼，整个人立即向后飞去。闭上了眼睛的小玉，没有等到烧灼的疼痛，他诧异地抬起了头，只看见黑铁皮沉着脸站在旁边。

“老爹，”小玉激动得鼻涕眼泪一起流出来，“他们非说我是妖，还有，还有，柳家娘子不见了……”

黑铁皮看了小玉一眼，走向柳太夫人和柳夫人，冷冷地说：“柳如之没事，他和我的另一个徒儿混在一起，看样子，相谈甚欢呢。”

小玉听了，张大嘴巴，还没等他有所反应，门口响起不哭的声音：“师父，我们回来了，小玉怎么样？”

看到不哭和柳如之两人的身影，小玉由惧转怒，冲着不哭扑过去：“鬼脸仔，我跟你拼了！”

毛茸茸的拳头雨点似的落在不哭身上，不哭没有躲闪，脸上露出笑容。

鬼脸仔哭就是笑，笑就是哭。

不哭在难过什么？

小玉隐隐觉得哪里有些不对，他还来不及多想，柳如之上前抱住他，使劲儿将他从不哭身上扯下来。

小玉转过头，呆呆看向柳如之，方才抱他的人是……是……柳……

“你……”小玉指着柳如之，“你是柳家娘子？不对，你是她哥哥对不对？双胞胎哥哥，对，你一定是，否则你们两个为何如此相像。”那眉眼，那悲伤的神情，眼前的人竟然与那柳家娘子一模一样。

除了“他”是个男人。

不哭不想小玉再受伤，忍不住道：“小玉，你看到的那个柳家娘子，‘她’其实就是个男子，他叫柳如之，是柳家男扮女装的公子。”

小玉脸色惨白，望着柳如之愣在那里，半晌才发出一串咆哮：“你才是妖！不男不女的变态妖！你们全家都是妖！变态妖……”小玉又羞又愤，暴跳如雷，咆哮着逃开了，一长一短的跛腿竟然跑得格外迅速。

柳如之安安全全地回来了，柳夫人不免有些尴尬。

柳太夫人倒是十分老练，笑着看向黑铁皮，“原来都是误会，还好法师及时赶来，才不至于酿成大错，老身回去定然管教这个媳妇。”说着，吩咐柳夫人，“还愣着做什么？还不快向几位法师赔礼。”

柳夫人忙上前行礼：“都是我的不对，我也是怕如之出事……还请法师……”

黑铁皮打断柳夫人的话，“我那徒儿也有不对之处，柳夫人是关心则乱，既然令郎无事，也算是皆大欢喜，”说着，看向那只油锅，“不管是人是妖，都不该下手如此狠绝，那都是有损功德之事。”

柳太夫人听得这话，眼睛里一闪异样。

柳夫人急忙担起罪责：“法师的话我们记住了，再也不敢了。”

黑铁皮点点头，转身带着不哭离去。

不哭回到房间的时候，小玉已经呼呼入睡了。

本来柳家准备了三间客房，他们可以分开休息，望着蜷缩成一团的小玉，不哭各种心绪一起涌上心头，不由得在小玉床边的地板上躺下来。

首先，他很担心小玉，他从来没有见过小玉那样生气的咆哮，而后又能像什么事情都没有发生过一样酣然入睡。

他也忧虑师父，虽然这柳家大有古怪，这古怪十有八九和妖孽有关，但师父决定留下，一定不是为了给柳家除妖。

他还惦记着爱上了梦中人的柳公子，湖畔与柳公子的一番交谈，让不哭感慨万千，虽然自己未经情事，但这千年走来，见了多少薄幸负情的事儿，哪怕生活里已有了万千纠葛和既成责任，也大有负心人将其残忍斩断，柳如之却为梦里虚无的一个女子，衣带渐宽。难道真的是：一片芳心千万绪，人间没个安排处？

一片芳心千万绪，人间没个安排处？不哭忘记了是在哪里听到的这句话，今夜他把这句话说给柳如之听的时候，分明见到柳如之周身一震。

睡睡醒醒，梦梦思思之间，东方已微白。

百妖纷纷赶来竹林，徘徊在弥天槛化作的那株小草旁边。

涧狐也回来了，一脸疲惫的样子。大隼王见了，不禁奚落道：“小狐狸倒挺守规矩，回来得倒及时。看你这副样子，哪里销魂去了……啊……你个骚狐狸——”大隼王的话还没说完，被九尾狐君一条尾巴卷起，狠狠摔在一棵树上。涧狐和九尾狐君匆匆打了个招呼，却奔向不远处的庄蝶，像不哭一样，唤了声“姐姐”。庄蝶却慵懒地瞥了一眼：“我算你哪门子姐姐，叫前辈吧！”涧狐并未感觉到庄蝶的疏远，拉着她的手问她是不是给自己施了幻术。庄蝶性子古怪，连回答都不愿，面向东方，闭上眼睛，等着太阳初升。

涧狐知道，这便是庄蝶的否认了，心下更加诧异，狐君走过来问询，涧狐托着小巧的腮，一脸迷惑地说：“外公，说来奇怪得很，我觉得这个地方很熟悉。”

“哦？你来过这里？”

“并没有啊，可我不仅觉得这里很熟悉，还觉得……就像……就像在娘亲的怀里……我觉得这里给我一种安全感，就像孩子被母亲抱着的安全感。”

九尾狐君脑子里似乎闪过一道闪电，紧紧抓住涧狐的肩——当年，那个把涧狐交给他的神秘的狐族女子，虽然对涧狐母亲的下落只字不提，但最后却留下一句话：“早晚有一天，这个孩子会带你找到她的母亲……”后来，涧狐长成懂事了，九尾狐君不止一次问她母亲的下落，涧狐每次都露出懵懂的神情，她实在不明白，外公怎么总问自己这个问题，如果自己知道母亲在哪里，又怎么会不明不白地在清涧中生活多年。当年，是母亲抛弃了或者弄丢了她，并不是她离弃母亲啊……

此刻的涧狐仍然一脸迷惑地看着外公，听着外公呢喃般的嘱咐——“你现在的感觉，也许就是找到你娘的线索，你一定不能放弃，你好好想想，为什么会有这种感觉，这感觉到底从哪里来……”

祖孙俩交谈间，太阳已跃出地面，弥天槛慢慢长成，九尾狐君忍受着痛苦，和涧狐讲完最后一句，终被收进弥天槛之中。

天已大亮，不哭被一阵吧唧嘴巴的声音吵醒，小玉向不哭招招手，叫他来吃柳家人送来的果子点心。

昨晚的事似乎被小玉忘得一干二净。毕竟相处千年，小玉越是这样，不哭越是不安。两人之间一向是这样，宋小玉有装模作样去说的本事，不哭却没有装模作样去听的本事。

小玉实在觉得好没意思，心想如果话题不回到昨晚的事情，不哭这呆子怕是过不去了，于是大发感慨地说："柳家娘子居然是个男人，我宋小玉阅人无数，居然也有看走眼的时候！"

听小玉自己提起，不哭的心才算放下来，不过又很诚实地补了一句："我记得当年你第一次见着九尾狐君的时候，好像也是喊他美人。"

小玉哪能记不得，为此他还被九尾狐君狠狠地收拾了一顿，要不是当时黑铁皮及时赶到，小玉恐怕就会成为无毛熊了。小玉厚着脸皮为自己开解："本来嘛，美到极致就会难辨雌雄，我的审美太超前，你是不会懂的！"

小玉忽然跳到门口，看四下无人，抓起不哭就要出去。

"小玉？"不哭不明其意，"你要去茅房吗？"

小玉翻了个白眼："这柳家摆明了有鬼，你就不好奇？"

不哭哪里会不好奇，只是师父反复交代，不要惹是生非，安安心心在这里待到来年！所以，不哭不敢造次。小玉可不管这些，他若是饿着，天塌下来也不想管，他若是吃饱了，好奇心大得想把天捅个窟窿也嫌不够热闹。

不哭跟着小玉在柳家转了几圈也没发现什么异样，他们也不敢在明处走，曲曲折折地净走小路，更是两眼抹黑，走到哪全凭运气。开始的时候不哭还试着记下来路，以便一会儿回去，可走了几趟后已彻底放弃了这样的想法。

"小玉，这柳家实在大得惊人，我觉得我们还是找个人问问路，早些回去吧，免得惹怒了主人家。"

小玉甩开被不哭扯住的手臂："惹怒就惹怒，怕什么，他还敢再拿油锅烹我一次……哎，你看，前面有个院子，咱们去看看。"

不哭虽然心里不愿，但到底拗不过小玉，只得跟他过去。

眼前的小院独门独户，院门外碎石铺地，墙边种着一排翠竹，赭色的院门半掩着，看起来十分精致整洁，又透着些许幽静，让人不由自主地安下心来。

不哭小心地走到门旁，顺着半掩的院门往院子里瞧，正想叫小玉，回头却见小玉不知用了什么方法居然蹿上了墙头，爪子扒在墙上，一长一短的毛毛腿蹬个不停，好不容易才借了力，稳住身子。

这面墙与院门相连，又是光天化日的，若是有人出来进去，第一眼就能发现小玉。不哭本就觉得他们私自出来不太好，如今又做出这贼一样的行径，让人见着怕是不误会都难，连忙四下张望，算是替小玉把风。

墙头上的小玉却是没看见什么新鲜事，院子里的布置倒是雅致，但连个人影都没瞧见，正想下来，就听不哭在下面急着叫他：

“小玉，小玉！有人来了！”

不哭眼看着一个十分好看的大姑娘往这边来了，是柳夫人那个灵巧的侄女严惜儿。连忙提醒小玉，可叫了几声小玉都不见回应，抬头一看，墙头上哪还有小玉的身影？

不哭立时错愕，这么一会儿的工夫，那大姑娘已经走到他近前来了。

“你是谁？”严惜儿稍带防备地打量着不哭，按说昨晚她与不哭照过一面的，不过夜太深了，她又离得远，再加上不哭刚刚出现就被小玉扑上去一阵扭打，而后马上被黑铁皮遣了回去，她并没有看清不哭的样貌。此刻，严惜儿见了他那身朴素的衣裳才忆起来，原来是昨天那三个怪人中，看起来还算不古怪的一个，只是没想到，岂止是不古怪，还生得如此……容姿俊雅、如竹如玉。

严惜儿自小长在闺阁，见过的最好看的男子便是柳如之，从此一颗芳心紧系其身，如今又见到不哭这样的人物，虽暂时不敢生出什么移情别恋之想，却也不觉耳热，稍稍别过眼去。

“原来是法师啊，这是我家公子的居所，旁人是不让来的。”不哭这才知道，昨夜所谓“柳家娘子的闺房”不过是个临时的落脚点罢了，并不是柳如之长期的居所。

“法师莫不是迷路了？柳宅占地百余亩，初来迷路也是难免的事儿。”严惜儿看不哭生了一副好容貌，语气也便十分缓和，不哭连连作揖而后慌慌张张地走了。

离开没多远，不哭听到小玉忽然低吼一声：“不哭，快！”只见小玉跳起来捂一个丫鬟的嘴，不哭手忙脚乱地跟上来，到底是年轻力壮，几下便将她按在墙上。

两人这才看清，这也是个难得的美人——肤如凝脂唇如红樱，一双水汪汪的眼睛勾人心神，只是目光游移不定，显得小家子气了些，她穿着柳家为丫鬟所制的淡绿色衣裙，简单的式样与寡淡的颜色又为她减色几分。这是柳如之贴身的锦衣丫头月莹，从小就在柳如之身边伺候。

月莹被不哭捂着嘴，一双眼睛满带惊恐，她瞄着小玉，眼角无意识地流下泪水，身子抖得跟筛糠一样，已是怕极了。

“我不是妖，你别怕。”小玉一抹自己头上的毛，努力使自己看上去玉树临风一点，可这完全没用，月莹呼吸急促双眼翻白，看上去马上就要昏倒了。

“我们是来捉妖的！”小玉也有点急了，示意不哭稍稍放开她一点，“是你家老太太让我们来捉妖的！”

月莹总算听到了“捉妖”二字，再看这熊妖虽指使人按住她，却也并不害她，惊恐的心神稍缓，目光一转转到不哭身上——待看清了不哭，月莹猛然双颊涨红！

被一个如此俊秀的年轻人压在墙上，距离是那么近，更别提他的手、他的身体都因压制而紧贴着她……月莹的心几乎就快跳出胸口。

不哭见她不再挣扎，便放开了她，连连赔罪，而后无奈地看了小玉一眼——原本，不哭没找到小玉正在着急，转到院子后面便听小玉在叫他，他找了半天，终于在一处狗洞里发现了小玉。

小玉扯着不哭钻过狗洞进了院子里，正看见严惜儿离去的背影，不哭想劝小玉回去时，小玉已冲到了月莹跟前。

今天回去一定会受到师父责骂……不哭满心想的都是这事，自是无暇去看红着脸的月莹越发娇媚动人。

“你们……当真是……”月莹还是很怕小玉，可看着不哭又莫名地心安，她紧绞着衣裙上的饰带，“你们捉妖不去后院，跑到这来做什么……”

“后院！”小玉眼睛一亮，连忙以目光制止了想要说话的不哭，轻咳一声，“我们是要去那里的，但是走迷了路，不知道姑娘能不能带我们去？”

月莹连忙摆手：“不行不行，柳宅大得很，院落罗布，其实，妖物到底压在哪里，我也不知道……”

“果然有妖？”小玉双眼放光。

月莹原是很惧怕小玉的，可跟小玉说了两句话，又觉得他看起来还是挺可爱的，心里的惊惧之情已经是去了大半：“是啊，柳家几代的妖……都被道长的阵法关在那里……”

“几代的妖！”小玉虽然没听懂什么叫几代的妖，却也听明白了柳家果然有妖，被什么阵法压着，可为什么不彻底收服，小玉没想明白，或许是那布阵之人道行不够，只能降却收不了吧。

“姑娘，就算你不知道妖物到底压在哪里，总该知道柳家哪些院子住了人，哪些院子偏僻无人吧？”

月莹没有回答，露出为难的神色。她不敢前去，除了害怕之外，还因那是柳家的禁地，她也是因为从小在柳夫人身边长大才知道这些不为人知的内幕，若是平常的下人，只知道各司其职，不能乱走，至于为什么却只是道听途说、凭空猜测的。

“姑娘，”小玉垂下眼帘变得可怜兮兮起来，“其实捉妖的是我们师父，我们跟着师父正往后院去，谁知道我突然肚子疼，去完茅房回来就找不见师父了……我们师父十分严厉，要是去晚了肯定会受他责罚……小姐姐，你可怜可怜我们，就给我们指指路吧。”

小玉捅了捅不哭，不哭反应过来，也跟着道：“拜托姑娘了。”

“那……好吧。”面对着不哭，月莹真的难以拒绝，但她又马上道，“我只知道个大概，而且，可不敢深入。”

小玉连连点头，月莹回去确认了一下柳如之已经入睡，这才领着不哭和小玉出了门。

月莹也担心被人瞧见她往后院去，一路上领着不哭和小玉走些避人的地方，这正合了小玉的心思，他们一行三人走了好大一阵子，月莹才在一处假山后停下脚步，微微探出身子指着前方一道小门说：“看见没，过了那边，便不常有人了。你们去吧，我得赶快回去。”

小玉立时千恩万谢，“小姐姐”“大美人”说个不停，一张巧嘴哄得月莹对他再无半点惧怕，笑意盈盈地走了。

哪里料到过了假山，地形似乎更加复杂，两人在大宅子里毫无方向地摸索，来到一个小院子。这院子在整个柳宅，总该算是地处偏僻的，花木少经修剪，墙面也有砖瓦脱落的痕迹。如果说有什么道长封印妖精，大约也会选这种偏僻的后院吧。

不哭禁不住再次提醒小玉：“我还是劝你不要招惹柳家的事情了，人家既然有了自己的御用法师，用不着咱们的。而且，师父反复交代过……”

小玉有点不耐：“你就不好奇？什么叫‘几代的妖’？难不成柳家还养妖繁殖不成？”

对于这个“几代的妖”，不哭的确也是好奇，但坏了师父的事情，惹师父生气，才是他最在意的。不哭也想到小玉最在意的事情，又劝道：“你想想，一千年了，咱们从来没有歇过这么久的时间！在人家的地盘上，好吃好喝地招待着，你真的想碰了人家的疼、揭了人家的短？你不好好地享受这段时间，以后想找这种机会可就难了……”

小玉显然被说中了心思，猛然敲了敲不哭的头，把声音压到最低：“你若是不再聒噪，咱们怎么会被人家发现？不要废话了，闭嘴！”

不哭忽然捂住小玉的嘴，做了个噤声的动作，墙的另一头隐隐传来一阵声音，像是两个女子的争吵声。

“你吃也吃了，哪里还有这许多话？”

“娘子，我们也算是共过患难，一碗花胶而已，值得你我生了龃龉？”不哭耳力也好，依稀听得出，是昨天晚饭时见过的那位杜娘子和丫鬟的声音，原来，柳夫人竟把杜家娘子安顿在这偏僻的后院里。这丫鬟——似乎是叫作如玉的，不哭当时就想，这哪里是个丫鬟的名字——如玉人前恭顺温婉，不想背地里居然以这样不敬的口气和自家娘子说话。

“今天，娘子心疼一碗花胶，将来成了柳家女君，娘子承诺要给如玉的东西岂不更加心疼？”

小玉也听到了她们的对话，把耳朵凑了过来：“这杜娘子，野心不小呢，仓皇来投的孤女，这门亲事还不一定有没有着落，倒先给丫鬟许东许西了。”不哭有些羞愧，两人这副模样，分明就是两个听墙根、扯闲话的长舌妇……

“唉，风餐露宿了这些日子，看看，我的脸都不似之前圆润饱满了，到时，不怕娘子不舍得给，柳公子都不肯要了吧……”

小玉的眼睛登时瞪大：“哇，原来，杜婉仪许诺如玉的是……是自己的夫君啊！”不哭再次捂住小玉的嘴。

不远处传来一阵脚步声，不哭以为是小玉的感叹惊扰了房里的人，赶紧拉过小玉，隐蔽在花木中。细听之下才辨出脚步声是从外面传来的，一个姜黄衣衫的女子带着丫鬟进了这个院子。虽然只匆匆一瞥便隐蔽起来，不哭的眼力还是能看清是刚才见过的严惜儿。

严惜儿进了房，和杜婉仪互相道了礼，看着如玉面前只剩了一层底子的青釉小碗，那是她一大早差人送过来的一碗上好的花胶。严惜儿感觉到了屋子里的气氛不同寻常，关切地问：“这是怎么了？”

杜婉仪还没说话，如玉先说道：“奴婢蠢笨，不小心打翻了娘子一碗花胶，奴婢认错认罚，还是不能消了娘子的气，若气坏了娘子的身子，奴婢岂不是死罪……”

看着如玉故作可怜的样子，严惜儿察觉这主仆俩关系不大寻常，这倒给了她一个拉拢杜婉仪的机会。

严惜儿想到这里，立即道：“原来是这样，柳家这样的人家，怎会因一碗花胶让主仆起了嫌隙，我再送来一碗给姐姐就是。”

如玉脸上的得意一闪而过，刚要向严惜儿迎合谄媚，严惜儿目光看向如玉：“姐姐又何必因此与这恶仆动气，依妹妹看，这奴婢对姐姐多有不敬，依柳家家规，就让人牙子将她领出去发卖了。本来姑母就是要将身边聪明伶俐的丫头芽儿，遣来给姐姐做贴身丫鬟，姐姐留她也是无用。”

如玉听得这话不禁面色大变，她以为严惜儿和杜婉仪也是有地位之争的，却万万没想到严惜儿会这样帮杜婉仪，真的如严惜儿所说，这件事闹大了，她说不定就要被撵出府去，于是赶紧跪下来求饶：“是奴婢错了，奴婢再也不敢了，求两位娘子开恩，饶了奴婢这一次。”

严惜儿冷冷道：“饶不饶你，要看你家娘子。”

如玉立即向杜婉仪哀求。

杜婉仪看了严惜儿一眼，又看向如玉：“这次就算了。”

如玉急忙谢恩。

杜婉仪挥挥手让如玉退下去，转过头感谢严惜儿：“多谢妹妹。”

严惜儿拉住杜婉仪的手，“哪里的话，我也是因为昨晚的事来向你道歉，”说着又解释道，“姑妈昨天举止有些失措，她心里对姐姐也十分抱愧，姐姐千万不要放在心上，体谅姑妈对表哥的事总是关心则乱。”

杜婉仪道：“惜儿妹妹说哪里话，我午后才到，公子傍晚就失踪，换作谁也不免会这样想。倒是夫人受了一夜惊吓，妹妹受累好好照顾夫人。”

“姐姐果然是大家闺秀，知书达理，”严惜儿目光闪烁，压低声音，“姐姐也别怪妹妹多嘴，那个叫作如玉的奴婢如此大胆，难道是在姐姐家道没落时，得了什么要紧的东西在手上来威胁姐姐？”

杜婉仪双唇微微动了一下，俨然有些要紧的话即将出口，但终究她只是摇了摇头：“可能是我性子太过软弱，连下人也拿不住吧。”

严惜儿眼里失望的神情一闪而过，她拉起杜婉仪的手：“姐姐，你出身名门，心性纯善，听惜儿一句话，凡事问心无愧就好，不必在意宵小的言行，尤其不要怕那些别有用心的人。你怕她，就是把自己的一片高洁往他们的污淖里去染。”

杜婉仪低下头，严惜儿的话说得似乎很对，只要问心无愧，何必去怕别有用心的人，可是，在这个世道，做到问心无愧就能保全一个无依无靠的弱女子吗？

严惜儿说完话，起身告辞而去，走到门口，严惜儿看了一眼门闩上的锁，好奇地拿起来：“姐姐在屋子里时，为何要在外面上把锁？好像生怕谁闯进来似的。”

杜婉仪嘴唇嚅动两下：“是我……胆子小。”

看到那把锁，杜婉仪耳边竟然又响起那让她不寒而栗的拍门声——“小贱人，再不将门打开，看我如何收拾你……”

杜婉仪紧紧地攥起了手帕，这把锁在那段暗无天日的日子里，不知道多少次救她于不堪的际遇。杜婉仪苦笑一下，仰头望着窗外苍天老树间隙里射来的一束阳光，自己一生浮梗转蓬，若不拼舍全部力气保护自己，还能指望谁呢……

严惜儿笑起来：“姐姐不用担忧，柳家有那么多护院，你在这里安全得很。”

杜婉仪低下头：“我……我知道了。”

杜婉仪刚说到这里，只听得严惜儿惊叫一声：“那是谁？快捉住他们。”

门外的不哭听到严惜儿的声音，知道自己和小玉已经被严惜儿发现了。

“快跑。”不哭下意识地向前跑去，身后的小玉行动实在迟缓，被赶来的柳家护院捉住了，小玉急着要脱逃，不小心撞倒了赶过来的严惜儿，严惜儿被折断的树杈划伤了手臂。

严惜儿身上见了血，整个柳家顿时沸腾起来。

柳太夫人和柳夫人得知不哭和小玉竟然敢私查封压的妖孽，又惊惧又愤怒。

柳夫人倒是对面前的不哭等人存有一丝的期望，低声劝说柳太夫人：“婆母，凌虚道长数十年才出关一次，倘若出了岔子，让那些……东西，跑了出来，我们可要怎么办才好，不如就让这三位法师仔细查一查，说不定……”柳夫人眼中露出极度恐惧的目光，不难想象，当年的事情到现在，仍令她不敢回首。

柳太夫人虽然还能沉住气，但也能听出语气里的极度不满，“凡人除病尚且讲究对症下药，想来除妖的道理也大抵如此，三位法师纵有通天本领，我柳家亦已有了自己的师父，除妖的事情，就不劳他们三位费心了。三位若不嫌弃，就在敝府安心吃住——莫说三位法师，就算这些年来打着捉妖旗号到我柳家坑蒙拐骗的江湖术士，我们也是好生招待着。”听着柳太夫人的指桑骂槐，黑铁皮狠狠瞪了不哭一眼，柳太夫人挺了挺身子，提高了音调，“若是三位嫌我家招待不周，老身也不能留客了，就请便吧！”

黑铁皮向来脾气古怪，破天荒地被人数落这么久，仍没有半点顶撞的意思，恭恭敬敬地向柳太夫人请罪，保证从此看住两个徒弟，再不敢犯柳家禁忌。

回到客房，黑铁皮一言未发，甩出两本天书，罚不哭和小玉跪着抄上一百遍。不哭非常主动地把小玉那份也揽过来，对着这根本就看不懂的天书抄到天黑，心里却一直没有放下柳家的事情，太多的地方都让他觉得不对劲，很不对劲。

傍晚，杜婉仪来探望严惜儿。她觉得严惜儿意外受伤，毕竟是来看望自己引起的，于是用晌午时分嬷嬷给她送来的新衣料子，贿赂了厨房里的丫头，亲自给严惜儿熬了红枣甘草乌鸡汤压惊。

杜婉仪进来的时候，严惜儿正在用一堆黑乎乎黏稠稠的东西涂抹受伤的手臂，嫩藕似的玉臂，竟被树枝划了四五寸长，一两分深的口子，倘若留了疤，也真是可惜。严惜儿笑着安慰杜婉仪："姐姐不要担心，我从小胡乱读书，多少看了些医书，自己正琢磨着用几味药制成药膏，也许有生肌去疤的奇效呢。"

杜婉仪听了微微眼睛一亮，倘若真有这样的好东西，自己心头那个最大的结也就解了……杜婉仪心里殷切地想着，不自觉地摸了摸自己的手臂，这一幕被严惜儿看在眼里，严惜儿凑近了一些，把手搭在杜婉仪的手臂上："姐姐的手……"杜婉仪触电似的弹开严惜儿的手，退后一些，和严惜儿保持了不到一米的距离，仿佛这样才觉得安全些。

杜婉仪马上回过神来，自知失仪，掩饰地说："妹妹见谅，我初来柳家，有些择席，睡不安稳，精神头不太好……"

严惜儿笑笑："平日里，我也常琢磨些安神的汤药，还有些美容养颜的小方子，比外面卖的什么泽颜液、玉容膏、冰脂霜还要好用，姐姐要是不嫌弃，改天给姐姐拿过去一些。"

杜婉仪谢过，又认真看着严惜儿，果然要比一般的女孩肤质细腻、白嫩光润。

两人正姐姐妹妹地聊得正酣，絮儿匆匆来找："严娘子，您快去看看吧，我们夫人又不好了。"

严惜儿赶紧辞了杜婉仪，匆匆去见柳夫人。她知道，前些日子，柳夫人使银子托人找京里做官的故交，向朝廷举荐柳如之，求个一官半职。对方终于回话，让柳如之写篇文章，以文荐人，没想到这柳大公子把自己闷了几天，写出来的东西让柳夫人看了差点吐血。

严惜儿匆匆赶来的时候，黑铁皮三人已提前到了一步，柳夫人一肚子委屈怨怼，也管不得对面是谁了，拉着黑铁皮嘤嘤哭诉："我儿两岁识字，三岁成文，是牧野有名的神童，可是现在……好容易攀上了远方亲戚，想写个文章递到朝廷选贤，可……看看他写的什么啊！简直是作孽啊……"

地上零落着扯断的缣帛，想必是柳夫人气急之下撕扯的，严惜儿果然聪敏过人，从地上拾起缣帛碎片，没几下就拼回了原样，看着上面的字，眉头不禁越皱越紧。

本来襟抱鲲鹏，
镜湖归来惟艳词。
万里万卷尽抛舍，
梦兮魂兮相依。

镜湖归来惟艳词……

镜湖？

到底发生了什么？

艳词？

什么样的艳词？

严惜儿心里的感觉愈加不妙。

"什么样的艳词？"黑铁皮说出了严惜儿心中的疑问，"大人，您看过吗？"

"在他房里翻腾一番，只找到一只火盆，里面一堆化为灰烬的缣帛……”柳夫人抹着眼泪，“这孩子，这几日我让他安心在房间里做文章，心里总是记挂着，既怕他身子弱，劳累不得，又怕拖得久了，对京里的人不好交代。左思右想，却也不敢催他，谁知道，到头来竟给了我这个东西……”

不哭听了这话，忽然想到，夜里柳公子在湖边烧的那些白绢似的东西，难道也是这所谓的“艳词”？他这些话，是写给那个梦中女子的？若是给现实里的人，不管她在海角天涯，总还有个去处可以传送锦书，可对方既是梦中人，除了烧尽锦书，也的确别无他法了。

“想来，柳公子的文章必然不错，只是……”黑铁皮看起来虽是个邋遢的老头，可只有他自己知道，儿女之情的那般细腻，恐怕这世上再没有谁比藏在身体里一千年的那位寡淡的青诛上仙体会得更加深刻——原本志在四方、前程无量的年轻人，到底经历了什么才会想到“万里万卷尽抛舍”，对于这一点，黑铁皮恐怕比任何人都清楚。

那词里提到了“镜湖归来”，柳公子难不成是在镜湖发生了什么事？

“母亲，孩儿不孝，惹母亲生气了。”柳如之进了门立即上前认错。

柳夫人竟比个年轻人还要利落，三步并作一步跃到柳如之眼前，面对着从来骂不舍打不忍的心肝宝贝，终于大发雷霆：“你……你这逆子，你说，这……这到底是怎么回事？”

柳如之静静地看着悲愤交加的母亲，眼里的不忍一闪而过，神情格外认真，后退一步，跪在地上：“母亲，我与一个女子一见钟情。”

“你……你说什么？”柳夫人上前一步，狠狠捶打柳如之躬下的背。

“儿子不但遇见了她，而且是刻骨铭心，至死不渝。”柳如之一字一顿地说，几乎是母亲的拳头每落下一次，他就说出一个字。

柳夫人的手颤抖得越来越厉害，仿佛被一个巨大的旋涡吞噬，关于那个诅咒的巨大旋涡。她不是在疯狂捶打柳如之，而是疯狂去抓扯一根救命的稻草。

柳夫人后退一步，发出一阵悲鸣：“作孽啊……我千算万算，还是中了招……你说，你告诉我，这是个什么女子？你在哪里遇到的？我就是拼舍性命不要，也要跟她计较一番！”

“我在梦里遇到的。”

这话一出，众人都呆住了，底下的丫鬟嬷嬷，纷纷露出讶异、不解，甚至不屑的目光。果然，没有一个人，会像不哭那夜在湖边，听到柳如之这话后做出真诚的反应。没有人相信柳如之的话，人们都当他痴了，疯了。

柳夫人昏了过去。

柳夫人这一病，就是半个多月，柳家上下那股让人窒息的紧张气氛消解了很多，人们这才意识到，这个无比恐惧，浑身上下都在防备、都在战斗的母亲，平素给了旁人多大的压力，也给整个柳宅添了浓浓的阴霾。这阴霾甚至大过那个诅咒本身带给柳家人的压力。

严惜儿一面照顾柳夫人，一面帮柳夫人打理家中琐事，幸亏她聪颖练达，否则几乎不堪重负。半个月下来，严惜儿清减了不少，却还不忘差人往杜婉仪那边送去了美容养颜、生肌化腐的膏霜，杜婉仪虽然明白这严惜儿早晚是自己嫁给柳如之的劲敌，却也不觉对她深有好感。

这天，西风卷帘，秋色正好，杜婉仪独自在院子里闲逛。

柳夫人有意疏远她和柳如之，甚至把她安排在最偏僻的后院，平日里也让下人拦着，不让她四下走动，更别说让她见到柳如之了。就连初到那天，合并了她和三位法师的接风宴，竟然也以闭门做文章为由，没让柳如之参加。

那日，杜婉仪也是这样在花园闲逛，远远瞧见了外出归来的柳如之，虽然她并不认得柳如之，但她确定这个清瘦挺拔的年轻人一定是柳如之，柳家唯一的公子，她还没出生时就已注定的命中良人。依稀在梦里，她见过他，大约就是这个样子，俊朗挺拔、风姿潇洒。

柳如之似乎也察觉到有人隔了一片花木打量着他，向这边望来，杜婉仪双颊一红，正想退避，却又想到，这是很难得的与柳公子邂逅独处的机会，不该这样怯懦地放弃。正想佯作不经意的样子上前，柳如之却被两个丫鬟匆匆拉走了，其中一个甚至悄悄回头，心有余悸地瞥了杜婉仪一眼。只这一眼，足够杜婉仪明白，柳夫人是如何交代她们严加看管柳如之的，甚至包括，严禁他和这个突然出现在柳家的、不知来头的杜娘子见面独处。

杜婉仪在房里闷了多日，心里暗暗盼着，这位指腹为婚的柳公子若是有心，也该来看她一看了，可是，她并没有等到他。毕竟，他们几乎不算相识，又何谈相知相期相恋？

近来，柳夫人病榻缠绵，杜婉仪揣着也许能再邂逅柳如之的想法，在园子里徘徊。一阵秋风吹来，微微掀起杜婉仪的衣袖，藕臂露出一段来，光洁如玉。严惜儿送来的玉容膏果然是好东西，那些伤疤都好了，这些意味着苦难和屈辱的伤疤终于不见了……

抚摸着自己光洁的手臂，杜婉仪忽然觉得有点奇怪，自己竟然有些怀念这些伤疤，她忽然觉得自己长久以来，把它们当作屈辱，其实是不应该的，这样也是对自己的否定。其实，更应该把它们当作一份纪念，虽然纪念着自己曾经的不幸，但也纪念着自己曾经的决心、信念和勇气。

杜婉仪更加感激严惜儿，聪明如她，不会不明白柳夫人把严惜儿留在身边的目的，她和严惜儿到底谁会成为柳家女君，目前没人敢说，所以，她和严惜儿之间有着天然的敌意。如果不是因为这个，杜婉仪想，她和严惜儿一定能够成为闺中密友，严惜儿那么聪明利落，那么开朗热情，那么乐观勇敢，就像曾经的自己。

一路思绪万千，不知不觉就到了柳如之的院门外，以前也曾从此路过，慑于柳夫人淫威，杜婉仪从不敢逗留，今天，她总算鼓起勇气走了进去。

果然，不仅柳如之的人同她梦想中的一样，就连他的居所也和她想的一般无二。苔痕铺阶，草色入帘，虽然是当地望族唯一的公子，室内却没有任何奢华的陈设，床头黄卷，壁间宝剑，窗前还有一把琴，墙角立着一把西域传来的琵琶，更有窗前两树桂花香浮。

杜婉仪走到窗前，指尖轻轻抚过琴弦，清泉淌于山间的声音将这几年的光景次第呈现得更加清晰……这是她在勾玉楼里最痛恨的东西之一，鸨母逼着她练琴，凭她的聪慧，早就将那几首曲子练得游刃有余，但为了不去迎客，她只能做出最蠢笨的样子，练了半年还是弹得不成曲调，为此招了很多毒打……

杜婉仪在琴前坐下，在桂花香里奏了一曲。今天，她才发现，古琴的声音竟然如此动人，奏琴竟然是这样惬意的一件事。看着这样琴瑟丹青俱备的卧房，杜婉仪心想，今后，若能常常在这里陪着他，他写字，她研墨，他读书，她抚琴，红袖添香，举案齐眉，该是多幸福啊。不知道，她杜婉仪历经了那般劫难，还有没有资格获得这样一份寻常的人世幸福，春踏青，秋赏月，夏听荷，冬品雪，得一心人，白首不离。

身后一个清脆的女声响起，搅断了杜婉仪的思绪：

“你是什么人？”

杜婉仪紧张地回过身来，柳如之站在门口，身边立着一个俊俏的丫头。丫头月莹认得杜婉仪，微微一愣，旋即露出一丝不屑：“原来是杜家娘子，这般私闯我家公子的房间，不知有何贵干啊？”

杜婉仪努力掩饰自己的窘迫，向柳如之行了一礼。柳如之看杜婉仪两颊绯红，量她是被月莹质问得有些慌乱，便找了个理由，将月莹支了出去。

月莹本来扭捏着不愿离开，撒娇和谦恭之间，那个度掌握得非常纯熟，见柳如之态度温和却坚决，这才收了那股沁人的娇嗔，婀娜地转了出去。

“公子，今日秋高气爽，婉仪在园子里多走了一会儿，觉得有些口渴，本想进来讨杯水，竟被公子这房里的幽雅动了心窍，不免流连了一会儿。实在造次了。”杜婉仪趁这短短的时间打好了腹稿。

“妹妹不必客气，常来走走也是应该的。”

杜婉仪心中一动，抬头对上柳如之温润的目光，两颊的绯红更添了几分。

“方才在门外，听到了妹妹奏琴，婉转缠绵竟又不失激昂。想妹妹生在闺中，却有这样的心志，实在难得。”

短短一段琴音，柳如之竟能读懂杜婉仪的心思，若非历经变故，心里存了太多顾忌，杜婉仪简直想一诉衷肠，把这些年的颠沛流离、命运辗转，如何家道中落，如何被家中老仆算计卖入青楼，如何含垢忍辱保护清白，如何拒不接客惨遭折磨，又如何九死一生侥幸逃脱，终于到了柳家，又如何被贴身丫鬟拿着把柄，处处要挟，甚至取了她在青楼的艳名“如玉”来时时处处昭示过往的不堪一一告诉柳如之，可到底，她什么都没有说，就像一个未经世事的名门闺秀，静默地看着柳如之。

柳如之也是个心思细腻的人，不可能看不出杜婉仪的情愫，只是这情愫他不忍负，却也不能受，一时情急，说道：“杜家既与我家是世交，妹妹又是这样可怜惜的人，我柳家早晚会给妹妹安排一个好的归宿，不负两家交好，亦不负妹妹芳华。”

话刚出口，柳如之就有些后悔了，这话说得急，本是推拒慰藉之词，却还有一层歧义。果然，杜婉仪只领了另一层歧义，羞得不行，低头匆匆而出。

回去的路上，杜婉仪觉得天蓝草香，秋高气爽，甚至忽然有冲动想哼支曲子。她猛然记得，小时候的自己常常是这样的，多少年了，她竟然连真心地笑都不会了。杜婉仪笑着笑着，直到发觉脸颊冰凉，赫然察觉，两行泪已在不觉间涌了出来……

她看得出，柳夫人并不喜欢她，她也知道，自己前路多艰。但她比以往任何时候都要坚定，都要心存信念，因这世上，总算又有一个值得她惦记的人了。

柳如之本想去追，却又不知追上还能说些什么，也觉得有些恹恹，便停住脚步，在桌前呆坐了一阵。

杜婉仪是个好姑娘，柳如之虽然不算了解她，但看她的眼睛，几乎就能确定这点。那种柔弱与坚毅并存的气质，甚至是他小时候暗暗给自己选定的女子标准。可是，他“遇”到了梦中人，不管是杜婉仪还是杨婉仪，都像是被滔滔流水冲散了，实实在在而又无影无踪。而他的梦中人，虽然在无边的虚幻中，却又那么真切。

玉骨冰肌，一脊香汗。

几缕湿透的乌发来来回回扫在他的肩头，发间别着一朵奇特别致的簪花，随着盈盈可握的细腰起起落落……柳如之见多了金银细软、名贵首饰，却从来没有这样爱极那一朵簪花，仿佛一只雪团似的毛球，在胭脂里滚了几下，沾染了深深浅浅的酡色，像桃花初破蘸水开，像余霞未散，更像酒醉的女子绯红的脸颊。

梦里与那女子交欢的情境虚幻又切实，白日里回忆起来，柳如之的脸一下子就红了，红了以后就变得不可遏止，心跳加速，血脉翻涌。他理了理衣服，端正身姿，使自己看起来尽量符合母亲平日教导的样子。只需稍稍想一下都会面红耳赤的柳如之，他无论如何不敢想象，自己在梦里竟然可以是那个样子……

这半个多月，小玉也没闲着，黑铁皮整日在房间打坐，不哭老老实实抄着完全看不懂的天书，他只能整天做游手好闲状，和柳家丫鬟小厮混得愈加火热。没有柳夫人的眈眈咄咄，下人们也没有那么战战兢兢，小玉装作什么都已了然的样子，分别从不同人的口里探出一点信息，竟然大约拼凑出那讳莫如深的诅咒全貌。

原来，这诅咒确也是由妖而来。据说，柳如之的曾祖，也就是涧狐挖的那位孝廉郎柳克让，年轻时遇了狐妖，幸亏柳克让饱读圣贤之书，抵住魅惑，请来道法高深的道长收了狐妖，可这狐妖于心不甘，临死前诅咒柳家每代皆有男丁被妖物所迷，永世不得安生。

不过狐妖虽留下诅咒，可当时的柳家和那捉妖的流空道长都没太放在心上。后来，老太爷的儿子，也就是柳如之的祖父大婚数年，妻子生下二子，两个小妾也分别生下儿子，本以为生活和美，诅咒之事不过无稽之谈，却偶然发觉妻子行动多有诡秘之处，有心探查之下，竟发现其或是妖精所化！如此诅咒一事才被重新提起，柳家有意再寻流空道长收妖，奈何十数年过去，道长云游天下早已不知所踪，于是便请了道长的徒孙凌虚道长前来除妖。

凌虚道长深得流空道长的真传，没费多大力气便让妖精伏诛！居然是一只硕大的蜘蛛！而其产下的两子也都现了原形，化成两只小蜘蛛，都被凌虚道长封印了。

柳如之的祖父因此大受刺激，之后虽又续弦，但心病已成，身体一天天地衰败下去，续弦梁氏，也就是现在柳家的柳太夫人生下柳如之的父亲后，他便重疾难愈，驾鹤归西了。

有了柳如之祖父的缘头，柳家对柳如之父亲的婚事格外谨慎，千挑万选选了以女子行仪著称的严家娘子，也就是如今的柳夫人为妻。柳夫人嫁入柳家后恪守妇道，第二年便生下柳如之，随后几年柳家风平浪静，没有半点异样，柳太夫人曾不止一次地夸过柳夫人，说她是柳家的福星，可稳家宅。

可惜，柳夫人的福气只维持了短短五年，柳如之的父亲虽然没有娶到妖怪，但他的两个庶出的哥哥却是难逃诅咒的命运——柳如之的大伯便娶到一房蛇妖，不仅如此，那蛇妖还施媚术迷惑了柳如之的二伯和柳如之的父亲！

柳太夫人当即便请来凌虚道长将蛇妖封印，可丑事已成，柳夫人日夜以泪洗面，柳如之的父亲虽感后悔，却是难回当初，柳如之的两个伯父在此之后身体莫名衰败，短短一年之内，柳家兄弟三人相继去世。外间虽不知其中真正缘由，但柳家一年三丧之事是隐瞒不了的，这才有了柳家遭受诅咒之传。

因着之前种种，柳太夫人与柳夫人对妖物可谓痛恨至极，现下到了柳如之这一代，柳夫人早早地便做了各种防范，不仅在结亲人选上千挑万选，就连柳如之身边的丫头小婢，都须得是从小看到大、没有半点嫌疑的才可以近柳如之的身。即使如此，柳夫人还不放心，柳如之渐渐长成，生得面如冠玉，目若朗星，柳夫人不仅提防诅咒里的女妖，连寻常女子的青眼也处处加以提防，干脆心下一横，让柳如之在外人面前男扮女装。

不哭听了小玉眉飞色舞的讲述，惊得目瞪口呆，原来，所谓“几代的妖”，竟是这个意思……可是，代代遇妖孽？这要到什么时候？弥天槛通天入地，能收的妖想必也是有限的，这柳家还能世世代代无穷尽地招来妖物吗？不哭忽然想到柳如之在湖畔对他说的话，他爱上了梦里一个女子，而且，一定要在湖畔入睡才能梦到这个女子，这件事情听来与妖无关，但细想之下，也十分诡谲，难不成，柳夫人处心积虑保护独子，妖精不能近身，便又变换了招数？试图进入柳公子的梦境以勾引他？

不哭趁夜去请教庄蝶，庄蝶听了连连冷笑：“我夜夜苦修，尚未修成‘以梦化境’之术，便是修成也不过是完整呈现斯人梦境而已。又有什么厉害的精怪能够左右一个精壮男子的梦境？”不哭仍不甘心，继续追问：“许是不同法门有不同路数？”庄蝶笑着说：“这世上的法门总有定数。今天我权且给你好好讲讲吧：世象有两境，眼耳鼻舌身意——六识十八界，是昭昭之境；盘古开天辟地之前，还有混沌冥冥之境。世人只知昭昭之境，少而又少的大德才懂得冥冥之境。人的梦境是当今这世上与冥冥之境联系最近的，也几乎是唯一的。”庄蝶的声音忽然变得低沉、严肃，“你可知道，妖和人、神到底有什么区别？”不哭摇摇头。庄蝶长叹一声，转身背对着不哭，抬头望向高远的月亮：“说起这个，就要说到槿斗了……”

“槿斗？”不哭刚吐出这两个字，就赶紧捂住自己的嘴巴，左右看看，生怕别人听到他们又谈起这个名字，但他又实在止不住好奇，小声问了一句，“就是曾经的……妖王槿斗？”这话出口，不哭便有些后悔和愧疚了，黑铁皮严禁他们谈论千年前的那件事，不哭自己也不止一次劝阻小玉的痴想妄言，可听庄蝶的话音，他就更想知道这位让人讳莫如深的妖王，到底做过什么。

“对，就是他。罪在当代、功在千秋的妖王槿斗。”

罪在当代、功在千秋……这八个字，让不哭的眼睛瞪得更大了，他并不明白这八个字到底是什么意思，但其间隐约藏着的那丝丝悲壮苍凉，已渗入他的心中。他恍惚看到，月华洒在庄蝶眼睛里，竟泛起晶莹的泪光。

“你一定觉得很奇怪是不是？他们都说他……无耻暴虐，天人共愤。是不是？”庄蝶忽然转身，紧紧盯着不哭，“别人怎么骂他无所谓，但你不能。你可知道，一千年前的妖是什么样子？”

不哭摇摇头。

“你可知道，人为什么胆敢自诩万物之灵？难道只是因为狂妄自大？”

不哭已然呆住了，又机械地摇摇头。

“因为人有灵魂，有思想，有七情六欲。”

“不对啊，难道你……”不哭这回开口了，“难道妖没有？我觉得很多妖的感情丰富得不可想象。”

“那是现在，我说的是一千年前。一千年前，百妖三觉未启，五官蒙蔽，它们虽然长年苦修，却并不知道修行的意义，就像一个物件，吸收天地日月精华，慢慢积蓄妖力，却没有任何知觉和动机。而每个人的灵魂，都像是一个能量源，向世界散发着属于每个人特有的能量场，形成整个世界的能量场。所以说，他们自诩万物之灵并没有错。”

竟然是这样……不哭忽然明白，难怪黑铁皮说以前的人世间并没有妖，因为它们根本没有入世的动机！

庄蝶笑笑：“莫说动机，连基本的感觉、知觉都没有。”庄蝶摸了摸湿润的树干，“白天，我们被老树囚着的时候，下了雨吧？”

不哭点点头，却不明白庄蝶为什么问起这个。

“你知道我第一次闻到雨后青草的味道时，做了什么吗？”庄蝶的神情就像小孩子回忆起最爱的糖果，“我放弃了还有二十年就要进阶的契机，在湿润的草地上趴了整整二十八天。什么都没有做，整整二十八天，一直贪婪地呼吸着青草的气味。”庄蝶一边说，一边闻着手里湿润树皮的味道。

不哭听说过，不管是大妖魔还是小精怪，修行都有五百年进阶一回的契机，按着庄蝶所说，那会儿她应该已经进阶了四回，而在第五回的第四百八十年，为了青草的味道，放弃了新的进阶契机！

青草的味道……

再等闲不过，却让庄蝶放弃了四百八十年的修行。

不哭不自觉地嗅了嗅鼻子，青草混着泥土的味道随着湿润的空气灌入他的鼻腔，似乎又慢慢蔓延到他的心田，原本灰暗的心也跟着变得绿油油起来。

“是槿斗大王给了百妖‘妖灵’——也就是妖真正的生命。我们才知道，原来我们苦修了这么多年的世界竟然是这个样子。有了妖灵，随着修行增益，我才慢慢看懂这世象两境，昭昭之境，冥冥之境。人类虽生而有性之灵，却被太多事情蒙蔽了心性，驽钝得很，有的人一生麻木，灵性未开，倒是百妖，自从得了性灵，越发强大，直到……”庄蝶自豪、激动的语气戛然而止，似乎陷入了更大的痛苦中，“三界大战，你以为是权力之争吗？三界之间谁来统领，我们根本不在乎！可他们想的是夺去我们的感受、感情！把我们再打回三觉未启，五官蒙蔽的无尽黑暗中！

绝不可能！我既然已经睁开了眼睛，就不可能再把它闭上！除非他们把我的眼睛挖出去！”

庄蝶越说越激动，说到这里，戛然而止，不哭脑海里电光石火地闪过一个画面——一个男人，一脸平静，慢慢地笑，眼睛像笑得开出了花，再细看，他的眼睛里活生生地插着两朵花——是了，那是他梦里的画面，他终于回忆起那个梦——天刑台上，一个被凌波烁插入双目的、像乞丐一样苟且偷生的男人！

“姐姐，你说槿斗大王，他……”

庄蝶努力平息了自己的激愤，打断了不哭的话：“不再说这个了。”

“可是，姐姐……”

庄蝶大声喝止颤抖的不哭：“我说了不要再说这个了！”她不想再停留在自己的回忆里，又把话题转移到不哭最初的问题上。

“我刚才所谓昭昭之境，冥冥之境——人的梦境，是当今这世上与冥冥之境联系最近的，也几乎是唯一的通道，妖的法术能作用于昭昭之境，即改变人的眼、耳、鼻、舌、身、意六识，能影响人的意识界，已经是上乘妖术。我原身是上古奇草，生于盘古开天地之前，所以致幻化梦的本事能有一些。我不信，还有什么妖精，能影响人的梦境之冥冥？”

不哭听得呆呆的，不知道庄蝶在什么时候随着初升的太阳离开了，他也不知道是庄蝶关于梦境和世象两境的解释让他迷惑，还是那个奇怪的梦让他迷惑。不过总算有一点，他清楚了：柳如之与梦中女子相恋，应该不是某个妖精故意控制他的梦，让他爱上梦中人。

可是，柳如之这些梦到底源于什么？难道真是人们常说，日有所思，夜有所梦？这柳公子被母亲管束过甚，又读了太多书，内心多情敏感，当真是“一片芳心千万绪，人间没个安排处”……

不哭在湖畔徘徊，又见到了偷偷跑到湖边殷切求梦的柳如之，他还是坐在冰凉的石阶上，一动不动。不哭在他身边坐下来，认真看着柳如之的脸，他闭着眼睛，眉头紧锁，不知是因不能入睡而焦躁，还是梦到了什么让他不安的事情。不哭就保持这个姿势，不知过了多久，直到柳如之睁开眼睛。

“柳公子，又没能入睡吗？”

柳如之摇摇头，露出悲戚的神色：“睡着了，也梦到了她，可是……我自己却不见了，她很不好……”

“什么叫不见了？你去了哪里？为什么留下她一个人？”

“我也不知道，反正梦里只有她孤单单一个人，她非常伤心，肝肠寸断，就像变了个人……”

柳如之捂住胸口，不哭能感觉到他真心的难过，与此同时，心中深深一惊：既然说好生死不负，又为什么会留下那姑娘一个人？虽然是在梦中，可是凭这柳公子的人性和痴情，也不该……难道……这个梦预示了现实里的什么噩兆？

不哭忽然为柳如之担心起来，虽然相识不久，但这位柳公子的风流多情，羸弱而勇敢，让不哭非常动容挂心。想请师父帮忙肯定是请不动了，所以不哭也盼着，那位凌虚道长早早出关，渡柳家这一劫。

不哭送柳如之回了房，自己在园子里停了一会儿，他忽然想到了涧狐，寻骨画皮的涧狐，初见的那日，涧狐大约说了句：“既有这样的小官人，我又何必去坟冢间寻寻觅觅，找一二好骨骼，画出心头所幻。”涧狐独自一个人生活在破庙里，便是偶有人路过，一般的凡夫俗子也入不了她的眼，更圆不了她的梦，于是干脆自己成全自己，虽然看起来凄凉无奈，却也算是初心高悬，赤诚不改。不像有些狐族女子，熬不过修行的寂寞，随便抓来山野鄙夫，求欢媾和，天长日久，渐渐与异畜无异。

在这一点上，涧狐与柳如之，当真是异曲同工，幻象中有多繁华，现实就有多寂寞，现实愈寂寞，内心愈坚定。

不哭忽然想到那句有名的唐诗：举杯邀明月，对影成三人。邀月对影，也许是诗人幻中求友的另一种方式。李太白这样的人物，心思之细腻，性情之高洁，想来与涧狐、柳如之也有些类似。不哭忽然想和他最亲最爱的弥天槛商量一下，哪个白天把他们带到唐玄宗年间，让他亲眼见见这位奔放浪漫、秀口一吐就是半个盛唐的绝尘大才。

从自己的痴想中回过神来，不哭叹了口气，想来，无论是人是妖，都有情痴。既然如此，人又何必对妖口诛笔伐，谈之色变？害人的人，不也多的是吗？

不哭这才想起，从那夜收了涧狐，再没见她的影子，他本来还担心长久留在这里，大树消失的每个夜晚都会被涧狐纠缠……虽说不该企望涧狐对自己念念不忘，但此刻不哭的确有些诧异，也有些担心。他并不知道，涧狐虽然心心念念想着她的不哭小官人，但她有别的事情要先做。

九尾狐君告诉涧狐，一旦被收进弥天槛，便没了自由，日日夜夜受缚于那古怪的三人，这对天性自由烂漫、天地不拘的狐族而言，简直是灭顶之灾。可涧狐却没有外公这样悲观，夜夜得见她的不哭小官人，也就甘心每个白昼被压在弥天槛之下。只是，见不哭长久，可留在这里却是千年难遇，涧狐并不知道老黑打算留到什么时候，所以，每个夜晚，她都当作最后的机会，去寻找那股熟悉的气息。

涧狐用这十几个夜晚几乎转遍了整个牧野城，终于找到那股熟悉气息的源头，就在柳宅东南方三里的山间，正是她生长于斯的那汪清涧。涧狐万没想到，被黑铁皮收进弥天槛再上路，又回到了她的出生地，只是一千年前的出生地——一千年前，不也正是她的出生之时吗？

涧狐甚至看到了那个小小的身躯，在水底蜷成一圈，抓着自己的尾巴摆弄，偶有一条小鱼游过，便兴奋地追过去，又失望地看着小鱼消失在石缝中。涧狐清楚记得，那时候自己心里有多么无聊、无助。她已经把手伸向了小小的自己，却又收了回来。她想等，等那个怜惜地将她抱出清涧的小姐姐。

虽然不知道弥天槛为什么会有这样的神通，可以无限穿越时间和空间，涧狐心里却万分感激它能带她回到出生的时空，这样的话，是不是意味着她有缘可以再见到那位将她抱出清涧的小姐姐？

涧狐从没见过父母的样子，只依稀记得，她对这个世界的第一个印象便是轻轻流淌的溪水，就像母亲的怀抱，温柔，细软，给她滋养，给她生息，让她有力气睁眼看看这个世界。稍稍长大一些，她对水外的世界产生了好奇，但始终不敢离开这条清涧，哪怕气候最恶劣的时节，涧水冰封，她冻得瑟瑟发抖，哪怕水底找不到任何食物，她饿得饥肠辘辘，也不敢离开这里，身子才探出水面一半，就像没了着落一样又缩回水中。直到一个月朗星稀的夜晚，一个天仙般的姐姐站在水边，看了她许久，而后伸出手轻轻拨动水面，一层层的水波划过她的身子，就像亲昵的爱抚，小小的涧狐慢慢游过来，姐姐爱怜地抱起她，她才第一次完完全全暴露在空气中，第一次认认真真地四下看着这个世界，北斗阑干，花林似霰。

姐姐采了几枚桃花蕊，喂到涧狐小小的嘴里，花香散在口腔里，清香沁脾，哪是水底小鱼小虾的味道能比的？虽然她每天饮的涧水入口清冽，但咂到舌根却总有一种隐隐的苦涩，这一瞬，她觉得桃花蕊是世上无双的珍馐，从此，桃花蕊成了涧狐最喜欢的食物，每到春天，她都会采摘许多桃花蕊，留够一年解馋。

姐姐把她带出清涧，抱着她玩了一会儿，便飞渡万水千山，把她交给南越的九尾狐君——她的外公。从此，她告别了孤凄的襁褓之年，由外公悉心养她长成。

虽然和这个小姐姐相处的时间不过一两个时辰，涧狐却觉得和她非常亲密，格外有缘，多少次午夜梦回，都会梦到这个天仙般的姐姐。如果重回故地，能与她再次相逢，也了了心头巨大的愿望。只是，那时的自己年纪太小，记不得到底是何年何月遇到了那位姐姐，不知道与今时今日相差几分。

此时的涧狐无比感激弥天槛，感激它是这样的“作息”，如果它白天消失，百妖自由，夜晚长成，百妖被缚，自己岂不是与那位深夜出现的姐姐失之交臂了？

柳夫人虽然在病榻缠绵多日，心却没有闲着，她的娘家弟弟前来探望的时候，柳夫人托他向那位似僧似道又非僧非道，被柳太夫人蔑称为“巫医”的蒋姓大师再求一次，以镇住柳如之的“噩梦”。果然，柳夫人让月莹悄悄将符缝到柳如之内衫之后，柳如之再也梦不到那位姑娘了。

柳夫人听了这个消息，心情大振，病也一下子好了大半。

柳如之却病倒了。

以往柳如之有个小疾大病，柳夫人总是劳神焦思，待柳如之病愈，她也像生了场病一样。而这一次，柳夫人坚决认为这是件大好事，邪祟除了，大病一场，正是元神觉醒之始。

不哭前来探望病中的柳如之，见了不哭，柳如之才稍微有了些精神，撑着坐起来，旁人不懂柳如之的心思，不哭明白他再也梦不到那个女子的不甘，只能劝道：“也许是这段缘分就此了了。”不哭虽然能体会柳如之的不甘，但这总好过他之前那个不祥的猜测。

柳如之摇摇头：“在最后的梦里，她伤情憔悴、肝肠寸断。而后，这梦就这样戛然而止了……这段缘分怎么能了？这算什么了了？”

不哭想到自己夜行的千年，一千年，三十多万个夜晚，也就有三十多万个白昼的异时空，无论在哪个时空里，还有什么未了的愿、未了的缘，到了夜晚，弥天槛缩小的时候，他们也要回到自己的时空。也许，那个时空仍存在于茫茫宇宙的某个角落，但如蜉蝣于天地，沧海之一粟，再难寻觅。

一个人的梦大约也是这样吧，消失了就再难寻回来了。就像小玉常说的，白天的事儿，那么认真干吗？此情此景，也不过是不哭的一个梦境，就像千年来那三十多万个白昼的梦境中的随便一个，不知何起，不知所终，既如此，又何必为眼前这位风流多情的柳公子感慨惆怅……

柳如之看着不哭，苦笑一下："为一场梦憔悴支离至此，是不是很愚？这样的事情如果发生在别人身上，我也不会理解的。不过是一场梦而已，又何必……"

不哭摇摇头："曾经沧海难为水，除却巫山不是云。"

柳如之一愣，喃喃地重复了一遍："曾经沧海难为水，除却巫山不是云……好句，好句！不知作者是谁？"

不哭不知道该如何回答，这个时期，连绝句还未出现，他又该怎么解释七百多年后，有个唐朝，唐朝有个诗人，对亡妻念念不忘，遂作此诗。

柳如之见不哭不答，以为这是不哭自己作的，勉力起身，向不哭一揖："不哭公子大才。"

"不，不是的……"

"还有，上次，你说的那句……一片芳心千万绪，人间没个安排处。也是好句，质朴无华，含蓄悠远。比起来，如之实在才疏学浅，想来，母亲也不必为我这萤火之才可惜了。"

"不是的，公子才情不凡，千万不要自轻！这几句话也是我听来的。"

"哦？我却从来没有听说过，想必作者寂寂无闻。我朝人才辈出，市井阡陌间都是高人。我枉称牧野神童，实在汗颜。"

不哭实在无从解释，索性住了嘴。

"这样也好，也省得我总是内疚，这一生有负柳家众望。"柳如之幽幽的目光抛向窗外，与一轮明月洒下的皎皎月华，纠葛在一起。

这一生……不哭嘴角又泛起一丝笑意，他就打算这样交付自己的身心、自己的这一生了吗？

柳夫人的病还未痊愈，发生了一件大事，又让她如临大敌。

这天，絮儿脸色煞白地闯进来，也顾不得柳夫人大病初愈，房门都未及关上，慌慌张张地说：“杜家娘子……出事了！”

一直蹒跚到杜婉仪的居所，柳夫人都没能猜到什么叫“出事了”，虽然，她并不同意这桩所谓的“指腹之约”，也恨不得杜婉仪彻底消失在她的生活中，但到底不希望杜婉仪在柳家发生什么不测。

打开杜婉仪房门的时候，柳夫人只看到了一屋子的人，二十多个丫鬟嬷嬷小厮围着杜婉仪的闺床，絮儿喝了一声，人群才散开。柳夫人赫然看到，杜婉仪赤着臂膀，穿了一件奇怪的比甲似的无袖罩衫，被六七个丫鬟按在床上，发出阵阵悲号。这些丫鬟有的爬上了床，有的站在床边，无一不露出惊恐的神色，双手虽然狠狠按在杜婉仪身上，眼睛却不敢看向她。立在旁边的几个小厮倒是掩不住好奇似的，往床上张望。柳夫人怒火攻心，柳家家风几时变得这样不堪，家丁不仅胆敢进了娘子的闺房，居然还敢这样众目睽睽地围观衣冠不整的娘子！

柳夫人正要呵斥这满屋的下人，忽然呆住了，这杜婉仪哪里穿着什么无袖罩衫，她的背也是裸着的，只是，上面……尽是红白相间的褶皱！

“这……这是什么……”

絮儿结结巴巴地说：“不……不晓得，像……像是鱼鳞吧……”

柳夫人身后的严惜儿忽然惊恐地捂住嘴巴，压低声音，颤抖地说：“姑妈，是锦鲤……”

柳夫人慢慢回过头，惊恐地望着严惜儿，嘴里挤出两个字：“锦……鲤……”

“姑妈，您还记不记得……”

“不——”柳夫人发出一阵比杜婉仪的悲号还要恐怖的号叫，严惜儿的话戛然而止。

柳夫人怎能不记得！

柳如之八岁那年，在柳家园子的池塘边，给满池的锦鲤喂食，一时兴起，没了分寸，一下子跌落池塘，陆续跳下去七八个家丁，才把柳如之拖上岸，小小的如之已经奄奄一息，若非柳夫人一边痛哭一边锲而不舍地按压腹腔，逼出了柳如之体内的污水，后果不堪设想。

事情过后，柳夫人余怒不减，不仅狠狠惩罚了当时伺候柳如之的丫鬟小厮，还叫人捞上来池里所有的锦鲤，将它们铺在地上，活活打死……

看着杜婉仪恐怖的背，柳夫人又想起那日午后，一地的狼藉，红白相间的锦鲤，红的血，黑的脏腑，白花花的青石板……

“快！快去请凌虚道长！”柳夫人趁着自己还没晕厥，拼力喊出了这句话。

凌虚道长上一回离开时留下了儿道法符以备不时之需。柳夫人将它们与柳家最重要的资财存放一起，此时也顾不得保密，当众告诉絮儿存放之地。

絮儿去取的时候，黑铁皮三人也闻声赶来了。

不消片刻，絮儿就回来了，在柳夫人的命令下，硬着头皮将它贴在尖叫挣扎的杜婉仪额头，杜婉仪霎时发出一阵不似人声的惨叫，浑身抽搐，口吐白沫，眼睛睁得越来越大，眼白渐渐变得通红，挣扎的力气大得惊人，所有下人都上前按住她。

严惜儿从人群缝隙，赫然看到一双红得吓人的眼睛，露出凄楚又惊惧的目光，严惜儿差点叫出声来，一下子躲到柳夫人身后。片刻，众人慢慢散开，再看床上的杜婉仪，竟然变成一只硕大的白兔，唯一不变的是方才那双血红的眼睛。

不哭呆呆看着杜婉仪，完全不能想象，眼前这个人，就是前日里见过的那个温婉端庄的杜家娘子。那张狰狞的脸稍稍缓和一些，向着全屋的人打量一圈，而后，无限的绝望和惊恐之中，稍显慰藉。不哭心里一动，也随着她的目光环视全屋，一下子明白了——她这是在找柳如之——那个她想见又怕见到的人，想见他，希望他能救自己于水火；怕见他，怕他看到自己如此不堪的一幕，更怕，怕他把自己当作人人唾弃的妖物。

旋即，她的目光落在严惜儿身上，变得怨毒狰狞。严惜儿努力保持镇定，依然禁不住颤抖地抓住柳夫人的手臂，柳夫人被这一碰，打了个冷战，忽然一指床边的如玉，大叫："把她也拿下！"

严惜儿不知道，是不是自己由于恐惧产生了错觉，在家丁拿下如玉的同时，她似乎看到如玉在惊呼冤枉的空当，向自己投来一缕意味深长的目光。

有丫鬟心有余悸地窃语：不是说锦鲤吗，怎么又成了一只白兔？

不哭听了这话，看向师父，从黑铁皮紧皱的眉头间，并不能辨别这话是对是错。不过想来还是有些道理的，尤其是，如果这些怨气被一只正在修炼的兔精敛去，想必也会为兔精增益不少。再或者，是两类动物杂交的东西成了精？千百年来，他们也不是没有见过这样的精怪，只是，锦鲤和兔子……这的确有些匪夷所思。

小玉看着一动不动的黑铁皮，本想提示他祭出铁笛，却又隐隐觉得哪里不对，先不管这杜婉仪到底是不是妖，就算是妖，看起来这柳家也自有一套他们的收妖程序，这个时候恐怕用不着黑铁皮出手。

柳太夫人得了消息，在众丫鬟的簇拥下，也赶来了。

柳太夫人活了八十多岁了，亲历了柳家代代的变故，也算得见过大风大浪，性子相当从容，这会儿见了这场面，也禁不住睁大了眼睛，良久，忽然大笑起来："好，好，好得很！以往都是等凌虚道长到了才能为我们除了妖孽，如今……我柳家也算久病成医了，自己就能将妖怪擒住，哈哈……"

这笑声灌入不哭耳中，不哭分明觉得，笑声里有三分得意，三分无奈，还有三分……玩味，就像个冷眼旁观的外人。有时候，不哭真的很恨自己那超于常人的眼力、耳力、脚力……

"老大媳妇，今晚设宴，咱们家要大庆！叫如儿也不必读书了，今晚也来，喝个不醉不归。"

严惜儿刚想开口说什么，柳夫人的话拦在前面，"是，婆母放心，媳妇这就去安排。"说完，柳夫人又看向严惜儿，"去瞧瞧你表哥，让他收拾准备一下。”严惜儿明了地点点头。

姑侄俩这一番眼色，并没逃过柳太夫人眼睛的余光，她虽不大出门，心里却清楚得很，自从柳夫人从那个什么蒋大师处求得法符，柳如之就病了，这当娘的一向心慈如狠，宁可教儿子病着，也不许他为梦魇所困。不过，这柳家的事越来越奇了，……想来，人心之乱，不啻妖孽。

严惜儿往柳如之的院子去了，她心头像堵了一块巨大的石头，虽然料理了杜婉仪，但往前的路并不平坦……途经小塘，严惜儿往水中望了望自己俏丽的身姿、娇艳的面庞，忽地有些后悔，花一样的年华水一般流淌，凭自己这般姿容资质，还怕找不到如意郎君，又何必非要去蹚柳家这浑水？到如今，手上还几乎沾了人命……罢了，开弓没有回头箭，谁让她杜婉仪不知深浅，偏偏在这个时候出现，坏她好事！

严惜儿抬起柔荑素手，放在眼前，借着阳光细看……柳如之，若不能拿下你，岂不负了这双染了血的玉手？

严惜儿轻轻推开柳如之小院的院门，踏进院去。小院里极为安静，空气中似有若无地飘荡着淡淡的药味，严惜儿整理了一下自己的衣裙，轻车熟路地走到正房跟前，正要敲门，又顿了一下，听着房内极小的说话声音，将耳朵挨了过去。

“……公子……还是让婢子替您擦干吧……要不换件衣裳？”

这声音又软又轻，娇媚得仿佛能搔到人心底，严惜儿听了唇边勾起一抹冷笑，抬手敲了敲门。

房门很快打开，应门的正是月莹，还没来得及收起脸上的笑颜，见了严惜儿，慌忙垂下头去。

严惜儿笑了笑：“月莹，昨日姑母送我一对金镯，说是难得一见的好物，我见那样式到底是适合你一些，不若便送与你吧？”

月莹“扑通”地跪到地上俯下身去，急着道：“娘子折煞婢子了！金镯如此宝贵，自是该配娘子这样神仙一般的人，月莹如草如履，绝不敢痴心妄想。”

“哦？”严惜儿走到月莹跟前，垂目看着她因害怕而苍白，却又变得更加楚楚可怜的俏脸，有意无意地踏前一步，一脚正踩在月莹的手上。

她并未用力，月莹也感觉不到疼，却是更加心惊胆战，只任她踩着，一动也不敢动。

“你也知道你如草如履。”严惜儿瞄着月莹胸口处那明显被药汁濡湿的痕迹，夏裳单薄，湿衣紧贴着肌肤，现出极为诱人的曲线。

月莹大气都不敢出一口，直到严惜儿不再理她往内室而去，她才身子一歪跪坐在地，额前的碎发早已被冷汗浸湿。

严惜儿本不屑难为月莹，不过是一个低贱的丫头罢了，翻不出天去。只是这贱婢动了歪心，以为自己是柳夫人自小看大的，又是众丫头中生得最好最伶俐的，若再得到柳如之的欢心，或许也可以摸一摸柳家女君的位置。于是屡屡在柳如之眼前搔首弄姿，暗送秋波，又最会个眉高眼低，在柳太夫人、柳夫人等大家长面前，装得木讷老实，规规矩矩，最令人生厌！

“不自量力。”

严惜儿一脸厌恶，加快了前进的脚步，眼下没有时间料理她，来日方长呢。

“表哥今日感觉如何？”严惜儿在内室门前住了脚步，虽然室内便是心系之人，可她始终觉得女子要知廉耻，若像月莹一样投怀送抱，那便是辱没了自己。

室内低低地传来几声咳嗽，过了一会儿，一个年轻人的声音传来：“多谢表妹关心，我这便歇息了，劳烦表妹替我转告母亲，叫母亲切莫忘记。”

“表哥，今日家中有……喜事，柳太夫人说傍晚设宴庆贺。姑妈让我来看看，表哥的身子可能前往？”

“哦……喜事？喜从何来？”

“这个……表哥……去了便知。”

“到底什么事啊？”

严惜儿清了清嗓子，正色道：“表哥，有些事，我一个女儿家也不便多说，表哥去了便知。”

柳如之听严惜儿这话，大约猜出事情指向，顿觉无味，“我这身子，近日来莫名劳累，尤不喜热闹，晚宴就不去了吧。”柳如之见严惜儿没有回应，知她是有些为难，又补充道，“表妹先回去吧。过了晌午，我自去向母亲说明。”

这便是不想见她，严惜儿心下黯然，不过很快她便重整心情，朝室内柔声道：“惜儿知道了，表哥好好歇息吧。”

对于柳如之，严惜儿并不强求，有些事强求无用，更是过犹不及，欲擒故纵的道理她比谁都明白。而她深得柳夫人喜欢，已是占尽先机，现在只等凌虚道长出关，凭柳家对道长的信任程度，只要道长言语间向她偏上两分，相信柳如之都会重新看待他们的未来。

严惜儿去而复返，月莹见她回来连忙跪直身子，严惜儿看也不看她一眼，径自而出。

看严惜儿走出院子，月莹慢慢地站起来，望向内室，长叹一声。对她这样出身卑贱的丫头而言，一表人才、温润和善的柳公子自然是登天入地也难寻的良人，恐怕是她这辈子唯一的翻身契机，可是，前有严惜儿的气势咄咄，后又来了那个多年不知踪迹的杜家娘子……唉，不求女君之位也罢，是不是可以退而求其次，博个妾位也好，以后也不必再日日看人眼色，低头做人。

要想实现这个心愿有几大难关，第一个便是赢得柳如之的欢心。月莹牢牢记得，小时候，公子对她也算是非常关照的，夫人送来的上好点心、名贵水果，他会分给几个贴身丫头，尤其会把最好的留给自己。闲来无事，也会与她们玩笑几句，甚至有一次，他起了兴致，给她们画像，几个丫鬟里，他可是把自己画得最美的……月莹心思机巧，知道如何展现自己最撩人的一面，若说柳如之对她从没动过心，她是不甘的。

想到这里，月莹无奈地叹了口气，随着渐渐长成，公子分明变了许多，尤其这数月来，心思居然被一场梦勾了去，总是恹恹的，连看都不愿意多看她们一眼。后来幸得夫人求了法，公子不再做那些梦，却一下子病倒了。本来，公子得病是与他亲近的最好时间，想这些年来，和公子越来越近，无非增益于他的几次病时，月莹日日夜夜守在床边，喂药送茶，擦汗穿衣，难免不少肌肤相亲，柳如之也是个非常敏感的人，肤发连心，几次下来，月莹细软的小手摸在他身上，也不免慢慢摸进了他的心里。可这一次，公子病得连床都不愿起了，却不愿她多侍候，甚至有意疏远她。月莹纵有浑身解数，也难施展……

"月莹……"柳如之的唤声打断了月莹的思绪，月莹急忙起身，捋了捋头发，理了理衣衫，来到柳如之床前，见他的被子落下来一截，抬起来轻轻盖在柳如之身上，又将被角轻轻掖到柳如之颈边。

"月莹，你去问问，家里到底出了什么喜事？"柳如之一边说，一边将头往一旁挪了挪，尽量躲开月莹的触碰。柳如之动作虽微，却足见心中对月莹的疏远。月莹掩饰着失望，点点头，退了出去。

这件事根本无须打听，不一会儿，芽儿便匆匆带来了消息，添油加醋地给月莹讲了一遍，末了，还感慨地加上一句："这下好了，严家娘子的位子算是坐稳了。不仅没人和她争，还破了代代遇妖孽的诅咒，夫人可以安安心心给公子大婚了。"

月莹心里一沉，难怪，今天严惜儿对自己是这般态度，以往也看得出她眼里的敌意，却到底碍着柳如之的面子，不会太过分，而今的跋扈俨然是要开始施展女君的淫威。

"这就算破了代代遇妖孽的诅咒吗？"芽儿并没有听出月莹语气里的不甘。

"当然了，你想啊，公子也不做那些梦了，那个杜……也现了原形，这诅咒还不算破了吗？”

月莹低下头，她是最清楚的，公子不再做那些梦，和杜婉仪的“现形”没有半点关系，那个姓蒋的大师，看起来虽像个江湖术士，可也有些法术，一道法符控制了柳如之的心性，隔断了他和那些梦境，这个和杜婉仪的什么现形，根本毫无关系！

如果说，这两件事彻底给严惜儿扫清了障碍，那月莹宁可她的公子永远沉溺在那些梦里，至少，这样的话他会拒绝大婚；至少，这样的话严惜儿没有机会真正进入柳家，彻底把她踩在脚下；至少，她能永远伺候着她的公子，哪怕是一个魂不守舍的公子，甚至哪怕他成了一具行尸走肉……

月莹暗暗下了决心。

夜，刚刚暗下来，浓雾层层弥漫、漾开，熏染出一个悠远的夜。时已入冬，尽管今夜月满辉明，月华仍然泛着幽凉。

月光下，月莹搀扶着柳如之来到镜湖。

“月莹，谢谢你。”柳如之咳了两声，“不过，我还是担心，入冬了，你这样偷偷带我出来，被母亲知道了，她会责罚你。”

月莹没有应声，柳如之穿着厚重的貂裘，月莹还是怕他受凉，又往石阶上铺了只锦垫子，才让柳如之坐下来。

“公子，月莹只希望你能开心起来。”月莹扶着柳如之坐下，而后自己也坐在石阶上，柳如之看石阶湿凉，往一侧挪了挪，让月莹也坐在锦垫上。

月莹眼睛有些湿，紧挨着柳如之坐过来。

“公子，月莹不知道自己做得对不对，我只知道，只要公子能开心，我便是作了孽，遭重罚，也甘心。”

柳如之不解地看着月莹。

月莹没有再说话，解开柳如之的貂裘。柳如之险些被这暧昧的举动吓到，看她一脸认真严肃，止住了一下子推开她的冲动。月莹解开貂裘，又想去解柳如之的襜褕，柳如之实在不能再忍，拦开月莹的手。

“月莹，你这是要做什么？”

“公子，你放心。”月莹没有多做解释，红了眼圈低下头。

柳如之没有再反抗，任月莹解开襜褕，又去解内衫。月莹拿出一把精巧的小剪刀，沿着领口的边缘挑开线，从里面拿出一根黄色的布条。

“这是什么？”柳如之接过布条，借着月光，看到其上是一些咒文。

“公子再也梦不到那位姑娘，是因为这道法符。”月莹轻轻地为柳如之系好一层层的衣服，“这是夫人辛苦求来的，让我偷偷缝在公子衣衫里。夫人知道今夜的事，定将我活活打死。”

“原来竟是这样……”柳如之又惊诧又感动，“月莹，你的情意我记在心里了。你放心，任谁发现了问起来，我只说是自己发现的。”

月莹笑着摇摇头：“我的绣工，家里上下谁不知道，公子怎么会发现内衫的破绽呢？”

柳如之握住月莹的手：“你放心，万一事发，我定拼死保你，谁也不敢为难你。”

月莹看着柳如之认真的样子，微微一笑，没有再说什么，往稍远处挪了一米的距离，指了指自己的腿：“公子，好好睡一觉吧。”

柳如之躺下，枕在月莹腿上，慢慢闭上了眼睛。

不知过去了多久，满月已从东方升至头顶，月莹一直看着柳如之的脸，她很想以指尖划过他脸上的每一寸肌肤，饱满的额头、高挺的鼻梁、坚毅的下巴。

谁说我不配拥有？这样的光景不也是一种拥有吗？

月莹想，若是时间就此停止该多好，那她就可以和公子……不，若是时间就此停止，他也不再是她的公子，她也不再是可以任人欺辱的奴婢，他们俩就是一对寻常男女，相爱相守，没有阻碍。月莹忽然挺了挺腰身，觉得眼前清亮起来，是啊，她是真心爱着他的，并不像旁人揣测的，或者自己也会认为的，她是觊觎着柳家家世。想到这儿，月莹差点被自己感动了，自己本就该更自信一点、更勇敢一点啊！

猛然间柳如之惊坐而起，打断了月莹的思绪："公子，你……你怎么了……有没有梦到那位姑娘？"

柳如之惊恐地摇摇头："为什么？为什么会这样？为什么要这样对她……"

柳如之扭过头，求助似的看着月莹，嘴里不断喃喃，月莹一把抱住柳如之，轻轻拍打安抚着他："公子莫怕，只是一个梦而已……"柳如之的手紧紧抓着月莹的衣服，止不住地颤抖，就像看着自己的至亲遭受荼毒而无能为力……

突地，柳如之眼睛一亮，由镜湖对岸划来一艘小船，船至湖心，停了下来，一个女子站起来，微微翘首，看着头顶的满月。柳如之放开月莹，目不转睛地盯着湖心。

是她！

她是真的存在的！

原来，这一切居然不只是黄粱一梦！

"娘子——"

柳如之的心脏几乎要跳出来，陡然起身，奔向湖心。

在梦里，他对她情根深种，却从来看不清她的样子，此时此刻，他终于看清梦中心上人的容颜。虽然不知道为什么，但他一下子就能确定她就是梦里的那个女子！

她一身素衣，长发未绾，黑缎般的秀发反映着湖面粼光，为她整个人又披上一层微亮的纱衣，她在小船上慢慢徘徊，偶尔转一转头，似乎在欣赏沿途的风景，又好像只是漫无目的地随意一瞥。灵动又清冷，仿佛从月宫走出的绝美仙子。

只是，她看起来非常忧伤。

柳如之不知道，世上竟还有这么好看的人。

他忘记了自己身处何方，就那么痴痴地奔向梦中的姑娘。

“公子！”看柳如之疯狂地跑向湖心，月莹吓得惊呼起来，她什么都看不到，哪里有什么“娘子”？她只能看到疯狂跑向湖心的柳如之。

月莹急追过去，待赶上柳如之的时候，湖水已经没过他的腿。月莹死死拉住柳如之，不许他再向更深的地方奔去。

“放开我，放开我！”柳如之拼死挣扎，力气之大已非月莹力所能及。月莹情急之下，反手握住剪刀，用刀背向柳如之的头狠狠砸去，柳如之应声倒下。

听着月莹的哭诉，看着浑身湿透的柳如之，柳夫人气得止不住地发抖，一旁的严惜儿抹着眼泪劝慰着。当然，月莹说得很有重点，绝口不提法符的事情，只说柳如之虽然不再做怪梦，却口口声声地说亲眼看到了梦中人。

听到最后，柳夫人从瑟瑟发抖变为咬牙切齿，她恨恨地说：“也罢，总算出来了！便是个妖，今日我也要与她分辨个明白！来啊，带上全院家丁，去镜湖！”

若说这柳夫人，虽然坐着柳家女君之位，可她生性柔弱，遇事优柔寡断，否则也不会对自己侄女言听计从，加上上面还有个厉害的柳太夫人梁氏，柳夫人这个柳家女君可谓只担了个虚名，对上无策，对下无治，没有半点柳太夫人当年的治家本事，可偏偏就是这么一个对什么都没主意的人，对一件事却是咬死了的强硬！

那就是柳如之！

严惜儿自是早就摸透了柳夫人的脾性，事关柳如之，无论大小，只要打定了想法，柳夫人都决不退后半分！想那杜婉仪如何？一旦认定杜婉仪是妖，柳夫人拿着凌虚道长留下的法符没有半点迟疑地拍在了杜婉仪的头上，凄厉的哀号响彻柳府，通红的颜色一点点地遮盖住她眼中的白仁，柳夫人眼带恨意地盯着在床上不断翻滚惨叫的杜婉仪，哪有半分迟疑？

就这样，柳夫人带着浩浩荡荡一群人往镜湖去了，等到天色将明，除了湖面上的些许氤氲，哪见什么女子？

柳夫人冷静下来，和严惜儿商量琢磨，猜想大概是人多势众，便是有妖精也不会轻易现形，干脆来个欲擒故纵，不再限制柳如之行动，让他随便出入行走，流连镜湖，只让家丁在暗处轮流盯着，稍有异动便来禀报。

自从柳如之在镜湖月下亲眼见了梦中人的真容，便再不想在湖边睡着求梦，生怕闭上眼睛就会错失佳期。家丁就在暗处一眼不离地看着柳如之，大约过了三十个夜晚，并没有半点异常，徘徊湖畔的柳如之也不像再能看见什么的样子，一夜又一夜地失望而归。

直到又一个满月之夜，终于有了状况。

柳如之眼中又映入那个身影，他陡然站起，日渐消瘦的身子几乎摇摇欲坠。那顺着月华慢慢飘近的女子又落在了湖面上。

柳如之虽然是性情中人，却也是个水晶心肝的聪明人，他知道会有家丁在暗处盯着自己，若是再贸然下水，他们一定会冲出来，搅扰了梦中的仙子。所以，纵然心中澎湃难平，却没敢再造次，只是慢慢踱到湖畔，静静地看着她。不知是那倾国倾城的容颜，还是倾国倾城的忧伤，像一只无形的手，拽得柳如之心里生疼。梦里的她，因为感情被辜负，伤心欲绝，求死不能；到了现实里，她虽然平静下来，可脸上的忧伤埋得更深了，嘴角甚至带着一丝隐约的讥诮似的笑意。

“你受苦了……”

暗处的两个家丁面面相觑，“公子在和谁说话？”“是说我们吗？看咱们兄弟两个又冷又困地蹲了一夜？”

从他们的角度看，柳如之对着空荡荡的湖面，喃喃自语。水波荡漾，树枝颤动，哪里还有第四个人？

天大亮了，两个家丁把柳如之抬了回来。

柳如之整整睡了一天一夜，柳夫人在床边静静看着他，她身上掉下来的心肝肉，她的宝贝，她的命。她觉得柳如之在襁褓里的日子，仿佛就在昨天。

那时，她才刚刚目睹，夫君被自己当作姐妹的妯娌揽在床上，淫笑声迭起，放浪不堪的样子让她几乎不认得自己那古板峭直的夫君。那妖妇最终被凌虚道长打回蛇形，虽然道长留了它一命，说什么“以妖修炼仙修”，她却恨不得将那两米的蟒蛇碎尸万段，它不仅毁了她的丈夫、她的婚姻，还夺走了她的乐观、她的善意、她的梦想、她对这个世界的憧憬。从那以后，柳夫人变得怯懦又易怒、敏感而焦虑。

那以后，她一度不知道该如何教养柳如之，她总能看到长大成人的柳如之被一只妖孽诱惑得斯文扫地，如痴如醉，非人非鬼。

直到柳如之长大一些，斯文有礼，不近女色，再加上读书勤奋，才华横溢，柳夫人的一颗心才算稍稍放下一些。在柳夫人的印象中，儿子一直都那么清瘦，就连小时候，都没有垂髫小儿肉嘟嘟的脸盘，清瘦得露出成人才有的思虑，而今这两个月，更加清减了，柳夫人心疼地想，儿子的脸竟然已如自己的娘家老父一般消瘦嶙峋。没想到，自己苦心孤诣，纵使妖物不能接近儿子，却挡不住儿子自己屡屡发这些稀奇古怪的病，邪梦在先，幻听幻视在后。

柳夫人嚯地一下站起来，无论如何，不能眼睁睁地看着儿子的性命就如掌心捧着的清水一点点地流逝！既然一时半刻等不来凌虚道长，她便亲自回趟娘家，去请那位蒋大师，便是三拜九叩，也要请大师亲自过来一趟。希望大师念着严家的情面，不要再计较柳家曾经的罪愆。

柳如之小时候，柳夫人瞻前顾后，忧心忡忡，曾将这位蒋大师请到家里来，想日日夜夜守着柳如之，以防万一。不想这位蒋大师不知哪里得罪了柳太夫人，惹得柳太夫人骂他是“贼眉鼠眼、居心不良的巫医”，将他赶出了柳家。可柳夫人心里一直非常信任这位大师，几次看下来，也都有些奇效，想必他也有些道行。于是柳夫人又把宝押在了他身上，希望这回能将柳如之从这些寻常郎中束手无策的“病”中解救出来。

小玉聊起柳如之近来的病情时，不哭还在埋头抄写那本天书。不哭偷偷看了黑铁皮一眼，黑铁皮正闭着眼睛打坐，似乎一点也不关心他们在讲什么。于是，不哭向小玉使了个眼色，两人偷偷溜了出去。待他们出了门，黑铁皮慢慢睁开眼睛，脸上看不出任何喜怒。

到了柳如之房间，小玉又向月莹使出那套“小姐姐”“大美人”的恭维，月莹却显得怏怏的，挤出一个笑容便出去了。

柳如之还在睡着，或者说还在昏迷着。月莹说，一早他的精神稍好了些，起来写了些东西，受了点凉，就又躺下了。

不哭的目光落到桌上的缣帛上，大约……大约又是那些所谓的“艳词”吧？两人径直走过去，几行笔势生动的汉隶映入眼帘。

月冷恨凝霜，
水寒泪成漪。
佳人勾眉缱绻，
恩爱消负时。
痴儿游故地，
月洒旧华水沾衣，
只恨当时身不在，
可教魂魄相祭？

不哭忽然觉得不对，侧目看向小玉，他也是眉头紧皱，似乎也有想不通的地方：“当时身不在……当时，又是什么时候？”

“怎么像是在说另一个人？”

“咳咳……”柳如之咳醒了，看到不哭和和小玉，招呼他们走到床边。

柳如之解释道：“早晨感觉精神稍稍好了些，起来写下这几句。虽然才薄，总也算是情笃，也就不怕不哭公子这样的大才笑话了。”看来柳如之还认为元稹、李煜的名句是不哭所作，不过此时不哭也顾不上解释这个了：“公子，你这几句写的是什么意思？我怎么看不懂了？”

柳如之露出惆怅的神情：“我终于见到她了。”

“不是在梦里？”

柳如之点点头。

不哭的眼睛瞪得更大了，原来，真的有这样一个人……“她是什么人？哪家姑娘？从哪里来？她可认得你？你们梦里的那些事，她可都清楚……”不哭一下子抛出一堆问题，他心里的疑惑实在太多了，这一切到底是梦是真？那女子到底是人是妖？疑惑更多了，是否也意味着，真相更近了？

柳如之苦笑一下，摇了摇头：“我听到她念着另一个男人的名字，云郎，云郎……可见，梦里和她在一起的男子，原来并不是我。”

“云郎是谁？”

不哭和小玉都瞪大了眼睛。

这到底是怎么回事？柳如之在梦里惊天动地地爱了一场，到头来却发现主角并不是自己？难道这梦就像一个戏台子，柳如之全情投入地登了台，终于发现自己演绎的不过是别人的故事！

“等一下，等一下！让我捋一捋。”小玉使劲儿摇了摇头，伸出毛茸茸的手，“你先是在梦里梦到一对男女的情事，从相恋到相负，起初你以为男主人公是你自己，所以你爱上了梦里的姑娘——或者说，你爱上了梦里的姑娘，所以你以为男主人公是你自己……”

柳如之点点头。

小玉掰着手指，继续捋：“可是，你亲眼见到了梦里的姑娘，她却念着另一个人的名字，你才知道梦里的男主人公并不是你自己，但你……还是爱着这个姑娘？”

“我爱不爱或许根本不重要，那娘子悲痛欲绝，心里充满了恨意和戾气，她根本不会在意我的态度，甚至，她也不会知道有我的存在。”

原来，这一场戏，不只有柳如之一个人当真，还有一个人当真，只是她当真的对象，并不是柳如之。

柳如之苦笑一下：“我说的这些，你们相信吗？”

不哭和小玉，一个点头，一个摇头。

柳如之看着不哭，一丝感激转瞬而逝：“母亲也不信，他们都觉得我得了……病。我的确见到了那位姑娘，可是他们却什么也看不见。所以，他们觉得是我病了。”

“我觉得他们是对的。”小玉毫不顾忌不哭的脸色，“你怎么就知道不是你病了？”

柳如之自嘲一笑：“那位姑娘生得倾国倾城，我才情何等浅淡，想象不出那么美的人。”

“比……我们还美？”小玉原本想说不哭，话到嘴边，就变成了“我们”。

柳如之看着小玉，差点笑出声来，幸亏体力差，体内的那股气连朗笑都支撑不住。“男女有别，自然不能比。不过实话实说，如果不是亲眼所见，我也想象不出像不哭公子这般俊朗的人物，和小玉公子这般……”柳如之努力想着措辞，看见小玉的眼睛越睁越圆，赶紧说道，“这般绝伦的人物。”

不哭也很想笑，柳如之病成这样，反应也是敏捷的，绝伦，倒是没错，只是哪里绝伦，绝的什么伦，就不说了……好在，小玉对这个词很满意。

“公子，如今能亲眼见到那位姑娘，想必还有别的缘起，还请公子缘来不拒，缘走不留，随遇而安，好生将养身子才是。”

“嗯，大概是近来的事情于我而言太突然了，导致心动悸、脉结代，加上受了些夜凉，调养几日便好了。”

不哭扶柳如之慢慢躺下，看着他消瘦的面容，心里百感交集。

太阳刚刚爬到西山，不哭便守在弥天槛旁，他又在等大树消失，百妖出槛，能捉到庄蝶，再次请教心中的疑惑。

庄蝶的功夫，都在梦醒幻实之间，对梦的理解到底比旁人深刻许多。她听了不哭的叙述，沉默良久，似乎有所了悟：“这样说，想必是气了。”

“气？”

“人常说，日有所思，夜有所梦，的确，很多梦幻与清醒时的所思所想有关，但还有一种梦，与所处境地的‘气场’有关，甚至有些‘气场’如果足够强大，便是没有身临其境，也会被相应的人‘感应’到，但到底什么样的人感应什么样的‘气场’，却是不可知的大机缘。”

“不可知的大机缘……庄蝶姐姐，我生得驽钝，你再仔细说说。”

庄蝶看着不哭，露出一丝诡谲的笑意：“驽钝？你也听得那老黑的胡言乱语。你若驽钝，天下地下便没有伶俐的了。”

庄蝶耐心解释道：“比如，性子忧郁的人进了灵堂，哪怕他根本不认识亡人，也会觉得悲不自胜；昂扬的人到了陌生人的婚宴，也会喜由心生，笑逐颜开。还有，人间那孔老头子不是说过，望之俨然，即之也温，听其言也厉。君子正气凛然，惺惺相惜的人一旦接近便有所感，这就是君子的‘气场’。运用‘气场’的最高境界便是……”庄蝶故意顿了顿，上前一步，几乎贴在了不哭身上，玉手抚在不哭胸口：“心。”

不哭看着庄蝶眼里那股幽幽的笑意，虽然有些不知所以，却也觉得她的话也许是有些道理的，不然，为什么柳如之说，只有在镜湖畔入睡，才能梦到那个女子，梦到这场情事？

也就是说，在镜湖，曾经来过什么人，曾经发生过什么事，留下了无比强烈的“气场”……

辞别庄蝶，不哭到镜湖畔徘徊，试图去感应她所谓的“气场”，镜湖水幽寒，映得月色也显得冷峭，的确是个引人忧思的地方，可除此之外，似乎也别无其他奇异之处。

不哭呆呆看着镜湖的潋潋波光，隐隐约约听到阵阵呜咽，如泣如诉。

淑淑渊渊深不可测的镜湖，究竟见证过什么？

不哭忽然觉得心里一阵撕扯，虽然他不知道发生过什么，但那股忧伤，他也分明感觉到了。只是，不同的是，柳如之说那姑娘心中充满了恨意和戾气，可他自己却丝毫感觉不到。的确，这其中有人承受了巨大的悲哀和痛苦，可他更能感觉到那个人的慈悲和温暖，以及无尽的牵挂和不甘。

那个人到底是谁？

这里，到底发生过什么？

不哭抬头望向镜湖之上的皎皎明月，张若虚说过，“江畔何人初见月，江月何年初照人”，想必，天上地下，无论发生过什么，都逃不过那轮皎皎的明月。不哭忽然感觉，有一双深邃的眼睛以无限哀婉的目光抚摸着他的脊背，正如这轮皎皎的明月，亦在浩渺无垠的夜空深处守望着他……

“娘……”

不哭忽然将这个字脱口而出，一出口，他也被自己吓了一跳。

微风拂来，水波荡漾，似乎冥冥中有人回应了他的呼唤。

不哭忽然就泪流满面……

夜空中的月亮忽然被什么巨大的东西挡住了，不哭吓了一跳，这才发现一只毛茸茸的手盖在了他眼前。

“哎呀，看你笑得简直惨不忍睹。”小玉一边摇头，一边啧啧感叹。

“小玉，你也来了。”

“这么伤心？你也感觉到柳如之的那些……”

不哭没有回应，他本来是为了柳如之而来，可现在并非为柳如之而悲。他确信，自己感觉到的东西和柳如之感觉到的那些，并不一样。

“我怎么什么都感觉不到？”小玉对着湖心，运了好几次气，还是没有感觉，简直有些气急败坏。

不哭想安慰小玉，告诉他并不是别人有自己没有的东西都值得羡慕，有些东西，还不如没有的好，可他还是没有说出来，他总是说不过小玉，这样的安慰在小玉看来无非也是“得了便宜还卖乖”。

“鬼脸仔，我觉得我们必须再去后院探探了。”

不哭连连摇头：“要是再被人发现，告到师父那里……”

“你不想帮柳公子吗？原来是装得这么忧心。”

“这和帮柳公子有关吗？”

“当然了！”小玉又露出那副恨铁不成钢的神情，对不哭的智商痛心疾首，“这柳家从上上辈人就出妖孽，如今柳如之虽然看起来没有接触什么妖精，但在他身上屡屡发生怪事，这些没有联系吗？牧野百姓众多，为什么异事都发生在柳家？我觉得，所有这些事情只有一个源头！”

“什么源头？”

“这……我……我怎么知道！所谓巧妇难为无米之炊，我再足智多谋，神机妙算，”小玉挺了挺腰板，“也要去做调查的，后院就是最好的线索！”

不哭想小玉的话的确很有道理，可他实在担心再被师父发现，把那几乎都快背下来但仍然不认得的天书再抄上一百遍也不打紧，只是，实在不忍心师父动怒。虽然不哭并不知道为什么，但他明确感觉到，自从到了这里，师父就显得格外忧惴。

可是……柳公子的事儿，他也格外挂念。不哭左右为难，拿不定主意，直到那位蒋大师的出现，才让不哭有了决断。

许是因为柳夫人的苦求，也许是因她许下的重金，抑或是因柳严两大望族的地位，这位蒋大师，在踏出柳宅十年后，终于又来了。

迈进柳家大门，蒋大师感觉似乎有一股无形的气息扑面袭来，他屏息闭目，而后深深吸了口气。从这一刻起，蒋大师就不住地摇头，一边摇头，一边掐指，口中喃喃，不知所云。

柳夫人怯于婆母，先带蒋大师去拜见柳太夫人。柳太夫人梁氏坐在堂屋中间，向蒋大师抛去一眼睥睨，哼了两声，算作招呼了，蒋大师呆呆看着柳太夫人，十几年前那种感觉又升腾起来，莫名其妙，不可言喻。柳太夫人又抛去厌恶的一眼，唤来丫鬟，托病进房去了。

柳夫人乐得这么快过了这一关，急急带着蒋大师往柳如之院子去了。蒋大师给柳如之把过脉，长叹一声，痛心疾首地说："夫人，为何拖到现在？公子的癔症已经相当严重了。"

柳夫人本来就被蒋大师的一声长叹弄得坐立不安，听了这话，紧张地问："到了什么程度？可还……"

"夫人还请宽心，若是从今严格按着在下的话去做，便可保公子无恙。"

柳夫人连连应着，蒋大师拿出一个小包袱，先给柳如之施了一通鬼门十三针，而后吩咐下人准备两只浴桶，分别装满滚烫的热水和半冰半水的冷水，热水桶中放了艾草、红花等十几味药材，冷水桶中放了虎杖、蟾酥等，让柳如之在冷热两桶中更替泡浴，每半个时辰换一次。柳夫人听得心惊胆战："大师，这极寒极热的法子常人尚且难以承受，我儿还在病中，如何受用？"

见柳夫人有所怀疑，蒋大师面露不悦："夫人，蒋某不才，但这方子是祖师爷所创，夫人若不信，蒋某这就告辞，不必辱及祖师。"蒋大师说着就要起身，柳夫人急忙拦住，连连认错。蒋大师这才有些耐心，解释道："夫人有所不知，病有阴阳，人也有阴阳，阳是肉体，阴是魂魄，这病所侵，乃是魂魄，非寻常方法可医。要的就是这极寒极热之法，先以极热逼出公子体内邪祟，再以极寒刺激元神苏醒，助正气之凛然，抵挡邪祟。反复交替，能收奇效。"

柳夫人抹了抹眼泪："罢了，罢了，能救我儿，一切都听大师安排。"

柳如之就在这非人的折磨里煎熬了整整一夜，到了第二天一早，已经脸色苍白，昏迷不醒。

探望柳如之回来，不哭拉着小玉就出了门。两人到底有一千年的相处默契，小玉也不问就知道不哭要做什么，他是看了柳如之受折磨的样子，也受了刺激，于是下决心要将这柳宅的秘密探上一探。

两人就做贼似的在偌大的柳宅里摸索，毕竟生活了月余，不像当初那样没头苍蝇似的乱撞。

首先穿过杜婉仪曾住过的院子，这里本就偏僻荒凉，出了那件事，更显得颓败诡谲。从这儿再往里走，深深浅浅不知道走了几重，路过了几片无人修剪的花木，终于在树丛深处，又见了个茅丰草长的院子。

小玉像个毛球一般滚到了院墙下——关键时刻，小玉把自己攒成一个毛球滚着走，倒是比捯着一长一短两条腿走得还要快些。

按照小玉的习惯，既然是探风，肯定是不能走门的，况且这后院的院门紧闭，虽不见下人把守，可门上挂了几道铜锁，墙头还倒栽了一些尖锐之物，显然是防人进去的。

这样破落的院子，竟然上了几道铜锁，铜锁上面还有一些看不懂的符文，想来，八成就是这里了。

不哭瞅着墙头犯愁，回身见小玉沿着墙边不知道在找什么，认真得很。

“找什么？”不哭挨过去小声地问。

“狗洞。”小玉答得神情凝重。

不哭无言半晌，正想说点什么，突然听到院门内传来细微的脚步声，连忙示意小玉噤声。

院内的脚步声到院门即止，过了一会儿，一个女子的声音传来：“是何大哥来送饭了吗？”

这枯井颓巢、鸡犬不闻的地方，竟然会有女子，不知是人是妖？

细听之下，那女子的声音听着有些耳熟，只是说话时声音有些发抖，似乎十分害怕，又似乎遭遇了什么，以致变了本来的音色。

不哭不知该怎么办，小玉却很是欣喜，清了清嗓子毫不心虚地说道：“知道是我还不开门？”

门内的女子顿了顿，“大哥说笑了，院门向来只能由外而开，婢子是开不得的……”而后又略带心急地解释道，“并非婢子乱走，只是大哥今天似乎来得晚了一些，两位道爷已经等得急了，这才派婢子过来看看……”

小玉挠了挠头顶的毛，略略一想便与那女子道：“我忘记带钥匙，现在回去取，你且回去等着吧！”说完，他将耳朵贴在门上，听那女子的脚步声渐渐远去，才示意不哭躲到墙角去。

不哭跟着小玉躲好了，才敢发问：“接下来怎么办？”

小玉极为无奈地想戳他脑袋，不过由于身高的关系只能戳到不哭的肚子：“你长了猪脑袋吗？”

不哭摸摸自己的脸：“我又不是猪妖，怎么会长猪脑袋？”

小玉半天没说话，看起来就快吐血了：“你也听到了，每天都会有人来送饭，今天送饭的人晚了，这就说明，他就快到了，而他身上有钥匙。”

不哭恍然大悟：“我们把他打晕抢钥匙吗？”

小玉叹了口气：“不哭，没想到你居然会有这么暴力的想法。”

“啊……”不哭脸上一红，“我……我只是随口一说，作不得数……”不哭正为自己这样下作的想法而深深自责，突见小玉箭一样地蹿了出去！

不哭发誓，他与小玉相伴近千年，除了饿极发现食物时，还从未见过小玉这样迅捷灵巧地接近一个人。那是一个拎着食盒的下人，一手拎着食盒，一手捂着肚子，面上隐见痛苦之色，一望便知他今日为何晚了。

小玉几乎是在电光火石之间便蹿到那人跟前，那人吓了一跳，可他连惊呼都没来得及发出，小玉猛然弹起，一头撞到那人额上，那人晃了两晃，直挺挺地倒在地上。

这一切都发生在一瞬间，看着在那人身上不断翻找的小玉，不哭已经傻了。

“还愣着干吗？”小玉朝不哭一晃手里的钥匙，“快把他藏起来！”

不哭听惯了小玉的话，这会儿更没有主意，连忙和小玉一起将那人抬到隐蔽处，而后又不无担心地道：“要是一会儿他醒了……”

“瞎操心。”小玉拿钥匙开门，“等他醒了我们早把后院转个遍了。”说话间门锁打开，小玉示意不哭拎起食盒，两人把院门开了一条小缝，一前一后地溜了进去。

后院出乎意料的小，方方正正一个院子，空荡荡的，一眼就能看个遍，小玉呆怔之时不哭轻碰他一下，小玉顺着不哭指着的方向望去，便见一扇小小的木门开在对面墙壁的尽头，很不起眼。

不哭与小玉走过去，轻轻一推，那门便开了，门才打开，一股浓重的香火味便冲了出来，不哭被呛了个喷嚏，小玉更是立时退了三步，紧紧捂住口鼻：“什么味儿？这么臊！”

“臊？”不哭适应了一阵又仔细闻了闻，明明只是浓重的香火气，哪里来的臊味儿？

小玉却是越发不行了，他扶着墙干呕几下连连摆爪：“也不知是哪里来的妖道做的法事，这味道我闻不得。”

不哭连忙扶住他：“那我们走？”

“走？”小玉踩他一脚，“我走！你进去！不能枉费咱们这么辛苦地溜进来！起码看看里面是什么。”

不哭一阵迟疑，小玉推推他：“快去，我就在来时的假山后面等你，要是有人发现你，你就说是来送饭的。”

小玉来去如风，一眨眼就不见了，不哭原地转了两圈，有心跟着小玉出去，但为了柳公子，硬着头皮也该进去看看，再说，不能让那送饭的下人白白挨了打。

不哭推门而入，那浓到极致的香火味再次涌入鼻中，虽然呛鼻，但他仍是没闻出小玉说的臊味，只是环顾四周之时被周围铺天盖地的黄符惊到了，那些黄符贴了满墙，甚至院内的石桌石椅、树木枝丫都被黄符覆盖，黄符上的朱砂符画红如鲜血，弯弯曲曲的画路仿佛能摄人心神，不哭看了几眼便觉得胸口发闷，连忙转开眼去不敢再看。

这里果然有古怪。

这院子很大，院子里靠墙的四周设有房屋树木，可院子中心却很空旷，远远望去似乎只有几口低矮的石井，井口被黄符封着，除此之外还有一炷香。

那香就燃在几口石井的正前方，只有一炷，极细极长，香下积满香灰，香灰多到几乎将细香掩埋——可不哭盯着那香看了许久，香是燃着的，也会滚落香灰，但那香却是丝毫不短，满院的香火气便是由这细香而来。

看着那几口诡异的石井，想必那“几代的妖”便镇在这里。

跟着黑铁皮多年，不哭并不怕妖，此情此景，他倒更怕被人发现，他小心地看了看四周，并不见人，便想去看那些石井，可才走一步，就听到一些响动。

那似乎是一个女子的声音，痛苦而隐忍，就从墙边的屋子里传出。

不哭掉转方向，轻轻走到那屋旁，依着越来越清晰的声音一路追寻，到了一扇门前慢慢停下。

不哭放下手里的食盒，将耳朵贴近房门细听，确定屋里当真有个姑娘在哭，可除了哭声外，似乎又有些别的……不哭好歹记得自己是偷溜进来的，差点客气地敲了敲门，他找了扇窗，从窗缝向里看。

这一看！不哭顿时面红心跳，脸上烫得发烧，连头发丝都是热的！

房间里，几条白花花的身躯扭缠在一起，那如泣如诉的哭声正是由这姑娘的红唇之中发出。

不哭面红耳赤地疾退两步，百般无措，不想他在门外的动静引起了房里人的注意，女子的声音骤然停断，耳听着有脚步声走出来，不哭连忙闪至一旁躲了起来。

不哭刚刚隐好身形，房门便由内打开，一个仅披了一件单衣的中年男人朝门外瞧了瞧，神情谨慎又疑惑。随后那人见到门外的食盒，神情放松下来，朝屋里嚷道：“来送饭的，约莫不想坏了咱老哥的好事，放下食盒走了。”

不哭闻言才记起自己原本是有身份的，这么急着躲什么！如果是小玉在这里，必然应对得很好，可反观自己……

不哭自责之时，那人已拎了食盒进屋，大声说道：“先吃饭吧，吃完饭再弄死这小妖精。”

“如玉不是妖！”那女子极为慌张的声音传来，“如玉不是妖！二位道爷使唤奴婢这些日子，该清楚奴婢是人！奴婢受了妖物连累才被关在此处，恳求二位道爷与柳家女君说个清楚，还奴婢清白！奴婢做牛做马都会报答二位道爷！”

两个道士立时大笑起来，笑声中的淫邪之意直冲不哭耳中，耳听那吟哦之声又起，不哭羞臊得不行，连忙离开，再次回到井边去一探究竟。

待离远了些，不哭才反应过来，那女子自称“如玉”……如玉！杜婉仪的贴身丫鬟！柳夫人处置了杜婉仪这只兔精……抑或是锦鲤精，这还不算，竟把她的贴身丫鬟弄在这里受罪。

想必杜婉仪和另外两代妖物就压在那几口石井里。可那几口石井的井口都被黄符封着，若是揭开黄符，或许会破去阵法，若是因此放出妖物，可就麻烦了。不哭这么想着，围着那几口石井看了又看，突然他发现有一口石井上的黄符或许年头久了，已经起翘开边，露出一些缝隙来，他连忙凑到那缝隙朝井里看，可惜那缝隙太小，根本看不到里面有什么。

不哭有点失望，可又不甘心就这么走了——他在想，如果是小玉在这，会怎么办？想啊想啊，他慢慢趴到井边去，歪着头，看着那一点点起翘的黄符，噘起嘴，朝那黄符吹气。

那本就粘得不牢靠的黄符被他一吹，呼扇呼扇地摆动起来，没一会儿，那缝隙便大了许多，不哭大喜，连忙又凑过去看。

这一看！不哭“啊”地低呼出声，一屁股坐到了地上！

被黄符封住的井里，阴暗的光影之下，痛苦蜷缩着的竟然是一大一小两个人！虽然只看了一眼，不哭也看到她们浑身赤裸地被泡在水中，不断地扭动挣扎！她们的眼睛漆黑如墨，看不到一点白色眼仁，嘴巴大大地张着，似乎在呼救，却发不出半点声音！

这……这到底是人……还是妖？

不哭跟着黑铁皮行走多年，每天夜里与无数大妖共行夜路，自认是不怕妖的，可刚刚那一眼却让他胆战心寒！他似乎听到了她们哀号的声音，可又没有，什么都没有。

不哭坐在那里缓了好一会儿，正想再回去看看时，一个毛球猛然扎进他的怀里。

不哭吓了一跳，好在他时刻记得自己是来做“贼”的，没有叫出声来，定神一瞧，竟是小玉。小玉一脸迷糊地朝四周张望，嘴里不断地念：“快点带我去看妖，我晕得厉害，坚持不了多久，快带我去……”

不哭见他这样也来不及询问什么，带他来到井边，让他从那缝隙往里看。

小玉趴在那看了半天，起来朝不哭连连摆手：“快带我出去，我晕得想吐。”

不哭向来听小玉的话，也不再去看那石井，抱起小玉顺着原路快步跑了出去。

直到穿出那扇小门，跑到后院之外，一口气钻到了假山后头，小玉才长长地吐了口气，拍拍不哭，示意他放自己下来。

不哭有点紧张：“你怎么进去了？你不是说……”

“我担心你啊！”小玉没好声气，一边大口地喘气一边道，“那院子邪门得很，也不知烧的什么香，就快熏死我了。”

不哭大为感动，看着小玉良久说不出话来，小玉却是没放在心上，他担心倒也是担心的，不过更多的还是想把事情弄清楚，又怕不哭出来说不好里面的东西是什么，不亲眼瞧上一瞧，心里总是不稳当。

不过他进去看了一眼，再出来也是有点后悔："原来柳家真有妖，不过那两条蛇妖看起来妖力尚浅，否则只凭一些黄符是困不住它们的。原本还以为是什么新奇的妖，结果只是两条蛇。"

"蛇妖？"不哭错愕了一下，"你也看得出她们是蛇妖？"

小玉莫名其妙地说："两条蛇盘在井里，我瞎了才看不出来。"

"蛇？"不哭登时急了，"明明是人！怎么会是蛇？"

"人？"小玉抓抓脑袋，"什么人？你说井里还有人？我怎么没瞧见？"

不哭哑然半晌，抓着小玉让他说说到底见到了什么。

小玉被他火急的态度惊到，也开始怀疑是不是自己眼花了真的看漏了什么，想了又想，才缓缓地摇头道："我确定井里只有两条蛇，一条大的水桶那么粗，一条小的碗口那么粗，井里有水，看样子也该是符水，那两条蛇在水里扑腾得厉害，想来是遭了不少罪。"

不哭张了张嘴，却不知该说什么才好。

"别发呆了。"小玉拍了拍额头，驱走因那香带来的眩晕感，"赶快回去，待会儿被老爹发现就糟了。"

不哭还没缓过神来——他想不明白！明明就是人！怎么小玉看的时候就变成了蛇？难不成这蛇精关在井中，还会时不时地化成人形？

不哭就这么浑浑噩噩地被小玉拉着走，他们来的时候不认路，现在倒坦然了，逮到人就问，很快就回了他们暂住的小院。

黑铁皮还睡着，小玉打了个哈欠也去睡了，不哭心里有事，躺在床上辗转反侧，脑海里浮现的尽是那两双黑漆漆的眼睛，他又想，那里有几口石井，他们只看了一口，另外几口井里是不是也关着东西？是人，还是什么？

还有那位如玉姑娘，她说自己不是妖，受了牵连才被关在后院，与那两个道人昏天胡地。她到底是蒙冤受辱的可怜人，还是道行尚浅的小妖？倘若她真的不是妖，那境地岂不堪比人间地狱……想到这儿，又觉得自己就这么逃也似的走了实在不该，当时只觉得羞臊与不齿，却从未想过她的处境。

不哭越想越多，渐渐地也开始迷糊起来，再一睁眼，窗外天色已经暗了下来，小玉正在门外拍门。

不哭睡眼蒙眬地去开门："小玉，你不累……"不哭陡然睁大了眼睛，黑铁皮站在门口，脸色比往常还要黑。

"师父……"

"老爹都知道了……"小玉挠着耳朵，像个出卖战友的叛徒。

不哭也顾不得许多了，人命关天，这事儿也只能由师父解决了。

"还愣着干什么？再把书抄两百遍！三天之后交给我！"

眼看黑铁皮转身要走，不哭急得伸手，捉住了黑铁皮的袖子："师父，昨天我和小玉……"

"昨天的事我已知道了，不需要再听一遍废话。"

黑铁皮的目光瞄下去，不哭连忙撒了手："师……师父……我……我看到的跟小玉看到的不一样！"想到那两双始终盯着他让他难以释怀的眼睛，不哭鼓足了勇气，将自己看到的说了一遍。

小玉惊讶地跳过来："你看到的是人？那时候你怎么不说？"

不哭也不知该怎么回答，他那时倒是想说，但是因为太错愕，再加上心中充满了对自己的怀疑，所以无从开口——毕竟他和小玉在一起的时候，错的总是他。

黑铁皮的眉头皱了起来，"人？"他缓缓地质疑一声，又看向小玉，"你说那香有问题？"

小玉连忙点头："臊得厉害，熏得我头昏脑涨。"

黑铁皮看向不哭。

"我觉得……不臊，就是很浓的香火味。"

黑铁皮不再言语，倒负双手在院中走了几步，不哭小心地道："我们只看了一口井，那井还有……还有三口，说不定……说不定……"

他想说，说不定其他井里装着可以收进弥天槛的妖，除此之外，他想不到黑铁皮有什么插手这件事的理由，可心里是这么想着，话到了嘴边却磕磕绊绊的，显然连他自己都觉得这样的概率小之又小。

黑铁皮没有再应声，径直回了自己房间，在蒲团上坐下，闭上眼睛。

年轻的时候，遇到这些事，总想去管上一管。以为自己有无尽的力量，为爱的人做点什么，为身边的人做点什么，为这个世界做点什么，到头来才发现，自己什么都没有做好，连自己都做不成曾经的样子。

黑铁皮一直坐到天黑，直到月亮初升，起身，推开不哭的房门。不哭正伏在案边，揉着眼睛，天书放在一边。他已经不需抄了，可以整本默下来。

"走，再把你们白天走过的路走一遍。"

不哭的手一抖，笔落在地上。再看黑铁皮身后，小玉已经换了一身黑衣。虽然不哭不知道黑铁皮为什么突然转变了态度，但只要能弄清楚这一切，能解救柳如之，也许还能解救一些无辜的人，那么为什么也就不重要了。

三人趁着夜色又回了那小院，小院外自有下人看守，看来是今天被打的送饭小哥向上禀报了，这才加强了戒备。

不过这对黑铁皮来说形同虚设，三人等到天色又重了一些，悄无声息地翻墙而出，小玉的记性不差，按照白天回来时的路，没费多大力气就找到了那神秘的院落。

小院的院门依然紧锁，与白天不同的是，院外同样加重了守护，十步一岗，五步一哨，想要不惊动护院进去，似乎不太可能。

小玉犯了愁："要不把他们都打晕？"说完，自己也觉得不太可能，毕竟他们人多势众，一旦闹起来别说被发现，恐怕马上就会被赶出柳家。

黑铁皮没言语，约莫在想怎么进去，不哭却望着一个方向发呆，他发现原来这里离弥天槛很近，白天的时候他过于紧张，都没有发现，现在躲在假山后面也可以很轻易地看到弥天槛高耸入云的树冠，还有树冠周围那飘飘荡荡的莹莹亮光，弥天槛里的妖怪们刚刚摆脱白天的束缚，正要四下飘散。

想来，这柳家人神神秘秘地关着几只“妖”，生怕别人发现，若是知道此时有无数大妖出现在家中，那柳家的女君可会即时昏厥过去？

这个问题不哭没来得及细想，他看着天边有一点妖灵忽忽悠悠地晃了过来，飘到他们身边，化身为一个女子，正是庄蝶。

“上师可需要帮忙？”庄蝶笑意盈盈地看着那些全副武装的家丁护院，叹了一声，“上师收服我们之时说不尽的心狠手辣，面对他们倒是仁慈得很。”

黑铁皮没有理会她，庄蝶仿佛也只是自言自语，她甚至不等黑铁皮回答她是不是要帮忙，便挥出手去，那些家丁便立时面现茫然之色，虽还在原地站着，神魂却早已不知迷失在哪一段幻境之中。

黑铁皮没有道谢，更没有看庄蝶一眼，朝不哭与小玉一招手：“走吧。”

小玉走在不哭前头，不哭也连忙跟上，临走之时不忘朝庄蝶点点头，以示谢意。庄蝶朝他展颜一笑，妩媚入骨，摄人心魄，不哭连忙转过头去。

再次来到院中，不哭对路线已是驾轻就熟，领着黑铁皮穿过角落的小门，去寻那几口石井。

小玉依旧是进了小门便开始打晃，黑铁皮皱了皱眉：“这是什么香？”

不哭抽了抽鼻子，觉得这香气似乎比白天的时候浓了些。

小玉勉强走了几步便摆手道：“臊得不行啊。”

黑铁皮便让他回去，又转过头来看不哭。

不哭微微挺了挺胸膛：“我没事。”

黑铁皮便跟着两人来到石井前，井前的细香依旧燃着，香顶的一点火星在皎洁的圆月之下丝毫不显黯淡，反而一明一暗地格外牵人心神。

“这香有古怪。”黑铁皮说了一句，倒也没去看那香，直接走到石井旁，他不像不哭那样小心，伸手揭了张黄符下来，月光照进石井，井底之物一览无余。一大一小两条青绿蟒蛇缠在一处，蛇身在水中不断地扭绕，尾巴拍起无数水花，确实是蛇，哪里来的人！

黑铁皮看向不哭：“不哭，你说的是这两个……人吗？”不哭上前看了一眼，点点头：“师父，她们虽然看起来肮脏邋遢，可我看她们的眼睛，分明是人的眼睛啊……”

小玉伸出毛茸茸的手，在不哭眼前晃了晃，又摸了摸不哭的额头，看他有没有发烧说胡话。

黑铁皮没有再说什么，又走到第二口石井前，依旧揭了黄符，这里泡着三只蜘蛛，一大两小，大的蛛身大如脸盆，小的也有海碗那么大。

不哭跟在后面看了一眼，惊得大叫一声。

黑铁皮看到不哭露出惊恐而不忍的神色，问：“这回你又看到了什么？”

“师父，那……那个小些的孩子，浑身都溃烂了……”

“孩子？哪里有孩子？”小玉看不哭着急认真的样子，并不像是说胡话。

黑铁皮仍是没有说话，甩手将黄符贴回原位，又来到第三口石井前。

不哭紧张地望着黑铁皮，结结巴巴地道：“师父，这到底……”

黑铁皮已揭开了第三口石井的黄符。

“你没有看错。”

黑铁皮的话打断了不哭的无措，他微微一怔后马上去看井中，这一看，又是一呆。

“好大的兔子啊……”小玉看了一眼，又捂住口鼻，“老爹，我不行了，臊得我受不了了……”

不哭认出了井底处瑟瑟蜷坐的女子。几天前，那个神情淡淡、清丽娇美的杜婉仪，虽然偶尔面有愁容，却还保持着大家娘子的风范。此时，她身上的衣服脏污得早已看不出颜色，头发纠结得不成样子，许是感应到了光线，她哆哆嗦嗦地抬头向上看，待看到不哭与黑铁皮，她茫然了一阵，突地她猛然蹿起，双手不断地抓挠着井壁。她的嘴巴张得大大的，却只能发出令人毛骨悚然的呜咽声，不哭留意到她的眼睛，漆黑一片，正如今天他看到的一样，没有半点白色眼仁。

“师父，你看她……看她是个兔精吗？”不哭艰难地问出一句。

黑铁皮也在看着这个女子。

她抓挠着井壁，极力地想要爬出来，但一切却是徒然，她的指甲早已折断，指尖鲜血直流，可她就像没有知觉一样，依旧奋力地抓着，她的神情极为狰狞，几乎看不出她原有的样子，眼泪一串串地从她诡异的黑眼中不断流出，既恐怖，看起来又有几分莫名的心酸。

她不是妖。

黑铁皮可以肯定，他用了念力，去抵挡那股诡异的香味对双眼的侵蚀，念力占了上风时，他能看到，三口井里压着的都不是妖。不哭自有他的机缘，当然不会被这妖术蒙蔽。眼睁睁地把她们看成妖的，都是凡人，还有……小玉。

黑铁皮看了小玉一眼，他正伸着毛茸茸的手，使劲儿捂着自己的口鼻，向院外走去。黑铁皮心里一紧，生生地疼，看着小玉毛茸茸的矮胖身子，努力让自己保持着平静——他果然再也不是他了，区区这点妖术，他都分辨不清了……

“师父……”不哭看着井里的女子极力想要出来的举动，十分不忍，“要不要……”

话才说了一半，忽听已走到墙外的小玉大喊：“老爹救命！”

黑铁皮当即将黄符贴回，挡住那女子凄厉的呼号，扯住不哭便走！

才穿过小门，便见小玉被十来个家丁围着，这些家丁个个面色不善，已然是醒了，看到黑铁皮和不哭出来，马上朝他们冲过来。

不哭慌忙挡在黑铁皮跟前，想要挡下那些气势汹汹的家丁，再不济替黑铁皮分担一些拳头也是好的，不哭缩住肩膀刚抱住头，就听耳边轻笑一声。

那笑声软软的，是庄蝶。

“一时分了神，没留意他们醒了，上师受惊了。”

庄蝶笑意盈盈地飘在半空中，话是对黑铁皮说的，眼睛却看着不哭，目光中多带着狡黠之意。

不哭哪里会不明白？分明是庄蝶故意在作弄他们。

黑铁皮显然并不真的怕那些家丁，他冲出来只为照看小玉，此时见小玉无事，神色都没变，拉起小玉离开院子。

不哭跟在黑铁皮身后走着，冷不防庄蝶飘过来，问他：“你甘心？”

共行千年，黑铁皮对不哭的态度大家都看在眼中，虽然众妖对黑铁皮多有不服甚至痛恨，但对不哭，许多妖却是同情的。

不哭看着前方的两个背影，道：“为何不甘？那是师父和小玉啊！”或许有时会产生一些疑问，但对师父和小玉的感情，不哭从未怀疑动摇过。

庄蝶不再说话，悄悄地隐于空气之中，她无须再试探，只看不哭露着那一张愁苦的哭脸，就知道他内心当真并无半点怨恨之意。

和庄蝶稍一耽搁，不哭已失去了黑铁皮和小玉的踪影，不哭也不着急，他们来时他暗中记下了路径，黑铁皮和小玉总归不会走到别处去。

不哭沿着石子小路慢慢往回走，走到中庭之时，忽地看见一道倩影闪过，面容清纯又诱惑，身姿柔软且妖娆，洁白的胴体被黑雾包裹，正是涧狐。

不哭马上挥了挥手，想跟她打个招呼，可涧狐并未瞧见不哭，她急匆匆地，似乎在追寻着什么。不哭心想，他们来到柳家纯属偶然，涧狐不管在追什么，必然是临时起意，在这处处透露着诡异的柳家，她会不会遇到什么危险？虽说她是妖……不哭想了想，最终改变方向，朝涧狐消失的地方而去。

对于涧狐，不哭心中始终存着一份感激，虽说弥天槛中的妖都是有天机之缘，可据不哭看来，这些妖中倒有多半都是不愿享这天道的，当初涧狐本能地逃过黑铁皮的追击，可为了救自己，她义无反顾地返身而回，以致被收入弥天槛中，这份情义不哭很难忘却。

不哭原是担心涧狐，却是忘了论起战斗力，涧狐不知道比他强上多少倍，他跟着涧狐纯粹是依心而动，万一真的遇到危险他能不能帮上忙，倒是两说了。

等不哭意识到这一点的时候，他已经跟着涧狐走出了柳家，这倒有些麻烦，高高的院墙涧狐可以飘然而过，他却只能费些力气攀爬，出了柳家后又要记着回去的路，分神之下几次险些失去涧狐的身影。

涧狐是真的没有发现不哭，否则以她对不哭的迷恋程度，若知道不哭在身后，还哪有心情去跟踪别的什么人？

在牧野城里转了半个月，涧狐终于把小时候的清涧找到了，又等了半个月，一直不见那位小姐姐。涧狐终是放弃了，却还不愿趁着这个机会随外公到处游走，而是要去找她的不哭小官人。

刚刚在不哭房里扑了空，便在院子里徘徊，见几个丫鬟不断地往一个院子里端水，端了冷水端沸水，涧狐好奇心起，悄悄跟着她们，从一扇小窗看到了备受折磨的柳如之。涧狐从来没有见过一个人被这样折磨的时候，脸上却依然平静如此。

柳如之生得文隽秀气，近来又病得弱不禁风，涧狐心生不忍，给那几个丫鬟施了点小法将她们弄睡了。可是，从浴桶里爬了出来的柳如之并没有像涧狐想象的马上上床休息，却勉力穿了衣服，出了门去。涧狐就更有兴趣了，大半夜的，这样一个虚弱的人，如此行色匆匆，要去哪里呢？

反正见不到不哭小官人，闲得无聊，涧狐便尾随柳如之，一路跟到了镜湖。

涧狐到了镜湖畔，着实被月夜湖景看醉了，心想这里到底是怎样钟灵秀气的地方，孕育出来的水都这样绝尘？前有养她八十年的山中清涧，去此三四里，竟还有这样一面瑶台仙境才有的镜湖？涧狐掬一捧湖水在脸上，那感觉，和清涧相仿，又有不同。它们都有女人身上才有的那种柔情万种，却又像是不同的女人，一个寂寞又炽烈，一个孤清又慈悲。

涧狐对引自己来到这里的柳如之存了满心感激，抬头去看，才发现柳如之呆呆在湖边伫立了一会儿，接着开始打理自己，抻抻衣袖，抚抚鬓角，紧张的样子像个情窦初开的姑娘。

他这个样子看得涧狐直想笑。如此不安又期盼，想来是在幽会情人。

涧狐年纪虽小，却是比较着妖来说的，她曾入世出世，人世间的爱恨情仇也算见识了一些，对这些月下私会的戏码并不陌生。想着一会儿可以看到情人私会，涧狐也不觉得无聊，蹲在树后双手撑着下巴，一边就着月光欣赏美男子，一边暗自猜测前来相会的姑娘也该是极好看的。

又过了一会儿，月亮渐渐升至当空，随着时间的流逝，涧狐看那小官人越发紧张，在湖畔不停地转圈圈，不得不用手捂住自己的嘴，才能让自己不笑出声来。

突地，涧狐呆住了，看着由湖畔一端慢慢划船而来的身影，比当初初见柳如之，还要痴了。涧狐又加大了捂嘴的力度，阻止自己喊出声来，竟然是她！那个带自己出了清涧的小姐姐！

尽管那时候的涧狐，还是个妖中的婴儿，加上不见天日，不能分明看清小姐姐的样子，但她不知道为什么，第一眼看到这个女子，就有一种无比熟悉的亲近感，加上她偏偏在此时此地出现，除了她就是那个姐姐，恐怕再没有其他理由可以解释这种强烈的亲近感。

涧狐不知道，世上竟还有这么好看的人。

涧狐自己便是绝世少有的美人，外公狐君更是潇洒风流，身边的狐族莫不是个个精通幻化之术，能让涧狐念念不忘的容貌简直少之又少，所以她才会对不哭一见钟情，因为她觉得，再找不出比不哭更好看的人了。

可现在，她甚至忘记了自己身处何方，忘记该隐藏身形，就像柳如之第一次见到梦中人，整个人都痴了。

湖心女子向这边看来，涧狐正想大呼，只见柳如之下了偌大的决心一般快步走向湖边，离船上的女子不足三丈，却是紧张得半晌说不出一句完整的话。

“在下……在下柳如之！”

原来……还需要自我介绍，这么说来，他与这女子根本素不相识。涧狐忍不住从树后将头探出了些，想看清那姐姐突然被人拦下是什么样的神情。

那女子没有任何反应，涧狐这才意识到，她并没有看向他们，她的目光只是穿透他们，落在了某个遥不可及的地方，如此落寞，如此孤单。

涧狐很讶异，难道她看不见他们，也听不见柳如之的话?

柳如之却对此并不意外，继续说：“在下……在下一年前在湖畔梦遇娘子，见之不忘，思之如狂，以为平生付诸梦幻，不想两个月前竟得见娘子真容，便是……死也无憾。只是不知娘子为何愁郁不散……在下……在下牵挂在心，今日斗胆……敢问究竟何事令娘子郁郁不欢?可否……可否告知在下，若在下能替娘子解一分忧，便让我立时死了也是甘愿！”

涧狐听了这话，心里也有一分唏嘘，虽然这柳如之凡夫俗子，配不上这位神仙姐姐，但这一片心，姐姐若知，也该有一二暖意。

那女子似乎愣了一下，淡淡地扫了柳如之一眼，一丝错愕转瞬即逝：“你……能看见我?”

这声音空灵温软，犹如天籁，可柳如之却周身一动，不啻惊雷，声音都颤抖了：“娘子……在和我说话？”

涧狐翻了个白眼，这样看来，倒是一对呆子，一个大活人站在那里，她问能不能看见，一句话清清楚楚，他问是不是和他说话。

从梦中到眼前，从高高在上到相视相谈，柳如之简直无法承受，想来，就像寺庙中虔诚祷告的人忽然听到了神明的回应，喜惊各半。

那女子极轻地笑了一下。

这一笑，如轻风拂过，涧狐心中一动，好像被谁用羽毛轻轻撩拨了一下，不由得对这女子的依恋更深。

离得很远的涧狐尚且如此，近在那女子眼前的柳如之早已迷得不知身在何方，痴痴傻傻地一句话也说不出来，涧狐怀疑他是不是流了口水。

可那女子的笑容仅现一瞬，便消散无踪，她看着柳如之，目光越发清冷，到最后，竟显得有些凌厉！

柳如之当即就像魂飞魄散！“娘子切莫伤心！与我说！与我说！娘子可是家中逢难难以为继？在下家中小有资财，可帮娘子渡过难关！”说完，又觉唐突，这样不食人间烟火的女子，哪里像是为寻常俗事所困，马上又道，“还是……还是有那负心之人辜负娘子？”

他这句话问得万般艰难，只因在他想来，这简直是不可能的事情！面对这样的女子，只恨自己不能将心肝掏出来放在她的面前，又有谁会蠢到去辜负她？

谁料那女子抬起眼来，带着一丝眷恋，又有十分讽刺地道：“你的话，说得好动人啊……”

柳如之极喜之余，又惊恐万分！

喜的是这女子终于开口，惊的是她的语气，显然对他已经有了不好的印象。

“在下绝无唐突冒犯之意！”柳如之只觉得自己头昏脑涨，想说的话一句也说不出来，一颗心已经快从嗓子眼儿里跳出来！

而那女子面露不快，微微转过身去，似是想走了。

涧狐在旁看着急得不行，恨不能自己化身柳如之，留下那女子，就在她急得想要冲出去时，柳如之竟慢慢地跪了下来。

“在下自梦中初见娘子，始终无法忘怀，娘子之貌夜夜萦绕脑海，娘子之愁日日侵蚀吾心，于我心中，娘子犹如月光仙子，断不该被愁绪所扰，在下力薄，无法替娘子分担愁苦一二，便得娘子打骂，也是开心的，只盼娘子打过、骂过，心中舒畅，再不郁怀。”

涧狐素来瞧不起软弱的男人，可偏偏这样卑微到尘土里的一番话，却让涧狐听得痴了。她想起自己入世时见过的悲欢离合，若在那时也有一个人对她说这样的话，是不是纵然结果被辜负，记起当初，也不忍苛责太多？

那女子回转的身形微微一顿，转过头来，清冷的目光又注视到柳如之身上。

“若我舒解郁怀，恐怕以后都不会再来，你也甘愿？”

柳如之抬着头，痴傻傻地望着女子的绝美容貌，似乎要将她一次看个够，看到心里的最深处。

“纵然万般不舍……更不忍娘子难过……”柳如之滑下泪来，短短的十数个字，说来便如剜心挖肺。

在旁的涧狐鼻子一酸，虽然与柳如之不过萍水相逢，可这番话着实让人心动，她盘算着若这女子还是要走，那么她便要用些手段，多留这女子一留，哪怕再与柳如之多说上两句话，也是好的。

那女子似乎也被柳如之这一番话所动，她看了他一会儿，神色渐渐缓和下来，她轻声说道：“我不是什么月光仙子，我叫阿陌。”

柳如之险些喜极而泣，他不住地发着抖，滔天的喜悦席卷他整个身体，他有千万句话想跟眼前的女了说，可那些早已想好的动人的话到了嘴边，都变成了两个字：“阿陌……阿陌……”

阿陌极轻地掀了掀唇角，转过身去，拾起船棹，纤弱的身姿在月光的映照之下如梦如幻，船明明行得极缓，可又仅是一瞬，便失去了踪迹。

柳如之身子一偏跪坐在地，望着阿陌消失的方向痴痴怔怔地，突地又笑起来。

他开心得就快死了！

那一番话，固然出于真心，全无虚假，可他做出承诺之前已然想好，就算她再不出现，每逢月圆之夜，他也会依旧来此等待，一年、十年，直至他走不动了，直至他衰老死去，他可以不见她，却永远无法忘记她。

意外的是，她竟然告知了她的名字。

阿陌……阿陌……柳如之一下子跳了起来，欣喜得几欲发狂。

突然腰后一痛，一股大力将他踢倒在地。

柳如之摔得不轻，回头一看，身后站着一个黑衣少女，这少女明眸皓齿，嫩白的肌肤被黑色的衣裙衬得好似冬日初雪，微恼的神情更显得她又娇又俏，这样的女子，不管搁在哪里都是国色天香的绝世美人，可惜他满心满眼都被阿陌占着，对这少女仅有好奇之心。

“你是谁？为什么踢我？”

“我叫涧狐！”黑衣少女双手叉腰，恶狠狠地盯着他。

柳如之确定自己并不认得她，但受礼节所驱，虽然被踢了一脚，他还是整理衣裳，好好地站起来给涧狐行了个礼：“不知在下何处得罪了娘子？”

涧狐气得要命！

“你怎么就让她走了？”

柳如之呆了一下，而后才反应过来涧狐说的是谁，忙问道：“娘子识得阿陌？”

涧狐气哼哼地：“不认识！”

柳如之又是一怔，涧狐看着他呆呆傻傻的样子气不打一处来，伸出白嫩的手指头就戳上柳如之的额头。

“你盼她盼了这么久，好不容易说上几句话，竟然什么都没问就让她走了！”

柳如之眨了眨眼：“你……你是如何得知……”

“你别管我是怎么知道，反正姑奶奶看得很气！”

柳如之瞪大了眼睛：“你也能看到她？”全柳宅上下，除了自己，没人能见到阿陌，所以母亲坚定地认为，是自己得了“病”，而眼前这位姑娘，也能看到阿陌，那就说明，阿陌是切实存在的，确定无疑了！

柳如之忽地笑了，眼中满是憧憬之色：“怎么没问？我知道她叫阿陌。”

涧狐简直要气死了！“然后呢？她家住何方？年纪多大？是否婚配？下月今日还会不会来？”

“这……”柳如之这才着急起来，“这……确实未曾问得……”

涧狐揉着额角：“罢了，罢了，那小姐姐我喜欢得很，我见她未必真的厌恶你，我便多费些心思，帮帮你吧！”

柳如之立时惊喜万分！“娘子大恩，如之……”

涧狐不耐地一摆手：“你当我是帮你？”余下的话她没有多说，只是自己心里晓得，她想找到阿陌，不过是想再看阿陌一眼，她对阿陌，着实是喜欢得要命，至于帮柳如之，不过占了十之一二的心思而已。

只是……要怎么找呢？

涧狐是妖，自是有些妖力，刚刚阿陌离去之时，她也试着用妖力追踪，只是阿陌出了她的视线，那妖力便消失得无影无踪，一度让涧狐怀疑自己是不是被弥天槛关坏了，连这么简单的事情都出了错。

难不成要回去求外公帮忙？

涧狐正琢磨的时候，忽地眉梢一挑，她感觉有人在盯着她，往四周看去，骤然双日发亮！

“小官人！”

不远处的一棵大树后，不哭神色尴尬地走出来，见到涧狐，不哭一张俊脸皱得像一个苦瓜。

涧狐早从众妖那儿听说了不哭哭笑不分的毛病，见他如此心中更是欢喜，高高兴兴地过来挽住不哭的手臂："小官人因何在此？莫不是思念涧狐，所以深夜来寻？"

不哭连忙摆手。他倒是跟着涧狐来的，但这与思念全无关系，涧狐却不看他，只当他就是想着自己，心里更是甜蜜。

"刚刚你有没有看到一位姑娘……"不哭本想问涧狐这些日子到哪里去了，话出口却变成了这句。他深知柳如之的"心结"，想来想去，不如问问涧狐能不能看到那个神秘的女子。整个柳宅的人都看不到这个女子，只有柳如之能看到她，涧狐有些妖力，若是连她也看不到，这个女子就更神秘莫测了……

不料涧狐立时紧张起来："哪有什么姑娘！一定是你眼花了，看到了什么山精野怪，这里唯一的姑娘就是我，小官人想看姑娘，便看我吧！"

不哭心想是了，果然，除了柳如之，谁也见不到他那位梦中人。

涧狐想得便也简单，阿陌之美连她都无法抗拒，不哭躲在这里许久，定然也被迷得不行，故而一边默念"小姐姐原谅我"一边撒了谎，到底，她希望不哭最关注的还是自己。

可她这点不为人道的小心思听在柳如之耳中便如晴天霹雳，他脸色铁青地蹿上前去："你说谁是山精野怪！阿陌乘月而来，便不是凡人也是月光仙子，倒是你，来历不明，更像妖怪！"

涧狐立时沉下脸去："是啊，我就是妖怪，如何？"

柳如之说的是气话，可涧狐承认得如此爽快，他倒不知如何应对了。

涧狐冷声一哼："原本还想帮你些忙，现在看也是算了！"

柳如之有些后悔，毕竟涧狐答应过会帮他寻人，可要他承认阿陌是山精野怪，也是万万不能的！他不过犹豫一瞬，心里便有了计较，也跟着沉下脸来："不帮便不帮！"

柳如之甩袖转身，连不哭也不理，决绝地走了，余下涧狐气得直跺脚，不哭则摸不着头脑。

却说柳如之回了家，心中恼意尚存，心气久久不平。

他们柳家遭了诅咒，极为忌讳妖邪之事，偏偏涧狐说什么不好，非说阿陌是妖——弄得柳如之心神不宁，怒火中烧！

从小就被柳夫人限制外出，怕的就是他在外面结识什么人，招了妖精，对于母亲的这般防备，柳如之并不是不困扰，但他更多的是感念柳夫人对他的牵挂，所以从小到大对柳夫人十分顺从，就连自己的婚事，他原本也是想按着母亲的意思，娶了严惜儿为妻的，毕竟对他而言，妻子是杜婉仪或者是严惜儿，并没有什么太大的分别。

可惜，世事无常。

可惜，人算不如天算。

可惜，让他“遇”到了阿陌。

柳如之并非没见过美人，他的表妹严惜儿便是数一数二的美人胚子，身边的丫头月莹也是鲜有的楚楚动人，可她们在他眼中都是一个样，就像往年的月亮一样，勾不起他半点探究的心思。

阿陌不同。

无论梦中还是眼前，只见阿陌一眼，他便无法自拔。

梦里，那场缠绵悱恻的情事，眼前，阿陌的美、阿陌的愁、阿陌的怨……一切都印进心中，刻在骨间。

如果可以，柳如之愿意一辈子这样看着阿陌，甚至愿意一辈子躲在暗处，只要能见到阿陌！但他没有多少时间了，之前他尚可用希望虚空道长为其择妻的理由拖延婚事，可自出了杜婉仪那档子事，柳夫人越发心急了，恨不能他马上娶了严惜儿，若是以前，他娶也便娶了，严惜儿心思玲珑，相信会是一个好妻子的人选，可现在不行，他有了阿陌。

就算阿陌从未属于过他，就算他那时根本不知道阿陌的名字！他仍是觉得，若他娶了妻，便永远失去了来见阿陌的资格，也是对自己妻子极大的不尊重，所以这两个月他日夜盘算着一定要与阿陌说话，最好问她家住何方是否婚配对自己是否有好感……如果能问出来……如果能问出来……他要怎样呢？如果问出她已然嫁人，他又要怎样呢？他完全没有想过，他只是想，如果能跟她说说话，哪怕说上一句，也是好的。

如今他如愿以偿，不仅与她说了话，更知道了她的名字，没人知道他欢喜得就快疯了。

“表哥？”

柳如之一会儿恼怒一会儿兴奋，心神涣散之下没有留意其他，入府时忘记遮掩行踪，才进大门便与严惜儿碰个正着。

严惜儿迟疑不定地看着柳如之：“表哥不是身体不适在休息吗？这么晚了……怎么从外面回来？”

柳如之一时语塞：“我……我是……”

看他手足无措的模样，严惜儿垂眸轻笑：“表哥莫急，想来今夜月色皎洁，表哥与惜儿一样不愿辜负月夜，故而来此赏月。”

“这……正是如此……我那里还有些竹叶酒，饮酒赏月最合时宜，稍后我让人给表妹送去一些。”柳如之向来觉得严惜儿生就一副玲珑心肝，这一番话已是向他表明不会将她看到的事说出去，柳如之稍觉心安之余，对严惜儿也不似往日冷淡。

严惜儿盈盈一笑：“如此惜儿便多谢表哥了。”

两人说话间慢慢往回走，忽见管家越过他们急匆匆地往院内跑，见了他们忙着问了安，没一会儿就跑得不见人了。

“发生了什么事？”柳如之从来不管家中事务，但见管家如此也有些好奇。

严惜儿笑着摇了摇头，以示不知。

柳如之的好奇心不旺，心里又惦念着阿陌，无心旁骛，到了内院后便与严惜儿道别，径自回了自己的院落。

却说那管家一路小跑，没一会儿便到了柳夫人处，小心禀道：“小的今夜带人去镜湖，果……果然见到了一个女子……”

柳夫人大惊：“你说什么？果然有个女子？不是如之的臆想？”

管家连连点头：“小的还看到，那……那女子和那叫不哭的外来客，有说有笑的，似乎是相识……”

“不哭？”柳夫人蹙起眉头，脸色突地一变，“好啊，果然，妖孽与这三个怪人有关！”

柳夫人的脸都白了，黑铁皮三人来得那般诡异，自称捉妖的上师，原本还盼着他们能现些神通，可住了这些日子，只顾惹事了，况且，那叫小玉的怎么看怎么是个妖怪！柳夫人见他几个就心神不宁的，只盼着他们早些离开了，谁想他们留下多日还没有离开的样子，柳家这样的门户，总不至于连个客人也要赶出去。可如今这三个人竟与柳如之遭遇的妖孽有牵连，这让柳夫人心慌之余，又添了几分恼怒！

柳家的诅咒摆在那里！几代的妖封在那里！柳夫人千防万防，怕的就是自己唯一的儿子也走了柳家上辈人的老路，可偏偏怕什么来什么，有那杜婉仪在先，又有黑铁皮一行人在后！本以为柳如之是染了“病”，不想他却实实在在地干出了与人私会的勾当！且这私会的对象还和那个不哭不清不楚！

想到这儿，柳夫人的牙几乎咬碎！既恨那与柳如之私会之人，又恨柳如之不知洁身自好，胆敢半夜出来与人私会的女子，纵然不是妖，又哪会是什么好人家的女儿！

柳夫人定了定心神，继续问道：“你可见到了那女子的样貌？”

管家略一迟疑，眼珠子转了转：“小的怕被公子发现，没敢近前，只见公子与那女子有说有笑，十分亲密。”

一番话说得柳夫人几乎扯坏了手中的帕子！

“去，叫那个不哭过来！”柳夫人再忍不得了，事关亲子，就算不哭他们是妖，她也要怼怼！

管家连忙离去，才出了柳夫人的院落便险些撞上一人。

“做什么这么急？”严惜儿稍稍退后了一步，任絮儿原地打了个踉跄。

管家见了她急道：“娘子！你可来了！刚刚夫人问话，小的……”

严惜儿却对这些没有兴趣，只问一句话：“人可抓到了？”

管家摇摇头。

那便是走了……

其实，严惜儿一直在湖边，她虽然看不到湖心的阿陌，但涧狐和柳如之的一幕，她却看得清清楚楚，那一刻，她发现湖边的女人并非柳如之的“臆想”，真恨不得上前揪住涧狐，向涧狐问个明白。

只是，严惜儿的“恨不得”永远只是“恨不得”，她永远能够以最平静从容的方式去处理她的“恨不得”。她悄悄躲在暗处，她明白，只要柳夫人知道柳如之真的外出私会女子，那么不管那个女子是谁，不管柳如之对那女子有多么爱慕，想再有以后，都难了。

严惜儿进门时柳夫人犹在生着闷气，严惜儿快步走上前去：“姑母，您怎么了？”

柳夫人见了严惜儿便如见了救命稻草，拉住她的手急道：“你还不知道，出了大事！”

严惜儿笑道：“夜深人静的，会有什么大事？莫不是我与表哥共同赏月之事被姑母知道了，特地拿出来羞臊惜儿？”

柳夫人微微一怔：“赏月？”

严惜儿垂下眼眸，满满的小女儿之态：“适才惜儿见月色皎洁一时忘我，走到前院去，正巧表哥也在那里赏月，我二人一路回来，表哥还说要送竹酒给我喝。”

柳夫人听罢气得更甚，“什么赏月！他怕不是刚刚从外头回来，正让你撞见，怕你说出去，便编个瞎话唬你说在赏月！”柳夫人一边说一边拍着胸口，已是气到不行，“也就是你这个单纯的丫头会相信他的话！”

严惜儿面露茫然之色："从外头回来？表哥吗？"

柳夫人便将从管家那儿得来的情报与严惜儿说了，说到不哭时柳夫人恨得咬牙切齿："这几个妖人，今日我与他们势不两立！"

正说到这里，絮儿去而复返，柳夫人见了她腾地站起来："他可来了？"

絮儿道："回夫人，并不见那不哭，倒是那黑脸的老头和小怪熊要见夫人和太夫人，在正厅那边闹起来了。"

"他们还敢闹？"柳夫人恨恨地，"走，我倒要看看这几个妖人有什么图谋！"

严惜儿看得出，柳夫人已是下定决心，今日，若柳如之私会之女子与黑铁皮三人无关便罢，若是有关，怕不要将天捅出个窟窿！只是那黑铁皮几人来历不明，柳夫人若贸然动手，万一有个损伤……严惜儿在柳家有今日的地位与待遇凭的全是柳夫人，自然不愿柳夫人吃亏，她紧走两步跟上柳夫人，一同来到正厅。

黑铁皮和小玉已经在这儿等了半天了，他们从后院出来就直奔正厅，早与下人说了要见夫人和柳太夫人，可左等右等也没等来个能说话的人，小玉性子急，连连使丫鬟去催，一来二去的丫鬟也有些不耐，没给他们什么好脸色。

黑铁皮倒是优哉游哉，轻阖着眼睛闭目养神。

井里封着的不是妖，他很肯定这一点，那个女子、那两条蛇、几只蜘蛛，都不是妖。按说没有妖，与弥天槛便不发生关系，自然也与黑铁皮的天命无关，黑铁皮大可以不加理会，况且，他还有更重要的事情要做。

可也不知怎么，见过那井中的女子之后，黑铁皮觉得自己有些不对。

捉妖的事儿自然要管，那是天命，可那几个人既然不是妖，都是人祸，又何必再多管闲事？只是心情有些莫名的激荡，遇见不平之事，总想去管上一管。

上次有这种感觉也不知是什么时候，三百年前？五百年前？抑或是……黑铁皮猛然睁开眼睛。

“我们回去。”黑铁皮站起身来，心头似乎有个声音一直在说，不要管、不要管，不要再管闲事，因着管闲事受的罪还不够吗？

定是那古怪的香……黑铁皮给自己今日的反常找了个好理由，他揪着小玉颈后的皮毛往外走，正与进来的柳夫人碰个正着！

“不哭在哪里？”柳夫人先声夺人。

小玉奇道：“不哭？你找他有事？”

“不止找他，也要找你们！”柳夫人克制着自己的目光不要看向小玉，每看小玉一次，她都要花大力气平复自己受惊的心情，这样的一只丑毛怪，说自己不是妖——谁信！

“正好我们也要找你。”小玉叉着腰站到柳夫人跟前，“你们后院的妖是谁封在井里头的？我们想见他！”

面对着小玉，柳夫人略略后退一步，脸上带着不再掩饰的厌恶：“凌虚道长是得道高人，岂是你们想见便见的？况且这些是我们的家务事，与你们有何干系？你们凭什么过问？”

小玉没被柳夫人吓到，他摇头晃脑地：“我等乃天命所授，遇妖除妖、遇魔伏魔，但凡与妖有关之事，便没有我们管不得的！”

柳夫人咬牙冷笑：“遇妖除妖？怎么没将你先除掉！”

小玉登时脸色大变——如果他的脸色能看得出变化的话。

一直没有说话的黑铁皮阴沉了脸，他伸手将小玉拎到身后，直视着柳夫人的眼睛，一字一顿地说：“他不是妖！”

柳夫人冷笑连连：“但凡世间有第二个人长成他这模样，我都信他不是妖！”

黑铁皮目光渐冷：“我说，他不是妖！”

柳夫人却不怕他：“他不是妖？那你倒说说他是什么！你可别告诉我他是天上的神仙下凡，才长成这副模样！”

黑铁皮脸色极差，他转眼一瞥，小玉的眼中带些受伤，但更多的则是对他回答的期盼！

他怎会是妖？小玉怎会是妖！每当有人质疑此事，黑铁皮的心底总会扬起滔天巨浪！如果可以，他想揪着那些质疑人的耳朵把所有的事说得清清楚楚，说小玉、说自己、说那暗无天日的几十年，说他抵不过一时心软，酿下了极端祸事！

全都怪他！

柳夫人却是不知道黑铁皮内心的激荡，她的目光越发冷峻："莫以为自己有些妖法便肆无忌惮！想我朝能人辈出，既有流空道长在前，又有凌虚道长在后，凌虚道长不日便到，劝尔等速速离去，免得也被封在井中，夜夜哀号！"

柳夫人这番话说得凌厉，可她自己知道实在是在硬撑，只希望抬出凌虚道长的名号吓一吓他们，能将他们唬走自是最好，若是不走，她也好早做计较。

"什么道长？我老爹说了，分明是个妖道！你们柳家上下几代，还把他当天神供着……"

柳夫人皱眉看那妖模鬼样的小玉说得眉飞色舞，明明生得一副怪物嘴脸，却偏偏口吐人言！若说柳夫人这一生最恨什么，那便是——妖！

不是怕，而是恨！

年纪轻轻便守了寡，承担丈夫不伦的恶名，又为儿子担惊受怕多年，无一不是因为妖！

小玉没留意慢慢靠近他的柳夫人，直到柳夫人目光一凛，一直藏于袖中的手猛然拍出，将写着鲜红咒文的道符狠狠地拍在了小玉的额上！

小玉皮糙肉厚，倒是没怎么疼，但是吓得不轻，两只眼睛对在眼前飘飘荡荡的道符上，没弄懂柳夫人到底是什么意思。

柳夫人也是呆住了！想这道符乃是她私下向凌虚道长求来，与封印那杜婉仪的道符没有两样，为什么当初封住杜婉仪时杜婉仪当即倒地不起，而今日却对这鬼模样的熊怪没有半分作用？

黑铁皮终是回过神来，他瞥过一眼，伸出二指夹住那道符轻轻一扯，道符便从小玉的额上落下来，黑铁皮看也不看，随手丢在地上。

“小玉不是妖，我说过了。”语气虽然平淡，可任谁都听得出其中蕴含的冲天怒意。

柳夫人看着地上的道符，突地双腿打战，她想去捡回道符，却无法动一步。

不是妖？这绝无可能！柳夫人根本不信黑铁皮的话！道符不起作用，唯一的解释就是他们妖力太强，连凌虚道长的道符都无法将他们制伏！

一旁扶着柳夫人的严惜儿见小玉安然无恙心中也是惊疑不定，毕竟这道符的威力她见识过，小玉……小玉……就算这小玉不是妖，可……他也绝不是人！想那杜婉仪……

严惜儿狠狠咬了咬唇，不让自己露出异样之色，也一遍遍地告诉自己，杜婉仪是妖！不管她之前是什么，在她进入柳家、企图认亲的那一刻开始，她就是妖！

“井中关着的那些都是人，不是妖。”黑铁皮并不想再与柳夫人纠缠，说完这话后，拉起小玉便往外走。

他们越过柳夫人走出门外，又走出一段距离后，才听到柳夫人几近嘶哑的声音在身后响起：

“是妖！他们是妖！”

黑铁皮的身形微微一顿，头也不回地道：“他们是人。”

“不可能！”柳夫人的身子晃了晃，而后她像疯了一样冲出门来，“他们是妖！他们若不是妖，如何都那般模样？”

黑铁皮转过身来，看着正厅地上那张黄得诡异的道符，轻轻哼笑：“是这符有问题。不信你自己可以试试，这符对你也同样有效。”

严惜儿的脸色像纸一样惨白，她甚至觉得，黑铁皮在说这句话的时候，向自己抛来似有似无的一瞥。

柳夫人的身体开始剧烈地颤抖起来，她一动不动地盯着地上的道符，脸色由适才气愤的涨红慢慢转为惨白。

“不可能！”

黑铁皮没再与她争辩：“随你吧。”井里关着的人和“妖”没有问题，那么有问题的便是那传说中的道长了，只是那凌虚现在不在此处，黑铁皮纵然有心与他见上一见，看看他究竟是个什么东西，却也不必与这不讲理的柳夫人歪缠。

“站住！”柳夫人哪肯让他离去？“那不哭在哪里？是不是你们指使妖物迷惑我的儿子？”

黑铁皮没听懂柳夫人在说什么，他也实在是烦了，理都不理转身便走。

柳夫人今日被黑铁皮和小玉刺激得狠了，再被黑铁皮这般无视，一口气梗在心头，顾不得什么仪态，一头朝黑铁皮的后背撞来！

“师父小心！”一道身影比小玉更快地挡在了黑铁皮的身后，拦住了冲过来的柳夫人。

“不哭，你去哪了？”小玉的语气有些不好，“总是乱走，有事都寻不到你的影子！”

不哭心虚地看了黑铁皮一眼：“我……我刚刚与涧狐姑娘……”

不哭担心黑铁皮责骂，一句话说得吞吞吐吐，可还没等黑铁皮说话，柳夫人已怒目圆睁：“涧狐是谁？就是那个勾引我儿的妖孽吧！”

不哭一时语塞，他不知该怎么说，说涧狐是妖吗？虽然他觉得就算是妖也有善恶好坏之分，涧狐从不害人，与寻常人又有什么两样？但显然柳家的人并不会这么认为。

他这么一犹豫，看在柳夫人眼中却是等同于晴天霹雳！“她是妖！”柳夫人声音凄厉！

不哭更是为难，“她……她……”不哭想说，涧狐绝对没有勾引柳如之，便是她心里有了谁，也绝不是柳如之。

柳夫人的身体猛然颤抖起来：“她……她……”竟是一口气没上来，昏厥过去。

严惜儿惊呼一声扶住柳夫人，几个丫鬟都惊恐地围上去，搬的搬抬的抬，又有急着去找大夫和去通报柳太夫人的，一时间乱成一团。

严惜儿自是没错过不哭的犹豫和难言，她亦受惊不小！不怪柳夫人气昏，不哭的反应几乎已经承认了河畔的那个女子是妖！

忙活了好大一阵，好不容易将柳夫人安顿好了，也请了大夫来看，没什么，只是气阻而已。

黑铁皮几人早已走了，柳太夫人那边迟迟没得音讯，有人想去给柳如之送信，却被严惜儿拦了下来。

一切事宜尽是严惜儿操办，折腾一通，她早已累得不行，又担心柳夫人，索性不走了，就在柳夫人卧房隔壁睡下。

这一觉睡得并不好，梦境之中影影绰绰地有一个女子的身影，始终背对着她，背影娉婷犹带傲骨，似乎……在哪里见过。

在哪里见过呢？严惜儿心里明白得紧，可她不愿去想！

那个身影正在慢慢地转过身来，无论严惜儿怎样忽略她，她就在那里，慢慢地、慢慢地转动着身体！

严惜儿很想醒过来！可她没有办法，她甚至连闭上眼睛都做不到！无论她看向哪里，那个转动的身影总在眼前，一点点地转着，及腰的长发随着转动带起轻盈的弧度，一如三个月前的那个白日。

那日是一个阳光极好的春日；晴空如碧，白云疏懒；一对小姐妹庭院相聚，私话闺情。

那时她说了什么呢？

她说："惜儿妹妹，我好喜欢你，也好羡慕你。"

严惜儿骤然惊醒。

冷汗湿透了她的中衣，更多的汗正从她的额上流下来，一滴一滴，划过她的眼角、划过她的唇边，犹如那日杜婉仪哀号求饶时流下的泪。

她伸出手来，慢慢拭去颊边的冷汗。

她没有错。

这世界本就是弱肉强食，她不将别人逼上悬崖，她就会死无全尸。

“什么？师父你说那井里的人都不是妖？”才回到住处，不哭便被这个消息惊得合不上嘴，“可是……”

可是他们不是妖，为何会被关在那里？虽然他自己看到的分明是人，但小玉看到了妖，他宁可相信，在他和小玉之间，错的是自己。

小玉自是有诸般猜测，由天上猜到地下，听得不哭一愣一愣的，黑铁皮自在地闭目养神，对这些提不起半点兴趣。

不是妖，便与他没有关系，他现在更想见一见那凌虚。

“老爹，”小玉暂时结束了自己漫天的胡想，“听说那凌虚行踪诡秘，说是快出关了，但少说也还有个把月要等……”

“但是在凌虚出现之前，那些人该怎么办呢？”不哭想起这事，一张小哭脸慢慢转成笑脸，“他们不是妖，却在封印下受苦。”

小玉去扯他的脸皮：“你管得了这么多？我们现在要做的就是吃好睡好，不要打草惊蛇，等那个狗屁凌虚出现，我们就一击制胜，看看他到底是人还是妖！”

“可是……”不哭还想再说，却见小玉狠狠瞪了他一眼，小玉又朝黑铁皮一努嘴，示意他别再问了。

不哭扁了扁嘴，终是没敢再问。转身正想离开，小玉突然从不哭怀里抓出两块饼来：“你藏饼做什么？”

不哭低了头，全然一副做错事的模样。

之前他看那井底之人十分可怜，尤其是那照过面的杜家娘子，如今知道他们不是妖，更是寄了十二分同情，便想再去看看，纵然不能马上将他们救出来，好歹送点吃的，再与那杜家娘子说说话，也能让她别再那么害怕。

小玉长叹一声把饼塞在嘴里，一边嚼一边说：“不是我铁石心肠，而是柳家人的态度你也看到了，现在老爹一心想揪出那个妖道，在这之前都不宜再轻举妄动，否则激怒了柳家人，将我们赶出门去，到时候不管咱们想做什么，恐怕都是竹篮打水了！”末了还问不哭，“你觉得我说得对吗？”

不哭点点头，小玉不管说什么他都觉得是对的，只是心里越发觉得那些人，尤其是杜家娘子非常无辜。

小玉抹抹嘴角的饼屑：“放心，那妖道也没几天好日子过了，等他过来与老爹打了照面，别管他是什么，这事儿都得了结了，那些人顶多再受几天苦，便能出来了。”

话说到这个份上，不哭也没有办法，虽然还是想去探他们，但小玉说得也不无道理，若是因为他一时冲动而坏了师父的事，最后还不知会引出什么样的后果！

涧狐在不哭客房外徘徊了一阵，见他久久没有再出来，踌躇着便没有进去寻，不忍惹黑铁皮再骂不哭，只得在宅子上方的半空中流连闲逛。

晃了没一会儿，涧狐便觉得有人在盯着自己，初时她以为是弥天槛里的其他前辈，可后来又感觉不对。

“你是谁？”一道苍老的声音从地面响起。

涧狐向下看去，看到一个身形佝偻、满脸皱纹，老得不能再老的老妇人。

“您在叫我？”涧狐极为惊讶！若是平时倒也罢了，可此时她浮在半空，而地上那老太太身藏死气，怎么看都是个平凡得不能再平凡的凡人，一个凡人见了她，竟然不怕，反而还出声招呼？

柳太夫人点点头，又朝涧狐招了招手。

涧狐便飞下来，落在柳太夫人身边。

“您起得好早。”

那柳太夫人便笑了：“年纪大了，向来浅眠。”

涧狐也跟着笑起来：“您不怕我？”

柳太夫人反问：“你会害我吗？”

涧狐连忙摇头："我从不害人。"

柳太夫人望着涧狐绝美的容颜，似乎有些伤心，又有些开心："不害人……不害人是好的，但是也要小心，别被人害了。"

不知怎么，涧狐见这老妇人便心生好感，似乎认识她多年一样，此时听她一说，连忙应声："涧狐晓得。"

那老妇倒是一怔："你……你叫涧狐？"

"是啊，"涧狐开心地道，"是我外公替我取的名字。"

"你是狐族？"柳太夫人又问一句。

涧狐蓦然睁圆了眼睛，这么些年，她不是没遇过不怕妖的凡人，可遇到妖不仅不怕，还如此从容镇定，甚至好言相谈的，这老太太还是头一人。

面对柳太夫人探究的目光，涧狐抿着唇笑得狡黠，她眨眨眼，头顶钻出两只毛茸茸的狐耳来。

柳太夫人一下子笑出声来，那声音沉缓、衰老，可又是那样的无尽开怀。

涧狐心中一动，挨过头去，将狐耳送到柳太夫人身边。

柳太夫人颤巍巍地抬起手来，轻轻地在她的一双狐耳上摸了摸。

"耳朵尖尖，美过天仙。"

涧狐"扑哧"一声笑出来，跟着又摇头："我认得一个小官人，才是真的美。"

"那个不哭？"

涧狐极讶，"您也认得小官人？"问完才恍然，"是了，您是柳家的人，定然是见过小官人的，他是不是极好看的？"

柳太夫人却根本不关心不哭，她盯着涧狐看了好一会儿，抬手替涧狐拢了拢垂下的碎发："你好看，你是我见过的最好看的人。"

老太太的目光极为真挚，涧狐心中温暖又感动，可她仍是摇头，"我本以为小官人是最好看的，可今夜我又见到一个姐姐，她……"想了半天，却是想不出可以形容的语句来，“她叫阿陌，看起来很伤心，我想为她做点什么，能让她开心起来，即便为她死了，也是甘愿的。就像您那个傻孙子，他虽然有点傻气……”

涧狐马上住了嘴，她也知道，柳家这个公子何等宝贝，这件事把柳夫人气个半死，倘若再被这老太太知道……

没想到，那柳太夫人却呆立良久，她怔怔地看着涧狐出神：“你……你见过她？”

涧狐便将自己遇见阿陌的经过大致说了一遍，末了叹道：“可惜她没有看到我，也不知道我是谁。”

柳太夫人又问：“你愿意为她去死？”原来，她并不关心柳如之怎么想。

涧狐略略一怔，她仔仔细细地想了几遭，最后正色道：“我一见她便觉得亲切，不想让她伤心，若说全无缘由便要取我性命我也是不愿意的，可若是她有了危险，纵然是刀山火海，我也会去闯上一闯。”

柳太夫人猛地抓住涧狐的手。

老太太的手劲儿极大，几乎抓痛了涧狐，可涧狐没有呼痛，她不太明白地看着突然激动起来的柳太夫人：“您也认识阿陌？”

好一会儿，柳太夫人才平复下来。

“不，我不认得她。”柳太夫人道，“我只是听你说，一见她便觉亲切，正如我见你一样，我见到你，便觉得亲切。”

涧狐极为高兴：“我也是！”话音刚落，涧狐忽觉心头一紧，她抬头望去，便见夜色褪尽，晨曦初至，已是天明时分。

“我……我该回去了。”心头的束缚越来越紧，涧狐不愿老太太看到自己被弥天槛绑回去的狼狈模样，“我明晚再来看您，好吗？”

“你怎么了？”柳太夫人发现了涧狐的异样，她抬头望向天边的晨曦，似乎百思不得其解，“你是狐族，并非鬼魂，不该怕晨光的。”

涧狐勉强撑着笑容：“不……不是……”只说了几个字，心口疼痛蓦然加剧！涧狐才进弥天槛不久，虽晓得它厉害，但因着老太太在这里，她不愿老太太受惊，便想强撑着挺一挺，哪怕一时半刻，待她哄走了老太太便好。

可弥天槛又哪是那么好相与的？涧狐越反抗，它束缚妖灵的力道越大，想那弥天槛中多少绝世妖魔无一不乖乖伏诛，涧狐这个小妖哪里会是它的对手？仅是一瞬，涧狐便难忍剧痛呼出声来，身子一软，已被弥天槛收了回去！

这一景象将柳太夫人惊得不轻，她朝着涧狐消失的方向紧走两步，想要抓住涧狐，只是弥天槛比她更快，刹那之后，涧狐便已失去了踪影。

柳太夫人呆立良久，双目迷茫地盯着天边，直到被早起的下人惊醒。

“柳太夫人怎么起来这么早？也不唤婢子一声，晨起露重，又不加衣裳，着凉了可怎么办？”明珠是柳太夫人的贴身丫鬟，跟着柳太夫人已有些年头了，因而言语间也比其他的下人要随意一些。她将披风抖落开披在柳太夫人身上，仔细替柳太夫人系好后才又说道，“昨天夜里出了事情，因着太夫人已经睡下了，便没惊扰太夫人。”

“什么事？”柳太夫人问得不太上心。

“夫人和那几个外来人争执起来，夫人被气晕过去，到现在还没醒呢。”

“哦？还有这样的事？他们为何争执？”柳太夫人也有些好奇。

明珠扶着柳太夫人往屋里走：“听夫人身边的絮儿说，那几个外来客说……说后院关着的不是妖，又说凌虚道长的道符有问题，才气到了夫人。”

“不是妖……”柳太夫人忽地冷笑了一声，“是不是妖，他倒分得清楚？”

这个问题明珠没法回答，她只说她知道的：“夫人昏倒后一切事情都是严家娘子料理的，只是不知为什么没着人去知会公子那边，到现在公子那边该是也不知情的。”

柳太夫人轻哼：“这丫头平日里倒还识大体，只是心眼太多了些，不招人喜欢。”说到这里，柳太夫人顿了顿，突然觉得好没意思。

每天睁眼面对的尽是这些家长里短，生活琐事，实在好没意思。

柳太夫人转回房里，坐在铜镜前，打量着镜中的自己。人老了，就是叫人生厌，想想方才涧狐那张脸，别说男人，女人看了也喜欢。她也想回到曾经的模样，美得那么灿烂，光芒四射，像穿肠破肚的利剑，射到别人心里，最终射到自己心里，肝肠寸断……

柳夫人坐在桌子前，呆呆盯着桌上的道符，仅仅一夜，头上已多了许多白发，可她却浑不在意。

昨夜，她将这道符实实地贴在了那只丑熊怪脸上，可他却不痛不痒，毫无变化。可是，她又眼见得杜婉仪，还有她的妯娌，在这法符之下，瞬间现出原形，痛不可遏……难道，真是那怪老头所说，这符有问题，将它贴在任何一个凡人身上，都会将其化为妖形，倒是对那丑熊怪这般确凿的妖，没了效力？

柳夫人慢慢拿起道符，颤抖着贴近自己的额头——她当然确定自己绝非妖孽，那么，如果贴上法符的一瞬，自己也发生了可怕的变化，就说明，这么多年来，所谓“收妖”，包括那所谓“诅咒”，都是一个陷阱！

为了她唯一的儿子，她全部的希望，她愿意试一试，用自己的身子试一试。柳夫人慢慢闭上眼睛，道符渐渐贴近额头……

“啪”的一声，柳夫人感觉手上吃痛，受了重重一击，睁开眼睛，看到严惜儿一双惊诧、恐惧又愤怒的眼睛。

“姑母！你做什么？”

“我想试试，若杜婉仪她们不是妖……”

“姑母！”严惜儿厉声打断她的话。

严惜儿在柳夫人面前向来是温柔和顺的，这一声厉喝让柳夫人怔了一会儿，她从铜镜中看着站在自己身后的严惜儿，铜镜不很清楚，连带着照出的人也模模糊糊，甚至连五官都分不清楚。

“姑母，你还是先想想表哥吧！”严惜儿以从来没有过的口吻说道，“妖孽是真是假，道符是真是假，都没关系！现在，是真的有个女人！表哥不是为病所侵，产生了幻觉，他实实在在地与一个女人私会！”

柳夫人打了个冷战。是啊，她唯一的儿子，苦心孤诣培养、保护多年的命根子，在与来路不明的女人，或者说是女妖私会！

她的夫君，这个让她不堪回首的男人，让她爱极恨极的男人，虽然不堪，柳夫人也相信，到底他是中了妖精的蛊；而她的公爹，也是父母之命，媒妁之言，错娶了一房妖孽；再往上追溯，她的太公公，更是个谦谦君子，能够做到妖魅当前而不乱性。想来，这柳家，竟是一代不如一代，到了柳如之这里，竟然不堪到私会妖孽的程度！

此时，何必再计较旁的，惜儿说得对，还是先管管自己的宝贝儿子吧！

柳家的祠堂建在山腰，坐北朝南，青石砌成，东西壁和后壁都有刻画，柳如之跪在东壁一幅祥瑞的画像下，手捧家训族谱，听着母亲的教诲。

在这种庄严肃穆的氛围里，柳夫人讲起多年来的种种，格外辛酸委屈。

母亲一掉泪，柳如之便一叩首，说一句“儿子不孝”。最后，柳夫人把族谱中记录柳家子弟生平大事的副卷丢给柳如之，让他抄写十遍，好好学学，曾祖父是如何崇文重道，恪守礼教，抵御妖孽百般诱惑。

夜深霜重，半山腰更显酷寒，严惜儿裹了裹身上的靛色裘衣，挎好食盒，加紧了脚步。

祠堂的厢房连个火盆也没有，柳如之伏在案上睡着了。严惜儿打量周遭，室如悬磬，满目萧条，锦衣玉食的柳公子何曾在这样的地方待过，可见柳夫人把宝贝儿子放在这里思过，是下了多大的狠心。

严惜儿放下食盒，在柳如之身边坐下，发现他手中还握着笔，就轻轻把笔抽出来。不小心碰到柳如之手背，严惜儿下意识地红着脸弹开手，长这么大，她还从来没有碰过哪个男人的手，待价而沽的道理，她明白得很。只有月莹那样的贱婢，才会主动投怀送抱。

窈窕淑女，君子逑来，才显得可怜惜。

想当年，初进柳府时，她不过是个十二三岁的女孩，却已颇有心思，设想了无数情境，如何以最矜持端庄而不动声色的方式去引起她这位表哥的注意，进而撩拨他的心绪，最终紧紧抓住他的心。

可是，到头来却发现柳如之的心思并不在自己身上，这个打击是才貌双全、心比天高的严惜儿遇到的最大困难。既谱不成一曲《凤求凰》，也只能主动出击了。情场如战场，严惜儿忽然觉得自己像个战士，有些战场，只属于女人的战场，可以选择上，也可以选择降，她让自己别无选择。

想到这里，严惜儿心一横，握住了柳如之冰凉的手背，这样的柔荑玉手，如何也暖不了他吗？

严惜儿就这样握着柳如之的手，看着柳如之的侧脸，听着外面夜漏数声。良久，柳如之长长的睫毛微微颤抖一下，严惜儿知他是要醒了，踩准一个时刻，松开了柳如之的手，这时间拿捏之好，既显得她不胜娇羞怕人发现，又精准地让柳如之还能感觉到这玉手的温软。

“表妹，是你……”柳如之醒来，看着严惜儿，果然，又看了看自己的手。

严惜儿的头低得更深了，脸上的绯红更重了：“表哥，这里阴冷得很，你的手写字久了，冻得冰凉……”

柳如之也有些脸红，用焐得温暖的手摸着冰凉的鼻子掩饰自己的尴尬：“多谢表妹了。你怎么来了？”

严惜儿把食盒拿过来，“我做了几样小菜，还有这碗驱寒的肉桂红糖粥，表哥趁热喝了吧。”严惜儿一边说，一边把粥端出来，柳如之道了谢，就要拿过调羹，严惜儿却笑着摇摇头，“表哥只管读书，我来喂你吧，这里又冷又破，表哥早早抄完，早些回去。”严惜儿说着，把笔重新放到柳如之手里，自己端起粥碗，站到柳如之侧后方，俯下身子，往他嘴里喂了一口粥。

严惜儿的举止行为并无太大出格，柳如之虽然明显感觉到她的暧昧之意，但也不能主动戳破，只好端坐，提笔继续抄书。严惜儿立在一旁，看他口里的一口粥咀嚼下咽，又俯身喂上一勺。严惜儿实在聪明，并没有在案前研墨、焚香，避开了“红袖添香”的刻意的暧昧，却以喂粥这样最“家常”的方式陪在柳如之身边，她深知，无心的才是最有力的。

喂粥虽然家常，但每每俯身，便有一缕秀发拂到柳如之脸上，弄得他痒痒的，加上一股女子特有的芳香，让柳如之忽然有些恍惚，仿佛回到梦境。而还没待柳如之将这种感觉分辨清楚，严惜儿又站直了身子，离他远了些。反复再三，柳如之被弄得实在心乱如麻，难以落笔。

“表妹，天色不早了，你还是早些回去吧。”

严惜儿没有马上回应，认真分辨着，这句话里有几分是真心，又有几分是按捺不住。

“表哥，我今夜来，并没打算走，”这话出口，柳如之更加凌乱了，严惜儿继续不紧不慢地说，“姑妈让表哥把族谱正卷副卷抄上十遍，想来这一夜都睡不下了，我就在这里陪着表哥，表哥只管安心写，需要什么，就告诉我。”

柳如之听了这话，虽然安心了一些，态度却更加坚决：“表妹，我让你回去，也是为了你的清誉。”

严惜儿看向窗外：“夜色这么深了，表哥是打算送我回去吗？”

“这……你明明知道，母亲让我抄完族谱，否则不许离开祠堂半步。”

“那我也不会离开半步。”

柳如之说不通，忽然有些恼，拿过严惜儿手中的粥碗，放回食盒中：“表妹，是我糊涂了，母亲让我禁食反省，想必是要我体会大德四大皆空的状态，我本就不该吃你这饭。你收了这些，快快走吧！”

严惜儿也有些恼了，比柳如之厉害的是，她很快消化了自己的羞愤，话锋一转：“惜儿真不忍看，表哥因这一片情痴，受的这些苦。可惜，我做什么，也不能替表哥去受这苦。”

柳如之听了这话，倒是一时语塞，不知道该说什么。严惜儿转过身去，背对着柳如之，“只是，表哥你既知道痴情之苦，为什么看不到我的苦？我也生在诗书之家，家境殷实，虽比不过柳家家大业大，但那诅咒实在可怖，让多少大家闺秀对柳家望而却步。我偏偏抛舍父母，日日守在姑妈身边，又是为什么？”严惜儿忽然转过身来，看着柳如之，大声说道，“因为你啊，为了你，我不怕什么妖孽，什么诅咒，人来挡人，妖来灭妖，便是地狱十八层，我也不悔！”

柳如之看严惜儿一口气说完这些话，双目晶莹，脸色通红，严惜儿被柳如之这样定定地看着，忽然低下头，胸口急促地起伏着，慌乱地转过身，又把背影留给柳如之。

柳如之看她双肩微颤，想是在哭泣，一阵不忍，心想：倒是我糊涂了，自己七尺男儿，尚被这一片痴心弄得心力交瘁，惜儿一个弱女子，就这样不远不近地守着一份没有回应的感情。从不见她萎靡颓唐，从不见她悲秋伤月，无限凄婉都压在了这单薄消瘦的身躯里，她一直默默守在这里，展现给我和我母亲的，永远是盈盈笑意。

这么想来，柳如之忽然对严惜儿产生了无限怜惜，这一瞬的转变，怎能逃过严惜儿的敏感？她在心中默默鸣响收兵，今夜之战就到这里了，不能再进一步了，她已确信，自己和柳如之之间，有层东西总算打破了。

柳如之态度变软，虽然还是推拒送客之词，并以这里是宗祠，不能造次为由，但这已经给了严惜儿继续“战斗”下去足够的鼓励。

她也无法不继续战斗下去，不说别的，只说一点，既然杜婉仪是妖的“定论”被那个古怪的黑铁皮提出了质疑，她就必须千方百计得让柳如之打起精神来。否则柳家上下早晚会有人提出，既然妖孽除了，公子怎么反反复复状况不断？严惜儿要让柳如之的病因为杜婉仪彻底地消失在他们的世界里而慢慢地好起来，事到如今，必得孤注一掷，她的注只是她自己，她的美貌、她的才情、她的聪慧，还有……她冰清玉洁的身子，实实在在的身子，她不信，一旦与柳如之有了肌肤之亲，甚至床笫之欢，还不能让他收了心？

一大早，明珠欢欢喜喜地过来，说柳太夫人设宴，午间要请黑铁皮师徒三人。

明珠走后，不哭一脸忧惴地想，该如何对付这场“鸿门宴”，小玉却不以为然，一个老太太，心里纵然存着诸多不满，还能把他们怎么样，于是撺掇着黑铁皮赴宴，无论如何，这柳家老祖宗的宴请，总会比每天送来的饭菜丰盛得多。

午宴的时候，不哭跟着黑铁皮与小玉紧张地跪坐席间，偶然抬头看一眼正座上的老太太，心间便是一颤。

这老妇人是柳家的老太太，年纪很大了，满头华发，脸上的皱纹多得不知凡几，身材微丰，行动缓慢，身藏死气，怎样看都是一个行将就木之人，可偏偏她那一双眼睛亮得出奇，仿若死气沉沉的泥潭中蕴藏着一颗明珠，光华耀眼。

月余来，不哭倒是没有发现，死气与生机，就这样矛盾地存在于这老太太体内，他看不明白，所以感到更加紧张。

黑铁皮和小玉倒是老神在在，也不知是没发现今日这老太太的异样，还是被眼前以精陶所盛的炙肉夺走了全部注意，根本无心留意外事。

“敝府有幸，请三位法师小住了一阵。老身身子不济，对三位多有怠慢，还请海涵。”

小玉一边啃着炙肉一边摇头：“柳太夫人客气了，我等身负天命，本该行路不辍，而今也是机缘，需在宝地驻留数日，想来，也是一段善缘。”

柳太夫人看着小玉被荤油沾得发亮的嘴边毛："老身记得，三位来时，曾说，所谓天命，是……度妖？那不知，都度了什么妖？妖物又在何处？"

小玉把手里最后一点炙肉塞进嘴里，看了看黑铁皮，黑铁皮低着头，仿佛什么都没听见，看来，又把这种需得"深入浅出"的回答交给他了。

"我们自有法器，无论妖物大小、强弱、多寡，都能将它们收在其中，随身携带，往它们该去的地方。"

"往哪里去？"

"能进入其中的妖物也都是有机缘的，若能顺利得度，将来，是要位列仙班的。"

听了这话，柳太夫人微微点头，接着问："妖物都在法器中，那会不会有……偷偷溜出来的机会？"

小玉刚想说什么，黑铁皮咳嗽两声，止住了小玉的回答。果然，这老太太主动相邀必有目的，现在如此发问，必有所指。黑铁皮猜想，也许是夜里哪个妖精惊扰了她，可若是这样，为何不见她有半分受惊之色？黑铁皮早看出这柳家柳太夫人绝非常人，却不知她竟有如此胆色。

黑铁皮打算尽量坦诚相告，唯有坦诚，才能更清楚地看出她下一步的举动。

"老太太有所不知，四季天时，皆有运行，这法器也有它的运行，白日里妖物断不会出来，到了夜晚，在法器的控制和监视下出来走动走动，也间或有的。"

"哦？在法器的控制和监视下？那它们会……很痛苦吗？"

不哭抬头看着这老太太，她的问题好生奇怪，她不问妖精出来，会不会伤到凡人，倒是问，会不会痛苦？

柳太夫人似乎意识到自己失言，又遮掩地说道："老身是说，它们若为祸人间，岂不会带来伤害和痛苦吗？"

黑铁皮不动声色地说："倘若妖物再敢造孽，被我发现，再回法器的时候，它自己要承担的恶果不啻倍也。若它们安分守己……就能保它们安然无恙。"

柳太夫人大约明白了，对黑铁皮的话并未怀疑。那夜涧狐离开的时候，她似乎被一股无形的、巨大的吸力带走，想来，就是黑铁皮所说的法器了。柳太夫人没有想到，自己竟然会这样关心涧狐，以至于差点在外人面前失了分寸，看来，这些年来，自己实在是太想要个女儿了。

柳太夫人又差人上了足量好酒，让师徒三人喝个痛快，直到宴席散了，不哭悬着的一颗心才算放下来，小玉点着他的脑袋说："你看你，总是杞人忧天，这哪里是什么鸿门宴，简直没法再殷勤了！"

的确，太殷勤了，殷勤得有些太刻意了。黑铁皮看着丫鬟们搀扶回房的柳太夫人，更笃定了心中的怀疑。

柳太夫人回来，见柳如之立在院前，恭敬地候着。抄了一夜的族谱，他的眼睛有些红，目光却异常殷切，似乎有很重要的话要说。

对这个独苗孙儿，柳太夫人并不像柳夫人那般将他捧在心尖上，当年，凌虚道长收了老二媳妇之后，给柳太夫人算了一卦，说是她和襁褓中的柳如之八字对冲，为保双方平安，最好还是减少接触。当时柳夫人就在身边，听了这话，脸色惨白，没想到柳太夫人自己倒是看得很开，只要孙儿健健康康、平平安安的，她这老祖母疏远一些，又有什么关系？

其实，柳太夫人自己也有感觉，柳如之出生时，她进产阁探望，就感觉到一丝异样，看到这婴儿的第一眼，这种感觉愈加强烈，所以，这些年来，柳太夫人对唯一的孙儿并不亲近，除了逢年过节、家族大事，柳如之也不会主动参拜祖母。好在这老太太性情古怪，也不喜热闹，这件事便没有给柳家带来更多的阴霾和压力。

而此刻，柳如之独自候在这里，柳太夫人明白，一定是有重要的事情。她唤着柳如之进房，支走了丫鬟，单独问话。

“如儿，今天来，是有什么要紧的事儿吧？”

“祖母，倒也不是什么要紧的事情……母亲叫孙儿抄写族谱，仿效先人生平，发扬柳家门风。所以，孙儿想向祖母请教祖父……和曾祖父的生前德行。”

柳太夫人目光如炬地盯着柳如之，他说话的过程中一直低着头，神色分明有些躲闪。

“是这样啊……我是你祖父的续弦，这想你也是知道的。我进柳家之后，与你祖父相敬如宾，他不是耽于美色之人，想来之前是被媒妁所误，娶了一房妖孽。”

“婚配大事，确有媒妁之言，但也更需父母之命，当时我的曾祖父、曾祖母，大约是个什么情况？”柳如之眼睛忽然一亮，紧紧盯着柳太夫人。

柳太夫人心思何等清明，只需两句，便听出柳如之的“请教”并非针对他的祖父、曾祖母，他想问的，原来是他的曾祖父柳克让。

果然，还没待柳太夫人回答，柳如之又急急追问了一句：“孙儿看族谱里记述，柳家在曾祖父那代，还是布衣寒门之家，曾祖父凿壁偷光，囊萤映雪，乃成大学。孙儿想知道更多曾祖父的事迹。”

柳太夫人眼里有一丝不易察觉的目光一闪而逝：“他……你曾祖父的确是个不可多得的才子，且自惜自傲，百折而不自弃。”

这个答案显然不是柳如之想要的：“祖母嫁入柳家的时候，曾祖父大约刚逾不惑之年，祖母可曾发现，曾祖父有什么……异样？”

最后两个字出口得谨慎而艰难，柳太夫人果然目光一凛，柳如之急忙跪下：“祖母恕罪，孙儿想，所谓圣人求罪，愚人求理，不知道曾祖父可有白玉微瑕？孙儿若能明白，像曾祖父这般君子，是如何克服阙漏，更能引以为教。”

柳太夫人倾直的身子微微放松一些，她几乎看不懂眼前这个年轻人，八十年前的事情，他能发现什么？怎么可能？可是，今天这番话，他明明是察觉到了一些……“异样”，到底是什么异样？他到底察觉了什么？知道了什么？

“非议先人，的确不妥。不过人非圣贤孰能无过，若说公爹有什么阙漏，我猜，大约是他……临终前竟连一句交代都没留给子孙，就那样，独善其身地去了……”

似有一道霹雳在柳如之眼前划过！柳太夫人的语调明明非常怅惘，可他分明看到，她的眼神中有一丝阴鸷闪过，带着得意、带着嘲弄、带着杀之而后快的杭干之雠……

时光如水，黑铁皮师徒很快蹉跎到了新正。夜行千年，他们只在夜路上行色匆匆地听过几声贺岁的鞭炮，还从来没有在暖和的房间里吃着狗肉胡饼，喝着桂花米酒，看窗外东风夜放花千树。

这个新正对他们不一般，对柳宅更加意义非凡，因为这天也是柳府唯一的公子柳如之大婚之日。

整个牧野都对这桩婚事津津乐道，因为柳家是当地大户，因为那个笼罩了几世几代的诅咒，还因为柳家娶了一房极其贤惠的媳妇——河阳严家的三娘子严惜儿。严三娘子深知柳家人丁不旺，为了给夫开枝散叶，在大婚之前，特指了另外一个女子同日进门给柳家做妾，这女孩本就是柳如之的贴身侍女，从小长在柳家，既熟悉柳家的规矩，又免除了妖的嫌疑。

当严惜儿主动提出这个意见时，柳夫人又惊喜又安慰，自己这个侄女——而今的媳妇竟是这样贤惠，这个想法方方面面都贴到她的心思里去了。柳夫人欢喜得恨不得把媳妇搂进怀里，像对亲生女儿一般疼爱一番。

一袭红衣的严惜儿坐在罗帐前，燃盛的红烛穿透盖头，在她脸上投下跳跃的光影。桌上是家兄送来的女儿酒，十八年前她出生时，父亲从十亩地的糯谷中精挑细选了糯米，和上好的甘蔗熬制的红糖，酿成了这坛女儿红，埋在庭院的桂花树下，整整十八年。

严惜儿稍稍长成一些，常在桂花树下玩耍，踩一踩脚下的泥土，觉得格外踏实。八月桂子飘香，引来早熟的小姑娘无限遐想。洞房花烛夜，每个女孩子都会憧憬，严惜儿也设想了无数次，却从来没有想过，自己会是以这种方式嫁做人妇。

这场仗，她拼也拼了，拼尽兵力，结果呢……严惜儿笑了一下，半苦笑，半冷笑，这一身喜服，便是她的战果了，好歹也算……一将功成了，只可惜身后，狼烟遍地，不堪入目……

夜已更半，柳如之才进了洞房。大婚前半月，严惜儿回了娘家等待接亲，不想，十五日不见，他又清减了许多。

柳如之挨着严惜儿坐下，却不知道该如何开口，方才酒宴间，大家都羡他好福气，娶了个好相貌又最伶俐的妻子，想必洞房里也别有风情。他也觉得自己是该惜福的，可是，看着与他共坐罗帐的美人，他却觉得浑身不自在。他也不能想象，那一夜，怎么就和严惜儿……他记不得他俩人的罗衾帐暖，记不得他俩人的春宵无限，只记得醒来后看到严惜儿的泪水涟涟。

“夫君……”严惜儿隔着盖头，轻轻唤了一声。

柳如之窘迫地应了一声，手足无措。

严惜儿将秤杆递到柳如之手上：“还望夫君称心如意。”

柳如之明白，挑盖头是逃不掉的，今夜是逃不掉的，这一生都是逃不掉的。

盖头挑下，美人如花，红烛摇情，满房香艳。

“夫君恕罪，今夜，不能伺候夫君了。”严惜儿牵起柳如之的手，轻轻放在自己的小腹上。柳如之睁大眼睛，看着严惜儿脸颊绯红，她低下头，细声说：“姑妈可以抱孙儿了。”

“夫君……你是喜欢男孩，还是女孩？”严惜儿红着脸问道。

柳如之心里一沉，看来，和严惜儿的那一场，绝不会是梦了。从今以后，成家立业，生儿育女，想做的那个梦也做不成了。

“夫君？”看柳如之不作声，严惜儿心头一紧，又问了一句。

“那……还是女孩吧。”柳如之心不在焉地答了一句，非要选的话，还是女孩吧，若是男孩，那诅咒岂不又要传下去了？

“夫君，这回要让你失望了。我家养了个名医，是有名的妇科圣手，给我把了脉，说是个男孩。不过……”严惜儿把头轻轻靠在柳如之身上，“我们还年轻，以后还有的是机会再给柳家开枝散叶。”

男孩……柳如之呆呆地想，按着族谱上的记载，柳家添了新一辈的男丁以后，上一辈的男人就要接受那个诅咒里的报应了，不是吗？不过，这样似乎也没什么不好，对这番红尘孽浪，他并没有什么太多留恋，只是，他有不甘，既与阿陌有那么一场不似在人间的相遇，又为什么就这样戛然而止？

柳如之觉得心里堵得发慌，坐立不安。

“夫君觉得闷，不如出去走走吧。我也乏了，就先睡下。”

柳如之一下子站了起来，严惜儿的心随着他的起身忽地一沉，聪明如严惜儿，知道他的心已经飞到了镜湖。可是，堵不如疏，对待男人，向来如此。

没想到，柳如之呆呆站了片刻，又沉沉坐下了，不必去了。命已苟且，再去那里，梦也会成了苟且。

柳如之托个理由去了书房，严惜儿咬起嘴唇，看向屋子里的月莹：“你可满意了？我养胎的这段日子，你好好侍奉夫君，将来柳家也就有你的一席之地。”

月莹笑着道：“少奶奶定然会给公子生个又白又胖的长子。”

严惜儿听得眼睛一跳。

月莹目光闪烁，颇有深意：“少奶奶这样对奴婢，奴婢也会对少奶奶忠心耿耿。”

严惜儿点点头，脸上浮起一丝紧张和苦涩，手不自觉地放在小腹上：“你记住就好。”

月莹笑着道：“那奴婢就退下了。”如今良辰美景，她一定不能错过与公子相处的机会。

小玉在婚宴上一时贪杯多喝了些果酒，就话多起来，他晾着白白的肚皮，用小小的爪子不停地在肚子上挠着，眼睛舒服地闭起来。

不哭脸上也挂着笑容，不过他并不是在笑，而是有些忧心忡忡：“你觉得柳家的诅咒就这样破了吗？你有没有觉得柳如之的脸色怪怪的，今天本来是他成亲，他看起来却没有那么高兴。”

小玉翻了个身呵呵直笑：“你个鬼脸仔是嫉妒人家，我觉得他高兴得很，抱了一个美娇娘，很快就会生下个大胖儿子……这本来……应该是我……呜……都怪柳如之，他就是个不男不女的变态。”

几杯酒下肚，不哭才知道小玉仍旧对柳如之男扮女装的事耿耿于怀。

不哭忽然想到，节庆的日子，不知道那些被锁在井里的人怎么样了。

“分明就是妖，”小玉嘟囔着，“如果不是妖，柳家的诅咒怎么会破，柳如之怎么就能和严惜儿成亲，是鬼脸仔你看走了眼。”

“可是……我们去看看柳如之，”不哭坐起来，“看看他还会不会去镜湖。”

“人家洞房之夜你去做什么？平日里看不出，你还有这样的心思。”小玉嘟嘟囔囔地说完，就开始鼾声大作，已经睡着了。

不哭被小玉说红了脸，可是柳如之眉宇间那忧郁的神情仍旧让他放心不下，终于他推开了窗子翻身跃了出去。

不哭远远地就看到了柳如之的新房，新房里灯火通明，门口两只偌大的灯笼洋溢着一片喜气。

不哭小心翼翼地靠过去，只听到隐隐约约地传来一阵哭声。

好奇之下，不哭跃上房顶扒开瓦片，看到一身喜服的严惜儿伏在床上哭泣，房间里并没有柳如之的身影。

果然被他猜中了，柳如之并不想和严惜儿成亲。

那么柳如之去了哪里？

不哭正要动身去往镜湖查看，却听到不远处的屋子里传来柳如之的声音。

不哭立即翻身爬上了另外一间房子的屋顶，张望下去。

柳如之坐在书桌前，翻看手中的书本。

月莹站在一旁："公子喝点茶歇一会儿吧！"

月莹穿着一件鹅黄色的衣裙，显然经过精心装扮，看起来清丽脱俗。

柳如之望着红烛，不知在想些什么，半晌才叹了口气挥挥手："你下去吧！我想自己静一静。"

月莹咬住嘴唇，一脸的伤心。

房顶的不哭越发肯定柳如之并没有忘记那个与他梦中相会的人。

月莹轻声道："公子，您要向前看才是，从前的那些对您来说，不过就是一场梦。"

柳如之摇摇头，是梦又如何，她的笑，她的恨，她的痴，她的痛，早就烙印在他的心中，生生不灭。

柳如之陷入深思之中，任由月莹再怎么说话，柳如之只当没有听到，并不理会。

月莹走出书房，坐在门口的石阶上，托着腮，呆呆望着天上的一轮明月，花好月圆，不是她的洞房花烛，却是她赢来的洞房花烛。

月莹的嘴角忽然泛起一丝冷笑，记得小时候，所有丫鬟里，公子和她是最亲近的，有几次，月莹险些觉得，这就是传说中的青梅竹马，两小无猜。贫苦的女孩子懂事都早，小小的月莹相信，等他们再大两岁的时候，她再主动一些，哪怕再使些手段，一定会将公子俘虏在石榴裙下。那个时候，小月莹担心的是，以自己身份的卑微，即便和柳如之有了夫妻之实，若不能博得夫妻之名，将来，又该如何自处？

没想到，造化弄人，到如今，她成了柳如之名正言顺的妾，却没了和他亲近的力量。

月莹胡乱地想着，突然之间，轻笑声从黑暗中传来。月莹睁大眼睛向前看去，黑暗里却什么都没有。

又是一声轻笑。这一次那笑声仿佛来源于她的内心，与她如此的接近。

月莹仓皇地向周围看去，刚要发出“谁”的叫喊，一缕月光却落在她身上，将她牢牢地钉在原地不能动弹。

“你不是想要得到他吗？我来帮助你，我会让你得到他。”这一次，声音从她背后传来，月莹心中骇然，刚要转头去看，却感觉到身体一凉，紧接着就是失去了意识。

而月莹的身体却仍旧站在那里，半晌，她微微弯起了嘴唇，一双眼睛变得尤其清澈，她看向柳如之新房外两只鲜艳的红灯笼，目光一转透出了恨意和戾气。

现在的“月莹”已经变得和从前不同起来。

因为她现在根本不是月莹，她已经变成另一个人——那个让柳如之魂牵梦萦的……阿陌。

不哭为柳如之感到伤心，柳如之忘不掉的是一段永远求而不得的感情，越是情深，对他来说越是折磨。

这才是他的诅咒。

不哭正要离开，忽然感觉到有人来到他身边，不哭转过头去，看到了涧狐。

涧狐笑着看看不哭，又瞧了瞧下面的柳如之：“小官人莫不是来看人圆房的？”

不哭一着急，脸上立即浮起了难看的笑容：“不是，我只是担心柳公子才来看看……”

不哭结结巴巴的模样，不禁将涧狐逗笑了，可她还是皱起眉头，“他有什么好担忧的？说什么爱得死去活来，最终还不是与别人成了亲。说到底男人都是一样，今天喜欢这个明日就爱上了那个……”说到这里，涧狐越发生气起来，“小官人……不会与这些人是一样的吧？”

不哭不知道该怎么说才好，只是慌忙摇手，不禁替柳如之辩驳起来：“柳公子不是那样的人，他离开洞房到了这里就是因为难忘那位梦中的姑娘。”

涧狐想到阿陌更添了恼怒，柳如之分明是忘记了阿陌，背叛了阿陌，于是冷冷地道：“小官人说错了，他离开洞房跑来这里是为了一位姑娘，却不是梦中的那一位。”

不哭低下头又向书房里看去，没想到“月莹”又回来了。

这次“月莹”更加大胆，竟然走上前去，低下头与柳如之说话，整个人仿佛已经靠在柳如之身上。

这样暧昧的气氛让不哭脸上一红，抬起头来发现旁边的涧狐仍旧兴致勃勃地瞧着，他更加窘迫，想要劝涧狐一起离开，涧狐却在嘴边比了比，让不哭噤声。

柳如之和“月莹”显然并没有注意到房顶的不哭和涧狐。

“月莹”亲密的举动将柳如之吓了一跳，他正要推开“月莹”，却被一只毛球般的东西蹭过了脸颊。

柳如之下意识地抬起头来，对上了“月莹”那双如烟如波的眼睛。

这双眼睛让柳如之有种似曾相识的感觉。

“月莹”趁机抱住了柳如之，她头上是如雪团毛球的簪花，上面细细的绒毛仿佛挠过柳如之的心。柳如之的心也不受控制地慌跳起来。

“月莹”掀起了嘴角，她的脸上仿佛镀了一层月光。

柳如之看着愣在那里，曾经出现在梦中的情景又到了眼前。

他以为再也不会梦见的人，如今就在他的眼前。

她的目光中泛起一丝哀怨。

柳如之想起脑海里的那些梦境，那些缠绵悱恻的情事，她那哀怨又愤恨的神情，她孤零零地站在那里等待着，等待着他。

柳如之的心湖一下子泛起了波澜，他情不自禁地抱紧了怀中的“月莹”，喃喃地道：“梦里的那个人……竟然……竟然……是你……怎么……怎么会是你？”

“月莹”轻声应和道：“是我，一直都是我。”

毛球的簪花微颤，“月莹”的目光更加柔和，面容也越发妩媚。

多日未见，让柳如之更加渴盼梦中的爱人，他张开手立即将“月莹”抱在了怀里，“月莹”就势伸手勾住了柳如之的脖颈。

眼见两个人口唇相贴，房顶上的不哭不禁尴尬地别过头，早知道会是这样的情形，他今晚无论如何也不会到这里来。

“我们走吧！”不哭提醒身边的涧狐。

涧狐脸上只有气愤：“他真是个混账……他怎么能……”话还没说完，涧狐脚下一滑，眼见就要摔下去，多亏不哭伸出手臂将她揽住。

涧狐仍旧发出一声惊呼，屋子里的“月莹”仿佛被惊动了，不禁抬起了头。

明明什么都看不到，“月莹”却分明觉得有什么在那里，一种熟悉又陌生的感觉，让她陡然失去了和柳如之继续“缠绵”下去的兴致。

与此同时，房顶的不哭已经将涧狐拉下来，两个人静静地趴在了瓦片之上。

涧狐感觉到不哭怀抱里散发出来的温度，隔断了黑夜的寒冷，让她周身暖洋洋的，这热度很快就传到了她的脸颊上。

她没想到小官人会这样待她。

“你不觉得有些奇怪吗？”不哭看着屋子里的“月莹”。

“奇怪。”涧狐道。

小官人今天对她很奇怪。

“那个月莹，”不哭道，“好像又不是月莹。”

涧狐听得这话忍不住想笑，小官人傻了不成？月莹怎么不是月莹？

不哭认真地道："我觉得她不是平日里的月莹，她好像知道我们在这里，按理说，一个小丫鬟应该不会这样厉害。"

他分明看到"月莹"抬起头看了看他们所在的位置，然后才转身走出了门。

涧狐并没有这样的感觉："也许只是凑巧了。"

"还有她的眼睛，"不哭回忆起来，那双眼睛如此的清冷，里面饱含着复杂的情绪，"那也不是月莹的。"

涧狐觉得这一次小官人是真的傻了。

"走，"不哭道，"我们去瞧瞧那个月莹。"

这样好的气氛，涧狐哪里舍得走，恨不得就这样挨着不哭到天亮才好。她刚要反对，没想到不哭却已经站起身离开。

涧狐咬了咬嘴唇："小官人。"只得也跟着追了出去。

不哭眼看着"月莹"灵巧地走进了屋子，等他再向屋子里看去时，"月莹"已经躺在了床上，双目紧闭仿佛没有了任何知觉。

一个方才还精神奕奕的人，怎么眨眼间就睡着了？

一个女孩子，竟然衣服、鞋子都没脱就睡了，这样合乎常理吗？

不哭想要进屋查看，却被涧狐伸手拉住："你要做什么？女孩子的屋子也是你能进去的？"

不哭顿时不好意思起来："我倒是没想那么多，若不然你进去看看，月莹到底是怎么了？"

小官人这样关心那个月莹，涧狐噘起嘴，却又怕自己走了之后不哭真的进门去，只好勉强答应推开了月莹的门。

床上的月莹睡得很熟，涧狐推了推她，没有半点的反应，涧狐伸出手在月莹鼻下探了探，呼吸匀称。

涧狐松了口气，想到不哭如此关切这个月莹，心中油然生出一股怨气，一脚踹在了月莹腿上，这次月莹有了反应，不过仅仅是翻过身，又睡着了。

一个人竟然能睡得这样沉，涧狐摇了摇头，出了屋子。

“是不是有些奇怪？”不哭问过去。

涧狐摇摇头：“她这不是好端端地躺在床上睡觉吗？”

不哭摸了摸头，难道真的是他想多了？

“涧狐，”不哭道，“走吧，我也要回去休息了。”小玉喝多了还不知道有没有闹腾。

“那明晚我们再见？”涧狐眨了眨眼睛，“你不是怀疑月莹有问题吗？我们明天再来看如何？”

不哭点了点头，告别涧狐离开了院子。

望着不哭的背影，涧狐不禁叹了口气：“真是个呆子，奇怪的呆子。”

送走了不哭，涧狐再一次进入月莹的房间，低头在月莹身上闻了闻，这种香气她感觉似曾相识。

仿佛就在她记忆最深处，又仿佛就在不久之前她曾闻到过。

涧狐想不出个答案，漫无目的地走出月莹房间向前走去。

等她回过神时，眼前是一片宅院，涧狐认得，这是柳太夫人的院子。

自己怎么就不知不觉地走到这里了呢？

柳如之躺在床上，梦梦醒醒之间，仍然觉得诧异得很，方才的女子，到底是月莹，还是阿陌，或者难道说，阿陌就是月莹？

可是，阿陌怎么可能会是月莹？

可是，方才和月莹亲近的感觉，分明就是梦里和阿陌在一起的情形！

柳如之忽见一个女子站在床前，背对着自己，不自觉地起身上前，伸出手揽住女子的腰。女子慢慢转过身，瞥了柳如之一眼。

果然是她。

柳如之记得好久不曾梦见阿陌了，经过了那么多日日夜夜的等待，阿陌终于肯入他的梦来。

他知道这是在梦里，只有在梦里，他才敢这样大胆，只有在梦里，他才能不去想现实的顾忌和不堪，才能心无旁骛地投入心之所向。

柳如之捧着阿陌的脸，满心柔情看向阿陌，却对上一双讥诮怨怼的眼眸。

阿陌冷笑着，眼梢如同冻了一层寒冰："柳如之，如今你已经娶了妻子，有了家室，你还配想我吗？"

柳如之顿时惊出了一身冷汗，他豁然睁开眼睛。

漫漫长夜才刚刚开始。

是啊，他已妻妾成双，左拥右抱，和严惜儿未婚幽欢在先，方才又差点和月莹缠绵缱绻，如果这会儿再想阿陌，真的只剩下苟且不堪。

"法师你这是怎么了？"月莹迷惑地递过一只饼送到不哭面前。

天亮之后，那位长得还算正常的法师就找上门来，跟她又是要毛巾，又是要饭食。本来月莹是想要小法师帮她算算运数，可是被不哭翻来覆去地指使两次，她也失去了兴致。

月莹道："法师再缺什么就去唤小厮丫鬟，我可没有时间，还要去侍奉公子呢。"

是啊，哪怕和柳如之还没有什么夫妻之实，她如今也不再是那个可以被随意使唤的小丫鬟，她是柳如之的妾，如夫人！

月莹按了按额头，明明睡了那么多，却怎么还是觉得累呢？月莹转身向前走去，迈了一步不禁"哎哟"一声。

不哭忙道："你这是怎么了？"

"我哪里知道，"月莹道，"兴许是摔在了哪里……"

说到这里，月莹亮晶晶的眼睛看向不哭："小师父，你帮我看看，我是不是中邪了，为什么昨晚好多事我都不记得了？"

昨晚她从公子房间里出来，再睁开眼睛居然天已经亮了，现在想想，她连怎么走进房间，怎么睡在床上的都想不起来。

不哭道："这……看不出来……"

月莹一脸失望："我看你们就是嘴上说说，什么也不会做。"

不哭呆愣在那里，小玉误以为不哭对月莹感兴趣，用胳膊戳了戳不哭，阴阳怪气地说："你不会……啊……看上那位丫鬟了吧？怎么样，要不要我帮帮忙，我可不会像你那样没义气。"他说完，煞有介事地拍打着自己的胸口，一副这事包在他身上的样子。

不哭陷入了沉思，根本没有时间与小玉胡闹，发生在月莹身上的事是他亲眼所见，绝对错不了，这里一定有蹊跷，他要再去问问。

不哭正要叫住月莹。

柳福正巧赶过来，道："几位法师在这里，正巧，老朽有事要与各位法师说。"

柳福看看不哭，又瞧瞧小玉："那位大法师哪里去了？"

不哭知道柳福问的是黑铁皮，师父这些日子经常不见人影，也不知道到底在做些什么，而且师父每次回来，看到他时都沉着一张脸，仿佛他做错了什么事。

"来了，原来大法师在这里。"

不哭顺着柳福的声音看过去，果然看到黑铁皮走了过来。

"师父。"不哭上前说话。

黑铁皮并不理睬，反而看向小玉："又惹了什么祸？"

"老爹，"小玉挺起肚皮，"这一次真的没有我们的事。"

柳福毕恭毕敬地走上前，从旁边的下人手中接过一只布包捧到黑铁皮面前："我们太夫人说了，几位师父辛苦，如今柳家妖孽已除，公子的病也好了。既请几位法师喝了公子的喜酒，便不敢再耽搁法师们的时间了，这是我们奉上的盘缠。"

小玉听到这话顿时不高兴起来，柳家这是要撵他们走啊。

黑铁皮扫了一眼包裹，却没有伸手去取的意思，反而道："我们师徒还有些事，能否再在府上盘桓几日？"

柳福脸上顿时露出为难的神情："这……总是不太好，是太夫人交代下来的。"

柳太夫人为什么突然要送走他们？

不哭看向黑铁皮，希望师父能有答案，谁知道黑铁皮脸上也满是复杂的神情，想了想才道："那我们收拾一下，后天就走。"

柳福笑道："这就是了。"就要将盘缠交过去。

黑铁皮却不肯要，转身离开了。

不哭想将月莹的事告诉黑铁皮，可是黑铁皮的模样，又让他不敢说出口。

到了晚上，不哭想要按照与涧狐约定好的那样，去偷看月莹。谁知道还没有出门，柳福就找上来："我们太夫人说了，少奶奶已经怀了身孕，到了晚上谁也不能四处走动，生怕几位法师不知晓，特意让我来说一声。"

小玉躺在床上跷着脚："让太夫人放心，我才不出去呢，谁知道出去会不会遇到什么事，我可不想再被人当作妖抓起来。"

柳福的目光落在不哭身上，仿佛在等着不哭承诺，不哭半晌才结结巴巴道："我……我们不出去也就是了。"

柳福干脆坐下："这就对了，几位法师后天就要离开，这两天我就陪着法师们说说话。"

小玉有些意外，不哭却隐约觉得柳家今晚的安排很不寻常，难不成太夫人是阻止他去偷看月莹？

这怎么可能？

柳家书房里。

柳如之还在想着昨晚经历的一切。

为什么他会将月莹看成了阿陌？

阿陌，阿陌，柳如之痴痴地想着，目光落在正在忙碌的月莹身上，他真的不明白，到底是为什么。

柳夫人让人端着炖好的汤来到书房，进了内室就看到柳如之端坐在书桌前，手中握着一支笔发呆。

他的目光呆滞，仿佛被什么摄去了魂魄，喃喃地自言自语。

柳夫人吓了一跳："如儿，你这是怎么了？"

柳如之听到这话回过神来。

见到柳如之安然无恙，柳夫人松了口气，是她想多了，如今妖怪已被封在井底，柳家的诅咒被打破，如之娶了万无一失的本家侄女，将来就会像寻常男子一样。

可是如之现在的样子，却让柳夫人有些失望，她能看出来如之并不高兴，那双眼睛中透着浓浓的伤心和忧愁。

柳夫人皱起眉头，紧张地看着柳如之："你……是不是还在想……"

柳如之打断慌乱的母亲："没有，孩儿已经娶妻，心里只有妻子，不能再想其他。"

柳夫人半信半疑："真的？"

柳如之道："是，儿子早就想清楚了，母亲放心，儿子不会再错下去。"他不会像父亲和祖父那样……既然他做错了事，就要承担，他不能辜负表妹和她肚子里的孩子。

阿陌再一次占据了月莹的身体，她嘲弄地想，月莹知晓了应该会高兴吧，至少她会帮助月莹得到柳如之。

男人都是一样的，嘴上说得情深意切，只要遇到更好的选择，立即就会将旧爱弃之如敝履。

柳如之口口声声深爱着梦中的她，却让严惜儿怀了身孕。

想到这里，阿陌冷笑一声，既然同样薄凉至此，那也有同样的结局等待着他，先前，对他积累的那一点点可怜的同情，也不过化为她心中那团烈火的一点点燃料。

等到柳夫人离开，掌控月莹身体的阿陌，推开门，一步步走近柳如之。

“公子。”

“月莹”的声音软软的，她轻车熟路地施展，就像之前的每一次。

果然，柳如之周身震了一下，回过头来：“月莹……”

他知道，那个“月莹”又来了，不同于以往的月莹，他从小就认识的月莹。

那种目光，那种神情，他根本控制不住，径直走向“月莹”。

直到把“月莹”揽在怀里，两张脸已经紧紧贴在一起，柳如之一个激灵，猛然推开“月莹”。

到底是怎么回事……我到底在做什么……她到底是谁……

柳如之心里填满了疑问，她是月莹吗？如果她真的是月莹，这举动也许并无不妥，甚至可以说，他能对月莹有这样的“冲动”亦是好事，他所求，月莹所求，亟待他开枝散叶的柳家所求。况且，她已是他的妾，天长日久，他总不能一直拒她于千里之外。可是，他相信这并不是月莹。

“月莹”愣了一下，她还从来没有失手过，不管是道貌岸然的柳老爷，还是饱读诗书的柳老太爷，无一不乖乖就范，神魂颠倒，无法自拔。

莫不是月莹姿色不够？可是，之前不管附在什么样的女人身上，凭她的魅术，谁能有定力逃脱？倒是小看了这柳如之……

“月莹”不甘受挫，妖娆地走上前，伸出手就去勾柳如之的脖颈。

柳如之站起身来闪躲，顿时让“月莹”扑了个空。

操纵着月莹身体的阿陌不禁有些恼怒。

柳如之长长压下一口气，他不仅在和眼前人斗争，更在与心里人斗争。柳如之努力让自己义正词严起来：“月莹，你若是再这样不懂规矩，我立即禀告母亲换了你。”

柳如之这样大发雷霆，倒让阿陌十分惊诧，若是“月莹”不能让他就范，她不信另一张脸也不行！

阿陌冷笑一声，张开嘴，却换成了温柔的言语：“如之，你看看我是谁？”

这声音如此熟悉，柳如之猝不及防，惊讶地抬起头来。

眼前的人周身仿佛被月光包裹，看起来如此明媚动人。

那双眼睛尤其晶莹剔透，正潋滟地望着他。

而月莹，像一具尸体一般倚坐墙角，一动不动。

“阿陌。”柳如之不禁痴痴地喊着。

阿陌，真的是阿陌。他躲了她这么久，躲了自己这么久，最终，她还是完完整整地站在了他眼前，不是梦中，不是幻觉。

“是我。”阿陌慢慢走上前来。

柳如之呆呆地看着她，他纵容着自己，就让自己再好好地看看她吧。阿陌几乎能断定，这一次柳如之不会拒绝，就像他的两代先人一样，自此走进那个巨大的命运旋涡。

没想到，柳如之却向后退了一步。

脸上满是痛苦和哀伤。

“阿陌，不管幻中还是现实，我曾与你交颈幽欢，最后我却负了你，万死难辞其咎。”

轮到阿陌惊诧万分了，“交颈幽欢”？她还不曾得手，何谈交颈幽欢？这呆子怕是痴疯了，胡说些什么？

柳夫人从书房里出来后，径直去了柳如之的新房。

严惜儿独守空房，心中百味杂陈，看到了柳夫人，掩饰地抹了抹眼角。

柳夫人看着床上的光景，猜到了七八分，坐下来耐心地规劝自己的新媳妇：“你这丫头也是实心，便是有了身子，也不该让如儿去住书房，两个人在一处，说说话也好啊。”

严惜儿低下头：“娘，如之的性子您又不是不知道，他想去读书，我还能去拦他？”

看着严惜儿的模样，柳夫人想起了当年的自己，读书可以不要紧，要紧的是两人的关系。

柳夫人接着说："我知道你是最懂事最贤惠的，可是你要知道，咱们比不得别的人家，你这样纵容他，万一将来……"柳夫人叹了口气，知道她的儿媳必然明白她的心思，这么多年笼罩在柳家的阴霾不必在大喜的日子重提，只要好好规劝她："所以，你也无须那么贤惠大度，对待如儿，就要严苛一些，有我在，谅他也不敢不听你的。只有这样，我们婆媳同心，才能保如儿将来不被妖怪魅惑。"

柳夫人说着起身："不必说了，这就随我去找他。"

"别……"严惜儿想到了月莹，这两日月莹都在表哥身边侍奉，柳夫人去了若是发现端倪，引得月莹慌不择口地说出什么话，那她以后又该怎么办才好。严惜儿伸出手摸向自己的肚子。

严惜儿的态度引起了柳夫人的不满："你的身份再不比从前，还在迟疑什么，跟我走！"

严惜儿来不及阻拦，柳夫人已经推门走了出去。

阿陌正皱眉听着柳如之讲起他在湖边的梦境，心里的迷雾一点点地扩大。那些情景，柳如之说是他梦到的，可只有阿陌自己知道，那是切切实实发生过的，发生在她和另一个男人身上，可是，这个呆子，何以梦得如此真切？

柳如之不知道自己讲了多久，讲了他和阿陌的相识、相恋到相负，从明月初升讲到皓月当空，半夜之长，如同半生。

他知道，故事里的男主角并不是他自己，可他又真真切切见证了这一场悲欢离合，包括每一个最隐秘的心思，每一个最细小的动作，他都知晓。他能知道，他有感觉，又怎么能说与阿陌交颈于千年，相随于万里的男人不是他？

阿陌听得入神，不知道何时，眼里竟蒙上了一层雾气，她忽然听到内心一个声音的嘲笑：你是想落泪吗？就像当年那样，为情所动，为情所伤，情不自禁地落泪？

阿陌挥走了心里幼稚的念头，换上了那副妖娆的神情，勾住柳如之的目光："既然已和我经历了这许多，你现在就更不必躲我了？"

柳如之低下头："我已娶亲生子，不配再想娘子，甚至不配再见娘子。"

"哈哈哈……"阿陌仿佛听到了世上最好笑的事情，"你已娶亲生子，所以不配……哈哈哈……"

柳如之呆呆地望着她。

待阿陌平静下来，接着说："男人三妻四妾，难道不是寻常？你这样虚伪矫情，又想标榜什么？"

柳如之苦笑一下："这世间，寻常人家三妻四妾，也许是正常的，寻常男女朝三暮四，也许也是正常的，如之不敢自诩高洁，到底也会是这样的俗人。只是，我对娘子的心，曾经不是寻常情爱。"

阿陌一脸不屑："又有什么不寻常？"

柳如之没有再说话，走到案几前，提笔，写了几行字：

制芰荷以为衣兮，集芙蓉以为裳。不吾知其亦已兮，苟余情其信芳。

"屈夫子自比菡萏，又尝以美人去写这世上高洁之质，我驽钝又浅见，什么事都是纸上得来，对这世间抱了太多美好的幻想，这幻想到头来竟都在娘子身上得到体现，所以我当娘子是夫子笔下的菡萏，是这世上最美好可贵的东西。可我到头来还是辜负了娘子……辜负娘子，便是辜负本心。"

阿陌听得呆了，柳如之说完最后一句："日后哪怕我三妻四妾，哪怕混迹章台，都再与此心无关。"

"哈哈哈哈，哈哈哈哈……"阿陌笑得前俯后仰，不可自抑，几乎笑出了眼泪，“果然，柳家男子，各个能说会道，说得比唱得还要动听。”阿陌一边说，一边伸出玉臂，勾住柳如之的脖子：“我险些，就要动情了啊……”

这时，外面传来脚步声响，书房的门被人推开。

比开门的速度还要快的是阿陌施展的法术，墙角的月莹一下子飞了过来，与阿陌的身体合二为一。

柳夫人进来的时候，柳如之正与月莹四目相对，认真看着彼此。柳夫人从来没有见过月莹这样没上没下的恣情样子，一时间竟呆住了。

月莹慢慢回过头来，睥睨地看了柳夫人一眼，柳夫人的嘴巴慢慢张开，半晌，才发出声嘶力竭的叫声：“就是她——”

旋即，柳夫人像疯了一样冲出门去，对着外面大喊：

“来人啊——请法符——捉妖啊——”

她永远不会忘记，就是这个眼神，妖娆、轻蔑、憎恶、怨毒……当年，那个勾引了她丈夫的妖孽被她堵在床上，就是以这样的眼神看着她，她永远不会忘记！

不哭等到柳福睡了，才蹑手蹑脚地走出屋子。

他只要想起昨晚的月莹，就觉得万分奇怪，无论如何也想要弄个明白，他只有两天时间待在柳宅，所以定然不能错过最后的机会。

月色之下，不哭辨别了方向立即就向柳如之的书房走去。

“小官人，你果然来赴约了。”

黑暗中涧狐“嘤咛”一声就向不哭扑来，不哭慌张地躲闪，逗得涧狐“咯咯”笑个不停。

两个人正闹着，就听到不远处传来嘈杂的声音。

柳家下人向前跑去：“快走，捉妖去，夫人有令，不能让它再跑了。”

不哭与涧狐面面相觑，柳家的妖不就是杜婉仪主仆吗？

不哭道：“我就知道这件事不像柳家说得那样简单，肯定另有蹊跷。”

柳家上下就是处处透着一股奇怪，所以今晚他才会赶来。

涧狐笑道：“还是小官人厉害，那我们就去看看，柳家要捉的妖到底在哪里。”

“月莹”就是那个可怕的诅咒里应在柳如之这辈的“妖孽”，柳夫人如此确定这一点，以至于都不用去想月莹是她从小看着长大的，连月莹的母亲都是在柳府做过工的，月莹又怎么可能是妖呢？柳夫人只相信，一定是她！不管有多少理由可以辩解，也一定是她！

柳家下人想要扑上来捉拿“月莹”，却不料被“月莹”灵巧地躲闪，让人扑了个空。

“月莹”仿佛变成了一团光，让人看得见，扑上去的时候，她却又不见了。

人哪里有这样的身手。

众人也确定“月莹”是妖无疑。

如果早些发现就好了，她就让人请来凌虚道长，将它束缚在井底。

“夫人，这是怎么了？”

不哭的声音传来。

阿陌皱起眉头，早在不哭来的时候，她就发现这师徒几人和以往那些打着捉妖幌子的江湖骗子不同，她怕这几人会坏了她的好事，果然被不哭寻上门来。

想到这里，为了避免节外生枝，阿陌趁着众人不注意，抽离了月莹的身体，月莹软绵绵地倒了下去。

柳如之大惊失色，立即上前搀扶月莹。

柳夫人见后却怒火更盛，指挥下人从柳如之手中拽走了月莹。

躲在房顶角落里的阿陌，趁着屋子里慌乱，向月莹身上轻轻一弹，蓄着月莹三魂六魄的一道银光闪过去，月莹立即清醒过来。

月莹睁开眼睛发现自己竟然被几个人抬起来，顿时惊骇非常。

柳夫人厉声道：“快将这只妖封到井底！”

妖？哪里来的妖？月莹向周围看去，惊诧地发现，柳夫人说的妖就是她。

一觉醒来她怎么就成了妖？月莹慌乱地挣扎着：“我是妖？我怎么会是妖？放开我，放开我！夫人……”

月莹挣扎着去抓柳夫人的衣角，柳夫人又惊惧又厌恶地躲开。

月莹急切求生，目光扫到柳夫人身边的严惜儿，仿佛抓住了救命稻草。

“少奶奶，”月莹用尽全身所有力气，“您替奴婢说句话啊，奴婢不是妖啊，这您最清楚，就像奴婢清楚，您……肚子里怀着公子的孩子一样……”

严惜儿整个人打了个冷战，她清楚地知道月莹这句话威胁的分量。

如果她不救月莹，月莹就会将“那件事”说出来……绝不能让月莹说出实情！严惜儿满心懊悔，本就该斩草除根的，只有死人才能永远地闭上嘴。

想到这里，严惜儿心中一动，不动神色地将一根簪子藏在袖子里，然后慢慢走向月莹：“娘，或许您是弄错了，月莹怎么会是妖呢？”

不哭隐隐觉得哪里不对，严惜儿每句话都是对柳夫人说的，可她的眼神自始至终都没有看向柳夫人，而是直直盯着月莹，明明是为她说话，眼底却暗藏着杀之而后快的凌厉。

就在逼近月莹的瞬间，严惜儿掏出袖中的簪子，狠狠戳向月莹胸口，一下又一下，猝不及防，下手毒辣。月莹瞪大眼睛，半晌说不出一句话，到最后，严惜儿一边刺，一边厉声发泄：“你这妖孽，害我夫妇，千刀万剐，死不足惜——”

众人也都看呆了，曾经的严家娘子，如今的柳家少奶奶，何曾有过这样歇斯底里的时候？柳夫人惊诧之余，心中亦感叹：都说女孩像姑妈，看来自己这个亲侄女与自己真的是一模一样，事关所爱，什么礼数风姿、大家教养都顾不得了，拼死也要护着自己最爱的人。

月莹终于回过神来，慢慢低头，看向自己的胸口，惊得大叫起来——她胸口竟没有半点伤口和血迹，而是似有一个无形的旋涡，严惜儿的每道刺杀，都落入这个旋涡之中，将那股巨大的力度，悄然化于无形。

果然有妖术！

严惜儿弹跳惊起，后退两步，呆呆看着月莹。

柳夫人大叫起来："惜儿快走！你对付不了这妖孽！"

不哭觉得更加不对，不自觉地抬头望向房顶，他什么也没有看到，却似乎听到一声哂笑，分明有双眼睛带着嘲弄的神情看着这一幕，左右着这一幕。

死里逃生的月莹立即指着严惜儿，大喊起来："你这荡妇！竟如此狠心！你想杀人灭口，这样就没有人知道你肚子里的孩子不是公子的，而是那个巫医的！"

严惜儿脸上的血色褪得干干净净。

柳夫人惊讶得张大了嘴。

月莹喘着粗气，扫视众人一圈，继续说着："你们都不知道，这荡妇为了嫁进柳家，勾引公子不成，竟收买那巫医找来了那……那下作的药，偷偷下在公子的茶里！我恨她竟这样害公子，便把茶换了，她自己喝下，欲火难耐，被那巫医钻了空子，成了苟且之事，才有了肚子里的孽种！"

"啊——"严惜儿大吼着冲向月莹，像个发了疯的野狗一样一句话也说不出，只狠狠掐着月莹的脖子。

月莹心里的恨何尝会少一分？也狠狠地和严惜儿扭打在一起，一边打一边气喘吁吁地继续她的揭发："事后，这荡妇还……还贼心不死，找来蒙汗药迷倒了公子，然后……恬不知耻地脱了衣衫，上了公子的床，待……待公子醒来，肚子里的孩子，就……就成了公子的！"

月莹的话，让屋子里所有人都愣在那里。

躲在角落里的阿陌终于收起脸上戏谑的笑意，目光扫到柳如之身上，呆呆看着他。

此刻的柳如之，也完全怔在哪里，内心的百感交集，让他一时间辨不出哪些是懊悔，哪些是惊诧，还有哪些是……轻松和欢喜。

严惜儿终于从疯狂的歇斯底里中找回了一点点的理智，嘶哑着嗓子，哀号似的说道："她是妖……她是故意要害我才会这样诬陷我，我肚子里是柳家的骨肉，是表哥的孩子，千真万确……"

柳夫人不知道谁说的话是真的，虽然她心里，判断已经隐隐约约浮了上来。

月莹道："夫人，您问问公子，如果公子真的与少奶奶有过肌肤之亲，怎么可能会不记得。夫人将那巫医绑来审问，便能知晓实情。"

见柳夫人半信半疑，月莹跪着挪到柳夫人脚下："夫人，奴婢说的句句属实，方才少奶奶就是怕奴婢说出实情，才要杀奴婢灭口……"

柳夫人满心的纠结，事实如何，其实不难分辨，只是，她实在无法面对这突如其来的一切……就在她皱眉思量的空当，严惜儿忽然起身，飞一般地将一样东西贴在了月莹头上。

月莹顿时发出一声惨叫，她脸上忽然冒出密密麻麻的黑疹，黑疹开始爆裂流出脓水来，不到片刻的工夫便毁了她那张花容月貌的俏脸，月莹伸出手向脸上抓去，顿时抓得鲜血淋漓："救救我，救救我。"

众人都被这样的场面惊住了，严惜儿咬住了嘴唇，她也没想到这符纸会如此厉害，竟然眨眼之间能将人变得不人不鬼。

月莹开始扯拽身上的衣服，终于将领口扯开来，只见她身上也爬满了黑疹，红色的浆水开始从她的脸和身上淌下来，好不骇人。

月莹痛苦地在地上翻滚，随着她的滚动，身量不断地缩小，身形也慢慢发生了变化，待一切平静下来，众人几乎起身尖叫，纷纷后退，一只硕大的癞皮老鼠赫然趴在那里。

严惜儿声音颤抖："她现原形了，她就是妖。"说着，去摇晃柳夫人的身体："姑母，快将她扔进井里，快，好可怕，好吓人啊……"

旁边的不哭皱起眉头，那日，后背现了锦鲤模样的杜婉仪被贴了法符后变成了兔子精，这已经让他觉得蹊跷，如今月莹被贴了法符又成了这个模样……想到井里另外那些"妖"，不哭心里忽然难过起来，说道："夫人，那符纸能不能让我看看？"不哭希望，也许通过符纸能得到一些线索。

"当然不行，"严惜儿抢先答道，"道长说过，不能给任何人看，更不能将符纸从她身上摘下来，否则……否则……她就会逃走。"

严惜儿紧紧地攥住柳夫人的衣裙："姑母，快点处置月莹吧，万一她逃走了，我们可要怎么办才好。"

柳如之终于回过神来，上前一步挡在月莹身前："母亲，这件事蹊跷得很，月莹跟了我多年，怎么能是妖呢？"

柳如之不劝还好，这一劝简直让柳夫人打了个激灵，当年，她的夫君被捉奸在床，还是这样护着那个妖孽。

柳夫人抬起手，厉声吩咐下人："将这妖物扔到井里去！"说完，看向不哭："这是我柳家家事，小师父就不要插手了吧。"

现了"原形"的月莹被抬走了，严惜儿像经历了一场大战疲惫不堪，跌坐在地上，几乎奄奄一息。

柳夫人慢慢走向严惜儿，那目光，看得严惜儿几乎跳起来，方才的一番风波，对她而言实在如惊涛骇浪，而此刻柳夫人的目光让她意识到，风浪并未过去，也许，一切才刚刚开始。

"大婚当日，你便主动让如之纳了月莹，这样贤良，原来是有把柄在她手里……"柳夫人的语气很平静，惊涛骇浪却已翻腾欲起。

"婆母，姑母……你千万不要信一个妖……"

"你还敢狡辩？难道你还想生下这个孽种，再让我柳家上下把他当作小公子养大吗？"柳夫人几乎怒不可遏，"你若仍执迷不悟，到时候不但会被柳家驱逐出门，连我们娘家都不会留你了！"

严惜儿再也说不出一句话，哭着摇头，跪着去拉柳夫人的手。

“把你的脏手拿开！”柳夫人忽然暴怒，“来人啊……”

“母亲！”柳如之更大声地喝止了母亲，“惜儿已经是孩儿的妻子，这件事就让孩儿自己处理吧。”

“如儿啊……”

“母亲还是去歇歇吧！”柳如之的口吻不容置疑，这坚决倒让柳夫人吃了一惊，她心下想，新婚便出了这样的丑事，也许哪个男子都不愿面对吧，既如此，倒是让他单独处理比较妥当。

“好孩子，那你自己先问一问，需要的时候就让人去请我啊。”柳夫人担忧地拍了拍儿子的肩，又看了看他身边的不哭，使了个眼色，让不哭也离开。

“不哭公子留下吧。”柳如之补充了一句。

柳夫人警惕地看了不哭一眼。太夫人已经让人将这几个怪人请出柳家，他们却百般推脱，非要过两日才动身，到底是因为什么？这些怪人留在柳家定是另有所图。不过此时顾着儿子心情，也管不了这些了，留个人到底是好的，免得发生什么不可挽回的事情。

柳夫人忐忑地离开了。

严惜儿泪眼蒙眬地看着柳如之，她并不确定，一向温润的柳如之此刻会如何处理，任何一个男人遇到这种情况，会如何处理。

柳如之目光更加沉静下来，他仔细地看着严惜儿，“如果你能告诉我实情，不管之前发生了什么事，我都可以既往不咎，你在我柳家仍会有一席之地，你肚子里的孩子我也会视为柳家子嗣。”这几句话说得一句比一句凝重，“我柳如之说一不二。”

严惜儿听得这话，惊诧地抬起头来。

她终于再也承受不住巨大的压力，心里那道防线彻底崩溃了。她必须说实话，她没有再赌下去的筹码。而柳如之给她的条件太有诱惑力——既往不咎，可以被原谅，这是她做梦也想不到的结果，所以她不能视而不见。

听完严惜儿的忏悔，柳如之将她扶起来，到桌边坐下，竟认真看着她，说了声“谢谢”。

严惜儿以为自己听错了，他竟然对自己说“谢谢”，谢从何来？

柳如之握住不哭的手，转头望向窗外的一轮明月：“不哭公子，你看，今夜的月亮多圆啊，就像之前我在镜湖边看到的那样。”

不哭明白，柳如之当然要谢她，是她让他重新接纳自己——原来，他并没有辜负阿陌，没有辜负本心。

他差点以为，自己终是俗不可耐的龌龊鄙夫，不管内心存了怎样美好的希冀，都逃不过食色性的发泄。他差点以为，所谓君子修身齐家治国平天下，不过是巧言令色。

“洛阳亲友如相问，一片冰心在玉壶。”不哭悄然吟起这句，算是回了柳如之的话。

柳如之早已习惯了不哭的“满腹经纶”“出口成章”，也不再惊奇：“就算，我永远也得不到她，就算，我变得老迈昏庸，当我想起曾经的这一段，也会觉得是我潦草无趣的生命中，最绚丽的一笔。”

墙角的阿陌听得呆了，直到这一句“潦草无趣的生命”，她才苦涩地笑了笑，潦草无趣的一生……他才活了多少年，就感慨自己“潦草无趣的生命”，他若知道，她活了多久，挨过了多少潦草无趣的岁月，那才该唏嘘感慨呢。

柳如之让严惜儿回去歇着了，还保证自会有人好生伺候她安胎生产。

现在屋子里只剩下不哭和柳如之。

不哭原本还想问严惜儿一些旧事，有关杜婉仪的旧事，月莹在法符的作用下现了“鼠精”的原形，那杜婉仪又是怎么回事，她的“现形”是不是也和严惜儿的阴毒心思有关。

但显然，刚才问这些并不是时候，即使和严惜儿有关，她也断然不会承认的。眼下，最要紧的，倒是柳如之的态度。

柳如之在凳子上呆坐了一会儿，向不哭投去感激的目光：“不哭公子……谢谢你一直陪着我。今晚发生了太多事，我想静一静，就不留你在这里说话，还请你不要见怪。”

“柳公子，”不哭忽然道，“我有一事相求。”

柳如之抬起头：“但讲无妨。”

不哭道：“柳公子说得对，今晚发生了太多的事，所以，我想请柳公子陪着我出去走一走。”

柳如之知道不哭这是一番好意，而他现在确实需要有一个人在身边陪伴。回想起不哭师徒突然出现在柳家墓园时的情形，当时他心中满是戒备，却没想到有一天能跟不哭成为朋友。

柳如之跟着不哭走出了院子。

等到不哭离开，阿陌才小心翼翼地从黑暗中走出来，她想要在普通人面前隐去身形是很简单的，但是她能看出来那个不哭却不是普通人。之前在房顶偷看她的人就应该是这个不哭，这样说来不哭八成已经察觉到了什么。

阿陌正想着，身边传来一声呼喊：“咦，怎么是你啊？”

“柳公子，”不哭想了想，“那你想不想去后院看看那些被封在井里的妖。”

柳如之听得这话脸色顿时变得苍白：“那些……是真的妖精。”

不哭道：“柳公子觉得杜婉仪也是妖精吗？”

柳如之眼前浮现出杜婉仪的模样，一个知书达理的大家闺秀，却被封在了井底。

柳如之摇了摇头：“我……也不知道。”杜婉仪除了那副吓人的模样，再没有什么地方和寻常人不同。

不哭道：“柳公子有没有想过，如果他们不是妖，却被柳家这样封在井底饱受痛苦的折磨……”

柳如之喃喃地道：“如果真是那样的话，岂不是……柳家这些年根本不是被妖诅咒，而是自己作孽？”说到这里，他顿了顿，眼前浮起的是阿陌的那双充满了怨恨的眼睛，他总觉得阿陌怨恨柳家，怨恨他：“不哭公子，你和你的师父能不能将柳家的诅咒弄清楚，我不想再这样下去。”

不哭看着痛苦的柳如之，心中油然生出怜悯来：“我们会尽力的。”

柳如之点点头：“有什么需要，我都可以帮忙。”

两个人说着话走到了后院。

这里仍旧像往常一样阴森。

发黄的符纸在空中颤抖，仿佛随时随地都会有妖精从井中挣脱而出，可是一旦适应了这里的气氛，一切就没有那么可怕，反而会让人觉得有几分萧索。

“就在这里。”不哭拉着柳如之向井中看去，一股恶臭从井底传来，两条纠缠在一起的大蛇凶恶地吐着信子。

柳如之吓了一跳，立即闪躲开来：“这……这不是妖精又是什么？”

不哭仔细地看着，还是两个人，这和他之前看到的一样，两个赤裸的人蜷缩着泡在水里，听到声音都抬起头，大大的眼睛里透着迷茫、涣散的神情，仿佛并不在意外面到底都发生了什么。

“咯咯咯，”另外一口井里传来了笑声，“我不是妖，我不是……道长来啊……你不是说这次过后就放了我吗？”

不哭认识这声音，是杜婉仪的丫鬟如玉，他看向柳如之：“柳公子听到了没有？是如玉在说话。”

柳如之茫然地摇了摇头，他只听到了冷风吹来如同“呜咽”般的声音，并没有谁在说话，他捂住了鼻子，周围那种诡异的香味儿，让他有种眩晕的感觉。

不哭带着柳如之走向压着杜婉仪和如玉的井，顺着井口望过去，一个赤裸着身子的年轻女子，坐在井里痴痴地笑，正是如玉。杜婉仪站在一旁试图将衣服盖在如玉身上，如玉显然已经癫狂，将衣服夺过来扔在地上，笑着喊："道长来啊，道长不是很喜欢如玉的吗？"

不哭想起如玉刚刚被关进来时，他撞见那些道士对如玉做的那些事，后来他带着师父来本是要救她们，却没想到庄蝶分了神，差点惊动了柳家人。不哭满心自责，如果当时他想方设法去救如玉，如玉就不会落得如此境地。

"杜家娘子，"不哭道，"你能不能听到我说话？"

杜婉仪抬起头，这才发现不哭和柳如之就在井口。

见到柳如之，杜婉仪的神情立即变了，她不由自主地遮住脸，一副不想要人看见的模样，随后，又将赤裸的如玉藏在身后。

杜婉仪冲着不哭点了点头，想要说话，喉咙里发出了模糊的声音，却说不出一个字来。

不哭想要撕掉井口的符纸，手刚刚放上去，却被一股力量震开，显然这符纸上面加了法术。

"杜娘子，你……放心，我们会想方设法将你救出去。"不哭说着看向柳如之。

柳如之看到的只是井底那如同锦鲤和兔子般的怪物，正不知如何是好。不哭已经凑过来低声道："如玉已经疯了，前面那井中的人也疯了，你……要劝杜娘子坚持下去，等着我们来救她。"

看到柳如之的迟疑，不哭握了握他的手："柳公子，你相信我，也相信杜娘子……"

柳如之抿了抿嘴唇，声音尽量放平和，冲着井底的"怪物"道："婉仪妹妹，不哭公子说的都是真的，我……我们会想方设法救你……"

不哭赫然见到，当柳如之说出这些话时，杜婉仪脸上露出何等的神情！就像茫茫暗夜中倏忽出现的一道微弱而坚定的光芒。

出了后院，柳如之还是一脸的茫然，他听到不哭的话觉得有些道理，可是看到那些妖精就又害怕起来："不哭公子，你如何能证明那些人不是妖而是人？"

不哭挠了挠头："其实，我一直觉得那法符有问题，月莹被贴了符纸立即变成那副怪模样，这里的符纸也仿佛并不是要镇住这些'妖'，而是……而是……"

柳如之道："你是说，这些符纸是要让人看起来像妖吗？"

不哭点了点头。

柳如之微微思量："凌虚道长留下许多符咒在柳家，就是为了帮助柳家制伏妖怪，纠缠我父亲、祖父的那些妖精，都是凌虚道长封在井底的，如果那些符咒有问题，就是凌虚道长有问题……"

凌虚道长与那些人无仇无怨，他为什么要这样做？

可是柳如之又觉得不哭不是在骗他。

柳如之正思量着，看到几个下人匆匆忙忙地从院子里走出来，几个人一边走一边窃窃私语。

柳如之走近一看，正是侍奉母亲的几个丫鬟，显然她们是在议论月莹的事。

"你们在这里做什么？"柳如之问过去。

丫鬟急忙上前行礼："公子，奴婢们是陪着夫人来见太夫人，却没想到太夫人睡着了，不肯见人，夫人生怕太夫人怪罪，在太夫人院子里等了小半个时辰，刚刚才走了。"

这是柳家的规矩，只要有妖出现，一定要向柳太夫人禀告。

"祖母向来睡觉很轻，"柳如之道，"怎么一直都没有听到动静？"

"夫人也觉得奇怪，太夫人身边姐姐说，太夫人吃了安神的药，所以今晚睡得格外沉。"

柳如之挥挥手让丫鬟退下，转身看向不哭："今晚发生了这么多事，也不知道明天祖母知晓了会怎么样。"

不哭想要安慰柳如之两句，柳如之却像是想到了什么，突然开口：“我们可以从家谱查起，弄清楚这一切都是怎么发生的。”

不哭眼睛一亮，这的确是个好办法，如果一切都弄不清楚，干脆追根溯源。

不哭道：“那，柳家族谱在哪里？”

柳如之看向柳太夫人的院子：“副本倒是有很多，但并不完整，祖母那里才有全本。”

不哭想要苦笑一声，到了脸上却是无比欢快的哭容，看起来尤其怪异。好在柳如之水晶心肝，明白他的心思：“夜深了，一会儿值夜的下人就会睡着了，我们悄悄地进去，族谱就放在祖母卧房后供桌的长案上。”

不哭没想到平日里不敢违逆祖母的柳如之，现在竟然能下定这个决心。

“只是，”柳如之看着高墙，“我们要怎么进去啊？”

“原来是你啊。”

听到这样的声音，阿陌转过身来，看到了跷着脚坐在墙头的涧狐。

“你怎么会在这里？”涧狐从墙头跳下来，“你是不是放不下他？”

“他”当然指的是柳如之。

阿陌心里松了口气，看来这个女孩子以为她是因为柳如之成亲之后心里难过，所以才来找柳如之的。

不过这也没什么错，只不过她并非心里难过，而是愤恨，她愤恨柳家所有人，包括那个柳如之。

“或许你们两个还有些缘分，”涧狐轻轻地用手指敲击着膝盖，摆出一副若有所思的模样，“我见过他在湖边看你的模样。”

阿陌微微一笑。

涧狐觉得很奇怪，阿陌仿佛什么都知道的样子。

“你不好奇我是谁吗？”涧狐忍不住问道。

“我知道你是谁，”阿陌道，“你是狐族的人，你叫涧狐。”

涧狐，多么好的名字，如果她的孩儿长大了，该给孩儿取个什么名字……

“你怎么了？”涧狐从墙头上一跃而下，她感觉到了阿陌的难过，“是不是那个柳如之惹你伤心了？”

涧狐露出一个笑脸试图安慰阿陌：“这样的薄情郎不要也罢，这世上有那么多的男子，何必执着于他一个人。”

是啊，世上比那个柳如之好的男子多得很，自己身边就有一个……涧狐心里想着，不觉露出一丝傻笑。

涧狐可爱又单纯的样子让阿陌心里一暖，仿佛多年的仇恨也冲淡了许多，从来没有人跟她说过这些，可是这个涧狐仿佛却能体会她的心情，或许因为是同族，所以才会有如此的默契。

“你为什么总去镜湖呢？”涧狐忍不住问。

这一问，倒是把阿陌问住了，是啊，为什么总要去镜湖呢？

她以为她是恨的，她当然是恨的，可她为什么还要反反复复地追溯留给她无尽恨意的曾经呢？

“你有什么珍贵的宝贝掉在那里找不到了吗？”见阿陌不回答，涧狐猜测地说。

珍贵的宝贝……是啊，那段时光，在她……阿陌想到柳如之的话，在她潦草无趣的生命中，的确是弥足珍贵的。

“怪不得你会难过，”涧狐一直自问自答，说着，拉起了阿陌的手，“走，我们去镜湖，我帮你找丢了的宝贝……”

柳如之没想到有一天会偷偷摸摸爬上自己家的墙头。

“快点来。”不哭伸出手将柳如之接下来。

如果书院的博士知道了，一定会训斥他“有辱斯文”，但是柳如之却反而觉得心里踏实了许多，至少他不是冷漠地站在一旁，眼看着所有事发生。

“就是那间屋子。”柳如之指了指，不哭走在前面，两个人轻轻地推开了门。

柳太夫人的卧房里说不出的安静，本该值夜的下人没在外间，柳如之不禁觉得幸运，两个人走过柳太夫人的房间，顺顺利利地到了后面的祠堂。

柳如之从供桌上找到一只檀木盒子，从里面捧出了柳家族谱递给不哭。

两个人正要离开，不哭向供桌上望去，借着月光，他将对面的一幅画像看了个清楚，上面画着一男一女两个人。那女子妙目含烟，清雅高华地站在那里，她脚下是个跪地求饶的男子，那男子脸上满是悔恨，表情痛苦地扭曲着，仿佛想要拼尽全力获得女子的原谅。

“不哭公子，”柳如之轻轻扯了扯不哭，“我们该走了。”

不哭这才回过神来，指着那幅画像：“柳公子，这上面画的人是谁？”

柳如之常常来到祠堂给柳氏祖先磕头：“那是我的曾祖父。”

不哭点了点头：“那个女人呢？你曾祖父为什么要向那个女人……”

柳如之转过头惊诧地看向不哭，然后又抬起头向那画像看去：“你说哪个女人？那……那里面没有女人啊，只有我曾祖父一个人。”

明明是两个人，怎么柳如之却看着只有他的曾祖父？

为什么这里的画像和后院那井中的人一样，在他眼睛里和别人眼睛里竟然是不同的模样？

“还有，你看这里……”柳如之指着族谱上的一页，不哭轻轻念道：“柳克让，字子允，生于布衣寒门之家，凿壁偷光，囊……”不哭忽然呆住了，“子允！”

子允！

云郎！

不哭抬头，和柳如之四目相对，两人明白彼此心里产生了同样的疑惑和猜测——柳如之梦中女子口口声声唤着的“云郎”，难道是“允”？“子允”的“允”？

不哭未及细想，只听到背后传来“扑通”一声，接着有人“哎哟”一声喊起来。

柳如之和不哭的脸色顿时变了，刚要躲藏，就听到小玉的声音：“鬼脸仔，你个死鬼脸仔，你在这里做什么？一会儿我定然要告诉老爹，让他狠狠地罚你。”

原来是小玉。

不哭立即上前去捂小玉的嘴，小玉刚刚摔了一跤正在气头上，哪里肯善罢甘休：“我看着你们俩鬼鬼祟祟进院子里……原本想着你们一会儿就出来……哪知道你们就没了动静，你说，你在做什么？怪不得柳家人会防贼一样防着我们。”

看到柳如之，小玉也翻了翻眼睛，差点就“死变态”骂出口。

不过不哭知道小玉是因为担心他们才跟着进来的。

“柳太夫人还在休息，你……你把她惊醒了，柳家人定然要将我们捉起来……”不哭低声提醒小玉。

小玉这才回过神来，脸上露出惊恐的表情，他方才大喊大叫，那……岂不是……就算睡得再熟也会被吵醒。

“那还不快走，等着人家来抓啊。”小玉一把拉起不哭，就要向外面走去。

柳如之却伸出手阻止了他们，如果他记得没错，祖母睡觉应该是很轻的，就算像丫鬟说的那样，祖母用了安神的药，也不至于屋子里闹出这样的动静她也听不到。

莫非是……

柳如之生出不好的预感。

小玉也冷静下来，抬起头向屋子里的拔步床看去，床上十分安静，隐约能看到一个人躺在那里。

“不会是死了吧！”小玉向来口无遮拦，不过这话倒是提醒了柳如之。

虽然他们祖孙并不亲近，可毕竟是亲祖母，柳如之心中关切，顾不得许多，立即上前走到柳太夫人床前，撩开幔帐去查看。

借着月光能看到柳太夫人在均匀地呼吸，显然是睡着了。

“祖母……”柳如之小心翼翼地推了推柳太夫人。

柳太夫人却没有半点的反应。

“祖母……”

柳如之咬牙用了些力气，柳太夫人依旧静静地躺在那里。

“这是怎么回事？”柳如之顿时焦急起来。

不哭立即想起了月莹，那一晚举止怪异的月莹倒在床上立即就沉沉睡去，涧狐用力踢了月莹一脚，月莹也没有醒过来，第二天月莹甚至记不起来那晚都发生了什么。

他之所以会觉得月莹怪异，就是因为那双眼睛，那双清亮的饱含恨意的眼睛。对了，眼睛，火石电光中不哭立即意识到了什么。

柳太夫人也有那样一双眼睛。

他刚刚来到柳家时，他就觉得柳太夫人的眼睛很奇怪，明明是老态龙钟的人，却有一双年轻、充满活力的眸子，看着柳家人在诅咒中挣扎，反而有几分得意。

柳太夫人和月莹又有什么关系？

“你们快走吧，”柳如之道，“我还是请郎中来给祖母瞧瞧。”

不哭有些犹疑，旁边的小玉却捂住了鼻子：“走，我们快走，这里也有一股臊味，跟那井里一样。”

柳如之已经无心与不哭和小玉讨论妖的事，三个人出了院子，柳如之又装作要见柳太夫人的样子，不停地敲起门来，惊动了院子里的下人。

小玉则拉着不哭，两个人回到了暂住的小院。

不哭抬起头看了看天，天快亮了。

今晚发生的事不能再向师父隐瞒，必须原原本本地讲给师父听。

涧狐感觉到了弥天槛的力量，她也要回去了。

没想到时间过得这么快。

涧狐望着波光粼粼的镜湖："这里的水也很美……不过我更喜欢离这里三四里山中的那汪清涧，那里的水特别轻柔，就好像母亲的怀抱。"说到这儿，涧狐看了阿陌一眼，涧狐几乎确定，阿陌就是那个抱她出清涧的小姐姐，可她并不想直接告诉阿陌，她就是阿陌去清涧中抱出的那个小小的自己。涧狐总觉得，那件事是自然而然发生的，她和阿陌之间，应该还有一些事情没有发生，还需要一些契机，命运的契机。

"我该走了，"涧狐站起身，"只要有机会我就来镜湖等你，你也要来，好不好？"

阿陌看着涧狐的笑容，忽然有些不舍："果然，你天亮就要走……"

涧狐来不及去想"果然"两个字是什么意思，她从来没有跟阿陌说过弥天槛的秘密。她总觉得阿陌和她的外公一样，知道她被弥天槛束缚，心里会不高兴，她不想让阿陌难过，可阿陌的口气，就像什么都知道似的。

"我以后再和你说。"涧狐挥了挥手，转身跑向远方。

阿陌望着涧狐的身影，直到涧狐消失不见，她这才回过神来，她也该回去了，否则柳家定然会乱起来。

柳家人请来了郎中，折腾了半晌，柳太夫人也没有醒转。

侍奉柳太夫人的下人跪了一地，领头的管事道："太夫人不让我们上前侍奉的，而且太夫人曾说过，若是她睡得沉了也不要惊慌，过些时候她自然就会醒过来。"

柳夫人皱起眉头："你们分明就是在为自己的疏忽大意找借口，太夫人这个模样分明就不是睡着了……而是……""晕厥"两个字还没有说出口，就听床上传来柳太夫人的声音：

“大早晨的闹腾些什么？”

柳太夫人已经从床上坐起来，低头看着众人。

柳夫人惊讶地愣在那里，跪在地上的下人纷纷松了口气。

柳如之看着柳太夫人，诧异、惊奇的情绪从他心头掠过，而后却变成了担忧：“祖母，您没事就好，母亲和孙儿只是担忧您的身体。”

“我好着呢，”柳太夫人淡淡地吩咐，“都下去吧，哭丧考妣的给谁看。”

柳夫人上前服侍柳太夫人穿衣，又扶着太夫人到椅子上坐下，正不知道要如何将月莹的事禀告给太夫人。

柳如之已经开口将昨晚的事禀告。

柳太夫人似乎有些漫不经心，冷哼一声：“这些妖精真是越来越厉害了，从你曾祖父时开始，妖精不过只有一两个，到了你这里，竟然已经有三个了。好啊，来多少我们就捉多少，将他们都压在井里，让他们尝尝生不如死的滋味。”

“祖母，”柳如之跪下来，“孙儿觉得月莹不是妖精，他们也没做过什么坏事，月莹是这样，杜婉仪也是这样，孙儿求祖母，让那三位法师仔细查一查，我们柳家不能因为害怕诅咒，就……冤枉了好人。”

柳太夫人仿佛被柳如之这一跪惊住了，更没想到柳如之会为那些妖精求情，她本来冷漠的目光，顿时热络起来，怔怔地望着柳如之，如同透过阴霾的一缕阳光，但是这样的动容还是转瞬即逝。

柳太夫人一脸怒容：“是不是那三个怪人跟你说了些什么？我早就觉得他们来路不明，说不定和那些妖精是一路货色，我们好心招待他们，他们却这样迷惑我孙儿，试图害我们柳家，让柳福带人现在就将他们撵出门去，再进柳家大门别怪我不客气。”

柳如之还要辩解，却被柳夫人一把拽住：“如之，不要再惹你祖母生气，你祖母也是为了柳家，为了你好。”

“我们也不能不辨是非，万一冤枉了人，”柳如之说着吞咽一口口水，“就算他们都是妖，难道就一定会害人吗？曾祖父为什么会惹上妖精，其间会不会有什么隐衷，还请祖母细细想想，会不会漏了什么重要的线索……”

柳如之鼓足勇气说完这番话，殷切地看着柳太夫人，虽然他语气谦和卑微，但身上有种浑然不顾的气势，柳太夫人再一次愣住。

柳如之道：“人不一定都是好的，妖也不一定都是坏的，我们家这样做真的对吗？”

这样做真的对吗？

柳太夫人从来没想过柳家人会有这样的疑问，想及从前的过往，柳太夫人手指收拢，眼睛里冒出了仇恨的目光：“这你不该问我。”

这一切都源于柳家的祖辈。

柳如之看着面前的柳太夫人，不知怎么的，他觉得祖母并不像是柳家的长辈，而是个对这一切深恶痛绝的外人。

不哭和黑铁皮一直在看柳家族谱。

柳家的诅咒就是来源于柳如之的曾祖父。

不哭道：“这里写着，柳家闹了妖孽，引起天象异常，柳如之的曾祖父柳克让，这才请了道士捉妖。”

小玉不敢置信：“天象异常？这么厉害吗？”

黑铁皮苦笑一下：“这个牵强附会，实在太大了，一个普通的妖精，怎么可能引起天象异常？”

小玉撇了撇嘴，“就是说嘛，怎么可能会有什么天象异常？他们柳家的人，真敢杜撰。”

黑铁皮不再说话，没有杜撰，多年前的那一天，的确天象异常……此刻的天界，怎么会没有异常？他的爱人、他的战友、他这一生所有的痛苦和悲伤，就在这个“异常”的旋涡里……

“师父。”不哭小声喊着，“柳家的族谱……”

黑铁皮回过神来，发现手里的柳家族谱已经被他攥得发皱，他竭力稳住自己的情绪。

不哭抓住了重点："那么，是不是说那只妖是被冤枉的了？也许她并没有要害柳家，柳家人却这样对待她，真是不公。"

"妖就是妖，柳家收妖本就是寻常。"黑铁皮冷厉地看了不哭一眼。

不哭被吓得低下了头，每次提到这个问题，师徒两个之间就是这样的气氛。

黑铁皮关心的并不是柳克让找了道士捉妖，而是柳家的那几口井，既然他来到这里，或许是冥冥之中自有天意，虽然他已经不是当年那个热心肠的人，可是他也不能做到冷漠到不去理睬，特别是不哭讲述昨晚的事之后。

月莹突然变"妖"很奇怪，柳太夫人也一样奇怪。

"收拾好东西了没有？我们太夫人让你们现在就走，听到没有？"柳福喊叫着进了门。

黑铁皮将柳家族谱放好，站起身来吩咐不哭和小玉："拿上东西我们走。"

不哭顿时愣在那里："师父，我们……真的就这样走了？"

小玉望着黑铁皮的神情，立即明白了黑铁皮的用意，一把拉住不哭："你个笨蛋鬼脸仔，我们离开了也不代表不回来，我们走了反而更容易查案，你懂不懂？"

不哭摸了摸头，仿佛有所明了，他转头去看黑铁皮，也许师父真的愿意帮忙了。

关押了月莹，将几个怪人逐出柳家，柳家似乎又变得太平起来。

夜幕降临之后，谁也没有注意一老一少两个人，带着一只怪熊悄悄地走进了柳家后院。

几个人轻车熟路地靠近了枯井，小玉这回学得聪明了，做了一个简单的罩子套在鼻子上，挡挡这里的臊味，这才勉强接近这里。

不哭直接奔向了第三口枯井，里面关着杜婉仪主仆和月莹，不哭提着灯顺着符纸的缝隙向下看去，看到了疯疯癫癫的如玉和杜婉仪。

感觉到了光亮，杜婉仪抬起了头，她那双眼睛里闪动着殷切的希望，已经大过之前绝望的恐惧。

“我和……师父、小玉来救你们了，”不哭喊着，“你们再等一等。”

杜婉仪似是点了点头。

不哭心里高兴起来，终于可以救人了，救了这些人，他们再跟着弥天槛离开，心里也就不会再有牵挂和遗憾。

“怎么看都是兔子，那里还多了一只老鼠。”小玉捂着口鼻向井里张望，他真是不明白，为什么不哭一口咬定这些都是人呢。

万一这些都是妖，却被他们放出来可怎么办？他们要怎么向柳家人交代？

小玉这样想着，去拉黑铁皮：“老爹，我们是不是再想一想？”

黑铁皮没有理会小玉，而是仔细地打量着四周，这里跟他们上次来的时候没有太大的区别，石井前的香依旧燃着，黄符铺天盖地几乎遮盖住了院子里所有的东西。

他仔细地拿着灯照向周围，几口井旁又多了几张崭新的道符。

柳家应该是有所防备。

黑铁皮看向不哭：“你有没有向别人提起过，这里关押的不是妖而是人？”

不哭立即点头：“我……我跟柳公子提起过，柳公子还说他要去劝说柳太夫人，让我们再行辨认，如果这些不是妖，就要将他们都放出来。”

不哭说话间，小玉准备捏起旁边的黄符查看，却没想到手刚刚伸过去，就被一个淡淡的光晕震开。

“呜哇！”小玉吓了一跳立即疾呼起来。

不哭睁大了眼睛，他还是第一次见到这种情形。

黑铁皮蹲下身查看：“这黄符被人施了法术，一般人不能触碰。”

“可是我们之前却没有。”不哭记得清清楚楚，上一次他的手碰到黄符没有这样的情形发生，“是柳家人加强了防备。”

柳家人在防备谁？一定是他们。

“师父，”不哭道，“我们该怎么办？”他不知道杜婉仪还能坚持多久，人的心理防线其实很薄弱，他怕，很快，这位柔弱的杜家娘子也会和井底的其他人一样发疯。

“如果他们都是人的话，为什么看起来是妖？”黑铁皮淡淡地道，“在柳家人来之前，我们要找到原因。”

那些人被镇压在井中多年，如果他所料不错的话，所有疑问都会在这里迎刃而解。

“是不是这些黄符？”不哭道。

他亲眼所见月莹被贴了黄符立即变成了鼠妖。

“你说了也没用，这黄符根本就揭不掉。”小玉望着这些符咒，小心翼翼地躲闪，生怕再碰上又要吃苦头。

不哭也是一筹莫展。

两个人正不知所措时，耳边响起一阵笛声。

不哭转过头，看到了吹着铁笛的黑铁皮。

不哭眼睛亮起来，弥天槛里的妖怪大多都吃过这铁笛的苦头，这支铁笛一定能破解那黄符上面的法咒。

果然那音律就像是一串波纹，源源不断地落在黄符之上，再一次激起黄符周边的光晕，那光晕越来越亮，终于突然变得刺目，仿佛炸开的烟火，而后一切归于黑暗，仿佛什么都没有发生过。

黑铁皮的手缓缓抚摸着笛身，笛子在他手中熟练地划过一个弧度，挑起井口的符纸，符纸顿时落在了地上。

小玉刚要欢呼。

一声呼喝从三人身后传来：“谁敢在这里撒野？”

不哭顺着声音望过去，只见一个人提着盏灯就站在不远处。

这人穿着一身道服，背着一柄剑，缓缓而来，颇有些仙风道骨的味道，跟不哭之前见到的那几个欺负如玉的道士截然不同。

“你们是何人？为什么会深更半夜出现在柳宅内？”道士耐着性子再次问过来。

不哭看着那道士，半晌才想起来：“你……就是凌虚道长吧！”他说话的口气、穿衣打扮，也就只有被柳家封为救星的凌虚道长才会如此。

“他倒是长得端正些，不似那个流空，猥琐小气的样子。”小玉嘟囔了一句，在柳家族谱里，三人看到柳克让生平所记的，就是那位流空道长。

族谱上记录之人，除了自家子弟外，便是对此族极为重要之人，流空虽没上主谱，但在副卷上能占一席之地，也足以说明柳家对流空的重视。

凌虚听了小玉这句嘟囔，大怒：“流空师祖天日之姿，岂容你等亵渎！”

小玉听了，不禁和不哭面面相觑，族谱上清清楚楚记着：“道长流空，身长四尺，掀鼻鼠目，面赤短髯、耳外括，左手六指，神术之源。”

凌虚冷哼一声，一双眼睛扫过黑铁皮师徒：“你们莫非就是被柳家撵出门的那三个所谓法师？”

“什么叫所谓？什么叫撵出门？”小玉立即叉起腰，“是我们住腻了，自己要走的。”

凌虚道长上上下下打量了一番，冷冷地道：“你们到这里来，不会是想要放走这些妖精吧？”

小玉哂然一笑：“我们只是来看一看……这……就准备走了。”

凌虚道长显然并不相信小玉的话，伸手从怀里拿出黄符：“我看你们不是什么法师，根本就是妖。”说着，那双眼睛迸射出几分戾气。

黑铁皮皱起眉头，这凌虚道长的言行，不像是修行之人。

黑铁皮思量间，凌虚道长已经欺身上前，手中的黄符化成一道光向小玉飞去。

小玉吓得大叫："老爹，救我，老爹……"

小玉边喊边躲，那看起来十分笨拙的身体，扭动了几下，竟一瘸一拐地将凌虚道长的黄符躲了过去。

凌虚道长颇有些意外，冷冷地道："我没有看错，你们果然是妖。"

不等小玉站稳，凌虚道长已经抽出了后背的长剑，向小玉挥舞而去，小玉一瘸一拐地抱着头四处乱窜。

看着小玉的样子，黑铁皮心中涌出一股悲伤，谁能想到，这个丑陋的小玉曾是那么威风凛凛，无论走到哪里，都会博来羡慕和畏惧。而现在，小玉走到哪里都会被当成妖怪，面对这样一个小小的道士，只能奔走逃命，没有半点还手之力。

这全都要怪他，如果当年不是他的一念之差，小玉绝不会如此。

当他发现他们来到了千年前的汉朝，他就意识到，也许就是上天要给他一次纠正错误的机会，也许不能改变小玉的命运，却能进行补救。

"老爹，救我……救我……"

小玉的声音如同重锤一次次击打在黑铁皮心上。

救我。

救我。

那时候他没能救小玉，现在他还会眼看着小玉在他面前受苦不成？黑铁皮厉眼看向旁边的不哭。

不哭立即明白师父的意思，师父是要他保护小玉，师父早就说过，宁可他受伤也不能让小玉伤到分毫，这是他欠小玉的。

虽然他不知道这是什么意思，但是师父的话，他会记在心上，而且就算是师父不说，他也不会看着小玉受到伤害。

不哭想着，已经挡在了小玉跟前。

凌虚道长的剑尖也指了过来，不哭闭上了眼睛。

黑铁皮陡然向凌虚袭去，凌虚道长手里的剑顿时偏了方向，却不忘将手里的黄符打出去。不哭只顾得护着小玉，顿时被黄符贴了正着。

“看你这次现不现原形。”

凌虚道长仿佛对自己的符咒十分有信心，不再去看不哭，而是剑尖一挑向黑铁皮刺去。

“师父小心。”不哭不知该怎么办才好，情急之下上前去抓凌虚道长的手臂。

凌虚道长听到声音扭过头去，看到不哭好端端的模样不禁惊诧，手里的剑微微一滞，顿时被黑铁皮的一击裹住了手腕，凌虚道长吃痛，手上的剑掉落在地上。

黑铁皮抛出脖子上的青鸟巾带，将凌虚道长牢牢地捆住。

凌虚道长无法挣脱，睁大眼睛看着眼前的黑铁皮、不哭等人。

不哭身上仍旧贴着符咒，符咒却仿佛对他没有任何的用处。

凌虚道长不停地道：“怎么可能没用？你是妖，你一定是妖，只有妖才会……”话说到这里，他陡然发现自己失言，立即闭上了嘴。

黑铁皮脸上一沉，凌虚的声音很低，像是自言自语，但黑铁皮还是清清楚楚地听到了，“不哭是妖”“不哭是妖”，这几个字反反复复撞击在他心里，真的是这样吗？经历了这么多，不哭到底还是妖？不！如果他是妖，小玉又是什么！

不哭将符咒从身上取下来，这符咒贴在他身上毫无用处，这一点，从上次小玉被贴法符之后，他是有心理准备的，可是，真的面临这一幕，他还是有些无措——凡人贴上这法符，都会有变化，果然，我不是凡人，那我又是什么？是仙人，还是妖？

“不哭，还愣着做什么？”黑铁皮的声音传来，“趁着柳家人没来之前，快些动手。”

不哭不敢再踟蹰，立即动手撕起符咒来。

几个人将井边的符咒全都撕去，黑铁皮的铁笛吹出的音律如同一条火龙，卷起了飞扬的符咒，将它们化成灰烬。

旁边的凌虚道长见状，立即大声呼喝："来人呐，妖精作祟，柳家的百年伏妖阵被破坏了。"

小玉"呸"了一口："什么伏妖阵，看你威风凛凛好像有多厉害，还不是三两下就被老爹收拾了，公子我现在就去将井里的人救出来，看你还嘴硬说什么妖。"

小玉说着，跳到最近的一口井旁，探头向下看去，目光所及处不禁惊呼一声，立即"弹"到了黑铁皮身边，伸出两只手紧紧地抱住黑铁皮的腿："老爹，老爹，蜘蛛……他们还是蜘蛛精，没有变成人。"

不哭也在向下张望，他看到的却始终都是人。

"法师，"没有了符咒的封印，杜婉仪能说出话来，"法师，我们不是妖。"

"不是，不是，"旁边的月莹也挣扎起来，抬起头，"那符咒会将人变成妖，严惜儿那毒妇早就怀疑过……所以她才会对我用符咒。"

不哭也是这样想，所以他才会来撕毁这些黄符。

"啊……"小玉捂住了耳朵，"你们听到没有，他们都在喊……是不是就要挣脱出来……好恐怖……他们会不会出来将我们都吃了……不哭，不哭，你惹了大祸。"

不哭仔细地听着，身边的井里传来的是那些人疯疯癫癫的笑声，然后就是月莹不停地叫着："小法师救救我们，小法师救救我们……"

这是人声，并不是妖的叫喊。

为什么呢？符咒明明都没有了，为什么还是这个样子？

不哭有种欲哭无泪的感觉，可是他的脸上却出现了奇异的笑容，在这样的景象之下，格外吓人。

"他们在这里……"

柳家下人的声音传来。

紧接着一支支火把映入众人眼帘，火把的光亮将周围照得如同白昼。本来剑拔弩张的一幕，却因柳家每个人脸上都罩着一个和小玉差不多的鼻罩而显得格外滑稽。

“凌虚道长，他们抓了凌虚道长……”

柳福从人群中走出，看到这满院狼藉，满眼的怒气和失望：“我们柳家还待你们如上宾，原来你们竟然就是妖。”

不哭想要辩解。

柳太夫人走过来：“还愣着做什么，将他们拿下，救回凌虚道长。”

柳太夫人身后跟着的是柳夫人、严惜儿和柳如之。

柳如之也是满脸惊诧，看着不哭，想要说话，张开嘴却不知道从何说起。

柳太夫人已经厉声道：“你们还利用如之来劝说我放掉这里的妖，这些妖精明明已经现了原形，你们还妄图用花言巧语，救他们逃出生天，我早就该发现……不该留你们在柳家。”

不哭急着道：“我说的都是实情，他们真的是……”

“人吗？”柳夫人道，“人岂会这样？”耳边传来的都是令人毛骨悚然的号叫声，井壁被抓得“咔咔”作响，里面的东西仿佛立时就会跃出来。

“柳太夫人、柳夫人，”黑铁皮忽然开口，“有几句话我要问凌虚道长，问完了话，我们师徒可以任由你们处置。”

柳太夫人冷笑几声：“你又要耍什么花样？不要再听他们诡辩，立即将他们捉拿起来……”

“祖母，”柳如之劝说道，“您就听听这位法师……他到底要说什么，再动手不迟。”

黑铁皮笑道：“你们这么多人，还怕抓不住我们师徒三人。”

黑铁皮不等柳家人反对，立即看向旁边的凌虚道长：“请问道长师从何人？是谁教道长修行、法术？”

凌虚道长想也没想立即道：“贫道师祖就是道长流空，当年若不是师祖，柳家早已经家破人亡。”

黑铁皮道：“就是柳家第一次出现妖精，前来捉妖的流空？”

凌虚道长道："贫道一不留神才会被你们偷袭，有本事就将贫道松开，我们再比试一番。"

黑铁皮却不接口，只是继续问过去："那么你可见过流空道长？"

"自然见过，"凌虚道长道，"拜师之前自然先敬师祖。"

黑铁皮满意地点了点头："那么流空道长生得什么模样，你总该清楚吧？"

话音刚落，柳太夫人皱起眉头："他们分明就是在拖延时间，好找机会逃走，你们还在等什么？非要等到那些妖精逃出来，大开杀戮，灭了我们柳氏一族……"

"婆母，等到凌虚道长说完我们就动手。"柳夫人眼见着凌虚道长目光闪烁，眼睛里透出几分为难的神情，凌虚道长来到柳家之后一直自称是流空道长的徒孙，她也从来没有怀疑过凌虚道长的身份，直到黑铁皮让她亲自试试那法符的作用，她才开始怀疑这法符的真假，进而怀疑到这位凌虚道长。

"你不会是个冒牌货吧？"小玉见凌虚道长犹疑，步步紧逼。

凌虚道长冷笑一声："不过是几只妖怪，也配与我谈论师祖？废话少说，有什么本事就再使出来，即便贫道死在你们手里，将来也会有道友为贫道雪恨。"

柳家人听凌虚道长这样一说，纷纷抄起了手中的武器。

不哭看向柳如之："柳公子，难道你不想知道吗？说不定一切都会得到答案。"

柳如之想起了阿陌，想起痛苦不堪的月莹，那变成白兔被关押在井底的杜婉仪，还有那晚奇怪昏睡的柳太夫人。

柳家除妖本身就是个巨大的谜团，折磨着柳家上下每一个人。

柳如之抬起头来："事到如今，就请凌虚道长告知我们……并非柳家不相信道长，只是最近发生了太多的事……"

凌虚道长脸上露出复杂的神情，不由自主地向旁边的柳太夫人看去。

这样一个细微的举动却让黑铁皮、不哭和柳夫人捉了个正着。

柳夫人不禁觉得奇怪，太夫人并不喜欢凌虚道长，每次凌虚道长来到柳家，太夫人都会闭门不出，而是交给她去安排，这次凌虚道长却对太夫人露出一种熟络，甚至是依靠、期望的神情来。

柳太夫人道："流空道长已经去世多年，谁又能将他的模样记得清楚……"

"凌虚道长不必说得那般仔细，"黑铁皮打断柳太夫人的话，"只要说个大致便会让人相信……"

黑铁皮一边说，一边站到凌虚身旁，他拦截了一股袭向凌虚的神秘力量，这力量并没有杀气，却像是一段信息，分明有人在以妖术向凌虚传递消息！

凌虚显然发现黑铁皮挖了个不大不小的陷阱等着自己，小心地想着措辞："师祖自然是……仙风道骨，风度翩翩，至于具体面貌……"

已经无须具体面貌，仙风道骨，风度翩翩，这两个词说出来，柳太夫人的脸色变得难看，柳夫人也是满面惊愕，就连旁边的柳如之眼睛中也透出异样的神情。

凌虚道长发现众人的变化，想要改口却已然来不及。

柳夫人道："你……根本不是流空道长的徒孙……"

凌虚道长慌张之际，又有一道力量向凌虚身上的青鸟巾带袭去，明枪易躲暗箭难防，黑铁皮挡住一道，却没挡住第二道，巾带瞬间松动，被捆缚的凌虚道长立即挣脱出来，转身就向院子外逃去。

凌虚道长身手灵活，眼见就要逃出院子，黑铁皮祭出手里的铁笛，笛尾朝着凌虚吹响。

众人睁大眼睛看着这一幕，这怪老头在这么关键的时候，竟然有心吹起一把破笛子，更可笑的是，他吹得如此专心，却发不出一点声音！众人却不知，笛尾所向的凌虚正承受着雷霆万钧般的声音，痛苦不堪，生不如死。但是，并没有无形的弥天槛的根须伸向凌虚道长。难道，这又是一个弥天槛里没有座次的妖?

这千年来，黑铁皮三人也见过不少弥天槛中没有座次的妖，在铁笛天音之下，慢慢溢出溃散的妖灵。可眼前这凌虚道长，随着不断挣扎扭动，躯体慢慢变形，却为何不见有妖灵溢散?他到底是个什么妖?

这妖物伏在地上，挣扎得越来越微弱，直至完全动弹不得，众人才看清，竟是一整条狐尾！若以这狐尾的长度估测本尊，当是一只身量大得惊人的大狐！

黑铁皮了然，原来，这凌虚只是妖孽身上的一部分化作的，所以并没有妖灵！

柳夫人看得心惊胆战，若非柳如之一把扶住，险些跌倒在地。几乎是同时，柳太夫人捂住了胸口“哇”地吐出鲜血来，当场晕厥。

“快！来人啊！太夫人受惊了！”柳夫人勉力撑着身子，吩咐下人抬着晕厥的太夫人回房，心里却不禁嘀咕，往日里，自己这强悍的婆母可是有一副天不怕地不怕的架势，这会儿竟吓得吐了血，比自己还不如。

“我知道了！”不哭忽然大喊一句，柳夫人差点又被吓了一跳，“我知道了！不是符咒，是香有问题。”

不哭看向院子里那根细香。

小玉最怕那香传来的臊味，听到不哭提起来，立即跳了老远：“是啊，那是什么香，臊得人晕头转向，你们柳家从哪里得来的东西……”

“普通的香烧出的青烟会随风飘荡，但是这根香却不同。”

虽然是根细香，但是青烟袅袅直冲云霄，仿佛无论外面如何变化，它都不受任何的影响。

黑铁皮将铁笛放在嘴边，吹奏起来，那香炉顿时一阵颤抖，那根细香从中折断，香炉也立即掉落在地。

“嘭”的一声，清脆的响动，就像是一把铁锤狠狠地敲击在众人心上。

激起了几十年的香灰，弥漫在整个院落里，让整个院落显得更加阴森恐怖。

小玉惊骇之中紧紧地抱住了不哭。

正当众人惶惶不安之时，一阵风吹过，吹散了香灰，仿佛也吹散了压在柳家头顶上的云朵，让所有一切仿佛都变得清晰起来。

有人试着拿下鼻罩，果然，那股诡异的臊味没有了！众人纷纷取下鼻罩，深深呼吸着这月下清凉的空气。

月光洒在众人头顶，明亮的星星一颗颗如宝石般璀璨，仿佛将人心都照亮了一般。

所有的阴霾一扫而光，留下的只是动人心弦的美好。

黑铁皮也抬起头来，他仿佛也好久没有见过这样的天空，这些年背着弥天槛夜行在各个时空中，虽然他仍旧活在这里，可是他的心却早已经死了。

"呜呜呜，放我出去。"

井里的怪声消失了，取而代之的是人哭喊的声音。

柳如之听到月莹的声音，他几步上前向井中望去，这一次他看到了坐在水中的杜婉仪主仆和惊慌的月莹。

她们都是人，却被当成妖关在这里。

柳如之对上杜婉仪的眼睛，那双眼睛里满是感激的神情。柳如之不禁羞愧，是柳家将杜婉仪害成这个模样，但是杜婉仪却对他没有怨恨。他想起了阿陌，阿陌的痛苦又什么时候能化开呢?

"快将他们救出来。"柳如之转头吩咐柳家人搭救井中的人。

除了杜婉仪和才丢进井中不久的月莹，其他救上来的人已经全都疯癫，包括那个未满月就被丢进井里的所谓"妖精孽种"。论起来，这孩子还是柳如之的堂弟，若是正常长大，也是个十三四岁的大男孩了。可十几年来，法符里的妖力供给他们一点点最基本的生机，使他们勉强留着一命，现在，他蜷缩在疯母怀里，成了一个严重发育不良的畸形儿，还不如四五岁垂髫小儿的身量，当真是作孽。

柳如之望着这些人，痴痴地道："到底是妖害了他们还是我们柳家害了他们，冤冤相报，究竟是谁先种下的冤仇……”

月莹忽然大喊一声，指向人群里的严惜儿：“就是她，就是这个贱人害我们，她送给杜家娘子的药膏是从巫医那里买来的，我开始并不知晓那药膏有什么用处，直到……直到杜家娘子的后背长出了鱼鳞样的东西，我才知道原来这是药膏的作用，就是要让杜家娘子看起来像是妖现了原形！”

“如果不是她，杜家娘子和我怎么会被关在井底？”

从那天事发，严惜儿那么伶俐的一个人变得呆呆的，听了这话，只呆呆地跪下，又呆呆地说：“是我的错，姑母饶了我吧，我再也不敢了。”

柳夫人惊诧又厌恶地望着严惜儿，后退一步：“你……你竟然……我原想，让如之休了你，你还是我柳家的人，虽不是我的媳妇，我仍待你是我的侄女，可你却……我怎能容了这么个歹毒心肠的人在柳家？”

严惜儿又呆呆地跪着爬向柳如之：“是我的错，表哥饶了我吧，我再也不敢了。”

伶牙俐齿的一个人，竟然背书似的只会说这一句话。柳如之虽然同情，却也正色道：“那件事情，你偷梁换柱，好歹是为了给肚里孩子一个前程，可你却这样加害无辜的杜家娘子，实在歹毒！”

严惜儿听了这话，泄了气似的跪坐在地上，没有意外，没有痛苦，又是呆呆的神情。

一直没有言语的杜婉仪轻轻地叹了口气，在破烂的衣衫上蹭了蹭满手的污淖，上前一步，扶起严惜儿：“毕竟是有身子的人，先将自己养好，别的事，随遇而安吧。”说完，又向柳夫人微微欠身，“夫人，她肚子里毕竟有个孩子，为了柳家福祉，还请夫人三思处置。”

柳夫人像初见似的打量杜婉仪，她眼底一片平静，虽然之前她也一直静静的，但此刻的平静，仿佛又有什么不同。

“你倒会做好人！”一旁的月莹小声嘀咕了一句。

杜婉仪听到了，她也不想装作没听到，抬头看了月莹一眼，淡淡地说："毕竟，你在井中的时间没有我长。"

杜婉仪说完这话，向不哭投去一瞥，她明白，此时此刻，恐怕只有常来井边看她，给她安慰和鼓励，让她支撑下去的不哭才能明白，她经历了怎样的绝望，这绝望又给了她怎样的通明。

被凌虚"吓晕"的柳太夫人还没有醒来，柳家上下也就没人顾得上限制黑铁皮师徒的行动。柳如之做主又将三人请回了柳宅。

黑铁皮一直怀疑，这太夫人真的是被"吓晕"的吗？不仅晕厥，还到了口吐鲜血的程度？

差点，忘了一个人，如果太夫人真的晕厥了，那么她倒是可以帮他们一把。

天色将晚，黑铁皮来到竹林，弥天槛下。留在这里，耽搁夜行数月，这些妖们倒是落得个逍遥自在，今夜，他们再出来的时候，须用铁笛笼住那一个，帮他做件事。

月上柳梢头，黑铁皮带着庄蝶，偷偷来到柳太夫人屋子的房顶上。

"上仙还有用到我的时候，真是荣幸啊。"庄蝶的笑挂在脸上，眼底却连一丝笑意也没有。

"庄蝶姐姐……"两人听见下面有人小声呼唤，只见不哭和小玉也寻着来了。

"老爹，你真是的，案子查到这个份上了，也不叫我们！"小玉一边不满地嘟囔着，一边踩在不哭肩头，也爬上了房顶。

"既然都来了，我便试一试吧。这老太婆睡了这么久，也许梦有所想，我来看看能不能幻出她的心境。"

庄蝶的声音十分缓慢，就像是一个小姑娘低声在唱催眠曲，让人全身放松下来，感觉到疲惫，慢慢地闭上了眼睛。

然而，眼前的一切却清晰起来。

一个风雨交加的夜晚，一个书生躲进了破庙。

不哭只觉得这个书生看起来十分眼熟，仔细一想豁然发现，这就是柳如之的曾祖父柳克让，柳家祠堂里悬挂着他的画像。

此时此刻的柳克让只是一个十几岁的青年，第一次上京赶赴察举，因为缺少盘缠不得不节衣缩食，夜宿破庙。

镜子里的柳克让，好不容易点起了稻草准备烤干身上的衣衫，一只毛茸茸的狐狸一瘸一拐溜了进来。

狐狸的腿受了伤，缩在角落里哀号，柳克让发了善念，一步步接近狐狸，用自己的衣衫为狐狸绑缚了伤口，又将半只饼拿出来，撕成小块喂了狐狸，一人一狐簇拥着睡在了破庙之中。

不哭隐隐猜出来，这就是后来柳家人说的那个缠着柳克让的狐妖。

狐狸果然幻化成人形，一路上对柳克让多加照顾，柳克让心中感激，想要弄清楚帮助他的人到底是谁，故意装病等着那人靠近，然后一把捉住她的手，这才发现照顾他的人竟然是个女子。

女子的脸十分清晰，她肌肤胜雪，美目流盼间，清丽脱俗，让人看到就难以忘怀。

这狐妖陪柳克让夜读，黎明黄昏陪着他到人迹罕至的镜湖散步，柳克让说她的眼睛美得不像人间，就像这镜湖幽深的水，亦非人间常见。

时光渐冉，到了不得不上京的时间，狐妖又一路送柳克让去赴考，两个人在一起，没有了孤单寂寞，取而代之的是恩爱缠绵。

眼前景象一变，呈现出的是另一番模样。

柳克让察举功成，回来却有了另结良缘的心思，柳克让的父亲本是个穷酸的私塾先生，为人却极其钻营，借着儿子得了孝廉的时机巴结了当时的乡侯顾大人，顾大人看柳克让青年才俊，把女儿许配给了他。

养在深闺的顾家娘子，自然比不得狐妖的生动迷人，平心而论，若让柳克让断了与这狐妖的情缘，心里也是万般不舍的，却不知柳克让竟是个心志极其刚坚果毅的人，为了前程，要他舍了情缘也是毫不犹豫的。

这狐妖虽为异类，却心底单纯，不谙世事到听不出柳克让弦外之音的程度，还是和情郎甜蜜如初，还开心地告诉柳克让自己已经有了身孕，而且，她天真地想，要以自己全部的修行，为柳家生一个地地道道的子孙，没有任何妖的性质，而是一个资质很高的人，一个小柳克让。她不能得见，情郎小的时候是怎样成长，怎样求学，如何的可爱，如何的稚气，将来却能在自己的孩子身上，见到情郎曾经的样子。想到这儿，心里的幸福无可名状，却不知，一场巨大的灾难悄然而来。

一个名叫流空的道士来到柳府，对柳克让的父亲说，柳家有妖气，自称有收服妖精的本事。柳克让怕父亲责怪，同时也怕事情传出去坏了名声，于是只说，有个女子纠缠自己不放，而自己一心求学，并无旁骛。没想到这不知羞耻的女子竟然是妖。

流空自告奋勇，以法器三清铃对付狐妖，不想这狐妖道行不浅，流空不仅没能收服她，还差点为她所伤。

经过这一遭，柳克让实实在在有些怕了，所幸这狐妖道行虽高，心思却简单得很，只以为流空是哪里冒出来的不知死活的茅山道士，丝毫没有把这件事和自己的情郎联系起来，还兀自沉浸在早已摇摇欲坠的幸福假象中。

幻境一晃，又是另一番景象——天象异常，西北“天裂”。

如临其境的黑铁皮将手伸向西北天空，似乎想要抓到什么，却只能触到一片虚无。小玉张大嘴巴，看着黑铁皮痉挛的手伸在头顶，悄悄用手臂碰了碰同样怔在那里的不哭，两人面面相觑，心中升腾起同样的疑问：这狐妖的故事，的确让人唏嘘，但他们也实在不明白，黑铁皮也算见多识广，实在不至于失态至如此。

柳家人都以为这异常天象是妖孽导致，但流空私下却思量，这样异常到惊天动地的现象，不可能是一个普通妖怪造成的，一定是天界发生了大事，但是为了柳克让能下定决心配合自己对付狐妖，对外咬死这一切都是因狐妖而起。

那三清铃是流空多年炼制的法器，对付一般小妖绰绰有余，对付这道行颇深的狐妖，却还需要一些助力——三清铃五行属金，金能克木，流空用法术加持过的蜀葵花、重绛、黑豆皮、石榴、山花及苏方木，做成了一种妆粉，五行属木，而后，流空又特制了一支妆笔，用这妆笔将那妆粉画在狐妖脸上，再也不能洗去，便是割也割不去的。接下来的事情，就交给柳克让了。

柳克让虽然想了结这段孽缘，一门心思直奔前程，但也并不想置狐妖于万劫不复。就在这时，西北苍穹又降下大火，烧毁了附近几处村庄，死伤上百人，柳克让以为是苍天示意，又怕事情传出去毁了他的名声，招来祸端，自己多年囊萤映雪之功毁于一旦。于是，终于答应流空的要求。

直到拿起流空特制的妆笔，柳克让都不会想到，自己一时间竟会泪流满面。

眼前的狐妖不知何故，心头一紧，柳克让幽幽地说："宣帝年间，张京兆为妻画眉，情深意笃，何其动人！我今在娘子眉间画一支花钿，沐前人遗风，亦不负你我这一段缘分……"

狐妖并没去多想柳克让何以如此动情，只爱屋及乌地亦觉一阵伤感，泪水也扑簌簌地落下，泪眼婆娑中，看着柳克让在自己眉间施展，时不时抬起玉手，拭去情郎眼角间或淌出的泪水。

柳克让的泪水，五分为狐妖，五分为自己，倘若不是生在布衣寒门，有高堂待养，有门第待耀，是不是也可以和这狐妖一直走下去，交颈相欢，不问世事。她是妖又怎样？对自己却是一心一意的。抑或，他有幸贵为帝胄，是不是也能像夏桀商纣，管他社稷巨浪滔天，只拥着最心爱的祸国妖妇，妆霓彩衣，袅娜飞兮，晶莹雨露，人之怜兮……

不哭看到这里，觉得实在压抑得很，古往今来，他们也见多了王侯将相，世事维艰，确实没人能一尘不染地做成大事，但是，智者"知行合一，止于至善"，愚者也该为自己设一条底线。

果然，流空与狐妖再次过招的时候，得力于三清铃之金克了花钿粉之木，狐妖终于力战不支，踏入流空早就设好的法局，被害得元气尽丧，几乎灰飞烟灭，最终在法局里留下了一团缓慢蠕动的、血肉模糊的东西。

流空说这就是妖孽的原形，他用符布裹了这团东西，找了个风水绝佳的地方，将它埋了，又念了咒，为使妖孽永远不得超生……

狐妖被收服之后，天空中再一次出现异样，几十道火光从天际滑落，三人脸色大变，想要继续看清楚，却在这时，画面中断，柳太夫人终于醒来，庄蝶的幻术无法继续施展。

不哭心中大惑不解，庄蝶对人致幻，幻出的是其人心中所想，可是，这柳克让是柳太夫人的公爹，发生这些事儿的时候，柳太夫人或许还没出生，即便出生，还是个不知人事的孩子，便知了人事，也还没有进入柳家，她又何以对柳克让的情史知道得如此详细？！

这疑问，黑铁皮他们师徒三人自然不能亲自去问太夫人，只有选择性地告诉柳如之了。

这一次追问柳太夫人，柳如之再没有上一次的含蓄和忐忑。因为，当不哭告诉柳如之，不是有妖勾引柳家先人克让未果，而是柳克让辜负并加害了一只狐妖的时候，柳如之之前的怀疑一下子全部升腾起来——既然祖母那里有些线索，便是拼了担个不孝的名声，也要问个清清楚楚。

面对孙儿诘问的目光，柳太夫人意识到，这一次怕是敷衍不过去了。

"如儿，祖母累了，这一遭，祖母实实在在是累了，我想休息一下，待改日好了起来，都告诉你吧……"

柳太夫人一边说一边轻轻抚了抚柳如之的头，他那双明亮又执着的眼睛真的是很好看的。

柳如之很少感受到祖母这样的慈爱，他实在不能拒绝老人家这么简单的请求。

在丫鬟的伺候下，柳太夫人疲惫地躺到床上，又睡下了。

大白天的，囚禁在弥天槛根须之内，黄土之下动弹不得的涧狐，竟然似乎看到了柳太夫人，太夫人站在那里，笑着向她告别："你要好好的，我们……还会再见面的。"

果然，到了傍晚，柳夫人派人去看沉睡一天的太夫人，发现太夫人已溘然长逝。

柳夫人命人准备丧仪之事。柳府再次笼罩在一种压抑低沉的气氛中，不是因为家里出了丧事，而是众人都感觉到山雨欲来，有些东西，已经呼之欲出。

入夜，忙碌的柳家人都散去了，不哭也看到了角落里的涧狐，涧狐的神情他看不清楚，只是觉得背影格外落寞。

不哭跟着黑铁皮和小玉回到了住处，闭上眼睛脑海里都是那只狐妖哀伤、仇恨的神情，但是阿陌的模样转眼之间又变成了涧狐。

柳太夫人咽下了最后一口气，谁也不知道她心里埋藏的秘密。

人来了又去了，然后化为一抔黄土，那些恩怨情仇也跟随他们一起再也不见。

不哭看到这一幕，心中油然生出几分悲凉。

涧狐本想等到人都离开，再去看看柳太夫人，她虽然只和这位太夫人说过一次话，却觉得这位慈眉善目的太夫人格外亲切。

可是她也走了，就这样突然离开。

"我们还会见面的。"

这是柳太夫人给她的梦境？可是她们要怎么见面？人已经死了，怎么可能再相见？

太夫人的棺木被摆在灵堂中央，柳如之仍旧跪在灵堂地上焚香烧纸。

涧狐不由得叹了口气。

“小姑娘，你也是来悼念我们太夫人的吗？”

涧狐转过头，看到了柳夫人。

想到了柳家人对妖的厌恶，这个柳夫人甚至要将小玉抓起来压在井底，现在见到她，一定会对她进行盘问，呼喊柳家下人前来捉妖。

涧狐不愿意惹上麻烦，转身就要离开。

柳夫人却笑着道：“小姑娘，站在这里半天一定饿了吧？快来吃点点心。”

柳夫人如此热络，让涧狐觉得诧异，她抬起头看向柳夫人。

今天的柳夫人和从前有些不同，她的眼睛里闪烁着慈祥的目光，这目光让涧狐感到可亲可信，曾经，棺木里的柳太夫人也给了她这样的感觉。

一向对涧狐恨不得杀之而后快的柳夫人为什么变得亲切起来？难道这里有诈？但她的目光，分明是由衷的。

涧狐心中虽然迟疑，却仍旧忍不住拿了一块点心咬了一口。

甜而不腻，到嘴里就融化了。

“好吃吗？”柳夫人问道。

涧狐点点头：“好吃，我从来没吃过这样好吃的点心。”

听到涧狐这样说，柳夫人十分开心，眼睛弯起来：“你瞧瞧，吃得哪里都是，真像个小孩子。”说着，用帕子擦了擦涧狐的嘴角。

“我们还会相见的。”

不知道为什么，涧狐又想起柳太夫人的话。

“柳夫人，”涧狐喃喃地道，“你为什么突然对我这样好，难道你不知道我是……妖吗？你不是痛恨又害怕妖吗？”

柳夫人脸上却露出讥诮的神情：“从此之后她再也不会怕了……”

“什么？”涧狐没有听清楚。

“我说我……再也不会怕了。”柳夫人望着涧狐的脸颊，伸出手摸了摸涧狐的头顶，“之前，是我心里的恐惧太大了，乱了心智，险些伤了你。像你这样好的姑娘，该被人好好心疼的……”

“累不累？”柳夫人邀请涧狐，“到我屋子里坐一会儿？”

涧狐很想去，但是今晚她心情并不是很好，她不想让柳夫人跟着她难过：“我……今天就不去了，我还有事，改天……改天我再去拜会夫人。”

这样的话她仿佛也跟柳太夫人说过。

虽然只是有很少的交集，但是……她却念念不忘柳太夫人，如今柳夫人也是如此，她们两个对她都是这样亲切，如果不看她们的面容，涧狐甚至觉得她们就是一个人。

涧狐告别柳夫人转身离开了院子。

柳夫人仍旧站在那里，看着涧狐离开的方向久久才回过神来，目光落在那仍旧跪在灵堂中的柳如之身上。

柳如之一丝不苟地给柳太夫人烧着纸钱。

柳夫人看着悲痛的儿子，仿佛又在看着一个陌生的人。

又是一天过去了，很快夜幕再次降临。

黑铁皮出去不见了踪迹，小玉已经睡着了。不哭仍旧辗转反侧，仿佛整个世界只剩下他自己，说不出的难过。那狐妖被爱人背叛时，是不是也是这样的心境？

不哭走出了屋子，不知不觉地来到了镜湖旁。

“小官人，”涧狐的声音响起，“你是来找我的吗？”

不哭转过头看到涧狐，涧狐和往常不太一样，脸上没有那娇媚的笑容，而是挂着两行泪珠，看起来楚楚可怜。

“你怎么了？”这样的涧狐让不哭反而更加慌张起来，“你为什么哭？”

涧狐坐下来，不哭走到了她身边。

涧狐垂下了头。“我是一个没有爹娘的孩子。”涧狐忽然道。

不哭听到这话，恍惚是听到了自己的心声，他也是一个没有父亲和母亲的孩子，是师父将他养大。

涧狐接着道："先是那个小姐姐，后来是外公，然后有你，再后来，我看到了柳太夫人……我觉得你们是我最亲的人。"

涧狐说到这里十分沮丧："我在弥天槛里，看到了柳太夫人跟我告别，我心里很难过，所以这几天柳太夫人停灵在这里，每晚我都会过来看一看，可是看过了之后，却更加难受。"

不哭听着一怔，柳太夫人为什么会去跟涧狐告别？而且是去了弥天槛跟涧狐告别？这怎么可能？

不哭望着涧狐："你和柳太夫人认识吗？"

涧狐点点头然后又摇摇头："也许算不上认识，我们只是说过话，她……太夫人并不怕我，她知道我是妖，却不害怕。"

不哭听到这话不禁叹息。

柳太夫人应该是揭开所有谜题的关键，可是柳太夫人却已经死了。

涧狐抹了抹眼角的泪水："那个让四里八乡称颂的柳家先人，竟是这样的小人！"

不哭问道："你也知道了？"

涧狐点点头："庄蝶与我们说了。"

涧狐看向不哭："小官人，你说，这世界，到底是人可怕，还是妖可怕？"

不哭沉默半晌，不知道该如何回答涧狐，若是正人君子比那魑魅魍魉更可怕，他们又为何收妖千年，而不去将那些恶人杀个干干净净？

涧狐接着说："看来，后院井里那些人，也是那个流空道长害的了？"

"后来的事儿应该和流空道长没什么关系了，"不哭道，"那个凌虚道长并非流空道长的徒孙。"

涧狐一脸轻蔑："你也替那流空说好话，你如何断定凌虚道长不是流空的徒孙？"

不哭忙解释："流空身长四尺，掀鼻鼠目，面赤短髯、耳外括，左手六指，这样不寻常的面容，凌虚道长却并不知晓。"

涧狐呆呆听着不哭的话，面赤短髯、耳外括，左手六指……涧狐长于画人面容，在不哭诉说的时候，她已不自觉地在心里勾勒出了流空的面容。

"啊——"

就在流空那猥琐的面貌完整出现在涧狐心里的一瞬，涧狐的惊叫几乎让不哭跳了起来。

"涧……涧狐……你怎么了？"

"这个人……这个人……"涧狐惊得一句话也说不出来。

涧狐转身飞奔而去，不哭放心不下，紧跟着涧狐。

涧狐向着清涧疾奔，她的脑子比她的双脚奔得还要快，她终于想起来了，终于想起来了，她平生第一个"居所"，并不是那条清涧……

不哭紧紧跟着涧狐，虽然他不知道她到底要去哪里，可离目的地越近，不哭的感觉越明显，那种感觉，他很熟悉，在梦里，无数个梦里，那个断了翅膀的白衣女子，就是她的感觉！

"我……我并不是从小就生在这清涧里，我是被人埋在了土里！就是那个面目可憎的流空，把我活生生埋在了土里！"涧狐站在涧边，终于悲愤地嚷出这句话。

不哭呆呆的，并没有去看涧狐。

涧狐从惊诧和悲愤中微微回过神来，才意识到不哭的异样，转过头，诧异地看向他。

不哭眼角划过一滴泪，涧狐心头一暖：难道，两人竟这样心有灵犀？她觉得温暖的所在，也让他如此动情？

"不哭……"

涧狐的手还没触到不哭的脸，不哭竟然纵身一跃，跳入清涧中。

涧水灌进不哭耳朵中，不哭似乎听到了一个声音，女人的声音——

“孩子，娘就在你身边，一直就在你身边，即使你看不到娘，也要知道，你是爹和娘最爱的宝贝……”

声音随着涧水起起伏伏，呜呜咽咽。

不哭陡然放声大哭，迭声叫着“娘”，四处摸索着。涧狐看着不哭的样子，又惊诧又心疼，于是也纵身跃到水中，游向不知所措的不哭，用自己温暖的身体抱住了不哭。忽然，涧狐感觉胸前被人轻轻戳了几下，又戏弄般地捏了捏。涧狐不由得又惊又羞，平日里不哭看起来正经得很，这个时候，反倒有心情占自己的便宜吗？

涧狐红着脸低下头，差点叫出声来——她看到不哭怀里抱着一个小小的婴孩，正一脸好奇地戳着她隆起的胸部。

虽然只是个婴儿，却能看出是个难得的美人坯子，俏丽的眼睛调皮地望着涧狐。

涧狐呆呆望着不哭，心里有一个念头狠狠翻腾着——难道，自己一直等待的小姐姐，是不哭？难道，将自己抱出清涧的人是不哭？只是因他长得太过秀美，小时候的自己，竟误以为他是个小姐姐？

想来，两人之间，也算有一场奇缘，千年后，两人又以那样的方式相遇，这难道不是冥冥之中的注定吗？想到这层，涧狐悄悄瞟了不哭一眼，脸颊更红了。

“这孩子……”

不哭的脸上一片茫然，望着这女婴不知所措，涧狐正想着该如何提示不哭处置小小的自己，却赫然发现，这女娃没有狐尾！这怎么可能？彼时的涧狐还未修成人形，怎么会没有狐尾……

涧狐大惊失色，呆了片刻，猛然扎进水里，果然，那个小小的自己，还蜷着小小的身子伏在水底，蓬大的狐尾像一条华美的锦衾盖在身体上。

原来，不哭怀里的孩子并不是小涧狐！

“这孩子哪里来的？”涧狐浮出水面，双手紧紧抓着不哭的肩，大声问道。

不哭看着涧狐，茫然地摇摇头。

“摇头是什么意思啊？你怀里抱着的孩子，到底是哪里来的？”

涧狐并不记得，这涧水中，除了小小的自己，还有第二个婴孩。

可不哭还是茫然地摇摇头。

就在涧狐急得发狂，双手揽住不哭的头，恨不得将他脑子里的答案挖出来的时候，忽然，清涧之上水花四溅，不哭被拎出水面，又被摔在地上。

不哭重重落地，手里还紧紧抱住那个不知道哪里来的女婴，用自己的身子缓冲了可能给她造成的伤害。

一声冷笑传来：“上仙，你的这位徒弟好得很啊，不声不响就骗了本王的孙女，你也看到了整件事的经过，该不会又怨我们狐族用媚术勾引。”

原来是九尾狐君看到水中相拥的不哭和涧狐，怒不可遏，把不哭从水中抛了出来。

涧狐脸也骤然红起来：“外公，这……这不关小官人的事，是我……要带他来的。”

“他将你害得被收入了弥天槛，失去自由，你怎么还被他迷惑？真是执迷不悟。”九尾狐君恨铁不成钢地看着涧狐，“真该让那该死的老树日日夜夜囚着你。”

“这又是哪里来的孩子？这小白脸一路拈花惹草，保不齐哪里得了个野种！”

狐君冷着脸，慢慢走近不哭，不哭一边摇头，一边抱紧了怀里的婴儿。

涧狐生怕狐君伤了不哭，立即挡在了不哭身前。

不哭转过头，看到黑铁皮从另一边走来。

“师父。”不哭有些慌乱，生怕黑铁皮误会，急着上前去解释，却还没有说出口，就被黑铁皮一巴掌扇过来，结结实实地打在了脸上。

“啪”的一声，不哭脸颊顿时感觉到火辣辣的疼痛：“师父，这孩子是我捡到的……”

不哭的话未说完，黑铁皮的手陡然停在半空中，脸色一下子变了。

不哭捂着脸看着黑铁皮，师父这是怎么了？后悔打他了？心疼了？师父打他骂他也是常事，哪里有过后悔心疼！

黑铁皮呆呆地望向自己的手，上面还沾着涧水，反射在微微月光下，似乎有一双美丽的眼睛，轻轻向他眨了眨。

“这水……”

黑铁皮奔向清涧，跪在水边，掬了捧水在胸前，看着水流从指间慢慢流逝。

黑铁皮俯身下去，喃喃地说：“骄阳，是你吗……”

黑铁皮的脸越俯越低，直到贴在涧水畔的地面上，把脸深深埋在土中。

不哭、九尾狐君、涧狐都呆住了，看着这老黑以一个极其古怪的姿势跪倒在涧边。九尾狐的愤怒、涧狐的惊骇、不哭的动情，都被黑铁皮的奇怪表现暂时压抑了。

黑铁皮陡然起身，蹿到涧狐身边：“你来说，这涧水到底是怎么回事？”

“那……那个，这里原本是没有这条涧的，”涧狐有些不知所措，像个乖乖回答先生问题的小学童，“那个丑道士流空把我埋在这儿的土里，就在我奄奄一息的时候，天上降了这清涧，把我从土里救了出来，涧水滋养了我，我就在这清涧中恢复生机，一直长到那个小姐姐……”

天降清涧，算算时间，是了！没有错，是骄阳的泪形成了这道清涧。她流了那么多的泪，他负了她那么多的泪……

“慢着！”九尾狐君忽然大喝一声，“按着庄蝶的梦境来说，流空埋下的应该是那狐妖的原形，为何埋了我的孙女……”

“啊！难道说，涧狐是那狐妖肚里的孩儿……”不哭话未说完，就知道自己失言了，陡然住了嘴——涧狐是那狐妖肚里的孩儿，那狐妖岂不就是九尾狐君的……倘若九尾狐君知道柳家所负的狐妖正是自己失踪多年的女儿，那么柳家上下难逃覆灭啊……

狐君的脸色变得异常苍白，他找寻了多年的女儿，竟然早已经被流空和那柳家人害死，只留下腹中的胎儿，侥幸被一汪山涧救了一命。

“难道，就是这个孩子……”狐君猛然转向不哭，紧紧看着他怀中的女婴。

“不是的，外公，这娃娃没有咱们的狐尾，小时候的我，还在涧里……”

狐君呆了片刻，突然跑向清涧。

果然，狐君一下子就认出了清涧中小小的涧狐，当年，那个掩饰了容颜的神秘女子，把小涧狐抱给他的时候，就是这个样子！

狐君正想纵身跃入水中，涧狐一下子拦住了他，涧狐知道，外公是想抱出涧中小小的自己，把事情问个清楚，可她小时候，分明什么也记不得，更何况，外公曾经答应她，一定要等待那个小姐姐，让小姐姐把小小的自己抱出清涧。

可涧狐一个字也说不出了，想着母亲的遭遇，眼泪夺眶而出，只死死拽着外公的衣角。

当庄蝶向他们讲述柳太夫人幻境的时候，百妖都为那只狐妖的命运唏嘘，一向强悍暴躁的大隼王还落了几滴眼泪，但这种心情，和此刻得知受害者竟是至亲的心情，完全不可比量齐观。

难道，这就是他们一直在等的结果？难道，那个神秘的狐族女子说的“早晚，涧狐会带你找到她的母亲”，就是这样的“找到”？

涧狐和狐君四目相对，他们从彼此眼睛中看到了同样的念头，祖孙两个一同转身，向柳家的方向走去。

不哭急忙上前阻拦狐君：“即便是柳家害死了您的女儿，那些柳家人都已经死了，流空也早就不在这个世上，你们何必冤冤相报？”

“父债子偿，我要杀光所有的柳家人，为我女儿报仇。”狐君眼睛中满是血光，就连旁边的涧狐，也满脸仇恨地看了不哭一眼，他们身形一动立即消失在夜幕之中。

“师父！”不哭的声音将黑铁皮拉回现实。

不哭满脸焦急：“您快想想办法，狐君要去杀柳家人为女儿报仇。”

黑铁皮这才意识到发生了什么事，他板起脸来冷冷地看向不哭：“都是因为你，这所有的祸事都是因你而起，你就是最大的祸端，我就不该留着你，留着你来害人。”

黑铁皮目光中满是厌弃、冷漠和后悔。

当初，他就不该答应骄阳，将不哭留在身边……

黑铁皮撇下不哭向柳家奔去，他不能眼看着他囚禁的妖精害死那么多无辜的人。更何况如果不是他埋下花樽，狐君和涧狐也不会留下，柳家更不会面临这样的灾祸，无论如何他都不能袖手旁观。

不哭也顾不得伤心，抱着女婴，急忙追着黑铁皮去了柳家。

夜已经深了，城里的人家相继吹了灯进入梦乡，只有柳家这样的大户人家，下人还在忙碌着。

白色的灯笼随风飘荡，整个灵堂一片烟雾缭绕。

柳如之脸上已经满是疲惫的神情，却依旧一丝不苟地跪在那里，守灵就是尽最后的孝道。

“回去吧！”柳夫人的声音传来。

柳如之抬起头：“母亲，我再陪祖母一会儿。您去歇着吧。”

柳夫人没有作声，只是瞧着棺木，淡淡地道：“你不是和祖母并不亲近吗？这个时候反倒来彰显孝心了？”

柳如之心里有一丝的奇怪，母亲何尝以这样刻薄的语气与自己说话？便是大怒之时，也是句句肺腑的，但这丝奇怪很快被他此刻的哀伤所淹没。

“孩儿只是遗憾，没有好好陪过祖母，好好和她聊聊天。小时候，是因为有些怕她，长成后，又有了太多……琐事。”

柳如之用“琐事”两个字代替这段时间发生的一切，是怕再勾起母亲伤心，可柳夫人似乎对此并不在意：“哦？你想和她聊什么呢？”

“我一直觉得，祖母和别的老人家不太一样，有时候，我觉得她很可怜。”

“可怜？哪里可怜？需要你可怜？”柳夫人脸上的不屑一闪而过。

“大概，是因为孤独吧……”

这两个字，撞到了柳夫人身上，孤独，是啊，她似乎可以对抗一切，就是不能对抗孤独。

柳夫人有些诧异，没想到柳如之能说出这样一番话，神情有些茫然：“你别忘了，那三个法师怀疑你祖母有问题，说不定她是个妖呢。”话到最后竟然带着讥诮的味道。

柳夫人的话并没有让柳如之惊讶，他将手里的纸钱送到瓦盆里，纸很快就被点燃了，扭曲着的火焰照亮了柳如之的眼睛。

柳如之轻轻地道：“那又怎么样呢？她依旧是柳家的太夫人，是人是妖又能如何？她做的事说的话都不会改变，有时候我想，是人还是妖又有什么区别，还不是一样都有喜怒哀乐，有伤心和痛苦，我虽然是个人，却没有为柳家做什么事，如果有机会……我真希望能尽份心力，将来就算死了，躺在这里也可以得到安宁。”

柳如之垂着脸，面色苍白，柳夫人不禁有些动容，柳如之脆弱的样子，让她忍不住伸出手来放在了柳如之的头顶，想要给他一丝安慰。

这时，一阵狂笑声响起，仿佛是一个巨大的阴霾慢慢地笼罩在整个柳家的天空。

柳夫人脸上露出一丝惊讶的神情，她张开嘴想要说话，却想起了什么，最终将嘴合上。

柳家人听到笑声纷纷跑出屋门探看。

一团黑雾在天空中盘旋，卷起一阵阵怪风，所有人都感觉到了阵阵寒意，一道闪电划过，天空立即被照亮了些。

九条巨大的阴影在空中摇摆，胆小的丫鬟先慌叫起来：“蛇，是蛇……”

柳家人想起了曾被镇压在井底的蛇妖，可是这九条阴影却比蛇妖还要大许多。

终于又一道闪电亮起，众人这才看清头顶上天空中出现的是一只狐狸，它的皮毛在闪电的映照下黝黑发亮，两只爪子如利刃般，身后九条巨大的尾巴在空中颤动着狂甩，顿时让整个柳宅飞沙走石。

赶过来的几个柳家家人被它的尾巴一扫，顿时摔跌出去。

那狐狸脸倾下来，露出了血盆大口和雪白尖利的牙齿。

妖，这次是真的狐妖，狐妖来了。

柳家下人惊呼着四下逃窜，柳如之愣在那里。

那狐狸暴怒地狂吼："柳家人杀了我的女儿，今日就让你们血债血偿。"

说完话，狐狸扬起了尾巴立即向柳如之扫来。

柳如之慌忙将旁边的柳夫人拉到了身后："母亲，你……快走，这里有我……"

众人看着这巨大的狐狸，纷纷号啕大叫，只有柳夫人，不知是吓呆了还是怎的，看着九尾狐君，竟然一步也挪不动了。

柳如之使劲儿拽了下母亲，他实在来不及去想，母亲的确是呆了，可这"呆"里，似乎没有恐惧，更多的是惊诧、茫然，甚至还有一丝的"期待"？

"一个也跑不了。"狐狸的逼近，让空气中充满了血腥的味道。

眼见着那巨大的尾巴就要扫在柳如之身上。

不远处一道光芒向那狐狸袭来，狐狸挥动的尾巴顿时改了方向，迎上了那道光芒。

柳如之趁机拉起柳夫人向院子的另一边跑去，正当他慌不择路，不知道怎么办才好时，一只熊爪搭在了他的手臂上。

小玉大喊起来："笨蛋，往这边跑，那边有涧狐。"

涧狐？柳如之茫然地向前看去，只见不远处站着一个少女，是他在镜湖边见到过的那个娇俏的女子。可此刻，这少女脸上满是仇恨和愤怒，眼睛中迸射出凶狠的光。

“走啊。”小玉拽着柳如之。

柳如之正要随着小玉离开，感觉到柳夫人挣脱了他的掌心。

母子二人顿时被分开。

“母亲。”柳如之想要再回去救柳夫人，小玉却被狐君尾巴搅起的气浪掀倒，两个人滚落在了旁边的角落里。

小玉忙向旁边傻站着的不哭求助：“鬼脸仔你还愣着做什么？快来救我们啊。”

不哭这才回过神，躲避开狐君的攻击，一手抱着女婴，一手将不知所措的柳如之扶起来。

小玉看着不哭怀里的女婴，露出狐疑的神色，不哭赶紧解释：“这孩子是我捡到的。”小玉“哼”了一声，却也顾不得再说别的，只紧张地看向疯狂的狐君和涧狐，祖孙两个满身戾气，仿佛恨不得杀光眼前所有的人，小玉牙齿不禁打战：“这……这是怎么了？”

不哭一愣，脸上出现诡异的笑容，眼睛中却是懊悔和悲伤：“是我……是我说错了话……我告诉狐君，之前柳家联手流空收的那只妖，就是狐君的女儿、涧狐的母亲。”

小玉没想到一切竟然是这样，忍不住跺脚：“鬼脸仔，你……明知道狐君是暴脾气……你还……真是被你害死了，柳家这下完了。”

小玉说完，看向柳如之：“我也救不了你，这两个人联手，老爹也招架不住，一会儿老爹败下阵来，就是你们柳家人的死期。”

就在和黑铁皮周旋的空当，九尾狐君忽然收了法力，握住涧狐的手：“孩子，一会儿这老黑一定会拼命阻拦我们，我们若是伤了他，到了白天，那老树会给我们加倍的痛苦，你怕不怕？”

涧狐咬着牙齿：“外公，为了给我娘报仇，我死都不怕！”

“好孩子！灭了柳家满门，我们祖孙三人就在奈何桥边相见吧！”九尾狐君话音未落，便与涧狐合力向众人袭去，果然，黑铁皮疲于应付，随时都会被狐君击中。

小玉身体缩起来："鬼脸仔，我们走吧，一会儿狐君发起疯，说不定连我们也要杀了，柳家……就让他们自求多福。"

不哭忽然想起一件事，为何那凌虚冒充流空徒孙，所有人毫不怀疑就信了，按着柳家和流空的渊源，流空很可能会留下些什么再保柳家平安，既然不是徒孙，也许会有什么物件……不哭看向手足无措的柳如之："当年流空就没有留下什么东西，让你们防身的吗？"

柳如之摇了摇头，但是他忽然又想起来："当年流空道长收妖的法器一直留在柳家，柳家男丁口耳相传，旁人一概不知。"

不哭眼睛中露出期望的神情："那法器呢？在哪里？"

柳如之道："就在园子里的梨花树下，当年先祖将东西埋在了那里。"

小玉急着道："那还愣着做什么？快去拿啊。"

不哭扶起柳如之："快走……再晚恐怕来不及了。"

涧狐一步步走向柳夫人，就在昨天，柳夫人还给了她一块点心吃，柳夫人脸上挂着和蔼的笑容，就像是一个爱护她的长辈，可是现在他们都是她的仇人。

她不是没有母亲，她的母亲被柳家和流空所害。

"涧狐，"柳夫人忽然道，"你……你是……"

不知怎么的，柳夫人的声音有些哽咽。

"不要再和我来这套！你们柳家害死了我的母亲，"涧狐神情激愤，"我要为我的母亲报仇。"

涧狐扬起了手，指甲顿时变得尖利，可是柳夫人并没有害怕，仍旧痴痴地打量着涧狐："你已经长得这样大了。"

"涧狐……一晃竟然过了这么多年。"

柳夫人轻声道，她的声音、她的神情隐隐约约让涧狐觉得熟悉，可是不能因为这样，她就放过柳家人。

柳夫人抬起头，笑着道：“涧狐，你忘记我是谁了？”

涧狐眼前忽然出现了一个模糊的人影，火石电光中她想起来，阿陌，她是阿陌。

她不是柳夫人，她是阿陌。

“你……你怎么会在这里……你怎么变成了柳夫人……”涧狐惊讶地说道。

阿陌摇了摇头：“我只是……”

“你还喜欢柳如之？我告诉你柳家没有一个好人，我娘就是被他柳家……”涧狐悲愤难忍，“总之，你要记住，从他们的祖辈开始，柳家的男子都薄情薄义，都该去死。”

阿陌眼前浮起柳家几代人的模样，从柳克让开始一直到柳如之，他们并不一样，可他们又是一样的。

“柳如之一定也会辜负你，”涧狐道，“杀了他，杀了他，他就不能再伤害你，当年若是我娘杀了那个柳克让，就不会死在他们手中。”

杀了柳如之吗？

阿陌转过头，看到了不远处柳如之和小玉的身影，她只要伸出手，柳如之就会死在她的掌心里。

那么一切也就都可以结束。

“母亲……”

柳如之大声呼喊着。

阿陌恍然一笑，是啊，她现在是柳夫人，所以柳如之才会如此关切她。

“屈夫子比菡萏，我也曾希望自己一片丹心交付于你……”

不知怎么，她耳边响起柳如之的话。

一样的深情，一样的痴迷，会不会也是一样的薄情……

阿陌忽然呆住了，柳如之的手已经展开，他的手心出现了一只铃铛，他口念咒语，那铃铛顿时不停地动起来。

铃铛。

三清铃。

阿陌的额头顿时疼痛起来，那用流空炼制的妆笔画出的花钿立即出现在她额头，那铃音化作千万根细针一瞬间没入阿陌额头上的印记之中。

阿陌痛苦不堪，终于脱离了柳夫人的身子。

涧狐看呆了，这花钿……不是该画在了母亲脸上吗？又怎么会出现在阿陌的额头？难道……

本来专心对付黑铁皮的狐君，听到道家法器的声音转过头，意外地看到了地上哀号的女子，他仔细分辨，惊诧地呼出声："阿陌！"

柳如之没想到这三清铃并没有让那九尾狐君受挫，反而将阿陌从柳夫人身上逼出来。柳如之见过阿陌借用月莹身体时的情形，立即明白过来，为什么这两日柳夫人会和从前不同，因为柳夫人的身体已经被阿陌占据。

柳如之立即停止念咒，手里的三清铃顿时不再晃动，安静地躺在他的手心中。

狐君顾不得其他扑向了阿陌："这到底是怎么回事？你……不是被柳家人和流空害死了吗？"

涧狐呆呆地看着外公和阿陌，她这才想起，自己竟然从来没有问过外公，母亲的名字叫什么……

阿陌摇了摇头，看向狐君和涧狐，眼泪夺眶而出，她这些年已经被仇恨蒙住了眼睛，忘记了家，忘记了父亲。

阿陌缓缓地向狐君和涧狐讲述了一切。她被柳克让和流空联手，陷入法局，九死一生，肉体没了，妖灵却逃过一劫，化作一缕青烟而去，她发奋修炼，又成人形。她以为自己的孩子已经死了，回到柳家，为自己、为孩子报仇。

黑铁皮听得这话，心中重重一颤，原来，阿陌留下的肉球并非她的原形，而是她的孩儿……当年，有个女人，想要保住她肚里的孩儿，不惜牺牲她的"原形"为代价。这一幕，竟然有些许相似……

黑铁皮的脸色变得苍白。

阿陌讲到这里看向涧狐。柳克让何其聪明，当时就意识到那团血肉会不会是阿陌的胎儿，但流空坚称妖孽已死，万劫不复，他也就没再多想，且阿陌怀有身孕的事儿也不能被第二个人知道，柳克让于是缄口不提。

但是，这却成为柳克让的一个心病。

后来，阿陌为了报复柳克让占据了柳克让妻子顾氏的身体，慢慢地将柳家和柳克让握于股掌之间，她用妖术让柳克让夜夜被噩梦纠缠，又为柳克让请来巫医，眼看着柳克让的身体在噩梦和巫医双重折磨之下越来越衰败。

柳克让直到临死的时候，回想与顾氏生活的这些年，为什么自己像被鬼魅萦绕，忽然意识到了什么，他呆呆地望着顾氏，问了句："你真的……还是你吗？"

扮作顾氏的阿陌露出诡谲的笑容。

柳克让呆住了，竟然是这样……

到头来，他竟然还是和她过了一生……

他终于可以告诉她，二十多年前的那天，他在她的额间画上那花钿的时候，没能说出口的话：倘若不是生在布衣寒门，有高堂待养，有门第待耀，他也想与她，交颈相欢，不问世事。她是妖又怎样？对自己却是一心一意的。抑或，他有幸贵为帝胄，是不是也能像夏桀商纣，管他社稷巨浪滔天，只拥着最心爱的女人，妆霓彩衣，袅娜飞兮，晶莹雨露，人之怜兮……

这些，竟然都实现了……只是，以谁也不会想到的方式实现了。

柳克让的话，又把阿陌听呆了，一个垂死的人，竟然还能如此花言巧语，最重要的是，她竟然，差点就信了……

阿陌冷笑一声："你真的不再怕我了吗？不嫌弃我是狐妖？"

说着，现出真身，死死地按住了柳克让的身体，那让他魂牵梦萦的娇艳欲滴的双唇再次贴过来，却像是要将柳克让吞下肚去……

柳克让一口气没上来，最终撒手人寰，说不清到底是病死的还是吓死的。

柳克让终于死了，这个看似多情文雅的读书人，以相当阴险诡诈的方式骗了阿陌，女人陷入爱情的那颗心被他拿捏得非常好，当真是“仗义每多屠狗辈，负心多是读书人”。

可阿陌的恨并没有结束，恨意还在，她就要留在柳家，这一腔恨意总要找人发泄出去的。阿陌意识到，她还不能弄死柳家所有的人，对凡人而言，死是很容易的，他们都死了，谁来承载她无尽的恨意呢？柳家香火还不能断，她要让柳家人一代代繁衍下去，她不是祸害吗？她就要祸害柳家一代一代的男人……

所以，柳家的每代男人得了子嗣的时候，便是他们“厄运”的开始。当然，这“厄运”之始，只能让人嗅到香艳的味道——从柳如之的祖父、柳如之的父亲，到如今新婚之时，娇妻便大起肚子的柳如之，都是如此。

阿陌会选中他们身边一个女子——从柳如之祖父的第一任妻子、柳如之的大伯母到如今的月莹——阿陌附在其身，与其开始一段绝美又畸异的欢爱，那诱惑，穷尽狐族魅术，人间男子几乎没谁能够抗拒，除了柳如之。而后，他们的丑事会曝光，他们的心志已摧毁，他们的身体会衰败，而柳家，也就会随之笼上更重的阴影。

听着阿陌说着这些话，饶是狐君、柳如之和涧狐等人没有从庄蝶幻化的梦境中看到当年事情的经过，却也已经了解了点点滴滴。

阿陌虽然死里逃生，狐君仍旧恨意难消：“如果不是他们，我们何必要受如此的痛苦？我们骨肉分离多年，你在这里熬了这些年，现在……就杀光了他们，结束这一切，你就可以了无牵挂地与我们一起离开。”

狐君说着，站起身。

小玉见柳如之仍旧愣在那里，不由得去摇晃柳如之的手：“快……快念咒啊。”这咒语虽然伤不了狐君，却能让阿陌痛苦，狐君为了自己的女儿，一定不敢轻举妄动。

柳如之却仿佛化作了一尊泥塑，呆呆地愣在那里，原来，一切竟是这样，果然，一切都是这样。

他的梦中人、心上人，是他的曾祖父辜负的女子。

镜湖是他的曾祖和他的梦中人相识相恋的地方，见证了他们一路走来的爱恨离合，柳如之想起，不哭跟他解释过一些东西，关于梦的一些东西，还有什么“气场”，什么“机缘”，什么“感应”。

不哭说，他的一个朋友告诉他，日有所思，夜有所梦。的确，很多梦幻与清醒时的所思所想有关，但还有一种梦，与所处境地的“气场”有关，甚至有些“气场”如果足够强大，便是没有身临其境，也会被相应的人“感应”到，但到底什么样的人感应什么样的气场，却是不可知的大机缘。

柳如之听完不哭的解释，很想当面向不哭的这位朋友请教，到底是什么“大机缘”。但不知为什么，不哭却支吾着拒绝了，柳如之也就没有再强求。

而今，柳如之想，他能在镜湖之畔梦到阿陌，梦到曾经的一切，是他对她的感应，她在湖边流连，所思、所想、所恨、所念的一切，都被他感应到了。

他终于知道这“机缘”到底是什么了……

一切，都是报应。

是报应，亦是回响。

想到这些，柳如之忽然明白，自己接下来要做什么了。

不哭看着柳如之的脸，知道他终于也明白了一切。可惜，他不能跟他们一起随着弥天槛纵横古往今来，不然，到了另一个朝代，也许也能读到那个话本，《牡丹亭》，柳如之的故事就像是一场更诡谲、更复杂的

"游园惊梦"。

狐君发威不断，柳家上下陷入不可控制的混乱中。

"火，起火啦……"

不知何时，谁失了手脚，柳家灵堂燃起了熊熊大火，黑烟滚滚，仿佛要将一切吞没。

大火、狐妖，柳家就像那火中的幔帐一样，转眼之间就会化为灰烬。

小玉不停地摇晃着柳如之，半晌柳如之回过神来，他张开手看着那三清铃，目光不停地变幻，终于他下定了决心，扬手将那三清铃扔进了火海。

不哭见状也不禁张大了嘴："你……你怎么将保命符扔了？"说着，想要去看找那三清铃，怎奈火势凶猛，恐再难冲进火场将那铃铛寻到，即使寻到，也该化作灰烬了。

狐君和阿陌显然也没料到柳如之将胁迫阿陌的撒手锏，就这样轻易地毁掉。

柳如之一步步地走到狐君身前，他的目光落在阿陌身上，脸上满是哀伤，"我没想到，柳家竟然犯下如此大错，这笔血债的确应该由柳家人来还。"说着抬起头，脸颊在月光的照射下仿佛散发着淡淡的光辉，"我是柳家最后一个男丁，杀了我，柳家从此之后就再无后人，这就是对柳家最大的惩罚，就让这一切从我这里终止吧！"

涧狐看到柳如之的模样，生出几分的不忍，不禁转过头去。

阿陌望着眼前的男子，心里最柔软的地方仿佛被重重地撞了一下。

狐君却冷笑道："你以为用出这样的手段，我就会饶你不成。"话音未落，阿陌甚至还做不出任何反应，狐君已挥出手臂，一掌打在了柳如之胸口。

柳如之就如同一片残破的落叶轻飘飘地飞了出去，却重重地落在地上。

鲜血不停地从他嘴中涌出来，他眼前的一切已经渐渐模糊，死亡正一点点地将他吞噬。

鸡鸣声响起，狐君和涧狐无法抗拒弥天槛的力量，只得与阿陌道别。

第一缕阳光仿佛落在了柳如之的眼睛中，他竭力抬起头看向阿陌，阿陌不知为何，站起身走到了柳如之跟前。

柳如之嘴角扬起露出淡淡的笑容，用出浑身的力气喃喃地道：“只恨当时身不在，可教魂魄相祭？看来，是老天被我感动了，成全我的愿望，如果我的命能慰藉你的仇恨和遗憾，是我唯一的心愿。”说完，眼前一黑，失去了意识。

柳家仿佛重新恢复了平静。

柳夫人醒来了，阿陌占据她身体的时间不算长，所以她的魂魄并没有像柳太夫人那样，在不为人知的黑暗中，慢慢地烟消云散。可她宁可自己永远不能醒来，也不想面对奄奄一息的儿子。

不哭用调羹把本已熬得稀烂的米粥又仔细碾了碾，喂到女婴嘴里，柳家上下都没人敢收留这个婴孩，认定她的突然出现绝非祥兆，加上柳如之命悬一线，不哭更不能去麻烦他们了。

娃娃的小脸一红，憋足了一口气，不哭带了她些日子，已经有了一点点经验，见这情形，扭过头，闭着眼睛解开她的襁褓，摸索着换下黏糊糊的屎尿布——说是尿布，其实是不哭从自己原本就残破的内衫上裁下几块布头拼缝而成的。

“以后你打算怎么办？”小玉斜着眼睛看着手舞足蹈的娃娃。

不哭不知道该怎么回答，也不知道该怎么办，这几日，他四处打探这女娃的家人，竟没有一点线索，方圆几十里，没有听说哪家丢了个娃娃，这娃娃，仿佛就是从这水里突然长出来的。

涧狐并非人类，在涧水中生存数年并不奇怪，可这娃娃，竟然被不哭从水中捞到，没衣没食没有空气，她又是怎么活下来的呢……

娃娃肉乎乎的小手忽然抓住了不哭的食指，不哭嘴边的话脱口而出：

“我少吃一口应该就够她活命了吧？”

不哭仿佛被自己的话吓了一跳，他完全不知道，自己究竟从何时打定主意，要带走这娃娃，带着她一起，踏上他们不知所起不知所终的夜行之路。

小玉看了看不哭，又看了看床上的娃娃：“你少吃那口不是给我的吗？”

“那我再少吃一口。”

小玉的口气变得更冷了：“她娘是谁？”

不哭没有听出小玉的弦外之音：“我也不知道呢。”

“哼！”小玉嫌弃地瞪了不哭一眼。

吃饱喝足拉得爽，娃娃晃着不哭的手指，很快睡着了。

不哭心里还惦记着柳如之，叫上小玉匆匆出了门。

柳如之躺在床上，迷迷糊糊之中，仍旧念着阿陌的名字。

看着一屋子的典籍，小玉抹了抹眼睛：“你本是个满腹经纶的大好男儿，却为什么要陷入这样畸虐的感情里？”

这是柳如之自己的选择，谁又能对此评判？

不哭拉着小玉离开了房间，窗外的阿陌才进了门。

柳如之感觉到了，微微睁开眼睛，看到阿陌，挤出一个笑容。

阿陌的神情淡淡的：“那个丑熊怪说得对，大好男儿，志在四方，你本负经纶才华，就甘心一生消磨在这畸虐的感情里？”

“大概是我前世造了孽。”

阿陌冷笑一声：“前世的事情，你能记得？”

柳如之摇摇头，“我只知道，事有定数，天网恢恢。轮到我承受的，我甘愿……来世，或许……”柳如之笑笑，“或许可以寻个贤妻，举案齐眉，修身齐家，而后治国平天下。”

柳如之看着阿陌精致的脸，一半浸润在阳光下，一半模糊在阴影中，看不清她的神色，看不出她的喜悲。

柳如之伸出手来，摩挲了两下，他想握住那双白嫩如玉的手，最后，只是抓住了阿陌的衣袖：“只是，我希望，便是前世一段孽缘要了，看我这一片丹心，也能终成一段善缘。”

孽缘？善缘？阿陌心里泛起阵阵的冷笑，从八十年前的那天起，她就从没想过，生生世世，还会有一天，她的恨能够消退。八十年了，对柳家三代人的折磨，没有丝毫消退她的恨意，相反，她觉得心里的那团火，熊熊燃烧，越烧越烈，一天比一天肆虐冲天。

“我死不足惜……你心里的痛若是没了，恨若是没了，我这一辈子，也没白来一遭。只是，我怕……”

阿陌扭过头来，看着柳如之枯瘦的手像个孩子似的抓着她的衣袖，是啊，从他还是个婴儿，她就看着他，她知道，他生长在母亲和家人忐忑的爱里，与其说那是爱，不如说那是深深的恐惧，可就是在这恐惧里长大的文弱男子，却妄图以自己的微薄力量平息近百年的噩梦？

飞蛾扑火，无非在熊熊烈火里又加了一点零星一闪的火光，以飞蛾粉身碎骨、烟消云散为代价的零星火光，瞬间即逝，而后，烈火依然燃天铄地。

柳如之看着阿陌冷冰冰的脸，他痛恨自己的渺小无力，一片丹心，到底是书里讲的书生意气，于这支离破碎的世界，毫无裨益。可他又隐隐不甘，他分明觉得，有好几次，他几乎听到了阿陌心底的声音，像一片冰封千年的湖，倏忽裂开一道缝隙的声音。

倘若苍天假年，他能渡过这一劫，是不是还有机会如春水消融冰湖，彻底暖了阿陌的心？

“阿陌，我……不甘心……”阿陌周身一颤，慢慢低下头，果然，那只手无力地垂了下去，柳如之眼中的神采正如那一点零星的火光，消逝于无形，眼睑慢慢合上，挡住了往日莹莹的光芒。

此刻的不哭，脸上的泪痕已经干透了，他静静地看着阿陌，他把自己的一双眼睛暂时借给了柳如之，替柳如之静静地看着此刻的阿陌。

良久，阿陌嘴角泛起一丝若有若无的冷笑，想要起身，发觉柳如之垂下的手臂压住了她的衣襟，便以两指拈起他的衣袖，将他的手臂甩到床上，就像轻轻甩去飘落身上的柳絮。而后，袅娜起身，向门外走去。

愚蠢的男人，自不量力……

不哭闭上了眼睛，柳如之真有魂魄不散，如何甘心？

镜湖晓月，春寒料峭。

阿陌又徘徊到这里，她已经在这里徘徊了八十年。

八十年的湖，八十年的月，没有任何的区别，日复一日，年复一年，耗在这样无聊的日子里，她在等什么？她当然知道自己在等什么，是复仇！向柳家世世代代的子孙复仇，二十年一代人，二十年一个悲剧，可每摧毁一代柳家子孙的时候，她并没有等来期待的感觉，相反，那种失落从来没有过。

阿陌记得，柳克让死的那一天，她也没有掉一滴眼泪。那个看似多情文雅的读书人，以相当阴险诡诈的方式骗了阿陌，当真是“仗义每多屠狗辈，负心多是读书人”。可阿陌的恨并没有随着柳克让的死去而结束，恨意还在，她就要留在柳家，这一腔恨意总要找人发泄出去的。所以阿陌告诉自己，她不能弄死柳家所有的人，对凡人而言，死实在是太容易的事情。他们都死了，谁来承载她无尽的恨意呢？所以柳家香火还不能断，她要让柳家人一代代繁衍下去。

流空不是对柳克让说她是祸害吗？她就要祸害柳家一代一代的男人……可是，阿陌自己又何尝说得清，恨意下面又压抑着多少浓烈、未了的爱意？多少个寂静无语的夜晚，她发疯似的想念那夜的破庙，那夜的明月清风，那多情的少年郎又去了哪里？他和那狡诈的负心人，怎么可能是同一个人？阿陌不知道，恨意可以靠报复来宣泄，而无尽的爱意又该由谁来慰藉？

直到三年前，这无聊无谓又无法停止的一切才稍稍有个变化，一个年轻人站到湖边，和她说了很多疯话。

这个年轻人很像柳克让，又不同于柳克让……他们同样儒雅清举，连相貌都很相像，可眼底的东西却大不相同，柳如之痴情一片，看似凝重却单纯阳光，柳克让心比天高，看似坚毅却矛盾纠结。

阿陌忽然惊诧地意识到，站在这里，她是以这样的方式想起柳克让，应该说她从来没有“想起”过柳克让，因为从来没有忘记，这是第一次，她通过另一个男人想起了柳克让，再想起这个人的时候，竟然有些陌生。

柳克让，柳克让，你的皮囊早已是一抔黄土，可是，黄泉碧落，六道三界，你却还是魂魄不散。

凡人，到底比我们异畜高贵，高贵之处，不在天条纲常，而在凡人锦衣薄幸，一句承诺，便是我们鸿蒙混沌之辈的生生世世，咒怨挥不散，情劫跳不出。

而今，却有一个实实在在、真真切切的人的灵魂毫无保留地交付给她，这不正是八十年前，山林间寂寞地修行时，她愿抛舍一切去追寻的吗？纵然寻得满身伤痕，她又何尝真的后悔过？与柳克让相爱相伴的日子，何尝不是她寂寞无涯的生命中唯一绚烂的色彩？

阿陌无边无沿地想着，不知不觉踏进了无边无沿的镜湖中，直到寒凉的春水刺激了她光滑的玉腿，阿陌才意识到，随着柳如之的离去，她到底错过了什么。

阿陌笑了笑，她甚至调皮地想，可惜自己不能学着凡间女孩的样子，演一出投身春水的殉情悲剧，香消玉殒，烟消云散，留给后人一阵唏嘘。从今后，又只剩她一个人了，连报复的心思都没有了，又如何支撑这茫茫无涯的寂寞？

一双手拽住了她，阿陌回头，对上涧狐关切的目光：“娘……”

“过来，让娘好好看看你，”阿陌温柔地看着涧狐，“才八十年，你就出落成这么标致的大美人了，果然是身体里流淌了一半凡人的血。”

涧狐摇摇头，她想告诉母亲，她身体里流着的还是狐族的血，八十年的时间，她还是个小婴儿，正在清涧中，等着母亲……

阿陌苦笑一下：“那柳克让虽然薄情寡义，却把一身的钟灵秀气都传给了你。”

涧狐实在不知道从哪里说起：“娘，我并不是现在的我，我们是从……”

“涧狐！”九尾狐君从黑暗中走出来，打断了涧狐的解释，“那些事一言难尽，日后慢慢和你娘说吧。”

涧狐挠了挠头，虽然她没有继续说下去，可她心里想，这件事情，总归还是要在离开前告诉阿娘的，否则，阿娘会以为自己已经从清涧里出来了，又怎么再会从清涧中抱出那个小小的自己？不过，外公的话也是对的，关于弥天槛，的确一言难尽，这个问题，该从哪里向阿娘讲起呢？

阿陌又往九尾狐君身后望去，黑铁皮持着铁笛站在岸边。

她知道这铁笛的神通，也知道黑铁皮要做什么，她的命运，该和她的女儿、父亲一样的，踏上夜行之路，等待机缘圆满，位列仙班。只是，不知道瑶台仙境，是不是也会寂寞如此？

阿陌转身走到黑铁皮身边：“上仙，再给我一点时间吧，毕竟在这里生活了这么久，最后有些事情，还要处理。”

黑铁皮看着阿陌，不置可否。

阿陌笑笑：“我的女儿、父亲，都在这里，上仙还怕我逃走吗？”

黑铁皮还是没有说话，柳家上下，现在都笼罩在绝望的悲痛中，他不知道，阿陌回去还想做什么。黑铁皮随着阿陌来到清涧。按着阿陌的说法，她最后要处理的事情，有三拜。

第一拜，给九尾狐君，阿陌从小敏感而乖戾，的确让本性桀骜的父亲费了不少心。

第二拜，给从天而降的清涧，阿陌跪在水边，喃喃地说：“不知道您是何方神圣，什么机缘至此，救我女儿一命，我却不知道该如何报答，永远成为遗憾。”

第三拜，是给黑铁皮的，他不再是她大战的敌人，而是交付女儿、父亲的恩人。

不哭在一旁看着，心里五味杂陈，这狐妖，眼睁睁看柳公子去了，也不曾有片刻动容，可见百年来心头萦绕的，只有恶毒的怨怼，如今这三拜，却是感喟五中、极念恩的……

不哭想着，心里难过得想哭，却露出不合时宜的笑脸。

小玉不动声色地拱了拱不哭的胳膊，一半真心一半掩饰地说：“看来，不管心里有多恶毒的怨怼和仇恨，也有能化解的一天……”黑铁皮听了这话，看向小玉，又看看不哭，神情复杂而茫然。

阿陌向大家提出，最后去一次镜湖，独自一人。黑铁皮允了，涧狐心下却一急：这个时候，阿娘还没有看到水中小小的自己，那她又是什么时候才把自己从水中抱出来的呢？

涧狐正想抬手去拦阿陌，阿陌忽然自己停住了，慢慢转身，看着水面，仿佛感觉到了什么。涧狐知道，这个时候，水下那个小小的涧狐也许正在百无聊赖地逐着小鱼小虾，也许正一脸迷茫地看着隔着水波荡来荡去的白云，不知道这样孤寂无涯的日子会持续到什么时候。

阿陌慢慢走向清涧，涧狐的心几乎提到了嗓子眼，等着阿陌接下来的动作，阿陌走到水边，慢慢跪下来，玉手轻轻拨动着水面，万籁俱寂之中，不知哪里传来隐约的呜咽，像婴儿的喃喃，像娘亲的轻泣。

阿陌最终还是走了，水底的小涧狐感觉到有无比熟悉的气息渐近，又慢慢远去，直到消逝无痕。

湖畔的石阶上，在柳如之坐着入梦的地方，阿陌也坐下来，山矾花开得正盛，有一缕丝线隐隐约约挂在枝杈上。阿陌轻轻地把丝线拈起来，心想，大约是柳如之那呆子不小心划了衣服留下来的。

阿陌仰头笑道："你在这镜湖畔、明月下，看了我这么久。今天终于轮到我看着你了……"

从这以后，再没人见过阿陌。

有个夜出的农夫说，是夜，他在湖边，见到一个长得极美的女子，对着月亮盘坐一夜，双手合十，指尖对着胸口，一动不动，古怪得很。

黑铁皮听了这话，大惊，妖异修炼，双手合十，指尖必然朝向极具天地精华的日月星辰，而指尖对着胸口……

这天正是柳如之下葬的日子，为了证实自己的猜测，黑铁皮奔向柳家墓园，不哭和小玉跟在身后，虽然不哭不知道到底发生了什么，但他能确定的是，阿陌的失踪，绝不是逃走。

果然，墓园里本该是浩浩荡荡的送葬队伍，现在却空无一人，倒是隐隐约约传来远远的鞭炮声。

原来，悲痛欲绝的柳夫人似梦似醒间见到了一位白衣仙子，说柳如之阳寿未尽。柳夫人惊坐而起，顶着阻挠，硬是打开柳如之的棺椁，果然摸到了他微弱的脉搏，柳夫人惊喜交加，忙唤人将柳如之抬回房里，请来郎中，发现柳如之的生气愈加明显，柳夫人喜极而泣，叫家丁连放炮仗，一为庆贺，二为驱邪。

黑铁皮师徒三人赶到的时候，正看到柳如之竟慢慢睁开了眼睛。他仿佛做了一场很长很长的梦，目光怔忡，怅然若失。待回过神来，看到床前站着的一群人簇拥着眼圈红肿的母亲，急忙起身，一脸担忧："母亲，家里出了什么事儿？"

柳夫人一把将柳如之抱进怀里，泪水簌簌而下，一句话也说不出。

杜婉仪拭了拭泪，探究地看着柳如之。

柳如之那双眼睛，比先前少了些东西，又多了些东西，虽然一脸的迷惑和担忧，却没有之前那种深入骨髓的孤单和伤感，分明还是一个未经情殇的、开朗光明的少年郎。

经历这些巨变之前，杜婉仪曾幻想过柳如之的样子，大约就是这般吧。

柳如之似乎感觉到有人以探究的目光打量着自己，一抬头，正对上杜婉仪的目光，柳如之纤长的睫毛颤了一下，震颤也就传到了心底。

“你是……杜家妹妹？”

杜婉仪瞪大了眼睛。

“妹妹几时来的？一路劳顿，我竟没能迎着妹妹。”

所有人都瞪大了眼睛。

柳夫人抹了把泪，托起柳如之的脸，仔细打量：“如儿，你不认识……”

“母亲，之前虽然无缘得见杜家妹妹，但在梦里，却见过妹妹的。今日相见，竟不差分毫……想来，也是缘分。”柳如之说着，脸颊竟然红了。

柳夫人张大嘴巴，刚想说什么，被杜婉仪悄然打断：“公子，婉仪来得匆忙，太夫人那边……”

“祖母那边，妹妹还没去请安吗？那正好，我陪妹妹一起去……”柳如之说着，就要起身。

杜婉仪冰雪聪明，这一试探，大约是明白了，柳如之死而复生，忘记了许多事情，包括她的到来、她被诬陷为妖的冤屈，包括太夫人的离世，也许还包括那个狐妖……

“公子，太夫人不久前过世了……”

“什么……”柳如之大惊失色，几乎要跌下床来，这才望见门外白色的灯笼，连连掉泪，“祖母什么时候过世了？我这是怎么了？睡了多久……”

至此，柳夫人也明白了杜婉仪的心思，心里不禁对这个未过门的儿媳多了几分赞赏，于是配合着她劝了柳如之几句，一切风波如果能按着这样一个故事了结，自然是最好的。

不哭看着这一幕，不敢猜测，又不得不去猜测，难道，阿陌的消失，和柳如之的死而复生有关？

柳夫人平静下来，悄悄地吩咐下去，把不该出现的东西都收了，少亡人的丧礼也改成太夫人葬礼的规格，关着严惜儿和月莹的院子也务必要让人看好，千万不要让如之踏进一步。

杜婉仪建议，不如就此放了月莹，既往不咎。她从小伺候柳如之，如今要他不起疑心，还是要让月莹在身边比较好。

柳夫人打量着杜婉仪，她实在不明白这个历经劫难、到如今如此平静的女子到底是什么心思，月莹的居心已是路人皆知，杜婉仪却放心将她放回柳如之身边？

杜婉仪笑笑，接着她又建议，不如趁此机会，连严惜儿一起放出来，毕竟是严家女儿，打断骨头连着筋。

柳夫人更加诧异了，这杜婉仪到底是怎样的人？

杜婉仪冰雪聪明，岂能看不出柳夫人的心思？只是，她不想去向柳夫人倾诉，在枯井里的那几十个日日夜夜，她经历了怎样的癫狂和绝望，再获新生之后，她又看透了哪些事情，对这苦短的人生，恐怕，她已坚不可摧。

不哭掰着指头想着柳宅遇到的这三个女孩：杜婉仪、严惜儿、月莹。

她们无疑都是聪明、美丽、细腻的女子，可身上的色彩又是那么不同。

月莹自卑又坚韧，她从小想的就是一件事，以某种最适合她身份的方式，最大限度地得到她的公子。

严惜儿无疑也是坚韧的，外表的柔美喜人，牢牢掩饰着内心的跋扈嚣张，不管行动上做得多周到，多体贴，多为人着想，都挡不住心里那一份唯我独尊的自负，正是这自负，让她敢去人挡杀人，妖来除妖。

而杜婉仪，不哭觉得是三个人中最复杂的一个女子，说她最复杂，其实也最简单，她心里一直怀揣着美好的幻想，这幻想大概得益于童年生活的顺遂无忧，这幻想使她经历了那么多残酷的世事，学会了那么多虚伪的练达，最终还是走在自己的方向上。

不哭忽然想，原来，人和人之间的个性区别，远比人和妖之间的差别还要大。

夜幕降临，涧狐和九尾狐君四处找不见阿陌，却见到了园子里和杜婉仪一起赏月的柳如之。

本来，按着门第规矩，柳如之这样的儒生，杜婉仪这样的闺秀，两人又是这样的关系，不该背着家人“幽会”，实是因白天发生了一个“状况”——柳夫人让丫鬟上上下下收拾，把不该让柳如之见到的都收了，却还是百密一疏，漏了样东西——一只贴着大红喜字的女儿红酒坛子。

柳夫人怕因此露了馅，只好诓柳如之说：“如儿，其实，你和婉仪已经成了婚，只是在大婚当夜，你忽地就病了，一睡不起，前前后后忘了好些事情……”

柳如之呆呆地听着母亲的解释，半晌，羞赧中带着一丝窃喜，说道：“孩儿曾在一本古书里读过，人极悲极喜，倒是有可能会发这样的癔症。看来，自己能娶到杜家妹妹，实在是喜不自胜了……”话是这样说，柳如之心里实在难安，大婚当夜出了这样的事儿，不仅格外愧对娇妻，也是他的终生遗憾，所以才将杜婉仪约到这里，以清风明月为礼，满园花木为客，再还杜婉仪一个洞房花烛。

只是，他们洞房花烛，狐君却骨肉相离，教他如何不恨？不哭已担心一整天了，既然自己都猜测阿陌的消失和柳如之的死而复生有关，九尾狐君和涧狐又会怎么想？

果然，看着柳如之和杜婉仪月下卿卿我我的样子，九尾狐君的愤怒一下子淹没了他对阿陌失踪的疑虑，他现了原形，逼问柳如之阿陌的下落，恨不能登时将他碎尸万段。

柳如之被这个从天而降的怪人吓得不轻，却还是能壮着胆子护在杜婉仪身前，纵然这怪人姿容绝伦，通过眼中的杀气也不难看出他绝非善类。

当九尾狐君说出“阿陌”这名字的时候，柳如之心里似乎被什么东西拽了一下，仿佛有一个巨大的深渊，倏忽闪过一丝光亮，马上又被无垠的黑暗淹没，归于沉寂。

柳如之的意识，又马上转移到现时的安危上，尤其是杜婉仪的安危。

两人生死相依的恩爱样子狠狠刺激了九尾狐君，一条狐尾向柳如之袭去，莫说一个凡人，便是黑铁皮，也禁不起这样的袭击……

一条狐尾就像一道闪电，直击柳如之胸口，却在最后一刻，陡然停住了。九尾狐君怔了一下，像是有人在他的心上狠狠抽了一下。狐君忽然上前，扯开柳如之的衣领，赫然见到一块圆形胎记，那白色的胎记慢慢地浮出皮肤，形成一只雪团似的毛球，上面深深浅浅缀着几点酡红。

九尾狐君不可能不认得它，那是阿陌的簪花！

一个声音在他耳畔响起——

“阿爹，走吧，带着涧狐继续你们的夜行路，别再找我了。就让他忘了我，好好活下去，活出该有的那份凡间幸福。”

“阿陌——阿陌——”九尾狐君想寻到这声音的源头，却发现，竟然在这朵簪花里。

九尾狐君苦笑一声，心顿时凉到冰点。

蓄音旧物，以诉离殇……

这是狐族特有的表达方式，就像凡人的鱼传尺素、雁托锦书。

阿陌当真是不在了，她把最后要说的话，蓄在了她的旧物——那朵陪着她走过近百年孤寂的簪花中。

九尾狐君饮尽眼中的泪水，再睁眼时，哪里还有什么簪花，唯见的，只有柳如之胸前的胎记。

那么，阿陌到底去了哪里？这簪花，为什么又成了柳如之的胎记？

九尾狐君定睛看着柳如之，不再有之前的杀气，就像打量一个初生的孩子。柳如之体内一股流淌于无形的灵气让他证实了自己的猜测，同不哭一样的猜测——阿陌反手修行，将自己的全部造化给了柳如之，使他死而复生，而后，烟消云散，融于无形。柳如之胸口那一片胎记，是她对这世界唯一的道别。

就让他忘了我，好好活下去，活出该有的那份凡间幸福……

九尾狐君最后看了一眼柳如之，漠然转身而去，他们这副样子算是幸福的吧。

柳如之终于松了口气，这才发现，方才危急的时候，竟一直握着杜婉仪的手，见杜婉仪有些脸红，掩饰地问："方才，这怪人是谁？他口中的阿陌，又是谁？"

柳夫人早已闻声赶来，听到柳如之这么问，赶着回答："这是那姓黑的道长收来的妖物，既是妖物，自然满口胡言乱语，不必理他！"

柳如之看着那失魂落魄的背影，喃喃地说："这妖物，原本凶恶可怖，可为什么，我看着他这样离开，心里难过得很……"

柳夫人又要张口，杜婉仪不动声色地接了过来："公子悲智为脩，也是造化……"柳如之怔了一下，更紧地握住了杜婉仪的手："还叫'公子'吗……"杜婉仪瞬间低下头，以第三个人听不到的声音，叫了声"夫君"。

事后，柳夫人悄悄拉着杜婉仪的手说："我的好孩子，可是委屈你了，就这样嫁进了我们柳家，却不能再给你个大婚六礼，竟比寻常村妇还不如……"

杜婉仪甜甜地叫了声"婆母"，说道："婆母若是疼我就听我的，让夫君一起纳了惜儿和月莹吧，她们也算是这场祸端的受害者，也算与我同历生死。日后，常常看到她们，也会提醒我珍惜今朝。"

柳夫人还是藏不住心底的疑问："你不怕她们再使坏心？"

杜婉仪笑道："最坏的事情我都经历了，还怕什么？有时候我甚至还会怀念身困石井的那段时间，看着井口一道微弱的光芒射进幽暗的枯井，倒显得格外珍贵，比朗朗乾坤中的万丈光芒更显可爱。"

柳夫人听得连连点头，只是她不知道，那道微弱的光芒，是那个叫作不哭的年轻人，这是杜婉仪和不哭两个人之间的秘密。

此时的不哭，又像一道微弱的光芒照耀着另一个身处深渊的女子——涧狐，若说九尾狐君已经接受了阿陌的离去，可涧狐却一定要等阿陌回来："我娘亲还在的，不然，是谁抱我出了清涧呢？不哭你说，还可能是谁呢？"

最让小玉担心的是，涧狐要不哭答应她，等不到阿陌回来，不准挖出竹林里的花樽，不准离开这个时空，最最让小玉担心的是，不哭竟然点头答应了。小玉知道，不哭最是实心的，他答应的事儿，横竖都要做到，小玉倒不担心挖不出花樽，如果老爹要走，谁又能拦得住？他担心的是，如果老爹非要挖出花樽的话，只能连不哭的命一起挖走了……

小玉连连叫骂，什么妖都好，只有他们狐妖，是最大的害人精，九尾狐君、阿陌、涧狐，没一个省油的灯。

月光穿过窗棂洒在杜婉仪的妆台上，柳如之沉浸在月光中，看着窗前的娇妻，有些恍惚。

"夫人，今晚月色正好，我想去镜湖走走。"

杜婉仪拔钗的手陡然停在发间，一旁伺候的月莹差点叫出声来，急忙捂住自己的嘴。杜婉仪不动声色地看了月莹一眼，站起来，走到柳如之身前："夫君想去镜湖赏月？"

"这样一个月圆东风夜，实在不忍辜负。"

"那我陪夫君同去赏月，如何？"杜婉仪话音未落，月莹紧张地抓了抓她的衣袖，微微向杜婉仪摇了摇头。

"那自然好！"柳如之体贴地为杜婉仪理了理头发，"只是，夫人昨夜没有睡好……"一言勾起昨夜的苦短春宵，杜婉仪脸颊不禁红了，"乍暖还寒，夫人着了凉怎么好……"

"没关系，正如夫君所说，花好月圆，怎忍辜负？"

能有夫人陪同，柳如之逸兴更起，急唤月莹取来冬日里才会穿的氅衣，携着杜婉仪出了门。

月莹一路忐忑不安地随着柳如之夫妇来到镜湖，她实在害怕，再游镜湖的柳如之，又会梦见什么或者看见什么，那么一切，岂不是又会回到原点？

比较起来，杜婉仪倒是从容得多，她时常不自觉地想起不哭和她说的那些话，无论老天给你安排了什么，自有他的用意，先平静地接受，而后再去分辨。这一切美好，来得本就奢侈，若是老天想要收回，也只能平静地接受。

不哭得了消息，也跟着来了，当柳如之鬼使神差地又坐到了那级石阶上，不哭的心的确提到了嗓子眼，他甚至不知道，自己是在怕，还是在盼——阿陌就那样离开了，就像她从来没有来过，不哭甚至想，如果柳如之还能忆起她一二分，大约也是个慰藉吧。

柳如之看着湖面上的月亮，呆呆地出神，半晌没有说话。不哭想起，那日柳如之命悬一线，他以柳如之的目光看着阿陌，他希望，阿陌能有哪怕一分的感动和留恋，而现在，阿陌不在了，不哭又希望，柳如之哪怕能回忆起一分的曾经，哪怕是阿陌希望他全部忘记的曾经。

忽然，不哭的眼睛被一丝微弱的亮光点燃——是柳如之眼角滑落的一滴泪，反射着幽蓝的月华，射向不哭眼里，也射向在场的所有人——人们都在惊恐地猜测，柳如之又感觉到了什么，还是又回忆起了什么？月莹几乎要哭出声来，杜婉仪纵然再有历经磨难的从容，身子还是微微一动，把手轻轻搭在柳如之肩头："夫君，你……怎么了？"

柳如之匆匆抹了抹泪水，又以匆匆的笑容掩饰着自己的难堪："不知怎的，今夜的月亮格外美，美得……让人有些伤心。”

众人的一颗心都放下了，不哭的一颗心也放下了，说不出是心安，还是失望，就像刚才说不出是怕，还是盼。

“夫人，咱们还是回去吧。”柳如之为杜婉仪紧了紧氅衣，“人生苦短，更莫相负。”

“夫人，我即日上京，夫人若是不愿，我就去和母亲说，我不去……”

杜婉仪捂住了柳如之的嘴巴：“夫君有这个心就好了。”

“夫人不担心一别之后，二地相悬，虽说是三四月，却谁知五六年？”

杜婉仪笑着摇摇头：“我的命早就在夫君命里，不畏离殇。”

柳如之更紧地将杜婉仪揽在怀里：“有妻如此，夫复何求？”

不哭看着两人渐远的身影，相依相偎相低语，也许，这就是阿陌想要的结果吧，她当年没有得到的，终究还是有人得享了。

不哭觉得自己心底被压上了一块沉沉的大石头，压得自己几乎喘不过气来，这块大石头是什么？就是一个“爱”字吗？

他这样爱着她，梦着她，看着她，想着她，他的曾祖柳克让处心积虑地在她眉间描下花钿，作为制伏她的软肋，到了他这里，却毫不犹豫地将可以制伏她的法器付于烈火。

她呢？她可以将自己的元神换得他死而复生，她会不爱他吗？可爱恨如此浓烈的阿陌，却从来没有认真地对他说一句心里话，更别提那个字。就像什么都不曾发生过，归于无形。

想来，他和她，一共才说了几句话？

想来，那个字，又何必非要说出来，又何须非要说出来？

想来，食色男女，世间爱欲，比起他们，不过儿戏。

不哭试着像之前的柳如之那样，对着镜湖水面上氤氲云气，轻轻地问：“是你吗？”

月华如故，只有岸边的垂柳，随风轻摆两下。

不哭徘徊到竹林，他自己尚且不信阿陌魂飞魄散，何况是涧狐？

涧狐还是倚坐在一株树旁，呆呆看着夜空，不哭不知道该如何劝她，不管如何劝她，恐怕她还是那句话——“我娘亲还在的，不然，是谁抱我出了清涧呢？”

不哭没有再劝什么，只是在涧狐身边蹲下，默默看着她。

“其实，命运都掌握在我们自己手上的，对不对？”涧狐忽然抬起头，认真看着不哭的脸，问道。

命运都掌握在我们自己手上的……

不哭心想，其实，他从来没有掌握过自己的命运，从记事起，他就跟着师父夜行，他甚至不知道自己要去哪里，为什么要这样。

可是，这到底是他自己的选择啊，否则，那么多的美人美妖小姐公主相留，他也从来没有想过要离开师父，放弃夜行路，千年下来，纵然再驽钝，他也慢慢看到一些夜行的意义，又从这意义里，看到他的命运，他自己能够掌握的命运。

“我娘，选过爱，也选过恨，最终选择的还是她想要的命运。不是吗？”涧狐忽然站起来，飞奔而去，不哭放心不下，紧随其后，纵然涧狐有多年的修行妖力，可论脚力，不哭还是胜了几分，不哭跟在涧狐后面，一边跑，一边侧脸看着她，那是一种平静的决绝，暗含着极大的温暖和勇气以面对未来的莫测。

来到清涧旁，涧狐终于停下了，在她纵身跳入涧水的一刹那，不哭才明白，她到底要做什么，以及刚才她的那句话到底是什么意思——她已经平静地接受了母亲的逝去，并以新的姿态面对将来的命运——甚至，说“接受”和“面对”并不合适，是“选择”！

涧狐一直不甘心，她苦等着把她抱出清涧的“姐姐”，因她以为，这个人，除了阿陌，再没有其他人的可能——然而，的确没有“其他人”的可能，却仍还有一种可能，就是她自己……

不哭甚至不忍去想，当涧狐决定亲自抱出清涧中的自己时，是以何种勇气斩断对母亲重归的期待？

“我娘，选过爱，也选过恨，最终选择的还是她想要的命运。不是吗？”

涧狐也以这种方式，选择了自己的命运。

狐族，果然最多情，也最决绝。

果然，敏感如不哭，猜测的不会错，他看着涧狐含泪从清涧里抱出小小的自己，并摘下山间桃林的桃花蕊，喂给小小的自己，肉嘟嘟的娃娃蹭着她的手臂，从此，她就有了名字，叫涧狐。

涧狐记得，这是记忆里第一次与别人肌肤相亲，而这个别人，竟然到底还是自己，就像之前，孤零零地在水里，百无聊赖地玩着自己的小手、小脚。

看似，弥天槛的束缚注定了她一生的结局，其实，那不过才给她一个新的开始。

不远处的九尾狐君看着这一幕，百感交集。

造化弄人，原来如此。

涧狐以法术变换了容颜，携着小小的自己，飞渡万仙山、九华山，飞渡万水千山，到了南越浮彩山，她要将小小的自己交给“年轻”的九尾狐君。

踏进浮彩山结界的时候，涧狐忍不住想，虽然现在的外公，依然姿容卓然，但和此时此地还在浮彩山称王的那个自由自在的狐君相比，恐怕还是有些区别的。弥天槛中羁押了七百年，谁又敢说初心不改，本性未移？

一池菡萏旁，九尾狐君正揽着一只修炼半成的彩凤，睥睨着夜空中一朵灰白的云。千年了，除了眼底的桀骜埋藏得更深了，外公的容颜竟没有丝毫的变化。

九尾狐君抱着这个孩子，不用证实，他一下子就相信了，这就是他的小阿陌。如今连他那个敏感古怪的宝贝女儿阿陌都有了自己的女儿，只是，那样乖张的阿陌，到底经历了什么，才会带给他这样一个粉雕玉琢一脸无邪的小阿陌？

果然，就如九尾狐君“曾经”告诉涧狐的那样，“年轻”的九尾狐君缠着她不放，问她是谁，问孩子哪里得来，还问孩子的母亲又在哪里……只是，除了那句“早晚有一天，这个孩子会带你找到她的母亲”，涧狐还留下一句话，那便是“狐君不必问谁人何处，只一念向前，终有所悟”。

九尾狐君看着涧狐，稍稍平静了一下：“你虽不愿以真面目示我，我却能感觉到，你身上也有狐族的气息，既是我族类，可以留在南越。你还有其他家人吗？”

涧狐沉默片刻，到底说了句实情：“我刚刚失去母亲。”

狐君凌厉的目光变得慈悲：“那你留下来，照顾我的小外孙女吧，日后凡事，都有本君罩着你。”

涧狐望了望渐白的东方，微微笑笑，不置可否，忽然后退一步，跪在九尾狐君身前，叩首三拜。狐君略吃一惊，正想上前搀扶涧狐，一道似有似无的金光似乎穿透伏在地上的单薄身子，涧狐就在他眼前“消失”了，任他施展何种法术，都再找不到任何气息。

涧狐也才领略到，弥天槛竟有如此神通，无论天涯海角，都能在太阳初升的一刻，须臾将她收回。

弥天槛越长越高，渐入云霄，黑铁皮人虽在房间打坐，心却随着弥天槛入了九重天上。

就在今日了。

在这个地方逗留了这么久，久到见证了一个宅门的风起云涌，尘埃落定，不过是为了今日——青诛前往峨眉，途经中原，就在今日。

至于怎么做，他早就打定了主意。他要爬上弥天槛之巅，虽然那儿和真正的九重天还是遥不可及，但已是人间所及的最高峰，比牧野城北的万仙山还要高出百丈，他要在弥天槛之巅大声呼喊曾经的自己，那个还叫作青诛的上仙。青诛一定能听到一千年后的自己的呼唤，就算听不到声音，也一定能感觉到那颗心的殷切，年轻时的他，多么敏感，多么柔软。

一个致命的问题就是时间，青诛途经此地的时间。

所谓天上一日，人间一年，时间就像一条河，在仙凡之间，以不同的速度流逝。半点的计算差异，或者青诛一个偶然的顿首，都可能耽搁了很长的时间，也就是，青诛飞渡弥天槛上方的时间，虽然在午后，但很可能因为各种微小因素，延误到傍晚，甚至到了太阳落山，而那时，随着弥天槛的消失，黑铁皮也不得不回到地面。

这个致命的问题，困扰黑铁皮很久，直到他看到不哭偎着弥天槛安睡的样子，一个念头忽地在他心里升腾——也许，让不哭以自己的身躯覆在花樽之上，能够阻止弥天槛化为花樽里的小草？

毕竟，弥天槛里有她的……一部分……

黑铁皮不信，她真的烟消云散了，再无半点痕迹，否则，不哭也不会常常倚着大树，像个蜷在母亲怀里的孩子。

只要，她还有一丝气息在这里，断舍不得让弥天槛穿透不哭的身躯，化为花樽里的小草，如此，也许能延迟弥天槛消失的时间。

第一次产生这个念头的时候，黑铁皮的心仿佛被狠狠抽打了一下，抽他的人，是那个曾经信誓旦旦给她承诺的自己。他答应她，好好照顾这个孩子，她甚至没有太多奢求，只求他像对待小青弥山里的任何一个小妖那样，对待她的孩子，因她知道，就算对青弥山里一只最不起眼的小妖，他都不忍心看到一点伤害。

可如今，他真的要做出这么残忍的事情吗？

在对这个念头产生动摇的时候，另一个人又狠狠地抽打了他的心，这个人，是曾经同赤伏一起拜师学艺的自己，是曾经同赤伏出生入死同袍同泽的自己，是曾经险些把赤伏害得魂飞魄散的自己。

这几个月，他的心一直被这样撕来扯去，直到今天，把不哭叫到面前的时候，他才知道，那个念头一产生，就永远不可能消失了。

不哭一言不发地听着师父的交代，师父对他说话，从来没有过这么一本正经，也从来没有过这么如履薄冰。

不哭曾想过，为了师父，他大约会与弥天槛同生共死，那么今天，他也会为了师父，死死抱住这个花樽，直到最后一口气。

黑铁皮突然发现，一直让他惴惴不安的不哭，而今做出的承诺竟然让他这样安心，那种感觉，就像当年与赤伏并肩作战，彼此交托性命的信任。

最后，不哭说："师父，如果我能挨过今晚，我想带那娃娃一起走。"

黑铁皮没有说话，半晌，点了点头。

才到晌午，黑铁皮就爬上了弥天槛之巅，不哭给女娃娃裹了个结实的襁褓，紧紧系在自己身后，他不知道自己会以什么样的状态挨到今晚，但如果还有机会离开这里，他希望能带上这个娃娃，就像师父当年，不知道从哪里带上了呆呆的小不哭。

不哭从土里挖出埋了百余日的花樽，偎着大树坐下，把花樽紧紧抱在怀里，就像对着一个久别重逢的老友。

一千年前，九重天上的青诛，从来没有感觉到高处不胜寒，而今缩在弥天槛之巅的黑铁皮，虽在九重天下遐霄不及的地方，却感觉格外酷寒。

一些天赋异禀的飞鸟竟然飞到弥天槛之上，那些遐霄中渐近的小黑点屡屡刺激黑铁皮，让他以为要等的人终于来了，直到它们飞到近前，黑铁皮绷紧的神经才松弛下来，几乎瘫软在树枝上。

黑铁皮想起小玉说过的那句词——

想佳人，妆楼颙望，误几回，天际识归舟……

记得当时，他听到小玉一脸痴迷地吟起这句，几乎打了个冷战，当年的赤伏，英武倜傥，却没有那么多的儿女情长，如今，这只短粗残疾的丑熊，却这般婉约缠绵，黑铁皮真的是欲哭无泪，哭笑不得。

看着太阳从头顶一点点挪向西山，黑铁皮觉得，这三四个时辰，比他们夜行千年还要漫长。

就在黑铁皮焦急地望向渐衔半日的西山时，身后一阵轻风袭来，他陡然惊起，没错，是他来了……

一身青衣，腰间别着一支崭新的铁笛，爽朗清举，灼灼辉光。黑铁皮几乎忘了自己曾经的模样，他看到青诛眉头紧皱，目光忧惴，一只拳头空握着，里面攥着的东西，就是他此行的目的了。

黑铁皮大声呼喊，声音震得弥天槛树叶沙沙作响，青诛却没有丝毫察觉。振聋发聩的呐喊让黑铁皮双目通红，可声音还是被茫茫的青霭淹没，他们之间隔着的，不是这茫茫青霭、几朵白云，而是一千年的光阴啊……

树下的不哭在承受着巨大的痛苦，太阳西下是倏忽间的事情，弥天槛早该缩进花樽，却因不哭身躯的阻拦勉强撑在地面，但已经摇摇欲坠。不哭把花樽紧紧贴在胸口，只觉有无数长针细细密密地刺入后背，深深扎进脏腑之中，无数无形的根须是要穿透他的躯体进入花樽。

剧痛之中，不哭勉力抬起手，摸了摸身后的女娃娃，这一摸，女娃娃又“咯咯”笑起来，不哭才放下心来，他承受的痛苦，看来并没有传导到她的身上。

小玉看着不哭的脸色从惨白到铁青，再到灰黑色，实在不明白他们到底要做什么。小玉无数次地听老爹说，弥天槛昼起夜逝，乃是天命，而他们此刻，为什么要如此逆天而行?

小玉奔过去想要抱住痛苦不堪的不哭，却被一股巨大的力量弹开，重重摔在地上，头先着地，几乎昏死过去，竟也感觉不到疼痛，只觉得脑子里嗡的一声，似有一道金光闪过。

就在同时，青诛拳头里握着的东西突地闪了一下，青诛心里一惊，低头望去，但见一棵奇树高得罕见，上面还站着一个邋里邋遢的古怪老头子。

黑铁皮看到青诛向自己望了过来，几乎要跳起来，更大声地呼喊："青诛！青诛！救他！救他！不要去峨眉！救他！救他！"

青诛看着这邋遢的老头上蹿下跳，实在不明所以，再往下看，一只丑熊一瘸一拐地走向一个蜷缩在地的年轻男子，那男子怀里不知抱着什么宝贝，已然痛苦万分，却还不舍得撒手，青诛感叹，世人汲汲，无非名利富贵。

不哭已经没有知觉了，脑子里最后的意识大约是，就这样吧，让身子和弥天槛融在一起，也许是最好的归宿……不哭觉得自己慢慢跌入黑暗的深渊，一只手温柔地拖出他，使他慢慢地下降、下降……一切痛苦都消失了，他只感到无比的温暖和温柔，蜷缩的身子终于舒展，怀里的压迫终于解除……不哭陡然睁开眼睛，竟然看到了离自己一丈远的花樽，再看自己怀里，已然空无一物！原来，是那只无形的手把他推离了花樽！弥天槛终于摆脱了障碍，渐渐缩小，落进花樽中……

眼看着青诛渐渐远去，黑铁皮没有感觉到自己正随着弥天槛的缩小慢慢下降，只觉得嗓子里涌出一口血来，最后的呼喊，伴随着鲜血四溅……

青诛回过头来，看着那参天大树慢慢消失，看着那个怪老头慢慢下落，最后，目光落在那只丑熊身上……这丑熊，到底在哪里见过？

斗转星移，百妖离散，三人睁开眼睛，身所在处，正是那夜不哭埋了柳克让头骨的婆娑古道，历经百余日，他们又回到了一千年后的大宋。

黑铁皮看看不哭，又看看小玉背篓里的花樽，一言不发，双眼通红。

陆续从弥天槛里散出来的百妖也感觉到了黑铁皮的杀气，飞落到不远不近的地方，等着看一场蓄势待发的风暴。

小玉也打了个寒战，老爹竟这样看着不哭，若说以前，他生了不哭的气，目露凶光，而此时，不是凶光，而是杀气。

不哭从来没有躲闪过黑铁皮的打骂，而此刻，他却飞速地后退两步，解下背后的襁褓，将女娃娃轻轻放在地上，又乖乖走回黑铁皮身前，还没站定，不哭感到头上重重一击，紧接着，一通密集的拳脚落在自己身上，那不是拳脚，是利刃，虽然黑铁皮以前也打过不哭，比起此时的拳脚，曾经的打骂，简直可以算是爱抚。

百妖呆呆地看着这一幕，就连刚刚失去亲人的九尾狐君和涧狐，脸上的忧戚也被惊诧所取代。涧狐甚至忘记上前解救不哭，待她回过神来，却被九尾狐君牢牢地抓住。狐君从来没见过这样的黑铁皮，就连面对某些穷凶极恶，连他都觉得给妖界丢脸的恶妖，黑铁皮也没有过这样的憎恶和暴怒……不哭，到底是什么人？在一个机缘巧合的情况下，他猜出了小玉曾经的身份，经过几番试探，他觉得自己的猜测八九不离十。但不哭，到底又是什么人？

小玉看着疯狂的黑铁皮，再不能像以前那样动动嘴皮子，他上前抱住黑铁皮的腰，没想到，黑铁皮回首一拳，打得小玉嘴角流血，小玉傻在原地，老爹从来没有动过他一根手指啊，而今一拳，毫无情面，直接见了红。

黑铁皮沙哑着嗓子，打骂一句：“滚开！否则我也打死你这死瘸子！”

“瘸子”两个字出口，黑铁皮才意识到自己的绝望，一千年了，他听不得这两个字，想不得这两个字，只要有人用这两个字去说小玉，他恨不得将其当场掐死。

可此刻，他亲口恶狠狠地说出这两个字，也恶狠狠地掐断了自己所有的期望，任由绝望、悔恨淹没自己的理智……

拳脚继续在不哭身上发泄，良久，黑铁皮才意识到好久都没有小玉的声音了，心里一个可怕的念头陡然升起——他比谁都明白，小玉的自负、开朗，其实都建立在一个很虚幻很脆弱的基础上，小玉到底有多自卑、多悲观，他比谁都明白，难道说，刚刚出口的那两个字，让他亲手毁了那个脆弱的基础？

小玉，千万别做傻事……

“快、快去找小玉！”黑铁皮脸上的杀意换成了巨大的焦虑和无助，刚才还在他刀俎下鱼肉般的不哭此时成了他的伙伴，和他一起阻止小玉做傻事的伙伴。

黑铁皮带头向远处的村庄奔去，要自尽的话，总得有工具吧，村里有井，有刀，有绳子……黑铁皮不敢想下去，一边奔跑，一边大呼小玉的名字。

快到村口的时候，一个低矮的身影闪过来，黑铁皮还以为是看门的狼狗，还没看清形容，只觉得浑身一凉，眼睛忽地睁不开了。黑铁皮摸了摸自己的脸，手上湿漉漉了，是被人当头淋了一盆水吗？

待擦干眼周，黑铁皮借月色才看清，小玉站在自己面前，一手拿着一把刀，一手拎着一只大公鸡，正一脸关切地看着自己。

“小玉，你没事吧……”

“老爹，你没事吧！”小玉扔下手里的东西，跑向黑铁皮，黑铁皮一把把小玉抱在怀里，爱怜地摸着他的脸，忽然大叫起来，“你，你流血了！你伤到哪里了！你真傻，怎么能……刚才是老爹不好，老爹发了失心疯，才会说你……你不要……”

小玉举起黑铁皮的手：“老爹，是你手上的鸡血沾到我脸上了！”

黑铁皮看着身上的殷红，这才意识到，刚刚被当头淋的，不是水，而是鸡血。黑铁皮猛然又意识到另外一件事，小玉刚才走的那两步……再正常不过，太正常了。

“你的腿……”

“我的腿怎么了？”小玉后退两步，看了看自己的腿。

黑铁皮瞪大了眼睛，两条腿还是那么粗，那么丑，却是一样长短的，健康的！

“你的腿什么时候好了？”

小玉也瞪大了眼睛：“我的腿什么时候坏过？”

原来……原来，青冰到底是察觉了什么，虽然他没能明白自己的全部意图，但到底还是捕捉到了一丝信息，所以，在峨眉山的紧急决断中，这一丝信息，让他能够在那许多无奈的选择中，做出了最好的选择……果然，一切努力，到底没有白费。

小玉无奈地摇摇头，走到不哭面前，心疼地看着不哭：“鬼脸仔，你不要生气，老爹是得失心疯了，所以，他打你不是针对你，你看，他还管我叫瘸子呢！”不哭看了黑铁皮一眼，正对上黑铁皮扫过来的目光，黑铁皮心里一动，这孩子，心地竟这样纯善吗？他的眼神里，没有一丝的怨怼，只有迷惑的探究和深深的关切。

黑铁皮没有说话，一句道歉和安慰都没有，转过身，恢复了往日的沉默和冷峻：“好了，上路吧。”

不哭和小玉对视一眼，乖乖跟在后面。百妖懵怔地看了场大戏，又不知这大戏为何骤然收场，面面相觑之后，也悄然跟在了后面，继续赶路。

小玉一边走一边扯了扯不哭的衣角，一脸得意地说：“我就说嘛，公鸡血治失心疯是最管用的。哼，在柳宅的时候，你还不听我的，也许早点给柳如之用上，就没有那么多官司了……”

不哭没有再和小玉争论，回到刚才放下襁褓的位置，重新背起女娃娃，继续赶路。他从来都不相信，柳如之得了失心疯。

一切都是注定的，尽管悲欢离合，都不可逃脱。

柳如之，这个名字以后将和自己再没有任何关系，就如同他受过的委屈、苦难，都像每个白日的故事，终被茫茫夜空消融无形，濯出一颗明亮如初的心，继续迎接明天的太阳。

罗绮劫

不哭始终不愿意相信昕姑会杀人，忙道：“一定是别有隐情吧？”

“这件事倒真是有些隐情的。”千羽王叹了口气，“几位有所不知，昕姑的确是临月第一织女，她虽然年纪不大，但手艺举世无双，短短几年便声名大噪，找她制衣之人多如过江之鲫，就连本王想要找她制衣，亦排到一年之后。正因为她有这样的手艺，所以在她及笄之前，便有许多人来找她预订新婚喜服，问题便出在这新婚喜服之上。”

太阳终于升起，当一抹阳光照射过来，花樽里的小苗在光芒中慢慢长大，小小的树干慢慢变粗、变高，枝叶随之变大，愈加繁茂，树干渐冲云霄，枝蔓展向四方，周遭的一切慢慢雾化，仿佛被这无限长大的树吸了进去，斗转星移，烟云渺渺，待大树停止生长的时候，三人看清了周遭的一切，一如千年来他们每天经历的一样，又是一个完全陌生的地方。

不哭抓着一根粗壮的树枝稳住身形，四周雾气尚未散去时他便听到四周的惊呼声不止，就知道他们这次到了一个喧嚣的地方，不是上回肃穆的墓园，也不是最让小玉恐慌的荒漠或海岛。

细看下去，围观的百姓虽然神色不一，却都是锦衣华服，显示出这里的富足。这让小玉有些开心，即便是被人当作妖物追打，起码，有人的地方就有吃的。不至于像有一次到了沙漠深处，倒是没引起什么惊恐围观，但整整一日的暴晒与水米未进让他至今不愿回忆。

不哭习惯性地让自己忘记了昨夜——为什么师父会像变了个人，下死手去打他，甚至破天荒地咒骂小玉——忘记了昨夜，连同柳宅的是是非非、恩恩怨怨一同忘记，一千年了，他学会了这种“忘记”，因为每个白日，都是一个新的世界，就像一个新的生死轮回。学会这种忘记其实并不容易，因为他也要学会忘记其实自己一直都牢牢记得。

不哭拨开身前浓密的枝叶打算从树上跃下，眼角突地飘过什么东西，他扭头去看，双瞳骤然一收，脚下使力，整个人朝那个方向弹射而出！

是一个迅速坠下的人！想来这大树从地面突然长出，将原本地面上的人带至半空，若然这一下摔实了，这人不死也会残废！不哭心中焦急，使尽了平生的本事——虽然他也没什么本事可言，唯有身体比平常人强壮一些，到底赶在那人落地之前，将之接在怀中。

是一个女子。年纪轻轻的模样，从那么高的地方坠下，却没发出半句呼喊，清秀的脸上，神色平静得宛如一潭死水。

不哭这才看清她的脖颈上套着行刑的绳索，纤白细弱的颈子被那绳索紧紧地勒着，勒得皮肉都凹下一块。

弥天槛行踪随意，这么些年不哭他们去过的古怪地方更是数不胜数，但出现在刑场上，还顺势撑起了绞刑架上的女囚，却是头一回。不哭喉间发紧，只看着这绳索他都觉得呼吸困难，可这姑娘仿似没有半点知觉，仍是那样安静地看着他。

哀莫大于心死。

根本无须什么绳索、什么死刑，这姑娘的心早已死了。

看着她，不哭突然悲从心来，哭笑不分的古怪毛病让他的脸上现出一抹笑意，看起来倒像是在嘲笑这姑娘。

“为什么伤心？”

不哭怔了怔，看那姑娘的眼珠动了动，苍白的双唇轻轻张合：“你……为什么这样伤心？”

是在……问他？

她竟然能看穿他的笑……竟然能懂得他并不是在笑？不哭惊得合不

拢嘴，那抹奇怪的笑意僵在嘴角——她居然能看懂，之前，任何人，初见他这个毛病，哪怕是那个对他心存感念，又极从容淡雅的杜婉仪，见了他不合时宜的笑容，都会向他抛来提示的、略带不满的眼神。可这个姑娘看着他怪异的笑，却在问他，为什么伤心……

可是，他在伤心吗？为什么他不知道？他伴在师父身边，又有小玉时时关怀，怎会伤心？不哭不知该如何回答这个似乎在等他答案的姑娘，只觉得心里又酸又胀，一些极为陌生的情绪在他喉头连连滚动。

“我不伤心。”他迷茫地摇摇头，“我只是在怜悯你。”

那姑娘的唇角动了动，似乎想笑他，可到最后也没勾起那抹笑容，只是盯着他的眼睛又说了一句：“你好伤心。”

不哭不知道该说什么，他看着这姑娘的眼睛，只觉得自己好像落入了一汪无底的深潭，那样的深邃安宁，让人不由自主地沉沦下去，不自觉地舒适与放松，直到与这个深潭的世界再无任何的屏蔽和戒备。

突然他的后背被人拍了一下，不哭惊醒过来，回过头，看到小玉正皱着他那胖乎乎的脸朝自己龇牙。

“你怎么总是学不乖？又不是不知道老爹最讨厌你到处留情，什么大家闺秀小家碧玉异国公主……这次竟连个死囚都不放过！”

不哭闻言立时松开抱着那姑娘的双手，那姑娘便跌坐在地上，不哭又急着去扶，那姑娘又恢复了刚刚不言不语的模样。

“我没有……”不哭小声替自己辩驳了一句，偷偷朝黑铁皮看去，黑铁皮还是盯着小玉毛茸茸的腿，并未留意他们的对话，不哭当下松了口气——可是，不哭实在不明白，师父这样一脸柔情地盯着小玉的腿，足有半夜了，看到现在居然还没有看够。他从来没有见过师父这样的神情，倒是有一次，他们落到一户农家，赶上一个刚刚丧夫的农妇临盆，年近半百的新妈妈望着自己皱巴巴的女儿，就是这样的神情。

宋小玉摸着自己的胖脸叹了一声，他也明白不是不哭多情，而是那些姑娘对不哭一见倾心，别说姑娘，就连收来的女妖，比如涧狐，不也是拼了性命不要也要回来救不哭吗？但这道理在他这儿说得通，在黑铁皮那里说不通，前段时间一位姑娘送了不哭一方锦帕，不哭也没有多么珍视，可被黑铁皮看见了，便将那锦帕撕得粉碎摔在不哭脸上，警告他以后再不许到处留情。

几个官差打扮的人簇拥着一个人上前与黑铁皮道礼，想来是监刑官。不哭打量着这个人，他生得身材高大、英俊潇洒，一双眼睛神采奕奕，自带一股风流之气，他身穿一件繁复华服，肩头飞翘、宽袖长摆，双肩部位各绣着金色麒麟，在阳光的照射下闪耀着丝丝金光，让他看起来异样的高贵不凡。不哭听到围观百姓称他“千羽王”，这名字，倒是名副其实。

黑铁皮和千羽王被百姓围在中间，似乎有一些麻烦，刑场被这样莫名其妙地搅乱，有百姓小声议论，说大概是昕姑有冤，这才天降神兵搅了刑场，救了昕姑性命，甚至有人早已跪地高呼仙师，却还有一些人坚决要求继续行刑，处死昕姑，其中叫嚷最烈的那批人身着丧服，神情悲愤不已。不哭还没见过这么华丽的丧服，虽然一身洁白，却在白底绸缎上用银丝绣了玉兰、龙胆等白色的花朵。这些人中有个老妇，抱着亡人牌位，哭得死去活来。

原来她叫昕姑。

“哇哇哇，苦主这么多，姑娘看起来柔柔弱弱的，这是杀了多少人？”小玉啧啧地说，不哭心头一惊，转头去看那姑娘，她还是低着头，一言不发，一脸平静，双目空洞，仿佛一切都与她无关。

千羽王最终还是顶着群情激奋，宣布暂缓行刑，只将女犯收押再审。这边话音刚落，那边人群一阵骚动，原来是那个抱着牌位的老妇听了千羽王的话，一时间脉结代，心动悸，昏死过去。她脸色惨白，真叫人怀疑是不是就随亡人去了。

千羽王好不容易平息了人群的混乱，再回头去找那三个古怪的来客……竟然不见了！

千羽王为找三人焦急不已之时，黑铁皮、不哭和宋小玉正跟着一人走到了集市之中。

那人瘦瘦高高的，生得还算端正，只是眼中的血丝与下巴上的胡茬让他显得十分不修边幅，他的头发十分油腻，也不知多久没有洗过，说话时一直挥动的双手更是脏兮兮的，十个指缝里都是黑泥。不过，他的衣着却十分华丽整洁，质地上乘、纹饰繁复，衣角袖口用金丝银线绣着精美的花纹，与他邋遢的面容形成极为巨大的反差。

“小玉……你说他为什么要请我们吃饭啊？”跟在那人身后，听他口沫横飞地介绍着本地的情况，不哭总感觉怪怪的，他们行走千年，自然遇过很多布施行善之人，可眼前这个把他们拉出刑场说要请客的人，怎么看都和从前遇到的那些善者不一样，衣服看起来也像是偷来的。

宋小玉满不在乎：“管他呢，先吃饱了再说！”

不哭心里不安，又看向黑铁皮，见他轻眯着眼、微昂着头，也是一副“老子想吃就吃”“老子还怕一个凡人”的模样，当下不敢作声，加紧脚步跟在他们身后。

最终他们到了一座名为“聚仙楼”的酒楼之前，宋小玉看见这酒楼的名字便笑了：“这名字取得其所。”

他自然是在说自己是仙人，来到这里是实至名归，不哭却听得脸红，他们是哪门子仙？充其量是黑铁皮这只大妖和宋小玉这只小妖，再加上他这个不知道是人是妖的东西，若这酒楼叫“聚妖楼”还更合适一点。

那一路上不断讨好他们的人听了宋小玉这话却是大喜，拉住黑铁皮就往酒楼里走，边走边呼喝小二带路，一副熟门熟路的样子。

谁知小二并不买账，手臂一伸横在几人身前，脸上虽然带着笑，说话却不客气：“赌二儿，这是发财了？可先说好，咱们小店概不赊账。”

不哭看了那人一眼，原来，这个拉扯着非要请他们吃饭的人，难道是个赌徒吗？小玉和黑铁皮却像什么都没听见一样，比饭菜更重要的东西，对他们而言实在不多，想来想去，弥天槛算一个吧。

赌三儿眼睛一瞪："怎么说话呢？我赌三儿人品和赌品一样好！"

小二撇了撇嘴，似乎并不相信，赌三儿瞄一眼黑铁皮三人，急着将小二扯到一边，咬着牙低声道："若付不出账来，便以我这衣服顶账，总行了吧？"

小二喜上眉梢："这自是行的。"说着，回过身来客客气气地将黑铁皮三人迎进雅间。

赌三儿十分豪气，进了雅间后也不看菜牌，一口气连点八道大菜，光听着那些菜名宋小玉的口水便已滴到桌上，不哭也是喉头连动，他们虽然活得久，但每日颠沛流离，有风吃风、有土吃土，鲜少有机会享受什么口腹之欲。

只有黑铁皮对这一切神色淡然，一副见惯大场面的样子，让不哭和宋小玉都有点惭愧。

不哭揭开背上的襁褓，赌三儿这才发现，他要请的不是三个人，而是四个人！赌三儿打量着这三个人，着实不像能养孩子的模样。不过他又打量着襁褓中的婴儿，生得粉雕玉琢，人间孩子几个能有这样标致？想必是个小仙子，既是仙人，自然不必按凡人的套路推测。

赌三儿殷勤地为三人倒茶，脸上的笑容跟他的头发一样油腻："地方简陋，三位仙长将就将就。"

不哭正把蘸着鸡汤的饼子喂进女婴嘴里，听了这话，不由咋舌，他们所处的酒楼不说金碧辉煌，也是宽敞气派，这还叫简陋，那可再没什么好地方了。

黑铁皮仍是不言语，也不喝茶，只闷头喝他葫芦里的酒，赌三儿见那酒似乎没剩多少，连忙叫来小二，让他搬来成坛的好酒给黑铁皮的葫芦装满。

几口酒下肚，菜也陆续走起来了，黑铁皮将一盘烤羊腿推到宋小玉面前："这个别人不要吃。"小玉先抓了一个啃在嘴里，才含糊不清地抛出疑惑："为什么？"

"吃哪儿补……"黑铁皮忽然呆住了，小玉的腿已经好了……不，不是好了，是从来没有坏过，从来没有。

小玉和不哭对视了一眼，心照不宣，黑铁皮和小玉的腿算是过不去了。小玉无奈地夹起一只兔头："老爹，你也补补。"

赌三儿左看看右看看，着实想不到仙人说起话来竟然这样奇怪，不过，好歹见到一直冷着脸的黑铁皮夹起兔头的时候眼里终于露出温柔的笑意，赌三儿喜不胜收，连连催菜，一边又与他们介绍当地的风土民情，虽然极少得到三人回应，却也聊得不亦乐乎。

此处名为临月城，那个千羽王便是临月城城主的弟弟。临月是个特别的地方，它的特别之处不在于其物产之丰富百姓之富饶，而在于临月城上至城主下至百姓，全都对服饰有着极为特殊的喜好。

这里的所有人都以能穿极尽奢华的衣物为荣，为了一件衣服，甚至不惜倾家荡产，人们不断地寻找上等衣料制造精美的衣服互相攀比，千千万万件精美的衣裳往往只穿了一天就被束之高阁或弃之如敝履，其间糟蹋浪费的布料衣物不计其数，可临月人非但不觉得这样铺张有何不妥，甚至每年还举办一次极为盛大的斗衣节，比斗谁的衣服最名贵、最华美。

听他说完这些，不哭才明白为何赌三儿形容邋遢，可衣物却华丽整洁，恐怕也是因为临月人的这种喜好。

"临月城也不是人人这般虚荣无聊吧？"黑铁皮往嘴里大口灌着酒，这才挤出来一句话。

"虚荣？无聊？上仙这可说错了。我们这里有个说法，'天之于神，衣之于人'，就是说啊，这茫茫苍天就是神的衣服，我们凡人敬神敬天，所以也要把衣服当成天，当成头等大事！"赌三儿说得气鼓鼓的，仿佛是谁亵渎了他的信仰。

"天之于神，衣之于人……"不哭小声重复了一遍，想想，倒是还有些道理，人与人之间，都是衣冠相对，除了特殊情况，几乎没人能见到另一个人“真正”的样子。真的就好像，人们见不到神，抬头去看，只有茫茫苍天。

小玉不屑地问：“你们不仅虚荣，还虚伪，都当成天去敬了，你方才还说，千千万万精美衣裳往往只穿了一天就弃之如敝履？！”

“上仙这又不懂了，常言说，日新月异，一天都过去了，谁头顶还顶着昨天的天啊？穿旧衣服，那是穷人没法子才干的事儿，说白了，是丧气的事儿！”

小玉听了这话，无奈地翻了翻白眼，心想这歪理邪说一套一套的，还挺持之有故，还挺言之成理。

小玉不禁想到，之前，曾去过大宋咸平几百年后的一个地方，看到一本叫《镜花缘》的书，里面有各种奇怪的国家，各种奇怪的特征，人们活在其中，不觉其怪，理所应当地按着他们的规则生活着。比如那个聂耳国，那里的人更奇怪，耳垂至肩，走路都要捧耳而行，相书上说“两耳垂肩，必主大寿”，但此国自古以来，从无寿享古稀之人。

或许，他们还觉得我们习以为常的东西非常奇怪呢，看来是非曲直，本来就是相对的，不过，茫茫寰宇，芸芸众生，总该有些东西，是值得坚守、追求的吧？

黑铁皮喝得满足了，指了指窗外：“我刚才说，不是人人这般虚荣，指的是她们。”几人向窗外望去，街对面走过去几个布衣荆钗的姑娘。

“哦！上仙说的是她们啊！”赌三儿眼里露出不屑，“上仙细看，她们怀里抱着什么？”

不哭眼力最好，望着已渐远去的背影也看得出，她们有人怀里抱了绸缎，有人怀里抱了蚕丝，都是些衣料。

“她们是织女！”织女，说出这两个字，赌三儿嘴里像啐出了一口浓痰。

“牛郎织女？天帝的女儿啊！”小玉一副了然的样子，“就是做衣服的女孩吧？你们果然推崇衣物，所以把做衣服的女孩当成天帝的女儿！”

“呸呸呸！不是你们说的那个织女啦！织女在临月是最下等的，有人生没人养的女孩才肯去做织女，所以，全城的人，哪怕是个乞丐，只要有机会，都可以锦衣华服，只有织女，必须布衣素衣！”

小玉又给赌三儿送去一个大大的白眼，不哭大约读懂了这个白眼的意思，所谓“遍身罗绮者，不是养蚕人”，所谓“可怜身上衣正单，心忧炭贱愿天寒”，人世最残酷最可悲的事情，在这个地方，得到最淋漓尽致的体现。这个临月，并不是什么值得喜欢的好地方。

赌三儿察觉到两人的鄙视，又补充道：“几位是从中原来的吧？你们有个大贤叫孟子，他说过一句话，君子远庖厨，你们那么爱吃肉，怎么还远庖厨啊？那么爱吃肉，怎么还把屠夫厨子当下等人看待啊？”

小玉不耐烦地摆了摆手，让赌三儿停了他这些歪理邪说，果然，虚荣的人大都巧言令色，这临月集了一城虚荣自私的人，出了什么怪事也不稀奇了。

不哭又陷进了自己的思绪中，生活在博学的小玉身边，对孔孟的话，他并不陌生，但君子远庖厨，说的到底是什么意思呢？是仁慈，还是虚伪？就像他们一路降妖除魔，似乎杀了个眼前干净，可这些无穷无尽的妖到底来自哪里呢，他们会不会有一个自己的世界？在他们的世界里，也应该有自己的立场、自己的观点、自己的感情吧。这些东西，是我们离远一些，装作没看见，装作不存在就可以的吗？

某次无聊而漫长的夜行，不哭说起心中的这个迷惑，小玉告诉他，佛教中也有类似的说法，比如，三净肉，加上后来的不为己杀、非由汤火而熟、不期遇、前已杀。小玉的猜测是，大德看似“矫情”地提出这个要求，大约出于一个慈悲而又无奈的本心：可能是为了防止因欲望而起的动机动作，暂时切断了从动机到动作的链条。这世上，残忍和龌龊总是太多，大德以俗人能接受的方式去训诫，罄竹难书、擢发难数的罪恶之中，十有一二能得以平息，也是好的。

赤子之心，莫过于此！

就像坚持了千年的夜行路，并不会因为古往今来、天南地北的邪祟除不尽，就放弃了。

小玉常说，不哭是个最驽钝的人，因为他常常迷惑，陷入深深地迷惑中。小玉又会说，其实迷惑的人往往是最聪明的，他宋小玉也会迷惑，只是他宋小玉更聪明一些，知道什么时候该迷惑，什么时候该清醒，什么时候又该简单得像个傻子。

赌三儿也感觉到对方心中的涟漪，于是停了织女的话题，接着方才的话解释说，并非穿旧衣都不妥，有一种情况，旧衣是可以随便穿、反复穿，那便是魁首之衣，便是天天穿，甚至穿了数月，穿了经年，只要它还是魁首，就是人人艳羡的宝贝！说得兴起，赌三儿抬起手来向他们展示自己衣袖上的精美纹案，“我这件衣服便是去年斗衣节的魁首，”他说着干咳了一声，似乎有些不好意思，“想当年在下家中也是小有资产的，这衣服是临月第一织女昕姑所制，千金难求……”

“昕姑？”不哭的脑海中立时浮现出一双平静无波的眼睛。

“哦，昕姑就是今日刑场上的死囚犯，她可害死了不少人。”赌三儿对昕姑所犯罪行并不感兴趣，只是道，“昕姑的手艺至今无人超越，若她死了，我这件衣服可就值了大价钱了。”

“听你这口气，临月人对织女虽然鄙夷，却对这位昕姑颇为推崇啊？”小玉侧着脸睥着眼问道。

“毕竟她是第一织女啊！不过推崇可说不上，就好比青楼里的姑娘，人人都愿重金去请头牌姑娘，可谁心里真的看得上她们？在我们这儿织不如妓，第一织女还比不过头牌姑娘呢！”

不哭听赌三儿这样评价昕姑，心里非常不悦，唇角微弯，看上去却像在赞同赌三儿的说法。“那昕姑究竟为何犯罪？她害死了何人？”

“左右就是男女之间的那些事儿，接连害死了几个请她做衣服的新郎，大概是常常在一处量体裁衣，日久生情了吧。唉，见一个爱一个也就罢了，可偏偏爱的都是马上就要和别的姑娘成亲的新郎官，爱上了新郎官也就罢了，还偏偏这般心狠手辣，因爱生恨，恨极行凶……”赌三儿一边说一边偷瞄着黑铁皮，他看出这几个人中黑铁皮才是主事的，见黑铁皮对昕姑和斗衣节没有半点兴趣，便闭口不提，转而去说别的。

不哭有心再问问，可黑铁皮向来反感他与姑娘交往，若是问得多了，恐怕会惹师父不开心，于是低下头去，眼前挥之不去的都是昕姑麻木心死的清秀面孔，和她那句“你好伤心”。

昕姑……昕姑……她怎么会杀人呢？一定是……有别的原因的。

“诸位仙长请慢用。”

稍一闪神的工夫，桌上已摆满了美酒佳肴，赌三儿殷勤地帮黑铁皮倒酒，口中极为恭敬地道：“三位仙长好大的能耐，携神树从天而降，本事通天啊！”

黑铁皮和宋小玉顿时开始忙活起眼前的精美食物，听了这话只是在喘气间歇“嗯”了一声以示回应，方才对赌三儿的种种不屑在这满席酒菜面前早就烟消云散了。不哭却有些脸红，想去抓鸡腿的手也慢了慢，神树是真的，从天而降也是真的，可那不是他们的本事，而是弥天槛的本事。

没得到明确的回应，赌三儿心里焦急，想着左右饭已经请了，也不想再兜圈子，赔着笑脸道：“听闻仙人都有点石成金的本事，在下对仙人仰慕已久，今日不知有没有机会大开眼界？”

不哭顿时紧张起来，却也不敢贸然说他们根本不会仙人的术法，只能望向小玉，宋小玉老神在在的，一边啃着排骨一边问：“你听谁说的？”

这可把赌三儿难住了，赌三儿挠头想了半天，才发现宋小玉问完这个问题又去埋头苦吃了，好像一点也不想知道答案的样子。

看着眼前被清扫一空的盘子，再看看正舔盘子的宋小玉，赌三儿默默地算了算时间……似乎从菜肴上桌到现在，不过一盏茶的时间。

“咳！”赌三儿的嗓子有点发紧，“还望上仙展示一二。”

“展示？点石成金之法吗？”宋小玉敲敲桌子，“还有菜吗？”

“有……有！”赌三儿连忙又叫小二，另点了八道菜。

宋小玉没有理会满脸期盼的赌三儿，等那些菜来了，更是不发一言，端着菜盘子往嘴里倒。

“上仙……上仙？”赌三儿额上见了些汗，求助性地看着黑铁皮，黑铁皮也不理他，他又看向不哭。

不哭马上低下头去，同时伸出手又扯了一条鸡腿回来。

真的是……很好吃……

一个打死不开口，一个打死口不开，赌三儿没办法，只得将希望寄予看起来就很像个话痨的宋小玉。

宋小玉连倒了两盘子菜，觉得也有八分饱了，拍着肚子问赌三儿：“你刚刚说有人会点石成金之法？谁会？能不能带我们一起去见识一下？顺便变点钱回来。”

赌三儿傻了眼：“什……什么意思？”

宋小玉“唉”了一声，想伸爪子去拍赌三儿的肩膀安慰安慰他，伸出爪子才发现自己胳膊太短，只得作罢，他扭头问正仰着脖子倒菜的黑铁皮：“老爹，你见过点石成金吗？”

“哼！”趁换盘子的间隙，黑铁皮抽空给了个回应，“不过是九流的障眼之术罢了。”

赌三儿大喜：“九流也不要紧，只要能障眼！求上仙快快变化。”

“我不会！”黑铁皮利落地给出答案。

赌三儿张着嘴看了他半天，才忍着想掀桌子的冲动慢慢消化掉这个答案。

不会就不要说得这么理直气壮啊！

“那……变化之术肯定会吧？”赌三儿看着满桌的空盘子不死心，“一会儿还望上仙陪我去赌场走上一遭，若能大杀四方，所得钱财……”

这句话他到底也没说完，因为他听见不哭小声跟宋小玉说“好久没吃这么饱了”……好久……没吃……这么……饱……了……

“在下……想去方便一下……上仙请……自便……”赌三儿咬牙切齿地说完这句话，瞅着小二没注意，猫着腰溜下了楼。

指望三个连饭都吃不饱的人变出金银财宝来，他的脑子里简直就是装了一坨屎！

赌三儿消失了半天，桌上三人才发现他不见了，等了半天也不见人回来，宋小玉连忙把桌上剩的最后半盘菜拉到自己面前：“还给他留了菜的，怎么就走了？请人吃饭还不留名，老爹、不哭，咱们今天真是遇上好人了！”

不哭用力地点头，心中对赌三儿感激得无以言表。

黑铁皮则神色阴郁地看着宋小玉跟前的菜：“小孩子不要吃那么多。”

宋小玉马上把剩下的菜倒进自己嘴里，一抹嘴巴：“嗯？老爹你说什么？”

“我说你今天很英俊。”黑铁皮挂好已经装满酒的酒葫芦，“走吧。”

不哭和小玉便都起了身，三人从雅间出来，经楼梯下了一楼，正往门口走，就被小二拦下了。

“饭资三两四钱，不知哪位客官付账？”

黑铁皮看看宋小玉，宋小玉看看不哭，不哭瞪圆了眼睛反问小二：“不是刚刚那个人付的钱吗？”

小二的眼角抽了抽，“刚刚那位赌三爷，好赌成性，自个家当输了个精光，就剩一件衣服撑面子，哪来的银子付账！”早在刚才他发现赌三儿不见了的时候心里就有了不好的预感，果然现在预感成真了，“客官还是先付账吧。”

不哭有点慌，看看宋小玉，宋小玉抬头看黑铁皮，一抬眼，发现黑铁皮也正看着他。

宋小玉的黑眼圈忧郁得更黑了，他默默地把身后的背篓脱下来抱在怀里，身子往前一倾，一下子滚成一团黑白分明的毛绒球。

小二莫名其妙地问不哭：“这是干吗？”

不哭干笑两声：“我们……真的没有钱，要不……你揍我们一顿？”

看着笑容满面的不哭，小二磨了磨牙，依了不哭的请求。

“敢吃白食！给我狠狠地打！”那小二亲自上阵拳拳到肉，他身后一个身材丰满的半老徐娘横眉立目，是这酒楼的老板娘，正招呼更多的小二过来揍人！

聚仙楼的规模不小，小二也多，不哭抱着头希望能少挨点打，宋小玉也顾不得护着花樽了，在小二军团里钻来滚去的，十分狼狈，唯有黑铁皮傲然而立，不管小二们怎样踢他打他，他都一动不动，以黑铁皮的能耐，那些小二自是不能拿他如何，最后小二们打累了停手了，他才一副回过神来的样子问：“哦？打完了？我们能走了吗？”

“走？”老板娘也没料到他们几个这么经揍，看着一个个累得东倒西歪的小二，再看看脸上连个青肿都没有的这三个，气得就快炸了！“搜他们身！今天搜不出钱来，就把他们打死在这儿！”

不哭暗暗叫苦，这些凡人虽然不能在他们身上留下什么痕迹，但他们还是会疼的，想一想，如果他之前没有把西罗国公主送他的宝石偷偷丢掉就好了，现在还可以拿来抵账，可那时他怕师父生气，在离开西罗国之前把宝石埋在了跟公主第一次见面的地方。

“慢着！”宋小玉也是叫苦不迭，“我们是真没有钱，你们要打到什么时候？给个时间吧！”

老板娘一听，好嘛！吃白食还吃出理来了，他还不耐烦了！

“搜！”

一声令下，众小二一拥而上，可搜遍了三人，也没找出一文钱来，只从小玉手里抢到了背篓里的花樽。

看着小二带过来的花樽，老板娘心气难平："你们这么大的人，出门就敢一文钱都不带，倒还有闲心养宠物！"

宋小玉左右看看，确定自己就是"宠物"，有些不满，叉着腰问："打也打过了，搜也搜过了，快把花樽还给我们，我们还要赶路呢！"

"还给你们？想得倒美！"老板娘脸色铁青，眼角一扫宋小玉，"会说话的宠物也是少见，把他抓起来卖到集市换钱！"

众小二轰然而上，上前就将宋小玉抓了起来。

宋小玉哀叫连连，一会儿叫不哭，一会儿叫老爹，可惜不哭和黑铁皮自顾不暇，又被小二军团围在当中。

"小心……不要碰！"不哭从人群间隙中看到老板娘伸手去拿花樽，连忙提醒。

可老板娘哪听他的，看宋小玉这么宝贝这花樽，以为是什么古董，哪能不看个究竟？可看了半天也没看出什么门道，又伸手去掘花樽里的土，想看看里面是不是藏了东西。就在她的指尖插进土中之时，异变突生！

老板娘的脸骤然变成绿色！鼻子变长，獠牙长出，竟完完全全变成了一个怪物样！众小二包括一楼的客人全都吓得屁滚尿流，连滚带爬地离开酒楼。

没了小二军团的围攻，不哭松了口气，再看老板娘，她的指尖仍然牢牢地插在土里，似乎有一股力量吸附着她，突然她的身体剧烈地抖动起来，原本身材丰满尚有几分颜色的老板娘仿佛被什么东西吸光了血肉！周身只剩了一张皮紧紧地裹在她的骨头上，就像一具干尸，更像一具人皮骷髅！

黑铁皮皱了皱眉，满布沧桑的脸上闪过一丝厌恶，他拔出插在腰上的铁笛，走到老板娘跟前用铁笛敲了敲花樽。

老板娘的手立时拔了出来，强大的惯力让老板娘在地上连滚了几圈，她的长鼻獠牙收了回去，而后身体也像吹气一样重新丰满起来。

“你、你们……”恢复原状的老板娘好一会儿才找回自己的声音，指着黑铁皮话都说不完全。

黑铁皮伸手将花樽拿在手里，反手向小玉抛去，小玉接过花樽，又依原样塞回到背篓里去。

“走。”黑铁皮的指令简单明了。

宋小玉拔腿就走，不哭也连忙跟上，就在三人走出酒楼之时，身后的老板娘怒喝一声！

“想走？没那么容易！”老板娘追到街上，指着三人叫骂，“赖了饭钱不说，还敢施邪术戏耍老娘！”她满眼怒火地将酒楼的小二们从看热闹的人群里一个个揪出来，一人踢了一脚：“看个屁！还不把他们抓住，不然这个月都没有月钱！”

那些小二原本被老板娘吓得够呛，这会儿一看老板娘还是原来的样子，再加上不发月钱这样的大事，当即忘了之前的害怕，七八个人一齐上前，没怎么费劲就把他们三个捆了起来！

老板娘叉着腰走过来，这才看到被不哭藏到桌子下的襁褓：“哟，还带了个娃娃？”老板娘将女婴抱起来，看清她的脸，连连称赞，“啧啧啧，一个牙还没长齐的娃娃，就生得这么周正，抱给望花楼的王妈妈，十八年后，就是咱临月的头牌啊……”

“不……不行……”不哭听了这话跳了起来，怎奈被人捆得像粽子一样，只能上下乱窜。

“是不行，”老板娘的目光一直留在女婴身上，从她的脸看到她的手，“这手生得这样秀丽纤长，还是卖去织造司吧。”老板娘似乎有些为难，一边摇头一边赞叹，“你说你们几个，哪里拐来这么个可人的娃娃！”

“这娃娃不是我们拐来的！”不哭急忙辩解。

“不是？难不成还是亲生的吗？就凭你们几个？也不看看自己的德行……”老板娘说着，鄙夷地一一扫过三人的脸，看到不哭的时候，话音戛然而止，方才一阵混乱，不哭又因吃了霸王餐始终低着头不敢看人，老板娘倒是一直没见到他的姿容，这会儿，呆呆盯着不哭的脸，又呆呆地说：“这个……这个倒像是亲生的……”

宋小玉听了这话，向不哭投去复杂的一瞥，鄙夷中还带着两分忧郁，旋即圆溜溜的眼睛闪了一道神采，小声对不哭说：“这婆娘看上你了，你快施展美男计，让这婆娘放了我们！”

不哭听了这话异常窘迫，耳根子都红了，结结巴巴地道：“什么美男计，你别瞎说……”本来师父就不高兴他理会女子，无意的接触说话都会得师父厌恶，更别提刻意的结交讨好了。

没想到黑铁皮这回倒没否决宋小玉的提议，不仅没反对，还看着不哭，目光一动不动。

不哭被他盯着越发心虚：“师……师父……”

“嗯。”黑铁皮含义不明地应了一声。

宋小玉朝不哭踢着他的小短腿：“说你呆你就冒傻气，这是为了自保，为了救命！还不快去！”

不哭看了看黑铁皮，果然没见他有什么不喜之色，以为黑铁皮默许了这件事，也就是说，师父是相信他能把他们带出困境的，这么一想，不哭特别高兴，只是脸上又不好看起来，长眉深锁唇角下垂，眼睛里竟然还闪起了泪花。

“这位……大姐……”不哭喊那老板娘。

老板娘方才凶悍泼辣得很，让人不忍猝睹，一来亏了银钱，又受了委屈，二来没有注意到不哭非凡的容貌，可现在不同了，不哭三人捆得紧紧的，犹如待宰羔羊，是杀是吃全凭她一人决定，再看不哭怎么看怎么惹人心疼，当即改变了态度，冷若冰霜仍留给黑铁皮和宋小玉，如沐春风则留给了不哭。

“小哥，别怪姐姐心狠，”老板娘抬手扶了扶发髻，“只是欠债还钱天经地义，我打开门做生意是为了赚钱，又不是为了打人的，你说对不对？”

不哭连忙点头，“可是我们真的没钱，我们也是被人骗了……”不哭把他们三人来到酒楼吃饭的过程说了一遍，“我们真的不知道那个人根本没有钱，否则我们也不会吃那么多东西……”

老板娘看着不哭完美的脸蛋，越看越喜欢，看着看着，竟像魇住了一般再想不得旁事，不哭说什么她都点头称好。

“那大姐是同意我们在酒楼帮忙，拿工钱抵账了？”

“当然同意。”老板娘说完才惊觉自己答应得太快了，就这么答应了，等他们做完工岂不就永远走了？可街上这么多人，她也没办法反悔，只得将懊恼压在心中，挨到不哭身边去，一边给他解身上的绳索一边笑着说，“叫大姐多生分，你唤我一声姐姐吧。”

老板娘挨得极近，身上的脂粉味一个劲儿地蹿到不哭的鼻子里，不哭的脸都红了，张了半天的嘴，“姐姐”两个字也没能说出口去。

老板娘给不哭松了绑就拉着他往酒楼里走，根本不管黑铁皮和宋小玉，宋小玉忧郁啊，抬头问黑铁皮：“老爹，你常说我是咱们三个里最英俊的，是真的吗？”

黑铁皮看看他，然后抬眼望天，高深莫测地点了下头。

就在一众小二推搡着把黑铁皮和宋小玉弄回酒楼的时候，一队官兵冲开人群到了众人之前，为首的官员额上带着汗珠，见到黑铁皮长长地松了口气。

“上仙行踪不定，让下官一通好找！”他说着见黑铁皮身上绑着绳索，立时沉下脸来，“这是怎么回事？”

平民百姓对官员有着天生的敬畏，老板娘连忙赔着笑脸把事情经过说了一遍，又过去要给黑铁皮松绑，那官员哪肯给她这个机会，亲自动手将绳子解了下来，板着脸对老板娘道：“他们的饭钱由本官支付，他们是城主大人的贵宾，以后不得再找麻烦！”

黑铁皮三人跟着众官兵一路来到了临月城的官驿，归置了行李，安顿那女娃娃睡下，还没歇稳脚，千羽王就率人来探望了。黑铁皮原厌烦这些与人打交道的俗务，但他们刚刚受了人家好处，自是不能冷脸相待，破天荒地朝千羽王笑了笑。

千羽王请黑铁皮三人入了早就备好的宴席，不仅有酒菜，还有舞姬在旁相侍，看得小玉喜上眉梢，不哭则深深地低着头，不敢朝那些穿着暴露的舞姬看上一眼。

分别落座后，千羽王朝黑铁皮拱了拱手："刑场混乱，还未来得及请教上仙高姓大名。"

黑铁皮灌了口酒："姓黑。"

千羽王看起来并不在意黑铁皮随意的态度，连呼"黑上仙"，态度热情地命人给他倒酒，又令舞姬起舞，同时不忘关照不哭和小玉，与他们说起临月城的概况。

关于临月城，千羽王与赌三儿所说大同小异，不哭心里一直惦记着昕姑，虽然怕黑铁皮生气，但也不知怎么了，昕姑那双安静的眼睛常常闪过他的脑海心底，最终心中关切到底压过了害怕，趁千羽王说起斗衣节时问道："听说城内第一织女名叫昕姑，去年斗衣节的魁首之作便是她缝制的？"

提起昕姑，千羽王十分惋惜："可惜了，天赋异禀的织女啊。"

"听说她杀了人？"宋小玉一边往嘴里送牛肉一边问。

不哭始终不愿意相信昕姑会杀人，忙道："一定是别有隐情吧？"

"这件事倒真是有些隐情的。"千羽王叹了口气，"几位有所不知，昕姑的确是临月第一织女，她虽然年纪不大，但手艺举世无双，短短几年便声名大噪，找她制衣之人多如过江之鲫，就连本王想要找她制衣，亦排到一年之后。正因为她有这样的手艺，所以在她及笄之前，便有许多人来找她预订新婚喜服，问题便出在这新婚喜服之上。"

因为临月人对衣物的超高要求，一生一次的新婚喜服自然需要极为重视，缝制喜服的织女不仅绣工要好，还需要是貌美体健、正值妙龄的未婚女子，大婚的喜服从采棉、缫丝到成衣都要由织女亲手完成。这期间除了织女外，任何人都不得触碰喜服，直到大婚之日，才由织女将喜服亲手穿在新人身上，所以昕姑不仅仅是临月城的第一织女，她也是大婚新人制作喜服的不二人选！

缝制喜服，费心费力，往往要花很长的时间来准备，所以昕姑今年一年也只制了三件喜服。

“三件喜服，穿上这三件喜服的新郎全都在一夜之间死于非命！”千羽王语气沉重，“一次可说意外，两次尚可巧合，可接连三次如此……她又的确是最后一个见到那几个新郎的人……”

听到这里，不哭立时急了：“难道就因为她是最后见到新郎的人，就断定她杀了人吗？这……这没有道理……”

千羽王摇摇头，神色很是凝重，“虽说织女地位低下，可像昕姑这样的奇才，本王也是爱惜的，可三条人命之下，纵然本王有心相护，却抵不过民意，现在都说昕姑是妖……”说着，千羽王瞄了一眼黑铁皮，见他神色如常，才继续道，“相传妖物最喜阳气旺盛之人，这少年郎做新人，正处阳气巅峰，故而遭了妖物毒手啊。”

“可这……这没有道理、没有道理！”不哭着急之下只会重复说这一句话，他想说这简直是空口无凭！难道就因为死者遇害前见过昕姑，她就成了凶手？就成了妖物？有人瞧见昕姑害人了吗？有什么证据证明昕姑害人了吗？半点没有！就要绞了昕姑的性命！今日若不是他们凭空而出，那么昕姑此时早已是一具冰冷的尸体，说不定还要受人唾骂！而真正害人的凶手妖物却逍遥法外，这有什么道理！

想到这里，不哭不禁有些伤感，这世界之大，广袤无边，时间流淌，亘古不息，即便他们师徒三人古往今来、天南地北地穿梭，又能解救多少个昕姑呢？又有多少个昕姑带着她们的冤屈、苦衷和不甘化为尘土？

面对不哭的不平，千羽王只是笑了笑，感慨地与黑铁皮道：“流言蜚语，若只是三五人传言，一笑置之未尝不可，可全城轰动，就连城主都不能坐视不理，况且也没人敢肯定昕姑不是妖，若她真是妖，她所在一日，临月城便无一日安宁，所以，宁枉勿纵吧。”

黑铁皮好像根本没在听千羽王说什么，察觉到他的目光才敷衍地回应了一下：“理当如此。”

黑铁皮的反应让千羽王有些失望，不过他很快又打起精神，问起他们几人的来历。

黑铁皮一挥手：“不过是山野闲人，不值一提。”

千羽王笑了笑，便不继续追问，不哭呆呆地坐在那里，唇边泛笑，想的全是“宁枉勿纵”四字：“王爷的意思……还是会处决昕姑？”

“民意如此，小王也没有办法。除非……有人能证明昕姑不是妖。”

不哭的眼睛一下子就亮了，转头对上的是千羽王颇含深意的目光。

酒过三巡，千羽王虽没有问出黑铁皮三人的来历，却也并不纠缠，让人带着他们去备好的客房住下。

宋小玉虽然对昕姑的事情也有点好奇，但在睡觉大业面前这些就变得不值一提，进了为他准备的房间扑倒便睡，黑铁皮和不哭另有房间，可不哭在黑铁皮身后磨磨蹭蹭的，就是不回自己的房间去。

“还有事？”黑铁皮皱着眉问。

“师父，要怎么样才能证明一个人是人，而不是妖？”

黑铁皮轻哼了一声，径自到床上躺下，双手压在后脑下，闭上了眼睛：“管什么闲事！”

不哭在房里站了好一会儿只得到这句回答，看着似乎已经睡着的黑铁皮，不哭心里有些难过。

如果是小玉来问，一定问得出的。

不愿再打扰黑铁皮休息，不哭从房间退出来，轻轻地关上了门。

他回到自己房间，在床前呆站了一会儿，女娃娃睡得正香，一双小脚力气却大得很，竟然挣脱了襁褓，把不哭挡在床边的枕头踢到了地上。不哭在她身边躺下，想睡上一觉，已经过晌午了，到了傍晚，又要上路了，自从有了这娃娃，他的夜行路又添了几分辛苦。可不哭辗转反侧睡不着，脑子里不断回想着千年来黑铁皮捉妖收妖时的情景，指人为妖，在这千百年的岁月里，他们一定遇到过这样的事，黑铁皮一定能做出最准确的判断，否则对凡人吹响了铁笛，后果不堪设想。那么，当时黑铁皮是如何判定的？人和妖，到底有什么不同之处？不哭有些烦躁，翻了个身，正对上女娃娃滴溜溜的黑眼睛，不知道什么时候她也醒了，咧着嘴向不哭笑着。

“你醒啦？”

“啊……呀呀……”

“你说，那个姐姐会是凶手吗？”

“呀呀……”

“嗯，我觉得也不是。那她会是妖吗？”

“呀呀呀……”

女娃娃咿咿呀呀地陪着不哭说着话，让他稍微忘记了心头的阴霾。不哭干脆起身，把女娃娃在背后绑好，带着她在官驿里闲逛。

“不……哭……”

不哭陡然站住，分明有人在叫他。左右看看，并没有什么人。

“不哭……”

声音又响起来，不哭这才意识到，是女娃娃发出的声音。

不哭颠了颠背后的襁褓，轻轻拍了拍她：“你好厉害啊，都会说话了。你到底几个月大啊？”

“小……一……”女娃娃又试着发出两个音。

“小——玉——”不哭纠正着她的发音。

“小……一……”

“是小——玉——还有一个人呢，是谁啊？”

“小……一……西……”

不哭忽然高兴不起来了，寻常的娃娃，先学会的话都是“爹爹”“娘”，可这小娃娃，先学会的只能是他们的名字。

一个身影在前方转角处闪了一下，打断了不哭的忧思。

是黑铁皮。

不哭马上跟过去，待他走过转角，正看到黑铁皮走出官驿的大门。

千年来，他们一直昼伏夜出，携百妖夜行，白天的时光是非常宝贵的休息时间，黑铁皮明明说要休息，此时却只身出来，连小玉都没带，一定是有特别的事情。

不哭跟在黑铁皮身后一路穿过大街，他小心地不让黑铁皮发现自己，可黑铁皮也不像是要去做什么不为人知的事情，他大大方方地在路上走着，时不时还停下问路。

最终不哭跟着黑铁皮来到了临月城的监牢之外，关押昕姑的地方。

黑铁皮随意地站在官衙之前，抽出腰间的铁笛，放到嘴边。

不哭大惊，想要奔过去拦住黑铁皮，却感觉双腿发软，似乎一步都走不动了，这时只听黑铁皮长叹一声，又放下了手中的铁笛。

不哭一下子瘫坐在地上，无力地垂下头，大滴的汗珠落在地上，不哭这才意识到，自己竟然出了一头冷汗。

倘若刚刚黑铁皮吹响了铁笛，现在该是什么光景？果然有只化身为昕姑的妖精被收进弥天槛，还是有个叫作昕姑的女孩在这铁笛声中魂飞魄散？

千百年了，不哭猜也猜了个明明白白，若是认错了妖，以笛尾指向一个凡人吹响铁笛，轻则走火入魔，重则要魂飞魄散，永世不得超生。

然而，黑铁皮放下了笛子，这说明，他也怀疑，昕姑并不是妖！

看着黑铁皮离开的方向，不哭心中涌起一股热流。师父他……虽然态度不好，虽然口口声声地说着不在意、不要管闲事，可他还是来了，不哭不敢期望黑铁皮是因为自己的要求而来，可能仅仅是为了不愿错杀好人，可不管怎么说，黑铁皮都没有对此事置之不理，所以……不哭迅速眨下眼中的湿意，所以……他最喜欢师父了。

与此同时，更让不哭高兴的是师父也怀疑昕姑不是妖！但要如何证明？如何取信于千羽王、取信于全城百姓？

师父一定会有办法的！

此时不哭对黑铁皮充满信心，他抬步就要跟上黑铁皮，突觉腿上一紧，低头一瞧，一团毛茸茸胖乎乎的黑白肉球攀在腿上。

“小玉？”

“你跟老爹太不讲义气，想趁我睡着了甩了我？门儿都没有！”宋小玉龇牙咧嘴的，可见气得不轻，他努力做出“熊的咆哮”，可看起来效果差了一点，只有“猪的搞笑”。

“谁会甩了你？我们喜欢你还来不及呢。”不哭摸摸小玉头顶的绒毛，手感好极了，“老爹也怀疑昕姑到底是不是妖。”

宋小玉用爪子捂住眼睛，极为无奈：“你可别笑了。”

不哭摸摸嘴角，果然唇角下垂得厉害，不用照镜子也知道现在肯定又成了一个人见人厌的大哭脸。

“你说你一个好好的人，怎么会有这么怪的毛病，笑时是哭、哭时是笑，难看死了。”宋小玉没好声气地抱怨了一句，两只圆溜溜的眼睛却一个劲儿地往衙门口瞧，“那些人是干吗的？”

不哭回头看去，见一大群人将衙门口团团围住，还是那些穿着丧服的人，个个神情愤慨，指着一众衙役破口大骂，好像有天大的冤屈无处申诉。

“难道你们打算将杀人犯无罪释放？”

“胆敢如此，逝者如何安息！”

“我等必诅咒你们被妖物吸干精血！”

“……”

那些衙役被骂得不轻，却也不敢轻易对百姓动手，匆匆进衙门内禀报，不多时，一个官员模样的人抹着汗水从内而出，后面走出一个高大潇洒的男子，却是千羽王。

百姓们自是识得千羽王的，见他出来，喧嚣叫骂的声音低了不少，但还是有人愤愤不平，千羽王抬手示意众人安静下来，见众人的情绪没那么激动了，才选了个看起来能主事说话的人问话。

那人四十来岁，满面悲愤："王爷！我等都是被昕姑那妖妇杀害的新郎家属，听闻那妖妇因天降神人之故要无罪释放，不知可是实情？"

千羽王看了一眼身旁的官员，那官员额上的汗水更多了，他赶紧上前说道："没有这样的事！昕姑一事尚存疑点，这才重新收押，在更新的证据出现之前，并无无罪释放一说。"

这一众人对这官员可没有对千羽王那样尊重，见他开口又是群情激昂："刑场长出大树不假，可谁知道那到底是神迹，还是妖迹！凭空出现的几人形容古怪，更有动物口吐人言，他们必是与昕姑一样的妖物，那妖妇得了甜头便将自己同伴唤来祸害百姓，倒让大人你奉为上宾！难不成你也跟他们一样狼狈为奸！"

这罪名安得有点大，那官员当即面色铁青，想要怒斥这人，可当着千羽王的面，又哪有他大呼小叫的余地，纵然气得牙根发痒，仍是不甘心地忍了，甚至还赔了点笑脸与那人道："事情还在调查之中……"

这样的话显然并不能安抚怒意滔天的受害者家属，眼看百姓们又要鼓噪，千羽王开口道："诸位，昕姑一案的确尚存疑点，所以本王才留下这几个天外来客，看看是否能在他们身上找到新的证据，同时本王已派人随时监管这几人，这些人的动态都瞒不过本王的耳目，若最后查明他们当真与昕姑是伙同之人，那么本王绝不姑息！定将他们与昕姑一同送上绞架！"

千羽王的声音掷地有声，加上他身份不凡，百姓的呐喊声渐渐回落，却还有一些不甘心的人伸着脖子向里张望，以希用目光牢牢抓住昕姑和她那三个奇怪的"帮凶"。

“我的天啊……”宋小玉狠狠地揪着不哭大腿上的肉，压低声音，“咱们这么快就从神人变成妖人了……还是快点离开这个是非之地吧！”

不哭也没料到事情会发展成这样，虽然他对黑铁皮有信心，一定能证明昕姑不是妖，可眼下的形势不容乐观，尤其小玉的辨识度太高，若被这群人发现，还不知会闹出什么乱子。

不哭心里庆幸了一下，幸亏娃娃睡醒了，一起背了她出来，可是，师父还在里面啊！

“师父！”不哭当即拉起小玉就往官驿的方向跑，才跑出没两步，衣领被人从后钩住。

“老爹！”

“师父！”

黑铁皮冷哼一声松了手：“知道事情有变还要去自投罗网？你可以更蠢一点！”

不哭习惯了师父这样与自己说话，挠了挠头没言语。“不……哭……西……父……”女娃娃嘴里蹦出这几个字。

小玉惊讶地望着她，“不是吧？她都说话啦！”小玉激动地拉了拉黑铁皮的衣角，“老爹，老爹，以后有人给鬼脸仔撑腰了，这娃娃是在说，不哭是怕师父有危险，才想回去找的……”

黑铁皮不动神色地看了娃娃一眼，在小玉头顶摸了一把，伸手拉过小玉：“废话少说，快走吧，去刑场，天黑之前赶回大树。”

小玉紧了紧身后片刻不离身的背篓点点头，不哭却怔了怔：“师父，我们……要走吗？”

黑铁皮微微蹙着眉：“你说呢？”

“那昕姑怎么办？”不哭登时急了，“她不是妖，师父不是也这么想的吗？”

黑铁皮眉间的皱痕更深：“她不是妖，与我们就更没有关系，难道我们还要留下与她一同送命吗？”

“可……可是……”不哭万没想到黑铁皮会这么说，他之前还对黑铁皮满心期待，期待他能替昕姑讨回公道。

“你想留便留，休再多言！”黑铁皮似乎失去了耐心，带着小玉转身就走。

不哭手足无措地站在原地，他希望黑铁皮仍会像以前一样，嘴里说着不要他，可总会让小玉回来拉他一起走，或者转头骂他为什么还不跟上。

但是，没有，虽然小玉极力地扭动身体想从黑铁皮手里挣脱出来，但被黑铁皮紧紧地箍住，一直到黑铁皮和小玉走出他的视线，也没人再回来找他。

这次……是真的吗？师父是真的不想再要他了吗？

弥天槛行踪不定，千百年来他们走遍宇宙各处，跨越无数时空，却极少再次回到同一个地方，如果他们就此离去，说不定便是永别！

“师父！”不哭抬腿追了上去，什么昕姑什么杀人妖，不管了！他通通不管了！与他有什么关系……有什么关系！

努力按下心头不断浮现的那双平静的眼睛，不哭笑容洋溢地跑着，经过的路人都忍不住多看他几眼，多么英俊的小伙子，多么开心的小伙子，无忧无虑得让人羡慕。

不哭一路打听着刑场的方向，最终赶在夜幕降临之前追上了黑铁皮和小玉，对于他的出现，黑铁皮没有出言驱赶，却也一如既往地没有什么好脸色，甚至唇角还闪过一丝嘲讽的笑容：“不是要救人，不走吗？转眼就改了主意，当真有情有义。”

不哭没有说话，他努力地降低着自己的存在感，黑铁皮所说的话他无法反驳，是的，他就是这样无情，正如九尾狐君对他的评价，当真是假慈悲，嘴里说着要为昕姑讨回公道，可一旦触及自己的利益，他还是毫不犹豫地放弃了昕姑。

夕阳的颜色如血一般红艳，弥天槛被血色的彩霞映衬得有些妖异，几乎遮住半天边的树盖由绿色渐渐转为更深的颜色，枝叶在微风中轻轻地抖动着，发出连绵不绝的“沙沙”响声……那是妖物们对束缚的挣扎，他们也感觉到时间近了，正在弥天槛中蓄势待发，只等黑暗降临，他们回转自己的时空，才能得一夜暂时的自由。

“小玉。”黑铁皮淡淡地唤了一声。

宋小玉已将背篓摘下，小小的花樽捧在手里，眼睛却看着弥天槛下的东西，那是一些供奉，弥天槛长成时总会有百姓来供奉“神树”，以期保佑自己平安。

“老爹，”小玉跃跃欲试，“东西摆在这儿也是浪费，不如我们带走一些，一会儿赶路的时候还可以填填肚子。”

黑铁皮不置可否，小玉大喜，抬腿就往树下跑。

“小玉。”不哭赶上他，低着头不去看他的眼睛，“我、我帮你拿花樽吧，你多装一些。”

宋小玉马上将花樽递到不哭手中，也不知从哪里摸出个大口袋，欢天喜地地去装供品了。

不哭紧紧地抱着花樽，生怕被人夺走一般，他的眼睛一眨不眨地盯着天边越来越暗的颜色，看着那成片的彩霞一点点地染上暗沉，最后缩为一丝，终于消散在无边的黑夜之中。

黑暗降临，百妖夜行，弥天槛遮天盖地的树冠以肉眼可见的速度迅速缩小，很快便露出一片墨色的夜空。

“走喽！回家！”宋小玉拖着装满供品的口袋奔回来，突地他睁大了一双圆溜溜的眼睛，“不哭，你干什么！”

此时黑铁皮也掠到不哭身边，却是晚了，不哭已将抱在怀里的花樽埋到了地下，重新缩小成为一株小苗的弥天槛便扎根于这片土地，没有离开这片奇异的时空。它孤零零地立在原地，就像路旁一株不显眼的野草。

宋小玉拉着口袋的爪子一下子就松了，供果供包滚了一地，他扑到不哭身边狠狠地用头顶了不哭的肚子：“你疯了吗？我们走不了了！被抓住可就要遭殃了！”

不哭深深地低着头，他不敢看小玉，更不敢看黑铁皮，突地肩膀传来鞭挞一般的疼痛，火辣辣的痛入骨髓，不哭踉跄了一下，把头埋得更低，他知道一定是师父用铁笛打了他，师父定然气坏了。

不过，到底是走不了了，只要他们不走，千羽王就不会放任他们对昕姑的事置之不理，那么……

“几位上仙！”

整齐的跑步声传来，火把的光芒照亮了夜空，是千羽王得了耳目的消息赶了过来。

“上仙这是要去哪里？”千羽王笑眯眯地看着黑铁皮三人，似乎心情不错，而后才稍显故意地低呼一声，“神树哪里去了？”

黑铁皮三人是跟着“神树”一同出现的，此时“神树”消失，定然与黑铁皮等人脱不了干系，看着刑场正中那株不起眼的树苗，千羽王眼中异光连闪，不过他没有刨根问底，他知道黑铁皮不会回答，倒也免了那些无谓的口舌，只是让人看守树苗，以免被人践踏了去。

“上仙本事贯天，又岂会见凡人百姓为妖物所苦？”千羽王上前挽住黑铁皮的胳膊，“不过夜深露重，想要查案也不急于一时，上仙还是先与本王回去休息，明日再做打算。”

看着面带微笑的千羽王和虎视眈眈的一众官兵，黑铁皮先是安抚地摸了摸垂头丧气的宋小玉，而后对千羽王道：“识妖捉妖是我等的责任，昕姑之事，不日便会水落石出，在此之前，我等需要去各处探查，还望王爷给予方便。”

按说千羽王是希望黑铁皮彻查此事的，可听黑铁皮这么说，他反而愣了一会儿，才又笑着点头，“这是自然……上仙，”他脸上带了一丝不易察觉的紧张，“昕姑她……当真是妖？”

黑铁皮哼哼一笑："是不是妖，几日后便见分晓。"

千羽王沉吟了一阵，缓缓点了点头，又道："一年一度的斗衣节马上就到了，上仙查案也不急于一时，何不趁机留下来与民同乐一番？"

"哦？"黑铁皮好像挺感兴趣，"那倒要见识一下。"

他们一边说一边走出刑场，直往官驿而去。

黑铁皮的脸变得更黑，后面跟着宋小玉，不哭则缀在最后。

"走得这么慢！"宋小玉蹒跚了一阵，待不哭走到他身边来，他才伸出小短腿象征性地踹了不哭一脚，"净惹麻烦。"

不哭心甘情愿地受了这一腿，低声道："小玉，对不起。"有了他花拳绣腿的比画，黑铁皮责怪的心情也能释放一二了。

宋小玉受不了似的连连摇头："一年也不知道要说多少句对不起，你不烦我都烦了。"

不哭张嘴又要道歉，宋小玉捂住自己的圆耳朵："不就是要查凶手吗？以我宋小玉的聪明才智顶多明天我们就回去了，到时候你可别舍不得人家姑娘再拖后腿。"

不哭的脸登时涨得通红："我是见她可怜……"

宋小玉看了看不哭背后的娃娃："是啊，但凡是漂亮的姑娘都可怜。"

"才不是……"不哭一边替自己辩解一边去追小玉，想的尽是这样的话可不能让师父听见，心有旁骛之下，背上的疼痛似乎缓解了许多。

千羽王送他们三人回到官驿后便告辞离开，黑铁皮向来不喜欢说废话，径自回房休息，宋小玉也打了个哈欠，虽然白天刚刚睡过，但并不影响他再睡一次。

看着两扇房门依次关上，不哭也回到房间，女娃娃早就伏在他肩头睡着了，不哭把她放到床上，也躺了下来，感觉身心一阵轻松。一千年的夜行路，能够躺在床上不用赶路的夜晚总是可爱的。

推开窗户，不哭仰头看着窗外静谧的明月，皎洁的月光铺洒在他的身上，让他觉得舒服极了，临月的月亮不是镜湖的月亮，它没有那么敏感细腻，它看起来要大一些、明亮一些，也让人开怀一些。

不哭无意识地抚上颈间系着的一颗琥珀，那是他自小就系在颈上的东西，琥珀晶莹剔透，里面包裹着一朵开得极为妖艳的佛槿，他以前问过黑铁皮这颗琥珀的来历，却只得到黑铁皮不耐烦的撇嘴。

“随便捡来的，不喜欢就丢掉！”

虽然黑铁皮这么说，可不哭又怎么舍得丢掉？他自小被黑铁皮抚养长大，他的一切物品都来自黑铁皮，虽然这个“一切”少得可怜，这颗佛槿琥珀算是唯一珍贵的礼物吧。所以他对这佛槿琥珀有着一种说不清楚的感觉，似乎他与琥珀之间有着千丝万缕的联系，让他无论如何也割舍不掉。不哭忽然觉得，这佛槿的颜色似乎不如往日那般妖艳夺目，难道是，今夜月华太盛，衬得它失了些许色彩？

突地，不哭的眼睛眨了眨，他的唇角慢慢向下弯去，伸手按住窗棂轻轻一翻，人便来到了院子里。

“你被压住了吗？”不哭语中带笑，神情却丧气得异常难看，“别急，我这就帮你。”他的声音压得极低，似乎怕惊扰到什么东西，而此时他的四周空无一人，只有……他脚边砖缝中卷曲的一株小草。

不哭伸出手去，想要拔开压在小草上的石头，手伸到一半又停住，有些讶异地问：“不用我帮？为什么？”

夜风仿佛带来草儿的低语，不哭的神情越发难看，语气却分外温柔：“要靠自己的力量……吗？”

“咯”的一声，相对于不哭来说小得微不足道的小石子滚到一旁，原本被石子压住的卷曲小草一下子舒展起来，在微微的细风中不住摇曳，似乎在向不哭招手。

“你真的好厉害！”不哭蹲下身子，双手托腮地看着这株小草，时不时地低语几句，笑声化为哭泣飘荡在夜空之中，却不会有人因此而不开心，因为草木无眼，它们感知到的不是他脸上的表情，而是他最根本、最纯粹的情绪。

不哭也不知道是从什么时候开始的，也不知道是什么机缘，他就是突然懂了那些花花草草的心事，只是他与黑铁皮和小玉整日待在一处，极少有机会分开，所以他已经好久没有像今夜这般，与这些只属于他的朋友聊聊天了。

他没有将这件事告诉小玉，更没有告诉黑铁皮，这些草木是任何人都不知道的，只属于他自己的朋友，也是他对黑铁皮与小玉隐瞒的唯一的秘密。

在那株小草旁边，不哭由蹲改坐，又由坐改躺，终究还是不成寐，于是起身披了衣服出门。

不哭沿着陌生的街道徘徊，夜对他们而言大多是匆匆的，难得遇到如此闲适安静的夜晚，他不忍就这样睡过去，宁可漫无目的地四处闲逛。

白天的临月城一片奢华，就像城中的人们一样，整个城都披了件华美的外衣，只有当夜色降临，黑暗为衣的时候，它才显出了本来的面目。昕姑，就是在这样一座城里生长，她的家在哪里呢？

不哭转过一条巷子，月亮照在青石板路上，泛着幽幽的蓝光，一双玲珑的小脚先映入他的眼帘，不哭抬头望去，昕姑正笑吟吟地看着自己："小官人，原来你也睡不着啊。"

不哭紧张地左右望去，急忙走到昕姑面前："你……是怎么出来的？"

"小官人问得好奇怪，到了晚上，我自然可以出来了。"

"你这是越狱！"不哭也顾不得许多了，一把拉起昕姑的手，昕姑的脸一下子红了，双颊飞霞："是啊，大家一起越了狱，他们都趁夜散了，四处活动筋骨，吸纳清气。我心里不踏实，像是堵了团东西，只想找你来说说话。"

只想找我……这下轮到不哭脸红了，他对昕姑确有不一样的情愫，却不知道昕姑心里竟然也这样看他，只是万没想到白天里这波澜不惊、心如死水的姑娘，到了夜里倒是言无忌讳。

“我就知道，你怎么会心如死水，怎么会不难受，难受的时候就说出来，我愿意听……只是，你这样越狱，实在不……”不哭忽然呆住了，昕姑的头慢慢靠上他的肩头，丝丝秀发散发的香气，让他一句话也说不出了，昕姑呼扇呼扇的长睫毛扫在不哭颀长的脖子上，让他更加心烦意乱。

“我就知道，我难受的时候，你一定会陪在我身边。”不哭感觉到脖子上的一滴温暖湿润，想是昕姑落了泪。“我娘虽然不在了，但我还有外公，还有你……”

“啊？你不是孤儿，你在这里还有娘，还有外公？”

昕姑猛然抬头，不哭看到，那双尚噙着泪的眼睛里，惊诧慢慢化为愤怒。

“哈哈哈……”不远处响起一阵笑声，这声音并不陌生，这声音低沉而妖冶，无限诡谲，不是庄蝶又是谁？不哭似乎意识到什么，转而向昕姑望去，却哪里还有什么昕姑，那怒目娇嗔的女子，正是涧狐。

“你自己说，你的不哭小官人，是不是真的对那个平凡得不能再平凡的女孩动了心？”庄蝶挑衅地看着涧狐，不无幸灾乐祸之意，“这回小小的致幻，我可没有存心指向那个女孩，蝼蚁般的性命，我甚至连她的名字都没有记住，我只不过是幻出不哭此刻正在想的人。”

“涧狐姑娘，对不起……”不哭觉得有些抱歉，又不知道应该怎么抱歉。虽然涧狐嘴上不提，可不哭知道，此时的涧狐该是最需要陪伴的，柳宅的事儿，于他而言只是一个剧终的故事，但对涧狐而言，却远没有那么轻松，可他却还在这个时候又伤了涧狐的心。不哭不知道该说什么，只好向涧狐深深一揖。

涧狐一句话也没有说，拂袖遁去，不哭抬头的时候，正看到她樱唇上咬出的两枚血印。

不哭想拦住她，却又不知道该说什么，能说什么，最终只是向着涧狐遁去的方向又是深深一揖。

不哭心里也不明白，难道自己真的对平凡得不能再平凡的昕姑动了心？

而和他一起共过生死、享过悲欢的涧狐，不过和千年来的任何一个对他动了心的美人美妖一样，终是要负其一片芳心？

夜凉如水的街道，只剩下庄蝶一人，笑盈盈地看着不哭。

“庄蝶姐姐，我……我刚刚是想着昕姑，我只是在想她会住在什么地方，了解了她的家世家境，想必对破案也有帮助。”

“你又何必跟我解释？”庄蝶笑笑，唤住了拐角处打更的老头，问了昕姑的住址，那儿有个奇怪的名字：罗绮窝，不过想这满城百姓的嗜好，取了这么个名字也不算奇怪了。

两人一同前往罗绮窝，庄蝶并不相信不哭仅仅是想查案，她冷眼如炬，看得出不哭对昕姑心思不一样，但她也着实想不明白，这一路走来，美人美妖见了无数，从不见不哭心动，如何为了这么个她所谓“蝼蚁般的”女孩动了心。而在不哭自己心中，也不能承认对昕姑上了心，他只是觉得昕姑那平静又炽烈、孤单而苍凉的目光，他是认得的。

小玉曾从几百年后的什么地方，得了本《石头记》，他觉得里面最动人的一句话便是，“这个妹妹，我曾见过的。”不哭这样想着，陡然又觉得对不起涧狐，经历了柳家的事情，不哭和涧狐的关系又好了一层，可到底也不像传说中的儿女之情，倒是一片心思，怎么都不能从昕姑身上移开。

不哭不信昕姑是妖，庄蝶亦不信，凭她，也配是妖？

两人就这么一路聊着，一路走着，很快到了昕姑曾住过的房子——不过，说这儿是房子，倒也不恰当，果然更像个……窝，一个温暖舒适的、由许许多多各式各样布料衣料制成的窝。

罗绮窝，比他们想象的还要名副其实。

“昕姑，怎么会住在这种地方？”

“哼，这里倒像是住着个妖精！”庄蝶忽然有些不忿，“就凭她的资质，若是个妖，真辱没了妖界的声誉！”

看不哭还呆在那里，庄蝶推了推他：“进去吧，说不定我能给你些答案！”

不哭不解地看向庄蝶，庄蝶得意地说：“这些年月跟着你们，行色匆匆，总该有些精进了，我的新法，算是成了。”

“新法？就是那个‘以梦化境’之术？”

庄蝶点点头，所谓“以梦化境”，准确说，是“以梦痕化境”，便是在某人故地，若仍残留着斯人旧梦，庄蝶便能幻化出梦中情境，使人如临其间。此前，庄蝶的幻术已从将人所思所想以幻境的形式展现出来，精进到根据其人所想所惧设计不同幻境，但两者都需要其人近在眼前，而今她又添了“以梦化境”的本事，只需身处其人待过、梦过的地方，而无须其人近在眼前，那更是如虎添翼了。

不哭看着庄蝶，忽然觉得有些可怕，她眼里分明藏着一个巨大的旋涡，这旋涡也许已经准备了千百年，就等某个契机，猝不及防地将他吸进这个旋涡中，让他看到无法想象的一番景象。

庄蝶似乎看出了他的不安，哂笑地又轻推一把，不哭几乎是跌了进去，差点踩到了一个熟睡的孩子，借着月光望去，里面住了五六个孩子，从两三岁的稚子，到豆蔻女童，他们衣衫质朴，按着聚仙楼赌三儿的说法，大约是无人养育的孤儿吧。

不哭看见一个五六岁的孩子醒来，张开小手跑向自己，他刚要蹲下去接，却见孩子投入了身边一个人的怀抱，不哭扭头去看，竟是昕姑。

昕姑爱怜地抱起孩子，把她放在自己腿上，指着这间小窝问：“以后，囡囡就和姐姐住在这里，好吗？这里还有别的小哥哥小姐姐，他们会陪着囡囡玩，姐姐出去做工，给你们买好吃的。”

孩子抹了把眼泪，使劲儿点点头，捧着昕姑的脸，像一只受了委屈的小猫在昕姑脸上蹭了蹭，而后附在昕姑耳边，小声地说："姐姐，没人的时候，我可以叫你妈妈吗？别人都有妈妈，只有我没有妈妈……"昕姑的眼泪一下子涌了出来，伸手揽住孩子的头，把她裹在自己消瘦单薄的怀抱里。

不哭的眼睛也湿了，眼前忽地一阵模糊，昕姑消失了，再看这孩子，仍在睡梦中，圆圆肉肉的小脸上，眉头紧皱，闭着的眼睛里有大滴的眼泪落下来，随之抽泣起来。不哭急忙蹲下，轻轻拍着安抚她。

"我的新法果然成了，你也看到她的梦了吧？"

不哭点点头，这孩子原来是昕姑捡来的孤儿，昕姑果然心思机巧，竟然用一些衣料布头，织成了一座房子收容这些孤儿，这房子虽然无瓦无梁，却也结实得很，冬暖夏凉，又柔软又有趣，孩子们在里面，不仅遮风挡雨，还开心得很。昕姑不仅给他们织了房子，还织了大大小小的花枕头、花被子、花睡袋，把大大小小的孩子裹在其间。

"这里还有一个梦，你想要看看吗？"庄蝶指了指旁边一个空落落的枕头，看大小，这是个成人的枕头，也许是昕姑先前用的枕头吧，那上面的梦痕，想必也是昕姑的。

不哭使劲儿点点头。

可是，这回他看到的并不是昕姑，而是一个八九岁的小姑娘，陌生的小姑娘，并不是这里的一员。

小姑娘站在朱门绿瓦的大宅院外面，怯生生地探头向里面望去。一个家丁模样的人出来，丢过去半个馒头，她捡起馒头，揣在怀里，却并没有离开的意思。

"还不走？"家丁有些不耐烦。

小姑娘怯怯地说："我找阿虎哥。"

"这里哪有什么阿虎哥？"

小姑娘的眼泪淌下来，冲着宅内大喊了两句"阿虎哥"，一个大些的男孩子冲了出来，迭声叫"昕姑"。

原来，这便是幼年的昕姑。

男孩子刚冲到门口便被两个丫鬟拉了进去，一个奶娘模样的妇人冲了出来，指着昕姑怒骂："小妮子，若要再乱叫，以后让你一个字都叫不出来！这里没有什么阿虎哥！滚！"妇人说着，便推着挣扎不已的男孩子进了门。

不哭从那妇人口中，听到另一个名字：见远少爷。

不哭抬头，看了看朱门上的大匾，果然，"李府"……李见远，不哭记得，那日在刑场，哭死过去的老妇手里抱着的牌位，便写着"李君见远"字样，细看这小男孩，生得虎头虎脑，一脸福相，却落得年轻早夭的下场。

小姑娘走啊走啊，不哭陪着她走啊走啊，看着她褴褛的衣衫、破旧的草鞋，不哭心里酸酸的，想着能背她走一程，伸过手去，却只能触到一片虚无……这是梦中幻境啊……

两人就这样不知走过了几重山水，又到了第二家、第三家宅院前，无不被人厌弃地赶出门去，不出所料的是，这正是第二个、第三个死者的家。

拼凑着不同人的只言片语，不哭终于弄清楚，遇害的三个人，原来都是昕姑的故人，自幼相识的故人……看着小昕姑凄惶无助的神情，不哭心里一阵阵疼痛，这感觉他并不陌生，他对庄蝶那个问题似乎有了一点答案，一路走来，美人美妖无数，为什么偏偏会对昕姑触动了心弦。

不知道什么时候，庄蝶消失了，梦境也消失了，天边泛白，晨光洒落，已是新的一天。

不哭也悄然离开了这里，没有搅扰睡梦中安详的孩子，一张张稚嫩的脸庞，不哭疼着他们，他知道，昕姑也一定深深疼着他们，就像疼着当年的自己。这种感觉，他比谁都了解，决定带上女娃娃那一瞬，就是这样的心思。

新的一天，却没有斗转星移，而是留在原地，上一次如此，还是在柳宅镜湖不远处的竹林里。恍如隔世。

再上一次，还是遇见九尾狐君之时，为了抓捕狐君，黑铁皮埋下花樽，与狐君大战十日，最后终将狐君收入弥天槛中。恍如隔世。

不哭回到官驿，小憩片刻，便被小玉的叫声吵醒。

“快走！”小玉抓起不哭就往外走，“老爹说要去查案。”

不哭挣开小玉的手，将娃娃拜托给厨房的厨娘暂时照看，又赶着洗了把脸，这才跟小玉出门，黑铁皮已等在门外，见了他们没有多言，抬腿便走。

为了方便他们行事，千羽王特别派了一个捕快给他们做向导，是一个叫秦载的年轻人，爱说爱笑，小玉很喜欢他，一路上与他说说笑笑。不哭只是听着，并非他不愿交朋友，只是他哭笑不分，高兴时反而哭丧着脸，不仅坏了气氛，更会惹人误会，所以不管是庄蝶也好，秦载也好，不哭只是看着他们与小玉开开心心地打成一片，他在一旁看着就好。

在秦载的指引下，他们很快到了一处庄院前，这庄院规模颇大，大门内外都守着家丁护院，一看就是大户人家，只是这些家丁护卫都身穿素服，庄院的门楣上也挂着奠灯。

“这就是第三位受害者李见远的家。”向导道，“李见远三日前遇害，今天正是出殡的日子。”

才说到这里，庄院内传来一阵哭声，似乎是一个女子，那哭声越来越大，最后变得撕心裂肺，“我儿我儿”之声不绝于耳，连带着又引出了许多人的哭泣。

听声音不哭辨得出是那个抱着牌位晕厥的老妇，一个绝望至极的母亲，白发人送黑发人，明明是大喜之事，却在一夜之间撤红铺白，这样的事，何人能够承受？

就在不哭喉头发酸之际，出殡的队伍已从庄院中走出，不哭努力在送殡人中寻找着可能是母亲模样的人，却一无所获，这时两个神情悲伤的年轻人经过他身边，边走边道：“怀远，快请大夫来看顾母亲，大哥刚刚去了，母亲万不能再出差错。”

不哭突然很想哭。

“你……你！”那个叫作“怀远”的年轻人猛然冲过来，狠狠地抓住不哭的领子，“你笑什么？我大哥去了，这难道是喜事不成？！”

不哭连忙摆手，越着急脸上笑容越浓重，直看得那李怀远双目喷火，挥手就给了不哭一拳！旁边又有死者的家人上前，见不哭笑得神采飞扬，个个又气又怒，根本不听赶来解释的小玉之言，悲怒交加之下，连小玉都跟着一同打了！

小玉连滚带爬地从人群中滚出来，“老爹老爹”地叫个不停，黑铁皮伸手一捞将他夹在腋下，臭着脸道：“又不是第一次遇过这种事，失去理智的人，能跟你讲什么道理！”说罢，夹着小玉就往庄院内走。

秦载看傻了眼，他不明白不哭怎么就这么开心，就算想到再高兴的事，人家发丧，好歹给点面子，等人家走过去了再笑不行吗？还有那冷脸黑大叔也是够绝的，就这么看着自己徒弟挨打，不用去救人吗？还……还走了！

秦载连忙追上黑铁皮：“上仙，那位小哥……”

“哦，”黑铁皮顿了顿脚步，“一会儿儿他们打完了你就转告不哭，他跟着我们只会坏事，让他去牢里审问昕姑吧。”

“啊？”看着黑铁皮的背影，秦载追也不是、不追也不是，考虑到千万别在他眼皮子底下再出另一桩命案，秦载拿出了千羽王交予他的令牌，好说歹说才劝住了那些打得血性正起的死者家属，连拖带拽地把不哭带离了庄院。

不哭被揍了半天，脸上却没有明显的伤痕，秦载暗暗称奇之余，也将黑铁皮的话转告不哭，不哭摸了摸脸，没有言语只是点了点头。

看着不哭形单影只的背影，秦载突然觉得不哭有点可怜，也觉得黑铁皮太不近人情，连对宠物都能和声细语地说话，到了这位小哥这里，却不是嫌弃就是斥责，虽然秦载认识三人才不过一个时辰，但有些事不在乎时间长短，态度一望即明。

不哭倒是不知道秦载对他满怀同情，就算知道，他也只会一笑置之，而后再次纠正秦载没有什么宠物，宋小玉是他的好伙伴、好兄弟。

依着昨天的印象，不哭又一次来到了临月官衙之前。

因为有千羽王的吩咐，不哭说明来意后，很顺利地进了临月大牢，牢房内的囚犯并不多，不哭一眼就见到了关押在最外间牢房的昕姑，她抱着膝，安安静静地坐在牢房一角，神情淡然。

“大叔，她一直都是这么……安静吗？”不哭询问带他进来的牢头。

那牢头看起来还算和善：“头一天哭喊得天摇地动的，昨天去刑场前还在掉眼泪，今天就成这样了，怕是知道逃不了、死了心了。”

不哭一怔，而后双眸微黯。是啊，之前还是临月城人人争相结交的第一织女，却在一夜之间，成了十恶不赦的杀人犯。

不哭哪里会审人？站在昕姑的牢房前好一会儿，只能透过木栅栏呆呆地看着昕姑，脑子里却是一片空白，根本不知道自己要问什么。

能问什么？问她是不是凶手？可他确定，昕姑不是妖，又没有杀人动机，怎么会是凶手？那么问她在这里好不好？这是一句废话，被当成死囚关在牢房里，能好吗？那么向她保证自己一定会查出真相还她清白？他能做到吗？他甚至都没有去正经查案，纵然将来有朝一日真相大白，与他又有什么关系呢？

实在不知道该说什么，不哭就站在那看昕姑，时间久了，倒引得牢里其他囚犯嬉笑起哄。

“小娘子快抬头看看，你情哥哥来了。”

“这小哥儿当真英俊，小心被她吸干精血！”

“牢中无日夜，春宵莫辜负，你们赶快抓紧时间办事，咱们只当没看到！”

“嗬！郝大头竟然会作诗了，他日出去考个状元也给我等长长脸！”

牢里一时哄笑连连，“春宵莫辜负”更是被人接连重复几遍，不哭扭头去看，说话的几人分关不同大牢，全都抱着木栅栏往这边看，一个个神情轻佻不已。

“我办不了事，我不行。”不哭以为他们说的是查案审问之事，看着一动不动的昕姑，有些惭愧地低下了头。

不哭的回答引来一众囚徒然哄堂大笑，有人打着口哨喊：“他不行我行，小娘子赶紧过来洞房！”

不哭睁了睁眼，这才明白他们说的话，耳根顿时染得通红，他对着昕姑连连摆手：“不是，不是，我不是那个意思，我是说查案……”

他的话很快就淹没在牢中回荡的笑声里，昕姑还是动也不动，也不知她有没有听到。

倒是那些囚徒看见不哭窘迫的样子觉得格外有趣，屡屡出言逗弄，到最后连不哭这样好的脾气也忍不住有些恼怒，与他们争辩了几句后也不见起到什么制止的效果，反而脸上笑嘻嘻的，看起来倒像是在跟他们一起起哄，便不再言语，任他们满口胡说，他则在昕姑牢房外就地坐下，低下头再不理任何人。

“我说小哥儿。”

不哭抬眼一看，正是关押在昕姑隔壁，刚刚“作诗”的郝大头。

“你也有二十来岁了吧？”郝大头嘿嘿地笑着，“怎么还跟个雏儿似的什么都不懂？”

听他仍在调侃自己，不哭又低下头去。

郝大头也挨着木栅栏坐下，朝隔壁一努嘴：“是你没过门儿的媳妇？”

“不是。”不哭的脸又红了，急着道，“你不要乱说，坏了昕姑姑娘的清誉。”

“清誉？”郝大头吐了口口水，“她吸人阳气精血，还有清誉？”

不哭呆了呆，突然觉得哪里怪怪的，好一会儿，他才想明白：“你……你不怕她吗？”

“怕她？”郝大头瞄着昕姑挑了挑眉，“怕她来勾引我、顺便吸我精血吗？”

“都说她是妖。”

不止郝大头，这牢里的其他囚徒也是一样，对昕姑这个连害几人的“妖”没有丝毫惧怕，甚至还一直出言不逊。

郝大头大笑：“她要是妖还会留在这等死吗？”

不哭心头顿时一阵澄明！是啊！若昕姑是妖，岂会如此安分地留在牢里？又如何会险些便被绞死？这样简单明了的事情，一群囚徒都看得明明白白，千羽王和整个临月城的百姓却视而不见！

“昕姑姑娘没有杀人。”不哭极为认真，也万分焦急，“她是被冤枉的。”

郝大头却哧笑一声：“你说没杀就没杀？你以为你是城主吗？”

“她不是妖，也没有杀人动机！”

郝大头朝里面的牢房喊了一声：“六子，你为什么把人家腿打折了？什么动机？”

里面当即有人答道：“动个老母鸡！老子就是瞧他不顺眼，走路姿势难看！”

不哭目瞪口呆，郝大头看着他的表情笑得不成样子，捂着肚子缓了半天也没缓过来。

“我要回去了。”不哭被郝大头的笑声弄得浑身不自在，他站起身来，朝始终都没有抬头看一眼他的昕姑道，“昕姑，我先回去了，明天再来审你。”

这话一出，又得那些徒囚一阵嬉笑：“这是来审人吗？怕是来看心上人吧。”

“这次没办成事，明天继续来！”

“瞧瞧，这哥儿笑得这样下流，还不是说中了他的心思！”

不哭这回可是真急了，他心里难过没能帮到昕姑，可到了脸上却是笑得开怀，他手足无措地又要解释，但那些人哪听他的，自顾取乐。不哭见说不过他们，只得离开，临走前红着脸与昕姑道：“姑娘别听他们乱说，我……我没有……”

一直低着头的昕姑突然抬起头来，看着他脸上的笑容，昕姑眼中的情绪更为寒凉，仅仅一瞥，便又垂下眼去。

不哭急得险些哭出来！可越是这样，他脸上的笑意越浓，弯眉弯眼的，看着倒像是在附和那些囚徒的调侃一般！不哭没有一刻比现在更恨自己！虽然他因这个毛病常常受人误解，但没有任何一次像眼下这般，让他有想撕了自己脸孔的冲动！

不哭失魂落魄地出了牢房，等在那里的秦载笑着向不哭点点头，不哭有些微窘，秦载装作什么都不懂的样子，只告诉不哭，若说到杀人动机，倒可以去问一个人：缙妈妈。

缙妈妈，在昕姑的梦里，不哭听过这个名字，亦与她擦肩而过，她似乎是昕姑的养育者，但她的脸上并没有丝毫亲慈之相。

不哭当时并没有细想，毕竟，不同的人、不同的夜所做的梦各不相同，有的是过往的真实片段，不管是日日夜夜魂牵梦萦的，抑或意识清醒时不愿回首的，还有些梦却是完全虚幻的，不知何缘，不知所起。

听秦载的话，梦里关于缙妈妈的片段，看来大约还是真实的。

秦载介绍说，临月城有个织造司，织造司的女官，被人称作缙妈妈，负责管理所有织女、织工。虽然地位重要，却仍不能摆脱织者卑贱的身份，终身未嫁，收养了很多无家可归的孩子，昕姑就是其中之一。而那三个死者，也在其中。他们与昕姑四个人，年纪相仿，自小玩在一起，就像亲生兄妹一般。

不哭睁大眼睛：“三个死者不是都有家人吗？”

秦载说，他查看了织造司的记录和户籍案卷才知道，李见远是刚学会走路时走失的，辗转流离到了缙妈妈那里，长到十来岁，居然有幸被双亲寻到，李家的人重重答谢了缙妈妈，便把他接了回去。另外两个，因是男孩，也陆续被不得子嗣的富人家收养了。这样一来，四个玩在一起的孩子，只剩了昕姑一人。

三个小哥哥都成了大家少爷，与昕姑这个身份低贱的织女，便成了云泥之隔。

原来是这样，不哭又想起昕姑梦里那个被人屡屡拦在门外却迟迟不肯走开的小女孩，她看起来有多执拗，内心就有多凄惶。她不过是个小孩子，不到十岁的孩子……

“去找缙妈妈问问吧，杀人动机云云，大抵都是从她那里传出来的。”

不哭进了这个大杂院似的织造司，织女、织工遍布各个角落，连门槛上都坐着些纺线的织女，他们都穿着粗麻布衣，宽宽大大的衣服下他们显得格外瘦小。

走近了不哭才发现，并非这些织女、织工格外瘦小，而是因他们皆是尚未成年的孩子！不哭身子一紧，感觉有东西靠过来，下意识地去扶，竟是脚边一个纺线的小织女倒了过来，手上的梭子顺着滑落，眼看扎在她赤着的小脚丫上，不哭以手臂拦住，梭子重重戳在臂弯，而后向一侧倾去，正好落在脚边的泥泞中。

小织女一下子惊醒了，看着污泥中的纺线，顿时大哭起来。不哭这才来得及细看了这面黄肌瘦的小女孩，她面带菜色，双目深陷，大约是营养不良和连续劳作的结果，想必刚才是又饥又困才晕厥的。此刻小女孩对不哭的帮助毫无谢意，声音中夹着抽泣、带着恐惧，埋怨不哭弄脏了她的线，今晚又会被缙妈妈责打。

旁边的孩子对这哭诉充耳不闻，似乎司空见惯。间或有两三人，抬起头向她投来同情的一瞥，便又收回目光，埋头于自己的劳作。

不哭环视满院劳作的孩子，忽然明白，缙妈妈收养孤儿，并非出于善心，只是为了给自己培养廉价可靠的织女、织工，有些孩子年纪太幼还不经事，也会被逼着做工，至于亲子天伦，丝毫也不得享。所以，也就不难明白，昕姑和她那三个小哥哥之间，互相取暖，互帮互爱，感情甚笃。三个男孩走后，昕姑心里又该是多么失落。

不哭穿过院子，来到堂屋，终于见到了被几个孩子服侍中的缗妈妈。

缗妈妈听着不哭的询问，眼睛都没有抬一下，“没错，那时候，四个人好得像一家兄妹似的，昕姑啊，从小就有心计得很，她本是四人中做妹妹的，却时时处处去照料哥哥们，三个男孩有了什么难过的事儿，第一个想到的都是昕姑，有了高兴的事儿，也想着昕姑……啧啧，”缗妈妈唏嘘着，“这妮子太不知天高地厚，等人家三个成了大家少爷，她还当自己是根葱，千方百计找上门去，次次都让人骂回来，好不知羞啊！”

是啊，哥哥们都远离了，天性温暖善良的昕姑不免时时挂念，却被三家家奴接连驱逐。

直到，那一年，昕姑制衣夺魁，一举成名，三家人竟然不约而同地登门拜访，当真是“贫居闹市无人问，富在深山有远亲”。然而，织女毕竟是织女，纵然临月全民对昕姑趋之若鹜，内心却也不能改变对织女的鄙夷。就像这三家人，虽然重礼拜访昕姑，却从不肯让昕姑见见三位哥哥，生怕幼年的情谊辱没了他们少爷，影响了少爷。而他们拜谒昕姑的目的，正是为了各自少爷的终身大事——请昕姑亲自动手，为少爷做大婚喜服。

人心薄凉，昕姑的心却一直是热的，为了三个哥哥的大婚，昕姑拒绝了千羽王软硬兼施的盛情邀请，闭关在家，夙兴夜寐，依着她记忆中三个哥哥的不同外貌、不同秉性，设计了不同风格的喜服，三件衣服，横丝竖丝，含着她珍藏心底的三份情谊，殷殷的患难之交。

这就是不哭从缗妈妈嘴里听到的关于昕姑的经历。当然，缗妈妈自有一套她自己的措辞，各种秽语不断出没在她的讲述中。可她的话灌进不哭耳朵中，同样的情形，却被不哭一句一句地翻译成另一番意思。那边时时流露出鄙夷不屑，到了这里，却字字都是悲悯怜惜。

不哭于其中听到了昕姑这一路走来的悲欢离合，幼年失亲的孤寂，结识伙伴的欢欣，与三个小哥哥分别的悲痛，被人鄙弃、拒之门外的凄惶，制衣夺冠独占鳌头的风光，骑马戴笠的赤诚，不忘初心的坚持，满城追捧的喧嚣，到最后，故人横死的悲痛，锒铛入狱、人人唾骂的……平静，是啊，最后，只剩下平静……

怪不得……怪不得昕姑一直是那样的神情，冷漠得连自己的性命都不在意似的，她如何在意？她一个年轻的女孩子，经历了人世悲欢这许多，还能如何！

哀莫大于心死！

一股极为尖锐的疼痛突如其来地扎进不哭心里，这是一种极为陌生的感觉，他只要一想到昕姑该是多么惶恐，最后的时刻却有多么平静，他就难以平复心中的滋味。

她是认命了。

可这样一个认命的人，却在见他的第一眼便问他“为什么伤心”，这样一个已经放弃生命、满心求死的人，在临死的前一刻还在关心着别人！这样的一个人，让不哭如何相信她是凶手、是妖物？

“你说说，你想想，三个哥哥，三个哥哥啊，她处心积虑这么多年，最后一个都没得到！她能不恨吗？”缪妈妈灌了一大口茶，算是结束了这一番口若悬河的解说，用手杖敲了敲跪在身侧给她捶腿的女孩，那女孩子赶紧加重了手上的力度。

“可她也不想想，自己是什么身份！咱们这儿的规矩，莫说没几个人会娶个织女，就算有鳏夫痴汉走投无路了，要了她，织女、织工也是不容三媒六聘，不许大礼拜堂的。她自己得不到，处心积虑搅了人家大婚出出气便罢了，还要害人性命，心也太狠了吧！唉，打小看她不言不语，一肚子心眼，古古怪怪的，难怪长成了干出这种杀人的勾当！阿弥陀佛，阿弥陀佛……”

不哭听得心火直冒，双眼却弯弯笑到了眉梢，缙妈妈瞥见他笑盈盈的样子，表演欲更被激起，竟洒了几滴泪出来：“都是我不好，辛辛苦苦，竟然养出了这么个蛇蝎心肠的东西，可怜我一片苦心，倒是给临月城的百姓留了个祸害……”

不哭眼前晃动着刚才那把梭子，把它照着那颗晃来晃去的脑袋砸过去，这世界也许会清净许多，那颗脑袋却自己凑了过来，在不哭眼前转了几个来回。

“咦，这小哥好相貌啊！”缙妈妈这才看清不哭，细细打量几圈，“你也看上她了？你们这些痴小子啊，都一个样子，千娇百媚也不如一个装可怜的……”缙妈妈忽然恍然大悟的样子，“难怪，这妮子本来认罪服法了，现在却又节外生枝，原来是有了新的目标，怎么，小哥，你已经上套了……你打我干什么……啊……你这天杀的小杂种！正配那个造孽的小妖精……啊……”

在孩子们震惊的目光里和缙妈妈的呻吟咒骂声中，不哭离开了织造司。

他一路小跑，他知道自己的脚力不是一般的好，却从来没有过这么身轻如燕的感觉。

常年被打，原来，打人的感觉竟然这么好。

不哭回到官驿的时候，黑铁皮和小玉已经回来了，千羽王也在，正在听小玉诉说今日查案的过程。死者家属认定昕姑是凶手，说起她来个个咬牙切齿，根本问不出什么有用的线索。

“不哭，你怎么了？”小玉兴致勃勃地讲着今日调查的经过，发现不哭根本没在听。

不哭回过神：“什么？”

千羽王笑问道：“不哭兄弟在牢里可有收获？”

不哭摇摇头，突地又点点头：“牢里的囚犯都不怕昕姑，他们说若昕姑是妖，早施妖术逃走了，又怎会留在牢里？”

“哦？”千羽王沉吟一阵，“这么说倒也有些道理。”

不哭眼睛一亮：“王爷……”

“可惜，这也并不能证明昕姑真的不是妖、不是凶手。”千羽王叹了一声站起身来，“那些死者家属已将这件事闹到了城主面前，要求即刻将昕姑处死，为死者偿命。”

“什么！”不哭腾地站起来，“才过了一天而已！”

千羽王笑笑，抬手示意不哭先不要急，“其实在本王心中是愿意相信昕姑清白的，所以本王以私人身份向城主讨了个人情，斗衣节将至，本王打算请昕姑为本王缝制参赛的新衣，这样在斗衣节结束之前，昕姑仅作为疑犯暂时收押，并不问罪……”说到这里，千羽王长长地叹了一声，“这件事传扬出去定会对本王名声有损，说本王因私忘公，可本王着实不愿冤枉好人，只好出此下策，拖延时间了。希望各位上仙尽快查明真相，还昕姑一个清白。”

不哭的心这才放下一些，看着千羽王极为诚挚地道：“谢谢王爷。”

黑铁皮在一旁一直冷眼看着千羽王的表演，看到不哭这深深一躬，冷笑一声：“你谢什么？”

不哭一时语塞，讷讷得说不出话来，心里忐忑着又招了师父最大的忌讳了。

“不哭兄弟自是为昕姑谢我。”这话让不哭愈加不安，千羽王站起身来，“本王还有些俗务，就先告辞了。”

千羽王匆匆离去后，宋小玉一屁股坐到椅子：“老爹，我们真要继续留在这吗？天又要黑了，如果想走就要早做打算。”

黑铁皮冷笑：“这得问你的好兄弟。”

不哭马上低下头去，不敢看小玉一眼，过了一会儿，一只毛茸茸的爪子伸到自己面前，覆到了自己手上。不哭抬起头，见宋小玉正笑嘻嘻地看着自己。

“留在这儿正好多玩一阵子。”宋小玉朝他挤眉弄眼的，“这里有吃有喝，傻子才想走呢。”

不哭朝四周看看：“师父呢？”

“回去睡了。”宋小玉挨着不哭坐下，神秘兮兮地小声道，“其实我今天不是没有收获，我打探到了一些关键的消息。”

不哭连忙问：“什么消息？”

“今天老爹向那家人问死者死前的样子，后来又去死者的房间瞧了瞧，我留在外头吃果子没有跟过去……”

宋小玉对查案这件事是一点兴趣都没有的，况且那主人家知道他们是为昕姑一事来查案的，对他们的态度并不好，要不是有千羽王的令牌在，说不定要赶他们出去。宋小玉不愿看他们的冷脸，干脆躲在角落享清闲，正遇上一男一女也猫在暗处说话。宋小玉看起来就像个宠物，那一男一女非但没背着他，女的还摸摸他的头给他丢了个果子吃，宋小玉虽然不喜欢被人当成宠物，但在食物面前，就没有什么不可能的妥协，当下把身子滚成一团抱着果子吃，真像一只不明人事的宠物一样。

他一边啃果子一边听两个人说话，没头没尾地听了半天才听明白。原来这女的是死者的丫鬟，男的则是这户人家的下人，二人暗中相好已久，这丫鬟每天服侍在死者身边，死者成亲当日也是如此，她亲眼见到昕姑那日帮死者穿上喜服后便离开了，当时死者还是活生生的好人一个，后来她出去准备新房用的糕点，回来就见死者倒在地上已经咽了气，又待官府来人，没几句话就定了昕姑的罪。丫鬟怕牵连到自己便不敢乱说，瞒下昕姑早已离开的事实，此次遇到黑铁皮过来查案，她担心黑铁皮查出她才是最后见过死者的人将罪名安到她的身上，于是就来找男的商量。

说完这些，小玉朝不哭得意地一笑：“怎么样？是不是很关键的信息？”

不哭激动极了：“你有没有告诉师父？”

宋小玉讪讪地摇头，又马上道：“我是想看看老爹的打算再做决定，如果老爹想走，那这消息不说也罢，不过看现在的样子老爹也想查明真相，一会儿我就去告诉他这个消息。”

“现在就去！”

不哭起身去拉小玉，小玉掰开他的手，没好气地道：“你又不是不知道老爹的脾气，你看你现在的样子，为个女人急成这样，他正想找你不自在呢，你还要在他休息的时候去烦他，就不怕他今晚就走吗！”说着，看不哭着急又纠结的样子，他摆了摆爪子，“一会儿老爹醒了我就告诉他，你还不相信我吗？”

得了小玉的保证，不哭也不好再纠缠，只是心里又有些活动，觉得自己在这里一刻也待不了了，恨不能马上飞到大牢去把这消息告诉昕姑。

昕姑定罪本就没有切实的证据，如果能找到那个丫鬟证明她离开之时新郎还活着，那么就有很大的概率还她清白！

看不哭扭扭捏捏地站在那拧手指头，宋小玉啧了他一声：“去吧，去吧，老爹可真没说错你，天生的多情种子。”

不哭涨红着一张脸慢吞吞地挪出门外，前脚一出门，又恨不能生了翅膀，他一阵风似的往外跑，经过庭院的时候脚下顿了顿，扭头看了看角落里那毫不起眼的、舒展着枝叶的小草。

刚刚有人在……吗？是谁？

可这一次不哭却什么都没有听到，草木毕竟只是生灵，虽然可与不哭沟通，却也无法像真正的人那样说话聊天，只能表达一些简单的意思，这小草感知到刚刚院子里有人，却无法说明那个人究竟是谁。

没问出结果，四周也没有看到什么可疑的人，不哭便将这事放下，出了官驿直朝大牢而去。

再见昕姑，她还是那个样子，甚至连姿势都没有换过，让不哭有些怀疑她是不是就这样坐了一整天。

“姑娘。”不哭轻轻唤她。

没有得到昕姑的回应，倒换来其他囚徒的哄笑。

“小哥儿又来了。”

“这么心急，一天来两回……”

不哭被他们的嬉笑扰得没法说话，他找牢头开了昕姑牢房的房门，弯腰钻了进去，那牢头又在外把门锁上，之后呵斥其他囚徒，牢里这才渐渐恢复了安静。

不哭极为兴奋，压低了声音把小玉的发现迫不及待地与昕姑说了，他满心以为昕姑也与他一样开心，可等了半天，昕姑就像没有听见一样……不，昕姑就像他从未到来一样，根本连眼皮都没眨一下。

“昕姑……姑娘……”不哭兴奋的心情渐渐落下，看着眼前仿佛隔绝了自己的昕姑，一点笑容又出现在他的脸上，“你告诉我，我要怎么做才能帮你……”他的声音低不可闻，伤心得不能再伤心了，可他的脸上却笑得十分好看。

不哭摸了摸嘴角，把头深深地埋了下去，他不愿昕姑看到他这个样子，不愿昕姑再像上一次看他那样，露出那样寒凉的目光。

“你的脸……”

轻柔悦耳的声音骤然响起。

不哭蓦然抬头，便对上沉静得如古潭的一双眼睛。

“你的脸，为什么会这样？”

“我……我……”乍得昕姑的询问，不哭开心得话都说不完全，“我也不知道，从小就是这样，我……”说到这里，他突地顿住，不可思议地看着昕姑：“你……你知道我……知道这是我的毛病……”

千百年来，他这哭笑不分的毛病给他招来许多无端的祸事，就在今天还平白挨了一顿打，开始的时候他也委屈，也会去辩解，可到后来，他慢慢地学会了忍受。

没人能真正明白他的痛苦，该笑时笑、该哭时哭，多么简单的事情，他却从未做到，他从不知道与旁人一起开怀大笑是什么样的滋味，会更加开心吗？他只知道没人愿意开心的时候看到他哭、难过的时候看到他笑，他们只看到了他脸上的表情，却鲜少有人愿意了解他真正的心意，更别提去细究他这天生的缺憾。

“很奇怪，不是吗？”

昕姑的声音轻轻软软的，却一下子就说到了不哭心里。

“是啊，很奇怪。”不哭的心一下子被欢喜占满，又不同于刚刚骤然得到回应的开心振奋，适才的难过更是早不知道飞到哪去了，只觉得听了这一句话，就算让他受再多的委屈也是值得的，这是一种很奇异的感觉，这么多年，上千年，他都不知道自己的情绪可以转变得这么快，“你不要看我，我现在一定很难看。”

昕姑的唇角动了动：“你好看的。”

不哭一下子就动不了了，他呆呆地坐在那里，搞不清楚自己到底是怎么了，麻丝丝的感觉从心脏一点点地游走出来，走到哪里似乎都带着火花，烧得他手指尖都是麻的，他觉得自己的身上烫得很，像是发了高烧，心也有点难受，鼓噪得特别厉害。

你好看的。

不哭知道自己长得好看，千百年来，也一直不断地有人在跟他说“你真好看”，但这一次，特别动听。

这样的感觉不哭从来没有体会过，只觉得心里慌得很，依稀记得似乎有件重要的事情要与昕姑说，可脑子已然成了一团糨糊，大半天也只是呆怔怔地坐在那，连句话都没说出来。他知道，自己八成如庄蝶所说，动了心，可心这一动，居然这样迷离恍惚，让原本木讷的他更加呆傻了。

他不说话，昕姑也不说，她换了个姿势，不再抱着膝，又轻轻地将头靠在墙上，时间就这样飞快地流逝过去。

最后还是牢头进来打破了他们之间的沉默："天色晚了，我要封牢了，小哥儿明天再来吧。"

不哭站起身来，有点不好意思地走出牢房，昕姑忽然叫住了他："哎……"

"哟，小娘子可舍不得你走啊……"囚徒们又开始起哄，"'哎'是谁啊？人家小哥有名字，你们房里才这么叫呢……"

昕姑平静的脸有了隐隐约约地红晕，语气却依然寡淡："有空，找一个叫罗绮窝的地方，那里有几个孩子……帮我看看。"昕姑的声音很轻，不哭却知道，这个托付对他和她都很重。

直到出了外面的大牢门，才记起自己居然忘了和昕姑道别，可牢头已将大牢门锁紧了。

真是太蠢了！不哭一边骂着自己一边离开了官衙，走到一半才想起来忘记说的事情，他明明就是来告诉昕姑，千羽王已经用制衣为借口拖延时间，保她一时性命，让她不要担心的。

太蠢了！

不哭敲着自己的脑袋往回走，明天一定要早些起来，赶在第一时间过来把消息告诉昕姑！

不哭一溜小跑地回了官驿，千羽王又差人送来好吃好喝，询问衣食住行是否妥当。小玉一边往嘴里塞包子一边满意地点头，不哭却破天荒地提了要求，埋怨饭菜太少，自己顿顿吃不饱，官差连连道歉，叫人马上加菜。

送菜的人前脚刚走，不哭就打包了这些饭菜，还夺过小玉嘴里叼着的半个包子，匆匆出了门。

小玉早就发现了不哭的"古怪"，一路跟着他，到了罗绮窝。

一路上，不哭编了好几个理由，准备应对孩子们问起昕姑。出乎他意料的是，这些孩子并没有过多追问昕姑的情况，他甚至觉得，这些孩子离开昕姑的不安，远远小于昕姑惦记这些孩子的不安。

看着这些欢快追打的孩子，不哭忽然想，也许是自己过于敏感了吧，同样没有父母的宠溺，这些孩子竟可以活得这样快乐自在，而他自小都处在一种忧戚伤感的心境中。

“你又在胡思乱想什么？”一只毛茸茸的手拍过来，不哭这才发现，小玉站在自己身后已经很久了。

小玉也算是无父无母，不知道家在哪里，可他就一直活得这么开心。看来，还是自己太脆弱了。不行，以后一定要坚强起来！

从罗绮窝出来，两人在星空下沿着街道走，难得的闲适让他们回忆起小时候的很多事情——当然，对于已经一千岁的他们，曾经的“小时候”，在普通人眼中也是古稀耄耋之年了。

不哭笨嘴拙舌地表达了对不哭的“崇拜”，对小玉从小就如此乐观、如此开朗的崇拜。小玉沉默了良久，终于摇了摇头：“表面看起来，的确，你比我忧伤，比我敏感，是因为你的忧伤和敏感还不够重，还没重到已经不敢将它们表达出来的程度。”

不哭呆了好一会儿，似乎才略微明白小玉的意思，难道说，小玉也是敏感和忧伤的？只是，他在用另外的方式表达自己的伤感？

不哭想起很久以前一件事，有一次，他和黑铁皮在小玉睡着的时候进城乞食，小玉醒来，发现他们不见了，大惊失色，直到找到了他们，他还在大发雷霆。这怒火大得让不哭觉得有些莫名其妙，直到有一天，他听到小玉睡眠中的喃喃梦呓，乞求老爹不要抛弃他，乞求不哭不要嫌弃他……

这样想来，还真是满伤感的……

月光下，一只伤感的猪……不，熊？猫？确实，确实有点搞笑……不哭很努力地不让自己的脸泄露出自己的想法，却还是被小玉捉到了。

小玉一脸愠色，负气地甩手，决绝地走了，不一会儿，又一撅一撅地回来了，不哭心里是欢喜的，垮着脸看着小玉，迎接他在自己头上重重地一捶。

就像往常一样，小玉的拳头落在不哭头上的时候，心里的怨气也就消了大半，一蹦一跳地向官驿的方向走去，不哭跟了几步，忽然停住了，暗处有人！

不哭快走几步追上小玉，在他耳边小声说："有人跟着我们，不要停……"

"有人跟着怎么了？"小玉的声音丝毫没有压低，不哭明显感觉到，不远处的黑影听了这句话，陡然又钻进了黑暗里。

"半夜三更，鬼鬼祟祟跟在我们身后，有什么居心……"

"半夜三更我们被人鬼鬼祟祟跟着的时候多了，你这回倒怕了？！"

"我们之前是被妖跟着，这回是人……"

"被妖跟你都不怕，倒怕被人……"小玉的话还没说完，忽然反应过来，一下子蹿进了不哭怀里，吊着不哭的脖子，紧张地四下打量，"什、什么人？"

不哭定神听了听，跟踪者大约是走了，才微微松了口气。

小玉从不哭身上蹿下来，一脸不满："你神经过敏吧？保不准是哪个无聊闲逛的小妖吧，想找咱们耍耍！"

不哭的耳力极好，他知道，那跟踪者绝对不是妖，而是人，妖情可谅，人心难测。

"对了，你把涧狐姑娘怎么了？她怎么不来找咱们？"

小玉提起涧狐，不哭心里又低落起来。

"你就是没良心，涧狐姑娘才失去亲娘，你也不知道安慰安慰人家，就知道昕姑这个昕姑那个，让人好寒心啊……"

不哭本想说，阿陌的事儿已经过去了，可昕姑的危机就在眼前，可这句话实在太无力了。不哭叹了口气，抬头看向撒满繁星的夜空，只说道："这世上，伤心的人实在太多了。"

小玉白了他一眼："是伤心的姑娘太多了吧。"

又是一个宁静的清晨，不必再迎候第一缕阳光。不哭终于能被人叫醒一次——如果说用铁笛敲在头上也算是“叫醒”的话。

“小玉呢？”黑铁皮有些不耐地问。

不哭一时有点蒙：“什么？”

“我问你小玉在哪里！”黑铁皮今天的耐性似乎特别差，“他不在房间，你们昨夜又出去了？”

“我们……”不哭猛然停住，“小玉很可能是去找那个可以给昕姑做证的丫鬟了！”不哭将小玉说过的话原样复述了一遍。

黑铁皮听得连连皱眉，他没有再问，也没有再理会不哭，转身便走了出去。

就在黑铁皮离开官驿的时候，外面一队仪仗拦住了他的去路。

“上仙这是要去哪里？”今日的千羽王另换了一套华丽的衣裳，不同于其他人的宽袍大袖，千羽王的衣裳窄腰收袖，外套一件盘银丝及膝收腰比甲，不仅将他的一双长腿衬得更长，还显得他格外英姿飒爽。

黑铁皮对他素来不客气，直接道：“去查案。”

千羽王笑道：“小王今日有空，正可作陪，上仙不要嫌弃才是。”说罢，便邀黑铁皮上他的仪仗。

待黑铁皮上车后，千羽王又招呼不哭，不哭双手连摆：“我还要去牢里。”

千羽王笑着点点头：“你去那里也好，帮本王劝一劝昕姑。”

不哭立时紧张起来：“昕姑……姑娘怎么了？”

千羽王却并不答他，只说他去牢中便会明白，自己则与黑铁皮一同乘着仪仗而去。

不哭心急如焚地赶到大牢，见牢里多了许多官兵，将昕姑的牢房团团围住，又有两人在昕姑的牢房内，也不知在说些什么，脸色都不太好看。

“昕姑姑娘！”由于不哭身负千羽王的令牌，他得以顺利进入大牢，他马上拦到昕姑跟前，与那两人道，“你们想做什么！”

那两人倒是认得不哭的，见了他拱了拱手：“王爷有令，命昕姑去王府准备礼服，可她就是不动！”若不是王爷交代万不可伤到昕姑，他们也不至于向一个死囚低声下气地游说。

不哭连忙看向昕姑，见昕姑又如昨日一般紧紧蜷缩在墙角，心中不由一阵抽搐，转身与那二人道：“王爷让我来劝说昕姑姑娘，你们去外面等候便可。”

那二人听了这话自是从命，带着一队人马退到大牢之外。

“姑娘。”不哭蹲到昕姑身边，“没事了，你不要怕。”

昕姑垂着头、垂着眼，就在不哭以为她不会说话的时候，她轻轻地说：“我什么都不怕。”

不哭恍然，是啊，她连死都不怕了，还会怕什么？

“王爷的确向城主求情保你性命，接你入王府也是权宜之计，姑娘不信他们，还不信我吗？”

昕姑的眼睛动了动，终于看向不哭。

“王爷要我制衣以备他参加斗衣节之用，可我……”她本就没什么神情的面孔一下子变得更加黯然，“我不会再为任何人制衣了。”

不哭一时无言。

“姑娘……”不哭直视昕姑的眼睛，从昕姑的眼睛里，他清清楚楚地看见了自己的倒影，“你告诉我，你杀了人吗？”

昕姑看着他，由始至终也没有变过她的神情，可不哭分明看得清楚，听到这个问题时，昕姑的眼中立时浮起几条细细的血丝，那便是对她杀人罪名的无声控诉！

“我相信你没有。”不哭想去拉昕姑的手给她一点力量，可最终也没敢，“我相信你没有杀人，师父和小玉也在努力寻找线索证明你的清白，我们都相信你是无辜的，但是，你得给我们时间证明这一点。”

昕姑幽潭一般的双眼终于闪了闪，带点试探，又带了点自己都无法确信的希冀。

“我不想去王府。”昕姑的声线柔柔细细，却带着一种奇异的穿透力，穿过不哭的耳朵，直抵心底，“带我去你们住的地方，听说你们是仙师，若我制衣之时有半点差错，便杀了我。”

她的话固执而决绝，明明只是一个十几岁的小姑娘，明明瘦弱的肩膀还不足以承担起太重的责任，此时却在对别人说“若我出了任何差错，便杀了我”。

其实这一路行程中，不管什么事，都远轮不到不哭来做主的。他和小玉自然是听黑铁皮的，黑铁皮有时会听小玉的，但他们从来没听过他的，多少年来，不哭已经习惯了听从别人，他不会做决定，也不敢做决定。

“好，你跟我回去！”

不哭走出牢房，与那队官兵说了昕姑的意愿，又着重强调若昕姑是妖，待在他们身边也会更安全一点。为首的两人商议了一下，暂时同意了这样的安排，不过最终还是要看千羽王的意思。

不哭和昕姑走出牢房之时，以郝大头为首的其他囚徒竟鼓起掌来，郝大头吹着口哨笑道：“回家成亲啦？好好过日子！”

不哭登时羞臊得无以复加，偷偷看一眼昕姑，见她低眉垂目，并无半点异样的神情。

满满的心突然好像被抽去了一点东西，说不清道不明的，又不同于他面对黑铁皮时常常体会到的失望感，只是一丝丝、一丝丝的怅然若失。

在一队官兵的护卫下，不哭带着昕姑回到了官驿，不哭忙里忙外，先是寻人给昕姑安排房间，又去厨房寻找食物，还拜托厨房的厨娘烧了满满一大锅的水，好让昕姑沐浴更衣。

厨娘将不哭的殷勤看在眼里，笑着打趣：“都说昕姑是妖，也只有你这样的仙人才不怕她。”

不哭连忙解释：“她不是妖！”

厨娘道："是不是妖我也不知道，我只知道她的手艺举世无双。哪知道这么个不声不响的小姑娘有这么大本事，昕姑'出师'前，每年斗衣节的魁首都是千羽王拿的，可去年却被一个名不见经传的小子得了，他穿的正是昕姑'出师'所制的第一件衣裳，你想想，千羽王是何等身份？手下顶尖的织女数以百计，最后却输给了昕姑，拥有这样高超手艺的人，不说是妖，那便是有上天庇护。"

不哭便想起坑了他们的赌三儿，他身上的衣服雅致华美，精巧到了极致，正是出于昕姑之手的魁首之作。

"真是可惜了。"厨娘弯下身子添了些柴火，"去年昕姑制的衣服夺了魁首后，千羽王立即重金相招，想让她入王府制衣，可昕姑已应了几家人为他们制作喜服，便推了千羽王之邀，现下再想想，若昕姑当初进了王府，可能还不会招来这样的祸事！唉，你不知道昕姑刚刚成名那会儿的风光，没想到，转瞬之间，便要丢去性命，着实可怜。"

不哭不能想象，出身卑微、身份低贱的昕姑，年纪轻轻就成了名，有多少她的心地根本无法消化的毁誉，在多少白眼青眼之间，她可能还蒙着，就招来了杀身之祸。不过听着厨娘的话，倒像是相信昕姑的清白，不哭有些高兴。

厨娘笑道："我信不信的有什么用？"说罢，不再讨论这件事，将热好的饭菜交给不哭。

不哭也明白，其实昕姑一事在临月城的评价本就分为几派，笃定她是妖整天咒骂的有，相信她是被冤枉的也有，但更多的是像厨娘这样的百姓，也说不好她是不是妖，也不知道凶案到底与她有没有关系，只是道听途说来一些案情，茶余饭后闲聊一下而已，事实究竟如何，与他们又有什么关系？

不哭端着饭菜回到昕姑的房间，昕姑正坐在窗前，桌上床上摆了满满当当的东西。

"这些是什么？"不哭一手托着食盘，腾出一只手打开桌上的一个盒子，见里面装的都是些彩线绣针。

门外把守的官兵闻言答道："现下距斗衣节不过一月，王爷下了死令，斗衣节前昕姑务必要制出一件可以夺魁的衣服。"

不哭原以为千羽王要昕姑制衣只是权宜之计，只是保昕姑性命的一个说法，不想却下了这样的命令，还什么"死令"！这让不哭心里多多少少有些不舒服。

"那也让人先吃点东西、沐浴休息一下！"不哭笑着说。

那官兵对他的口气有些不满，但看他的神情又异样的和气，也没好再说什么。忽地，那官兵打量着不哭打着补丁的裤子，又看向昕姑："你不会先忙别的吧？"

昕姑没有回答，像是明白他出言所指似的，只有不哭疑惑地问："昕姑还能忙什么？"

官兵不屑地说："你看你的小哥儿，穿得像个乞丐似的，你不想先给他做身衣服？"

不哭这才明白，有些惭愧地缩了缩脚，好像能藏住那双破旧的布鞋似的。

"他这样是最好的。"一直坐在那里的昕姑站起身来，在不哭和官兵还没来得及反应的时间里，走到桌边将那些针线布料全都推到地上。

"你做什么！"那官兵立时横眉立目。

"这些东西，制不出魁首之作，想要王爷满意，须得按我的要求准备。"昕姑淡淡地说完便不再理会那官兵，招手示意不哭过去，将食盘放下。

昕姑吃得很慢，不哭也不催她，手肘支在桌上，双手托腮地看着她，好像在看着最稀奇的珍宝。

"你吃过了吗？"昕姑头也不抬地问。

"啊？"不哭条件反射地点头，而后才想起自己根本没吃过，又马上摇头，晃来晃去的一张小哭脸儿，看起来格外可怜。

昕姑的唇角动了动，极为轻微地向上翘了一下。

“你……你打算做一件什么样的衣裳？”不哭觉得自己的脸又热起来，没话找话地问。

昕姑用筷子拨动碗里的米粒，停了一会儿，才说：“自是可以夺魁的衣服。”

说到衣服，他们都想起那三桩命案，看昕姑又沉默下去，不哭马上道：“你们临月城的人也真的很奇怪。”他本就是胡乱找话说，一会儿说临月人对衣物的极端追求，一会儿又说自己三人如何被赌三儿招待，又如何被老板娘暴打，说完见昕姑心不在焉似的，觉得一定是自己讲得无趣，有些着急又有些失望地道：“等小玉回来再讲给你听，他讲得特别好。”

“小玉？”昕姑的注意力集中了一些，“是个姑娘吗？”

不哭神情哀戚至极：“他是……他是我的好兄弟！虽然他看起来是一只……一只熊吧，但他不是宠物，他是我最好最好的兄弟！”

话说到这里，刚刚才关上不久的房门“当”的一声被人自然踢开，不哭转头去看，见到黑铁皮杀气满满地站在门外。

“师父……”见到这样的黑铁皮，不哭还没说话腿先软上三分，他担心黑铁皮迁怒到昕姑，连忙上前，“是我、是我带她回来的……”

黑铁皮却根本不理昕姑：“小玉到底去了哪里？”

“小玉？他不是……”

“他根本没在那里！”

不哭怔了一会儿：“可是他说过那个丫鬟……”

“没什么丫鬟！”黑铁皮阴恻恻地盯着他，“根本没有什么丫鬟！是不是你想让我去查案，所以才编造了这样的谎言，又用小玉引我过去？我再问你一次，小玉在哪里？”

不哭完完全全地呆住了。

“怎么……会没有……”小玉不会骗他，丫鬟一定是有的，但怎会查不到？仅仅一夜之间……一夜之间……不哭猛然一惊，“是那个人！”

昨天他离开之时分明听到小草与他说院内有人，可他没有在意，现在想想，若非鬼祟之人，为何不敢现身？他自昨晚开始便没再见过小玉，是不是说明……在他走后小玉就被那个神秘人抓走了？

不哭马上将此事说与黑铁皮听，他担心得几近恐惧，脸上却万分开怀，甚至说话时还带了笑音。

“你笑个屁！”听了他的话黑铁皮又惊又怒，再看不哭一脸的笑容，抬腿踹在他的小腹上，“再笑我撕了你的脸！”

黑铁皮的力道极大，不哭趔趄了一下摔倒在地，口中连连道歉，可他仍是笑着，到最后演变成难以抑制的大笑，他将自己的脸深埋手中，却根本无法制止自己冲口而出的笑声，他大喊着狠狠咬住自己的手臂，却还是笑，疯狂地笑！

见他如此，黑铁皮更是火气冲头，上前两步正待再给他一脚，突地一个东西砸了过来。

黑铁皮侧身闪过，那东西落地碎裂，却是一只饭碗。

“你知道他的。”昕姑站在桌后，神色淡然地看着黑铁皮，“你知道他的毛病的，你也该知道他现在心里有多么伤心难过，别人错怪他也便罢了，你是他的师父……”说着，昕姑突然笑了一下，似乎想通了很多东西：“难怪他那样伤心。”

昕姑走到黑铁皮身前，这个瘦弱的女孩子微昂着头，清秀的脸上充满着前所未有的坚定，她对周身散发着肃杀之气的黑铁皮一字一句地说：“不许再欺负他。不然，我杀了你。”

不哭呆在当场——他知道，昕姑一定不是杀人凶手，在他们竭力为她翻案还她清白的时候，她为了保护他，居然不惜以一个杀人魔头的口吻来威胁黑铁皮。

不哭忽然觉得自己的鼻子酸了一下，他记得小玉说过，伤感流泪的时候，鼻子就会感觉酸酸的，这是怎么回事？他的伤感，不是从来附以一张不合时宜的笑脸？怎么这会儿的伤感，能够像正常一样地表达了？

不哭突见昕姑又转过头来骂他："没做错事，就不要道歉！"

是……吗？

没做错事，就不需要道歉吗？就算为了大家和气、就算为了不想让师父更生气……也不需要吗？

"但是小玉……"

"你说小玉是你的兄弟。"昕姑道，"这么说来，他与你年纪该是相仿，这么大一个人自然哪里都能去得，纵然是出了意外，那也是天灾人祸，又与你有什么关系？"

不哭一时无语，黑铁皮也不知是不是得了昕姑一番教训脸上无光，一言不发，扭头就走了。不哭到底担心小玉，连忙追出门外，却瞬间便不见了黑铁皮的踪影，只有跟着黑铁皮一起回来的千羽王站在门外，目睹一切的千羽王似乎有些尴尬，朝着不哭笑了笑。

不哭闷闷不乐地回到房间，见到昕姑已将桌子收了，正伏在桌前写着什么，写写停停，又不时勾抹一番。

不哭走过去一看，纸上写的净是一些丝绸布帛、金丝银钱，连所需的绣针粗细都标注得一清二楚。

"没追上你师父？"昕姑头也不抬地问。

不哭还不太习惯主动开口的昕姑，愣了一下才点点头。

"是不是怪我多事？"昕姑又问。

不哭马上摇头。

怎么会多事？这么多年……虽然小玉会在师父向自己发怒时调解规劝，可也没有像昕姑那样，挡在自己面前怒斥黑铁皮的不公。

不哭只是觉得……他觉得……很奇怪，有一种非常奇异的、他从未领略过的感觉。

“昕姑娘。”不知何时跟进来的千羽王也看到了昕姑所写的东西，自然十分高兴，“这里条件毕竟简陋，不如……”

昕姑不待他说完便道：“王爷若想得到这件衣服，就让我待在这里。”

千羽王倒也没有强求，待昕姑停了笔，他立即着人按样准备。昕姑又让他派人去自己的住处取一些材料，他也一一照办，没有半点怠慢。

千羽王对这件新衣的热情与期盼任谁都瞧得出来，昕姑犹豫了一下，仍是问道：“王爷，您就不怕吗？若您穿上这件衣服出了什么意外……”

千羽王大笑，拍着不哭的肩头说：“有这几位仙师在此，邪祟焉敢作乱？况且本王是相信昕姑娘的清白的，所谓妖魔不过是民间讹传罢了。”

听了千羽王的话，昕姑的心情似乎也好了一些，制衣的心意也更坚定了一点，因着才从牢中出来十分疲惫，便将千羽王与不哭送了出去。

“不哭兄弟，”千羽王没有马上离去，而是陪着不哭在官驿院中闲逛起来，“你坚持说昕姑不是妖，是吗？”

不哭使劲儿点头道：“自然不是。”

千羽王点点头：“既然如此，本王穿上昕姑所做的衣服自然也不会有问题，是吗？”

不哭犹豫了一下：“按理说，该是如此……”

“不能‘该是如此’。”千羽王负手走在不哭身前一步，语带笑意，“是‘必须如此’。”

不哭被他语气中的强硬弄得一怔，又想到之前那些官兵说千羽王下了死令要昕姑制衣，心里一下子就不舒服起来，世上哪有什么“必须如此”的事？如果真的有，那几个新郎也便不会莫名其妙地死去了。

“不哭兄弟。”千羽王的脚步停了一下，他回过头，脸上带着笑意，“本王是城主唯一的弟弟，若本王出了事情，可不是三个平民百姓的性命可以比较的，兄长必然震怒，你们三位上师或许有本事逃脱，可以昕姑为首的制衣者、提供布料绣线者、采买原料者，甚至这些保护昕姑安全的护卫，都有可能受到牵连，最终难逃一死。”

不哭万没料到千羽王随意之间竟说出这些话来，而后又想，他说这些又是何意？难不成是在要挟自己吗？

千羽王笑着挥挥手，“不必紧张，本王只是说出这个可能性，若本王平安无事，那自然皆大欢喜，不过凡事总有万一，就像你那位小玉兄弟，不也是突然失踪了吗？想来，背后的人，也算慈悲，到底，没有向一个婴儿下手……”

不哭再驽钝，也听出了千羽王的弦外之音，他在拿女娃娃的安危提点自己！想到小玉，不哭又是着急又是无力，急的是小玉的下落，无力的是自己根本无忙可帮，只得安慰自己道：“师父会找到他的，就算白天找不到，到了晚上也一定能找到。”

“哦？”千羽王对他的说辞似乎很感兴趣，“为何到了晚上一定能找到？”

不哭却不知道该怎么回答，难道要说“师父的弥天槛里关押着好些个大妖，到了晚上随便拜托哪个去寻人，都是寻得到的”？他不太自然地干笑了几声：“总归是能找到的。”

对于不哭的肯定千羽王似乎有些怀疑，他语意莫测地道：“那若他在白天就死了呢？”

不哭大惊！脸上猛然绽放开怀笑意，看得千羽王又是一阵莫名，千羽王的眉间微微蹙了蹙，越发看不清楚眼前的人。

不哭似乎想明白了之前的一些事情——刑场上第一次见到千羽王，他对昕姑的行刑也显得十分踟蹰，最后顶着压力刀下留人；随之，他四处打探这三个“天客”的来历，比任何百姓都关心他们是何方神圣，有怎样法力；再后来，他又那般得意地看到不哭对昕姑的“动心”……这一切，原来不过都是为了能够斗衣夺魁。

他之所以用昕姑之事要挟不哭，看中的便是这青年面慈心软，利用的是不哭的慈悲之心，否则那黑铁皮喜怒无常，宋小玉非我族类，纵然知道昕姑蒙冤也有极大可能置之不理；如果昕姑不是妖倒还好，若她真有什么邪怪，恐怕千羽王也会像那三个新郎一样有性命之虞。

但毕竟只是“性命之虞”，并非“难逃一死”，所以，就值得一赌。以千羽王的精明自然会想到，那个赌三儿还活着，说明并非穿上昕姑所制衣物的人难逃一死，但他也听到坊间传言，说赌三儿位卑命贱，人又生得龌龊猥琐，入不了妖女的眼，远远不如那三个正值少年又是大家子弟的新郎官。而公认生得仪表堂堂的千羽王，更多了几分遇险的概率。

可是，千羽王对衣物和荣誉万般痴迷，到了以命对赌的程度，却也连带赌上了不哭几人的命。所以才与不哭说了那些话，以确保他们这三位神通的“天客”会留下帮他面对未知的难关。

这样想来，千羽王的嫌疑应该可以排除了……不哭差点被自己的想法吓了一跳，原来，他在心里竟然怀疑过千羽王。不哭自嘲地想，毕竟一千年了，自己生得再驽钝，也慢慢有了些断案的思维，凡是和案件相关的人，都有怀疑，一边寻找定罪的线索，也要一边寻找排除嫌疑的线索。

“本王还有些俗务需要处理。”千羽王朝不哭拱了拱手，“昕姑便有劳不哭兄弟照看，本王先告辞了。”

千羽王没等不哭答话便匆匆离去，不哭心里慌得厉害，想去找黑铁皮，却又不知从何入手，突地他怔了一下，转身走到角落里，碎石的夹缝中一株小草正随着微风轻轻摇曳。

“什么！是他！”听到了小草的心诉，不哭大惊失色，原来昨夜小草所见之人竟是千羽王！小草表达能力有限，昨夜未能说出在院中偷听之人是谁，今日又见千羽王，终是将这信息传递给了不哭！

不哭腾然而起！他来不及细想这件事到底是不是与千羽王有关，他只知道据自己的推测，小玉的失踪极有可能与昨夜的神秘人有关！如果，这个神秘人是千羽王的话，那么……

他疾奔出官驿大门去追千羽王，可千羽王的马车早消失在集市之中，不哭在街头寻寻觅觅，先去了官衙，又去了千羽王的府邸，得到的却都是千羽王没有回来的消息。

奔波了大半日，不哭垂头丧气地返回官驿，黑铁皮也不见踪影，路过昕姑房间的时候，不哭有冲动进去和昕姑商量个主意，见昕姑在案前专注投入的神情，又不忍打扰，况且，昕姑又能有什么主意呢？

不哭正要离开，身后响起昕姑的声音，“你那小玉兄弟，还没有找到？”

不哭摇摇头，“这么久了，他一定是遇到什么麻烦了！”

“如果……他真的是被什么人劫了，我倒是有个猜测……”

不哭上前两步，几乎捉住昕姑的手：“你有什么猜测，你想到了谁？”

昕姑把手轻轻抽出：“李家少爷遇害前，孙家娘子，就是他未过门的妻子，就对我很敌视。”

“李家少爷？就是你的阿虎哥？”

“阿虎哥……”昕姑陡然一凛，这三个字对她而言，太熟悉，又太遥远了，只是她实在不明白，不哭怎么会知道这个名字！

不哭心疼地看着昕姑：“你小时候的事儿，我知道……”

“你……真的是仙人？”

“不是，”不哭使劲儿想着该怎么解释，“只是有些法术，能看到一些以前的事儿吧。”

“那你能看到……到底是谁杀了阿虎哥？”

“也不是所有事儿都能看到，能看到什么我们并不能做主，而且，只能看到一点点。所以，我们也不是什么神仙，我就更普通了。”

“你……一点也不普通。”说完这句话，昕姑躲开不哭的目光，在不哭还没想明白昕姑的意思时，昕姑继续刚刚的“猜测”，“孙家娘子是个果决的人，孙家的一众护院又比别家的彪悍，他们若是因恨我而迁怒你们，劫了你的兄弟，也不是不可能。”

昕姑的话还没说完，不哭已经不见了身影，待他跑到街上，才意识到不妥，停住脚步，使劲儿搓搓自己的脸——该向谁打听孙家所在呢，全城都知道他们师徒三人的立场，自己这个样子去打听孙家，别人又怎么想？况且，若真是孙家人劫了下小玉，对不哭和黑铁皮必然是提防的。

正在不哭踟蹰的时候，有人拉了拉他的衣袖："换身衣服，我带你去。"

乔装改扮的不哭跟在昕姑身后，心里很感动，看来昕姑是关心他的，放下性命攸关的制衣任务陪他去找小玉，最重要的是，孙家娘子，必然是她非常不愿见到的人。

新姑爷遇害，孙家也不安宁，往来探看的人很多，不哭和昕姑没有费多少周折就混了进去。

进了孙家，昕姑倒傻了眼，这富庶繁华之家，果然不一样，在临月城里找到孙家容易，可进了孙家大宅，倒会迷路了。这么大个宅子，小玉到底会在哪里呢？若真是他们劫了小玉，便是在自己家里，想必也不会弄得人尽皆知，不哭和昕姑只能悄悄从柴房、后院、园子等背人的地方找起。

一路找来，不哭发现孙宅里尽是各种小园子，种棉花的，种桑树的，养蚕的，他想不通，临月城外不足两里路就有大片田地，孙家为什么不在田里耕作养殖，而是在城中的宅子里开辟出这么多小园子？而且每个园子都很小，各个产量不会很多，却也仍需春夏秋冬按季节劳作，何必不干脆到市场上买些算了？

昕姑看出了不哭的疑惑，解释道："临月城的大户人家都是这样，只要有条件，制衣材料都要亲自准备，市场卖的、田里种的，他们都信不过、看不上。"

两人又穿过一个小园，见到两间低矮的土房，想是打理园子的下人住的，不哭赫然望见，一间房子门缝下面的土地颜色明显不对！

不哭心里陡然生出一个可怕的猜测，拔腿向那间土房奔去，果然，是有血水顺着门缝流出来，浸染了门口的土地，不哭发出一阵怪异的狂笑，也顾不得房间里是不是有人，一脚踹开房门。

昕姑跟着过来，看到房间里面的情形，险些惊呼出来，捂住嘴巴背过脸去——房间里没有人，屋子正中的桌子上，一块吸血的麂皮巾里包着一件淋漓的毛皮，而地上……一团血肉模糊的东西趴在那里，一动不动，看身量，和小玉相差无几。

“小玉……”不哭跪倒在地，颤抖着把那团血肉模糊的东西抱起来，那张剥了皮的脸上牙齿龇咧，不哭哈哈大笑，他甚至看到那已然涣散的眼睛动了一下。

“不哭，不要哭了，不是他。”昕姑打开桌上的麂皮巾，露出里面的白色皮毛，“这是一只雪貂。”

不哭定睛去看，那毛皮虽然染了血，也能看出通体白色，脊背的位置没有小玉身上的斑驳。

“想必是用来制衣的，孙家果然是临月的大户，这样的纯色大雪貂，实在稀罕。”

不哭长长叹了口气，轻轻把那剥了皮的大雪貂放到地上，顾不得胸口的衣服已经浸透了血水，双手合十，为它念了几句佛号。

“啊！”昕姑忽然大叫一声，不哭还没来得及意识到发生了什么，只觉得头部一阵剧痛，眼前一黑，失去意识前的最后一个画面是门口两个男人凶恶地扯住昕姑的头发，站在他们旁边的，还有一个神色凌厉的女子。

好久没有做那个梦了，不哭甚至有点怀念这个梦，在梦里，他可以奇异地一眼望见梦中人心头所想，他想再见见梦里那两个人，却又最怕见到他们那样的眼神。

梦中白雾迷离，一条宽阔的河水翻着白浪，河面上一袭白衣的女子踏浪而行，巨浪滔天，将她的衣袂扬上发梢，身后于是绽开半朵巨大的白莲。过了这条河，转过一座塔，便到了……

那根擎天的柱子下长了些色泽触目的仙草，大概是那人的血流得多了，浸得久了，慢慢地，草儿的色泽也变了。

钉在柱子上的人似乎察觉到有人近了，慢慢抬起头，看向她。她微微颤了一下，眼中登时蒙上一层雾气，这是在哭吗？她记得，母亲说过，若木人生来不哭，只有遇到大喜之事，才会落泪，而此情此景……

一路上，她想象了无数次再见他时的情境，他会以怎样的目光看着自己，那双天上地下都再没见过的眸子又会和她说些什么。她努力使双眼饮下这层薄薄的雾气，以看清他的样子，她看到他在望着她笑，就像他第一次在若木神树之巅，俯瞰着她。

阿黛曾说，他笑起来的样子真美，若木神树高耸入云，他从树冠缝隙间露出的一张笑颜就像云间开出了一朵遮天蔽日的佛槿花。

此刻，他还是那样望着她，浅笑的嘴角微微上扬，扯出无尽的温柔与爱怜，两只眼睛也在笑，笑得像开出了两朵炫目的、金灿灿的花儿。

她慢慢走近他，忽然止住了，内心一阵坍塌的声音——他如花般的笑眼中竟是真的……真的插了两朵金灿灿的花朵！

她在若木典籍中看到过的：

“凌波烁。花冠金灿，花萼青白，花期百年，入骨化髓，入目熔珠……”

好！好手段！她曾想过，他们究竟会怎么对他，到底还是没有想到，他们竟然，将两朵凌波烁插进他那双灿若朗星般的眸子里。

像是有人蓦地抽走了她的心神，她顿觉浑身瘫软，就连身后随风扬起的白莲一般的衣袂也重重砸向地面——原来，那根本不是什么衣袂，而是一只白色的翅膀！这只断翅只有半寸连在她身上，大部分被硬生生地砍掉，留下一道森森白骨……若木人天生冰肌玉骨，所以，她被砍断的躯体露出晶莹剔透的骨头，映着朝晖，映着白浪，灿灿闪闪。

她的双翅是假的，他笑眼中的两朵花却是真的……

也好，他既瞎了，她也不必再忍痛去掩饰那只折断的翅膀。

他还在笑，却没有说出一句话。她看了他良久，饮尽胸口千言万语，咬紧牙关，一字一顿地吐出几个字："居然，还没有死……你现在，就像一个苟且偷生的乞丐……"

不哭感觉从胸口传来一阵剧痛，从梦中惊醒。梦中的人到底是谁，他不得而知，梦中的情形，他甚至也都忘记了，最后几个字——"苟且偷生的乞丐"，还回荡在他耳边。苟且偷生的乞丐？说的是谁？不哭心虚地缩了缩已然顶出鞋子的大脚趾，却发现动弹不得。原来自己的手脚竟全被缚住了，不哭这才想起自己昏厥前发生的事情，昕姑！

不哭勉力抬头，被眼前的情景吓住了——一个女子抓着另一个女子的头发，发狠地抽着她的耳光，被打的女子使劲儿咬住自己的嘴唇，不发出一点声音。

不哭心头一紧，他像是能看懂昕姑的心思似的，他不知道自己怎么就能确定，正在遭受折磨的昕姑努力不让自己发出声音，是怕惊醒他，若他醒来，保不齐也是被他们一番虐打。

"住手！你们放了昕姑！"

"你醒了？好！"打人的女子收了手，冷笑地看着不哭，"你们三个怪人好本事啊，竟然让官府放了这个妖妇？！也好，那就是把报仇的机会留给我自己了！"

"孙家娘子，他们不过是过路的……"见不哭醒了，昕姑才现出一丝慌乱，有些手足无措地向面前对她行凶的女子哀求。

"啪"的一声，又是一个耳光。"你叫我什么？！"

"李夫人……"

"到现在，你都不规规矩矩叫我一声'李夫人'？若是我夫尚在，想必你还是要与他勾三搭四！"这位孙家娘子李夫人又甩了昕姑两个耳光，而后瞟了一眼不哭，"你这个没有廉耻的淫妇，面对男人真是无所不用其极啊，连连勾引了三个世家子弟，我夫新丧，又迫不及待地找了这么个新欢！”

“你闭嘴！”不哭心里一阵怒火，直挺挺地跳起来，蹿到孙家娘子面前。孙家娘子原本一脸骄横，见到不哭在激怒之下竟然有这样的爆发力，一时有些震惊。旁边的护院冲过来，对着不哭的头就是一拳，不哭手脚被缚，重心不稳，一下子摔倒在地，几个护院一起上来，又是一顿棍棒拳脚。

“不哭，没有你的事儿！你不要再说话了！”昕姑的声音里隐约带了哭腔，这比挨打还要让不哭觉得难受。

不哭渐渐觉得喉咙里发腥，在一顿乱拳中勉力转身，让昕姑看不到自己的正面，一口血才涌出来，落在胸口。他很庆幸，刚刚抱着那只雪貂的时候沾了一身的血迹，此时倒歪打正着地帮上忙不教昕姑看清自己流了血。

“好了，你们几个今天有功了，她就赏了你们了！”

几个护院闻言停手，看了看冷笑的孙家娘子，又纷纷把目光投向昕姑。不哭的心被他们脸上慢慢浮现的各种淫邪的笑意狠狠刺了一记。

“你们这样，会遭报应的……”

没人理会不哭的嚎叫，几个护院向孙家娘子匆匆俯首致谢后，急不可待地拉扯着昕姑出门。

“就在这里！”

孙家娘子止住了他们，“你们想对她做什么，就在这里做好了，让她的姘头好好欣赏！哈哈……”

不哭几乎咬碎了自己的牙齿：“你……你也算是个清白人家的娘子，心里竟能龌龊至此……竟能这样对待一个和你年纪相仿的女子？”

“啪”的一声，一记耳光落到不哭脸上。

孙家娘子扭曲的脸几乎贴到不哭脸上，恶狠狠地说：“清白人家的姑娘？我新婚丧夫，成了望门寡，还有什么前程？我的一生都被她毁了！”

不哭看到，几个淫贼已然等不及了，一个人脱去上衣，一身的丑恶臃肿暴露无遗……

不哭看到，昕姑拼死抵抗，却被两个男人抓住四肢，动弹不得……

不哭看到，昕姑的外衣被他们野蛮地撕去，只剩下胸前的一件亵衣……

一声闷吼自胸口响起，不哭不知道哪里来的气力，竟挣脱了手脚的束缚，冲上去挡在昕姑身前。护院们被坏了兴致，对不哭拳打脚踢，不哭也不还手，只死死的护在昕姑身前。棍棒拳脚落在头上、身上，不哭只觉得眼前一阵阵发黑，连昕姑是不是在流泪、在哭求，都辨不清了……

那个已然脱光衣服的淫贼实在打得不耐烦了，伸手想要拉开不哭，突地像触了电似的把手缩回去，哆哆嗦嗦地说："死……死了……"他像是想到了什么，目光充满恐惧，"这小哥儿也被这个妖女害死了……"

"屁话！"孙家娘子一脚踹在他身上，"死了还动，诈尸啊？"

"死了！死了！诈尸啦！诈尸啦！"他像疯了一般，提了裤子落荒而逃。

孙家娘子恨恨地骂了句"废物"，其他几人却也再不敢上前，其中一个惊惧地说："娘子，他的手跟死人一样冷啊……他们果然是妖！"

孙家娘子听了这话，打量着不哭，也有些发怵，却仍壮着胆子说："就算是妖，能被我们擒了打成这样，也不是什么有本事的妖！"

"娘子啊，既然他们是妖，咱们赶快禀报千羽王吧，不能再放了他们！"

"笨蛋，这个妖怪显然没什么大本事，可他师父就不一定了，若报告千羽王，岂不是让那个老头子也得了风声？"

不哭暗想，昕姑说这孙家娘子是个果决的，果然不错，这个时候倒也思虑周全。

"所以，咱们不可节外生枝，更不可过多耽搁，趁早烧死他们，为我夫君报仇！"

“烧死？在咱们宅子里？”

“怎么能在家里？白天人多眼杂，等到了晚上，偷偷把他们运出去！在我夫君坟前火烧妖孽，祭奠亡灵！”

不哭听了“晚上”两个字，终于放心了，入了夜，百妖出槛，他们就有希望了。心绪一松，不哭眼前一黑，又晕了过去。

不知过了多久，不哭被一阵浓烟呛醒，透过黑烟隐隐约约见到一座雄阔的新冢，想来是李见远的坟墓了。不哭再定睛去看，脸顿时羞得通红，他和昕姑被赤条条地绑在一起，架在火堆上。再看昕姑，已经昏死过去，不哭不知道该庆幸还是该担心。

火势越来越大，从他们脚下慢慢肆虐，不哭感觉脚上一松，看来是绑着双脚的绳索被烧断了。此时不哭也顾不得什么授受不亲了，他的个子比昕姑高出一大截，于是伸长了脚，把脚掌垫在昕姑脚下为她挡挡灼烧。可烈火之中，这样的“保护”自然于事无补，昕姑的眉头微微皱了皱，很快，她也被灼伤的剧痛疼醒了。

“我……咱们……昕……”不哭连话也说不清了，比起眼前的性命之虞，更让他不知所措的是两人这样的相对。

天不绝人，倏忽间竟然下起了倾盆大雨，火被浇灭了，不哭这才看到地上横七竖八地倒着几个人，正是孙家娘子和那几个护院。他们的衣服、头发竟然都是干的，不哭才意识到哪里是下雨，分明是有人朝他们泼了水，凡人哪里能泼这么多的水，一定是有人施了法术，不过可以商量的话，不哭宁可泼过来的是泥巴，可以遮遮两人现在的样子。

“多谢！”不哭一边解着绳子，一边冲着夜空大喊，“不知道哪位妖君相助，多谢啦！”

黑暗中，涧狐走了出来，将两件衣服丢到他们面前。

“涧狐，原来是你，谢谢你……”

昕姑看着涧狐绝丽的脸，一时间有些呆了。

涧狐没好气地说："还不穿上等着做什么！"

昕姑脸上终于有了一丝慌乱，拿起衣服，转到旁边一棵大树后面，待她穿好那身并不合适的衣服走出来的时候，脸上又恢复了往常的平静。她看到涧狐正捉着不哭的手，认真地问："我知道你心肠是最软的，你并不是真心喜欢她，对不对？你对她，不过就像对柳宅那个呆子……"

涧狐的话还没说完，被一阵骤风扇到一边，九尾狐君不知几时到了，愠怒地看着涧狐："你看看自己，这是个什么姿态！"

"你回答我的话！"涧狐不理睬外公，执拗地看着不哭，咬紧樱唇，这样的姿态在昕姑看来，简直是仙女下凡，与不哭正是一对璧人。

不哭对上昕姑的眼睛，那么平静的目光，可在不哭眼里，却看到了一阵说不出的心酸心疼。

涧狐苦笑一下，退了两步："他们都说，小官人是个呆子，还是个犟呆子。我不逼问你了……这个案子看来还要耽搁些时日，我要和外公去南海转转，你就……"涧狐看了看不哭，又瞟了眼昕姑，"你就去做你想做的事儿吧……"

九尾狐和涧狐消失在夜色里，昕姑自始至终，没有问一句她是谁，他们是谁。

两人一路走回官驿，东方已经发白，不哭不断地搓着手，想说点什么，却又不知该怎么说。到了官驿门口的时候，昕姑突然开口："你不用有什么心理负担……"

"啊……"不哭一愣。

"我从小飘零，最大的优点就是擅长忘记，忘记痛苦，忘记屈辱，所以，也就忘了这夜发生的事儿。"

不哭还没反应过来，昕姑已经进门去了。

不哭才进了院子就见一团黑白相间的毛绒球飞一般扑到自己身上！

“小玉！”不哭紧紧地抱着小玉温暖的身体，心中满是难以置信之情，他又哭又笑，“你怎么……我找了你好久……”

“我其实……”小玉不太好意思地挠了挠头，“我听人说城里有一处的羊肉茴香大包子特别好吃，想买回来一些给你们尝尝，结果迷了路，现在才找回来。”

不哭愕然：“买包子？”

小玉朝身后看了看，朝着黑铁皮紧闭的房门刻意提高了声音：“就是啊，多亏老爹找到了我。”

看着小玉的举动，不哭心生疑惑，小玉扯扯不哭，神神秘秘地把他带进了自己房间。

“你是不是有事瞒着我？”

小玉翻了个白眼，一爪子打在不哭脸上：“这么明显肯定是有事瞒着你啦。我可没蠢到买个包子就迷路两天找不到家的程度，是有人把我捉走了。”

“你真的被人捉……”不哭立时紧张起来，从昨夜所见来看，应该不是孙家人捉了小玉，那么……

小玉竖起一根指头在嘴前，又指了指隔壁黑铁皮的房间，示意他噤声：“那天你出去之后，我本是想跟着你去看看，但是你走得太快了，我跟丢了，然后就迷路了。”

所以迷路是真的……不哭这么想着，但没有说出来。

小玉干咳了一声：“我在街上转了好几圈，不知怎么就走到刑场那里，你猜我在那瞧见什么？”

不哭摇摇头，小玉压低了声音：“弥天槛。”

不哭莫名其妙地：“弥天槛本来就在那里啊……”

“能不能让我说完？”小玉捏了捏不哭的脸以示警告，而后将声音压得更低，“我看到有人拿了些镐头锄头，想把弥天槛挖出来！”

“啊！”不哭差点没跳起来！行走千年，他们遇到过形形色色的人，自然也见过有人想打弥天槛的主意，毕竟一棵从天而降的神树，想得到它或者想探知其秘密的人数不胜数，但他此时不是担心弥天槛，弥天槛有仙力相护，寻常百姓根本不可能动它分毫，他担心的是那些动它的百姓，弥天槛内关押大妖无数，随便触怒了哪个，那些人想来都不会有什么好结果！“后来呢？你有没有去阻止那些人？”

“后来？”小玉哼了一声，“后来我就被人打晕，捉起来了。”

不哭没想到竟会是这样的结果，小玉却对他十分不满：“你怎么担心起那些人来了？我要跟你说的是，你猜那些要把弥天槛挖出来的人是谁？”

不哭心中一动，心中已隐隐有了些猜测，小玉没等他说话，径自道：“就是千羽王的属下！把我捉起来的也是那些人！虽然他们乔装改扮成普通百姓的样子，但他们的味儿没变，就是平时跟在千羽王身后的那些人！”

这与不哭的猜测完全一致，不哭登时大怒！“他……”突地又觉得不对，但又想不到到底哪里不对，继续问小玉，“那你是怎么逃出来的？”

小玉一摊手：“我又唱又跳地逗着那群浑蛋王八蛋开心，熬到晚上可就由不得他们啦！”

“又是哪位妖君救了你？以后得好好感谢感谢他！”

“得了吧，你怎么感谢？除非把他们放出去！再说，能救我是他们的福气，不然我出了什么事儿，惹得老爹生气，受罪的还不是他们！”

不哭想起自己和昕姑前夜的遭遇：“那些人没把你怎么样吧？有没有哪里疼？肚子饿不饿？”

“行了行了，你小点声音吧，被老爹知道了，他一怒之下，不再管这里的事，带着我们走了，那你的小情人又该怎么办呢？”

“所以……”所以小玉不仅没有跟黑铁皮撒娇诉苦，还编造了一套头包子迷路的说辞……不哭虽然很想解释昕姑并不是自己的小情人，可他什么也说不出来，毕竟从一开始师父就是不愿理会这件事的，是小玉一次又一次地偷偷帮着自己，才让黑铁皮留到现在。

“真难看，比以前还要难看一百倍！”小玉看着不哭脸上的表情，万般嫌弃，“你是想表达你的复杂心情吗？”

不哭摸摸自己的脸，眼角向下、嘴角向上，光凭摸就知道非常难看。可他克制不了自己的心情，又心疼小玉受苦，又高兴小玉为自己着想。

宋小玉捋了捋自己头顶的毛：“好了好了，我知道我很好很优秀，不用你再来强调了。你要是想报答我，今天你就老老实实告诉我，你到底有多少个小情人？”

“你……说什么呢？”

“别装蒜，那小崽子到底是怎么回事？她娘到底是谁？”

“怎么连你也不信我？这娃娃真的是我捡到的！”

“我怎么信你？我怎么就捡不到？既然这小崽子是你捡到的，你干吗死活要带着她跟我们一起走？既然这小崽子是你捡到的，她的家就在东汉！在牧野！你把她带走，她一辈子也找不到她的家人了！”

小玉说的问题，不哭不是没有想过，而且想过不止一遍，可他不知道，自己为什么那么决然地带上她，仿佛她就注定要跟着他。

“得给她取个名字了，你天天叫得也太难听了。”不哭低着头，不再接小玉的话。

“那就叫香姑吧。”

“香菇？你……你要是想吃香菇了，明天我去厨房给你炒一盘吧。”

“什么香菇！还韭菜呢！香气的香，姑娘的姑！”

“香姑……”不哭还是觉得这名字很难受，“为什么要叫这么个名字？”

“你说为什么？”小玉忽然瞪大眼睛看着不哭，“不是吧？这么久了，你没有闻到？”

“闻到什么？”

“小崽子身上那股奇香，你一直没有闻到？”

不哭的眼睛瞪得更大：“娃娃身上有奇香？”

小玉惊诧的目光慢慢变成了同情，他心疼地想，原来，不哭的嗅觉竟然有问题，难怪，每次闻到烤肉烤鸡的香味，他都木木地呆在那里，而不是像自己一样，离弦的箭似的冲上前去。

不哭当然能闻到饭菜的香味，他当然也想箭一般地冲上前去，只是他习惯了把好的留给小玉和师父，如今有了女娃娃，他更不能争抢什么了。只是，小玉说娃娃身上有奇香，他真的一点、一点点也没有闻到。

“那么，就叫凝香吧。凝香清梦寐，读易误平生。香姑嘛……是稍微普通了一点。”

凝香……不哭点了点头，还是小玉有学问。

娃娃的名字是个大问题，大问题解决了，不哭又想到那个更大的问题——千羽王究竟想干什么？不仅用昕姑威胁他，还想用小玉的安危挟持他吗？他又想到黑铁皮今天根本没有找到那个死者的丫鬟，可小玉明明亲眼看到的。

“什么？”听不哭说了这件事的小玉也是万分惊讶，“怎么可能找不到？除非……”除非有人先他们一步，提前去处理了那个丫鬟。

“昨夜我们说话时有人在外偷听，正是千羽王。”

宋小玉的眼睛立时瞪得圆滚滚的，“又是千羽王？”说完，他又歪了歪脑袋，“你是怎么知道的？”

不哭一时语塞。

他能与植物沟通一直是他心底最大的秘密，今天与黑铁皮说起有人偷听一事时，他也只说是他发现的，可面对小玉的询问，他却无论如何也不想骗小玉。

“其实我……”

“我知道了！”小玉突地一拍巴掌，“很明显，这件事的幕后主谋就是千羽王！杀死三个新郎的人也是他！”

什……么？不哭没太跟上小玉的跳跃思绪，刚刚不是在说他怎么知道偷听人的问题吗，怎么突然千羽王就成了凶手了？

对于偷听人的事情宋小玉也不过随口一问，可随之即来的灵光连现让他喜不胜收！他指着不哭，目光咄咄：“昕姑不是妖！她不是凶手！真正的凶手是千羽王！正巧昕姑为这三个新郎全都做了喜服，千羽王就是利用这一巧合，将罪名全都推到了昕姑身上！让昕姑做他的替罪羊！”

“可是……”不哭虽然觉得千羽王十分可疑，可也觉得小玉的推断未免有些牵强，“千羽王为什么要杀那几个新郎呢？”

“我怎么知道？可能是他们横刀夺了千羽王的爱，也有可能是千羽王对他们因爱生恨……谁知道，总之，想爱一个人很难，想恨一个人还不容易吗？”宋小玉挥挥手，拒绝去想他想不通的问题。

不哭抓抓头发：“我总觉得……”总觉得不对。如果千羽王是凶手，又何必再以昕姑的安危威胁不哭以确保自己的安全？他怕的又是什么呢？

“除了这个解释还有什么可能？你怎么解释那个消失的丫鬟？还有他那几个手下，挖弥天槛在先，绑架我在后，难道你要说这些事情千羽王都不知情吗？”

不哭无法反驳，正因为无法反驳，他心里开始烦躁。小玉说得对，就算千羽王不是凶手，但这些事的发生一定是在千羽王的授意下进行的，院子里的那株小草不会骗他，昨夜偷听他们说起丫鬟之事的人定是千羽王无疑，仅仅过了一个晚上，那丫鬟便消失不见，说这件事与千羽王无关，无论如何也说不过去。可若这件事与千羽王有关，甚至就是千羽王在幕后操纵的，那昕姑……不哭不敢再想下去，本以为千羽王纵然居心叵测，昕姑的手艺也是他无可替代的需求，这一点给了昕姑一个暂时的避风港，可若他心底还藏着更可怕的阴谋，这避风港之畔便是万丈悬崖，这让刚刚走出绝境的昕姑如何承受得起？

相比起对昕姑的担心，千羽王想要挖出弥天槛的事反而显得有些微不足道了。

"咱们赶快把这件事告诉老爹去！"宋小玉对自己的推断信心百倍，"让他朝这个方向查，肯定很快就会水落石出！"

"小玉！"不哭想都没想，一把拉住想要出门的宋小玉，"不能说！"

"你想怎么做呢？"宋小玉问，"不告诉老爹，凭我们两个的力量将千羽王绳之以法吗？兄弟，你是不是傻了？十个你加十个我也打不过千羽王手下那群兵！况且这里是临月，是千羽王哥哥的城，难道你想去城主那里跟他说'你弟弟杀了人，快点处死他'吗？"

那自然是不行的。不哭也明白，可正因为他明白，所以他才拉着小玉。

不哭不知道千羽王在这件事里扮演了什么角色，是凶手也好，想保护真正的凶手也好，都注定了千羽王绝不可能清白无辜！不哭相信师父的能力，只要有个方向，师父一定能在最短的时间内查出真相，不哭比谁都希望还昕姑一个清白，可他又怕，一旦真相大白，他还有什么理由让师父留在这里？他们走后，独自面对城主、面对千羽王余党爪牙的昕姑又将何去何从？

得想个办法，一定要想个妥当的办法，给昕姑一个最稳妥的安顿，可是，还能怎么办呢……

"先别告诉师父，行吗？"不哭的脑子有点乱，他想不出他到底能怎么办，但他还是这样恳求着小玉，哪怕眼前是他从来没有面对过的无解困境，他仍然愿意一试，他不知道方向、不知道结果，只知道他不能就这么丢下那个只需一眼就望进他心底的女孩。

"好了，好了，放手。"宋小玉被不哭手上的力道捏得龇牙咧嘴的，"你可真是我的冤孽，我上辈子一定欠了你好些钱。"

不哭不好意思地哭丧了一下脸："小玉，我以后会对你好的。"

宋小玉的毛一根根地立起来，他连忙抖了抖，又张嘴让不哭看："看看我还有牙吗？"

不哭莫名其妙地看着他满口的小白牙："有，怎么了？"

"有个屁！"宋小玉一脚蹬在不哭腿上，"牙都被你酸掉了。"说完，受不了地挥手让不哭出去。

不哭羞赧得不行，虽然他对小玉一直都好，但像这样的话却是头一次说出口，不过，虽然不好意思，不哭却意外地发现自己的心情好极了，原来将自己的心情说出来是这么美妙的一件事……不哭又想到黑铁皮，如果他也对师父说出自己长久以来的崇拜孺慕，师父是不是也会像小玉一样，有些无措地左顾右盼、拼命压着想要上翘的唇角、用不耐烦来掩饰自己的害臊呢？只是这么想着，不哭就有一种去找黑铁皮的冲动，但是……最终也没敢。

下次吧！下次有机会，一定要和师父说出自己心里的话！

不哭暗暗地给自己打气，蹑手蹑脚地离开了黑铁皮的房门前。

房间内，黑铁皮仰面而卧，睁开的双眼中带着连他自己都辨别不出的复杂情愫。

从那日起，黑铁皮依旧带着小玉早出晚归地查案，可惜查来查去也没有什么进展，不哭则每日守在昕姑身边，出于对千羽王的怀疑，他恨不能连睡觉都睡在昕姑门外，他自己心无旁骛地一心保护昕姑，而昕姑，就像与不哭一起被劫的那件事根本没有发生过一样，心无旁骛地为千羽王制衣。

下人们悄悄议论说，昕姑果然是个了不得的人物，这个不哭，和她相处没有几天，便将她宝贝得不得了，一眼都舍不得转开。虽然昕姑也勉强算是个漂亮的姑娘吧，但比起那个叫不哭的“天外来客”，不过还是落于凡尘的姿容。

“不哭。”

“大婶。”见到来送饭的厨娘，一直坐在昕姑门外凳子上的不哭马上站起来，伸手接过厨娘手里的托盘。

厨娘笑道：“我多做了些，你端进去跟昕姑娘一起吃，好好培养感情。”

“多谢大婶了。”不哭有些脸红，“娃娃还乖吧？这些日子，辛苦大婶了。”

“乖，乖得很，我带的孩子可不少，还从来没见过这么漂亮又伶俐的娃娃呢。你真有福气啊。放心吧，你尽管去帮昕姑查案，将来啊，昕姑也把你女儿当亲生孩子看待的！”厨娘说着，又开始打趣不哭，这些日子，大家混得熟了，厨娘每天过来都要打趣他一番，今日也不例外。

送走了厨娘，不哭才转身进了昕姑的房间，他没有敲门，动作极轻，没有发出一点响动，进屋便见昕姑低头坐在桌前制衣。她极为专注，目不转睛地忙碌着手里的活计，很久才眨上一下眼睛，她坐在这里已有一个月，除了必要的休息吃饭，她时刻都像现在一样，除了她的衣服，眼睛里再容不下任何事物。

不哭也不得不承认，比起他见过的那些人那些妖，昕姑的确只能算个姿容平凡的女孩，可是，制衣时的昕姑却像换了个人，神采飞扬，面如朗月，眸若灿星。连旁人都说，昕姑娘是天生的织女，制衣时真的像是传说里那个织女下凡，光芒万丈。

随着斗衣节的到来，不哭越发紧张，这一个月，他对千羽王始终没有放松警惕，可千羽王却没有丝毫异常的举动，除了时常过来查看昕姑制衣的进度外，便再无动作。中间小玉还偷偷去刑场打探了一下，千羽王的那些守卫只是守护着弥天槛，再没有挖掘的举动，让不哭百思不得其解，甚至一度怀疑自己是不是冤枉了好人。

斗衣节前夜，千羽王再次驾临，虽然他极力保持着自己优雅的风度，却任谁都看得出他心情的激动，在等候昕姑呈上成品的时间里，他数次起身，门外有人经过他都会朝外望上一眼。

“斗衣节年年举办，却仍得王爷这般在意，想来定有它的过人之处。”黑铁皮闲闲地说了一句，也不知是闲得无聊才开口，还是真的对这斗衣节产生了好奇。

“上仙见笑了。”千羽王笑着摇摇头，“这是临月的风俗，今年城主大人又特别邀请了临国友邦共襄盛举，小王乃一俗人，自是心有所系。”

宋小玉对千羽王的戒备比不哭还要重，他端着点心盒子一边吃一边状似无意地问：“听说王爷已连续夺得斗衣节五年魁首？”

“是四年。”千羽王仍旧儒雅地笑着，“原本五年连魁在望，谁料出了昕姑这个不世的天才织女，小王败得是心服口服。”

“哈哈！”小玉嘴里塞得满满的，“难得王爷这样大度，若换作有人坏了我的好事，我定要找个借口将那人扒皮抽筋才行。”

“小玉兄弟这话说得有些偏颇了。”千羽王的笑容淡了些，“小王纵然才疏学浅，可人外有人、山外有山这样的道理小王还是懂得的，若人人都对取胜者心怀怨恨，那么夺了数年魁首的我岂不要受尽百姓的诅咒？”

听出千羽王语气中的不满，不哭的心提到了嗓子眼儿，这段时间他与小玉常常对千羽王的目的做推断，说来说去，便说到去年千羽王斗衣落败。不哭知道，斗衣落败后千羽王马上向昕姑发出邀请，昕姑却因需要为三个哥哥制喜服而婉拒说一不二的千羽王，这样的情况之下，心高气傲的千羽王是否会做出一些事情，来对付不识抬举的昕姑呢？

“王爷果然是豁达之人，吾不能及也。”

正当不哭暗自担心的时候，他听见小玉文绉绉地甩出这么一句来。

千羽王仍是笑着，看不出有什么不快，可不哭总是觉得千羽王的笑容冷得很，让他有点害怕。

就在气氛变得有些微妙的时候，昕姑终于将新衣赶制完毕，她端着一个蒙了布的托盘走进房来，她走得很慢很慢，摇摇欲坠，看起来随时都会晕倒一般。当不哭看到昕姑面庞的时候，着实吓了一跳。她清秀的脸颊微微凹了下去，淡然的双目也满布血丝，一双纤白的巧手被针线摩擦得红肿不堪，与制衣当时的神采飞扬判若两人，甚至不及在牢房中的光景。不哭有些心疼，昕姑当真是喜爱制衣，所以会有这样奋不顾身的专注。

千羽王立时忘记了小玉的含沙射影，起身奔上前去，伸手便要扯去托盘上的蒙布。

“王爷！”昕姑唤住了他，“王爷，您真的确定……要穿上这件衣服吗？”

三件喜服、三桩血案、三条人命！就算昕姑深知自己绝非凶手，可都逃脱不了凶案发生的事实！

千羽王抓着蒙布的手微微一顿，随后他看向不哭，又看向黑铁皮，半晌，他极为缓慢却也极为坚定地将那蒙布拉下。

托盘中是一件衣服。

一件纯白的衣服。

做工精致、细节完美，可……仅止于此。

千羽王的长眉微微拧了起来，他抬手将衣服展开，一抹浓重的失望现于他的脸上。

真的只是一件手艺十分精细的素色袍子。

没有任何花样、没有任何创新，虽然布料入手冰凉细滑舒适无匹，可斗衣节并非是斗布节，想凭这样一件平平无奇的袍子夺冠简直是天方夜谭！

“你是在……戏耍本王吗？”千羽王的脸色低沉，他猛然转向不哭和小玉，神情陡然变得狰狞！“是你们！”

不哭错愕不已，小玉一个箭步蹿到他的身前，叉着腰昂着头与千羽王傲然相对：“是又如何！你令人绑架我的时候就该知道有此下场！”

千羽王的眼角一阵抽搐：“好……好！”

“好什么？好大的胆子吗？”宋小玉斜眼瞅了瞅黑铁皮，便将忐忑的心放回到肚子里去，底气十足地喝道，“你的阴谋已被彻底揭穿，你还有什么话好说！”

不哭有点晕，看看小玉，再看看昕姑，想知道他们是不是在他不知道的时候做了什么谋划，为什么他就一点也不知道要拆穿千羽王的事情？可又不对，如果这真是昕姑与小玉做的一个戏耍千羽王的局，那昕姑这一个月来的不眠不休又是为了什么？

他看向昕姑的时候，昕姑也在望向他，昕姑的神色依旧平静，可眼中的疑惑骗不了人，显然她与不哭想到了一处，以为是不哭和小玉商定了什么，借她这件衣服向千羽王发难。

千羽王冷笑起来。

“我就知道，放了你这丑毛熊早晚会出问题。”

宋小玉立时咆哮了一声！看起来似乎在威吓千羽王让他老实一点，实际上他只是想说：“你才丑！你才毛熊！”

不哭终于听出了门道，这哪里是小玉与昕姑商量好的？分明是小玉趁千羽王心思浮躁在诈他！千羽王也果然上当！

“你既抓了小玉，为何又放他？”不哭顺势问道。

千羽王狠力将手中的衣服甩至一旁，目光中的怒意仿佛能将房子烧穿！“我本不愿与你们交恶，岂料你们竟如此不知好歹！”

此时此刻千羽王断不会再骗人，不哭心思飞转，立时想到那日千羽王曾问起小玉失踪一事，当时他说黑铁皮总有办法找到小玉，看来千羽王还是忌惮黑铁皮，又以为小玉没有认出那些侍卫，这才任小玉跑了。

“那么那个丫鬟也是你……”

千羽王哧了一声，虽没有答复，却也是默认。

“这丫鬟可以证明昕姑的清白！”不哭怒上心头，“昕姑与你无冤无仇，你为何这样害她？！”

“无冤无仇？”千羽王目露寒光，“她所制之衣破了本王的五连魁首！本王大度不与她计较，还招揽她入王府，可她竟将本王一片心意抛之在地，跑去制什么喜服！难道本王之请还比不过三个平民！此等侮辱又岂是尔等低贱之人可以理解的！”

“所以……你就害死了三个新郎嫁祸昕姑！”不哭浑身颤抖，已是气至极限，虽然他认为千羽王不太可能是凶手，却已口不择言。

果然，千羽王皱了下眉："害死新郎？本王可没那个闲工夫！分明是这妖妇有问题！本王不过是顺水推舟罢了！"

"恐怕……"一直没有言语的昕姑突然开口，她蹲下将千羽王甩在地上的衣服拾了起来，小心地拍去上面的浮尘，"恐怕王爷之所以顺水推舟，不仅仅是因为民女的冲撞，还因为王爷对今年的斗衣魁首势在必得，早些治了民女的罪，王爷才可安枕无忧。"

听了昕姑的话，千羽王没有反驳，只是道："你的手艺的确可称天下奇绝，本王亦是惜才，才愿再给你一次机会，可惜你并没有把握住。"

"王爷是说这件衣服并没有达到您的预期？"昕姑轻轻抚摸着手中的衣服，神情似乎有些哀伤，"民女所制的每一件衣服都将之视为血肉，从不敢含糊大意，这件衣服更是民女感念王爷恩德呕心沥血制成，取名'千羽衣'，虽不敢说冠绝天下，但此衣一出，斗衣魁首再无旁衣！"

一直以来，昕姑都是极为安静的，虽有为了不哭怒斥黑铁皮的情景，却也与现在的绝对自信迥然不同！

不仅不哭，就连黑铁皮和千羽王，都为昕姑的话而动容。

"你是说……这衣服另有特别之处？"看着昕姑手中的素白袍服，千羽王语气迟疑，他走上前去，再次摸上那件衣服，顺滑的手感如流水淌过，可衣料再好，也抵消不了它外表的平凡无奇！

"王爷可以不信民女，但不能不信民女对衣物的用心。"昕姑淡淡地说了一句，将那件衣服从千羽王手中抽回来抱在怀中，转身便要离去。

"昕姑娘！"千羽王叫住了她。

千羽王在屋中踱了几步，目光一直未离昕姑怀中的衣服，沉吟良久，他轻轻一抿唇："我穿！"

数年来千羽王都是斗衣魁首的最大热门，若无必胜把握，他宁可不出现，也不愿随便穿一件衣服参赛。

昕姑低着头，仍是静静的，听了千羽王的决定也没有特别高兴或是感动，她只是抱着她的衣服，小心得像抱着自己的孩子一样。但不哭知道，她心里一定是高兴的。

“王爷，若昕姑姑娘做的这件衣服可以夺得魁首，那么希望王爷能洗脱昕姑姑娘的清白，还她一个公道！”虽然不哭很想继续质问千羽王的所作所为，可看着昕姑，那些质问的话便梗在喉中，质问什么呢？说他的做法令人不齿？说他的人品下流下贱？可连昕姑自己都不在乎这个。

千羽王笑了笑，又是潇洒风流的样子：“好吧，本王应了。”

竟然如此坦然！不哭怒存心间，脸上却笑得越发好看：“王爷也要答应，以后不会再逼迫昕姑，哪怕她仍然不愿为王爷制衣，王爷也不可再害她！”

千羽王眼中的戾色一闪而过，他看了看一直没有说话的黑铁皮，终是点了下头：“好，本王也应了。”

不哭却无措起来，他发现他只能做到这么多了，费尽力气，也只得了千羽王两句不知作不作数的承诺。

“本王要试一试衣服。”千羽王忽然说道。

昕姑便将衣服双手奉上：“王爷请去更衣吧。”

“不，本王要在这里试。”千羽王盯着不哭，一字一句地说。

不哭一惊，立时想到了千羽王曾和他说过的话。

千羽王不能出事，否则不止昕姑，很多人都会有事。

不哭是相信昕姑的，也相信昕姑做的衣服不会有问题，可当他亲眼看着千羽王换上那件素白袍子，心还是提到了嗓子眼儿。

什么事都没有发生。

千羽王好好的，只是仍是失望。

这件衣服极为合身，肩头、袖口、腰身、衣摆，简直像为千羽王而生的一般，没有一处不服帖，可它就只是一件素白的袍子而已。

“本王再信你一次。”千羽王换下新衣，朝昕姑丢下这句话后，头也不回地走了。

不哭被他语气中的阴恻搞得心神不宁，走到昕姑身边想说些什么，却又不想给昕姑太大的压力。

昕姑抬眼看着笑容满面的他，轻轻露出一个细巧的笑容：“你要信我。”

“我、我、我自是信你！”不哭说完才意识到自己结巴了太多句，脸上一热，难堪得无以复加。

宋小玉一屁股坐到椅上，长叹了一声：“就这样？提心吊胆地防备了一个月的幕后黑手，就这么走了？”

“不然还能怎样？”昕姑破天荒地回应了小玉一句，这一个月来，除非必要，昕姑连不哭都不理会，更别提旁人了。

小玉呆了呆，看看昕姑，又看看不哭，最后使劲儿揉了揉自己的黑眼圈，趴到黑铁皮怀里撒娇：“老爹我好困。”

黑铁皮就抱起小玉回房了，从头到尾，既没有对小玉失踪别有内情而感到愤怒，也没有对千羽王的真面目而感到惊奇。

师父一定早就知道了……但他为什么没有揭穿自己和小玉呢？是因为小玉偷偷向师父求情了吗？这个问题困扰了不哭一整夜，他想得头都痛了也没想到答案。

几天后，便是临月城一年一度的斗衣节，临月人对斗衣节极为重视，早早做起准备，提前两三个月开始制衣都是晚的，绝大多数人在头一年斗衣节结束后就开始准备第二年的赛事庆典了。

斗衣节年年有，临月人的热情却不见丝毫消退，今年城主请来周围友城共襄盛举，更是将斗衣节的气氛推至最高！斗衣赛台早早便搭建完毕，可容纳万人的超大广场被装饰得华美无比，全城百姓早早便穿上华服赶至广场，观看最终的魁首之争！须知斗衣赛程冗长，得提前一个月开始评选，最终选出三十位入决赛，斗衣节当日看的便是这三十人的最终角逐。而这三十个席位中，有三个席位无须评选直接晋级，便是去年的前三甲之作，也正因如此，去年屈居次席的千羽王才有时间让昕姑赶制礼服。

“你真有把握此衣可以一举夺魁？”在候场准备的千羽王已换好了那件素白的袍子，可左看右看，这件衣服与昨晚都并无二样，这让千羽王好不容易已经坚定的心思又游移起来。

昕姑细心地抚平千羽王领口处的一处极微细褶，淡淡说道：“若此衣无法夺魁，民女任王爷发落。”

这话说得自是信心百倍，可千羽王却不以为然，相比起要了昕姑的性命，他更关心的是自己能否夺魁。

不哭在旁适时道：“王爷也不要忘了自己的承诺，若此衣夺魁，万不能再难为昕姑姑娘。”

千羽王的心思全在比赛上，哪有心思与他说这些？只是不断地让人去探看其他选手的情况。

因为临月之故，周围数城亦对华衣追捧不已，此次入围的强劲对手便有奇海城的鲛纱衣、玉空城的雀羽衫，只听这两件衣服的名字便知其奇，千羽王低头看着身上的素袍，实在很难有必胜的信心。

过了不多时，场外人声鼎沸，庆典歌舞已过，临月城城主宣布比赛开始，三十位决赛之人一一登上赛台，各色顶尖服饰齐聚一台，一时间台上争奇斗艳，台下赞叹不绝。

千羽王觉得有些抬不起头来。身为临月主人，千羽王被排在第一个登台，台下虽也传来赞声，却有更多的惊讶错愕之音，在他身后的众人莫不是华美亮相，鲛纱衣轻若无物，随轻风摆动，衬得人飘飘欲仙已得众人高度夸赞，待到玉空城的雀羽衫出场，更是获得满堂喝彩！那雀羽衫名副其实，竟是以孔雀尾翎织就，身后以雀翎织成一双翅膀形状，后摆长长地铺撒台上，配之玉空郡主的雀首头饰，竟真如一只展翅孔雀，别说满城百姓，就算见遍世间繁华的千羽王也是看得移不开眼去！

第一轮赛事过后，雀羽衫毫无意外地受到了最高的评价，领跑于总决赛的十名人选！千羽王虽然入选十人之中，却更加窘迫，因为任谁都看得出来，他的入选不过是评委不愿见他太过难堪而给的同情分数，临月斗衣，万里选千，千里挑百，百里出十，如此珍贵的名额竟给了一件平平无奇的素色白袍，若非它的主人是千羽王，恐怕连复赛都无法进入！

千羽王心中极恼！若不是此时仍在台上，他需要保持自己的风度，恐怕早就甩袖而去，去跟信誓旦旦的昕姑算账了！他心中恨极了不哭和小玉，在他想来，这定然是一个大阴谋，小玉和不哭想报复他，所以才联合昕姑演了这么一场戏！

“王爷身体不舒服吗？”

清亮的声音传来，千羽王转头一看，却是雀羽衫的主人：玉空郡主。

玉空郡主笑意盈盈：“王爷在这斗衣节上一直是风头无二，怎么今年这般托大？难不成以为这斗衣节是斗脸节？只凭王爷一张俊颜便可取胜吗？”

玉空郡主并未刻意压低说话声音，此语一出，引来窃笑无数，其中又有那些被淘汰出局的，早对千羽王这身素衣不服，闻言更是牢骚连连，听得千羽王羞恼交加，转身便要离去！

玉空郡主拦下他，笑道：“今日临月斗衣，王爷到底是主人，可不要失了礼数。”

之前几年玉空郡主一直败于千羽王手下，此次参赛信心满满，又见千羽王的衣物毫不稀奇，自然要来嘲弄一番，更恨不能千羽王当众出丑，只凭这件衣服，进了前十已引发大多数人的不满，若评审们再敢给出更高的名次，恐怕临月的斗衣节便要至此衰败了——不公平的赛事，自然无人在意。

千羽王咬了咬牙，终是没有离开，可台下的非议声浪却一波波地灌入他的耳中！参加斗衣节十数年，他从未觉得斗衣赛事如此难熬，从前就算是不幸落败，也是败得心服，可此时，升至当空的太阳就像一面照妖镜，他只觉得自己周身燥热难当，就像成了一只人人厌恶的妖怪！

昕姑……昕姑！竟敢让他这般出丑！千羽王眼角轻抖，已是压制不住心中的怒火，待到比赛结束，他定要将昕姑五马分尸！还有不哭！还有那只丑毛熊！一个也别想跑！

“王爷珍重，还有最后一场要比呢。”

玉空郡主满带笑意的声音传来，却是大赛继续进行，已到了最后决赛者上前的时候！

玉空郡主张开双臂，迎着全城人的喝彩步入台中，随后八名参赛者也一一登场，只有千羽王，微垂着头站在赛台一侧一动不动。

“王爷。”有人轻声唤他。

千羽王扭头一看，是城主的贴身近侍。

“城主说，无论如何，不能于友城面前失礼。”

千羽王心中恨极，却也明白此时是必须登台不可的，他点了点头，临登台前，朝自己的近侍低声吩咐了一句。

那近侍转身而去，千羽王这才理了理衣裳，步入台中。

他们几个，一个都别想跑！

千羽王的神色阴郁得几乎能滴出水来，此时赛事也进行到高潮时刻，全城百姓将为这最后十名参赛者投票决出魁首！

在司仪的高声传唱下，参赛者一一向百姓展示自己的服饰，获得呼声最高的仍是玉空郡主的雀羽衫！

“王爷，到你了。”

玉空郡主展示完自己的服饰，语带挑衅地向千羽王示意。

看着台下黑压压的全城百姓，再看看高台之上的各城城主们，千羽王狠狠吐出一口气，闭着眼睛朝前踏出一步！

“临月，千羽衣……啊！”

司仪突地惊呼一声，台下也是哗声一片！千羽王不知是何变故，睁开眼来，正听到身后的玉空郡主难以置信地尖叫：“这是什么！这不可能！”

时值正午，阳光直射赛台，炽烈的阳光照在正中那人身上，折射出极为炫目的五彩华光！那华光层层叠加、缓缓流动，仿佛带了生命一般，颜色之美、流转之妙，纵然被那五色华光晃得双目刺痛，数万百姓却无一人舍得闭眼！

谁还关心这衣服是什么质地、是什么款式、有什么功能！这件五彩流光衣让全城百姓看得如痴如醉，心动神摇！

有几个胆子大的竟然冲开守卫的防护，想要跃上赛台触摸千羽衣！

冲撞者立时被守卫拿下，可也引起了场内的骚动，城主连忙示意疏散人群，又让人将千羽王保护起来。

千羽王极为兴奋！他被守卫簇拥着下台，眼睛却根本没有看路！他欣喜不已地抚摸着自己的衣袖、前襟、腰带……手指拂动一处，那流光便变幻一处，旁人的衣服或布或纱或羽……而他，却是以彩霞为衣！此衣之美，超越了他对衣物的所有认知，变幻的色彩让他目不暇接！

“千羽衣！千羽衣！千羽衣……”

无人组织，台下响起了整齐的呼喝声，此次斗衣决赛无须再比，魁首花落谁家一听便知。

“王爷！”

玉空郡主挤过人群来到千羽王身旁，她衣服上的翎羽被挤得残破不堪，头上的雀首发冠也歪到一旁，可她毫不在意，一双美目紧紧地盯着千羽王身上的千羽衣，期盼之情溢于言表：“求王爷赐衣一穿！”

千羽王只抽空瞄了她一眼，又继续低头欣赏千羽衣，越看，心中越是赞叹，也不知是不是身边拥挤的人太多，千羽王突然觉得衣服变紧了些，呼吸也有些不畅快，他小心地松了松领口，生怕将衣服扯坏。

“王爷，昕姑等人已带到！”

来报者正是登台前千羽王派出去的近侍，那时他一心认为昕姑与不哭戏耍他，着人将他们带来，打算下台就要与他们清算！

可此时，千羽王哪还记得什么清算！他开心还来不及！看着被侍卫五花大绑的昕姑等人，千羽王立时奔上前去，他本想亲手给昕姑松绑，却觉得头一晕，身子像是被缚得更紧了，呼吸更加不畅了。这时，不哭突如其来地撞了他一下，来势不弱，千羽王已明明白白地感觉到来自不哭冲撞的力道，可不知为何，却是不哭大叫一声摔倒在地。

不哭不知道发生了什么事，他与昕姑本等在后台，那些侍卫凶神恶煞地将他们捆住，想来是衣物并未夺魁！而千羽王见了他们就朝昕姑而去，不哭护人心切，挣开身旁的侍卫便朝千羽王冲去，却不想二人相撞的部位一阵剧痛，仿佛那衣服里藏着千根钢针一般！不哭摔倒在地，不顾肩头之痛，朝千羽王大喊：“不要动她！”

昕姑却是神色自若，她已听到了台下排山倒海般的呼声，她虽被紧紧捆住，却唇边带笑：“王爷可是赢了？”

千羽王亲手将昕姑的绳索解开，低头看着身上的衣服仍是难免赞叹：“此衣……到底为何……”

“还请王爷放了他们。”昕姑并未解说，反而向千羽王求情。

千羽王忙命人解开不哭和小玉身上的绳索，再看他们身后，黑铁皮竟也被绑来，不由得开始怀疑黑铁皮到底有没有什么本事，为何连几个普通的侍卫都可轻松将他拿下？

黑铁皮对千羽王的注视一无所知，他正紧紧地盯着摔在地上的不哭，似乎在犹豫要不要将他扶起来。

那边昕姑十分高兴：“我将千种鸟羽纺入白色的丝线之中，只有太阳正烈之时，颜色才会显现，这件衣服本是我多年的设想，光是收集鸟羽便用了三年的时间，所幸一举成功，也算不辜负这几年的辛苦。”

千羽王这才明白，相比起选用雀翎直接制衣的雀羽衫，昕姑纺羽入线，不说这样的技能，便说这样的奇思妙想也是前无古人！

“好！”千羽王难以形容心中的喜悦，“重赏，重重地赏！”

此时台下的躁动渐渐平息，在全城百姓的呼声之中，千羽王走回台上，再现千羽衣的绝美风采！

千羽王的魁首夺得毫无悬念，其他参赛者也个个信服，只是不约而同地打探此衣出自何人之手，当众人得知制衣者名为昕姑之时，友城的参赛者还没搞清楚情况，便又被百姓的一阵呼喊惊在当场！

昕姑！不惟临月城，外城人也都听闻了昕姑的大名，一个天赋异禀的妖女，已有三个新郎死在她手里！

千羽王为了夺魁，竟然敢穿她做的衣服。

百姓再次向千羽王投去赞赏崇拜的目光，这里的人们不会认为千羽王为了一份虚名铤而走险，相反，对衣物的极端推崇让他们认为千羽王是个勇敢的英雄。

斗衣节圆满落幕，本来已到了昕姑行刑之时，千羽王不负承诺，又为昕姑争取到了一些时间，行刑再次延缓。

虽然昕姑不得不继续回到牢里，可总归留了性命在，留了性命，就会等来新的机会和线索。“线索”很快来了——就在斗衣节结束后的几天，又有一名新郎死于非命！而其死法与前几位相同，皆是死前高声呼喊，死后神情痛苦，虽没有查明死因，但也由此可并案，为同一凶手连环作案，而这个凶手，一定不会是仍在牢中的昕姑！

出了一桩命案，反而使昕姑重获自由，不哭为昕姑高兴的同时，又有些痛恨自己的“高兴”，又是一条人命，又有多少眼泪，不哭这样想着，更加痛恨凶手，恨不得自己有通天的本事，马上能将之抓获！不哭控制不住自己的思绪，这桩连环杀人案的点点滴滴在他脑海间挥之不去，搅着他的大脑，也把他的心搅成一团。

“今天笑得特别好看。”昕姑突然对他说了一句。

不哭一惊，马上低下头去，像个犯错的孩子，伸手去摸自己的脸。

今日昕姑出狱，他和小玉为昕姑庆祝，连黑铁皮都给面子地来了，可自己却一直走神想着凶案种种线索、重重疑点。

“我知道的。”昕姑明白他的笑容背后是什么，可并不因此而气恼，反而柔声道，“我同你一样，也希望凶犯偿命，逝者安息，亲人慰藉。”

不哭点点头，又觉得自己的心情表达得不够，再次使劲儿地点点头。

就在这时，一群官兵冲进官驿，随后走进来的是眉头深锁的千羽王。

不哭腾地站起身来，伸手将昕姑护在身后：“王爷，你答应不再为难昕姑姑娘的！”

千羽王跨前一步，盯着不哭，幽幽地说：“你知道那死者身亡的时候，身上穿着什么？”

不哭一怔，昕姑却像陡然意识到什么，脸色迅速发白。

“斗衣节后，本王便将千羽衣收了起来，那人也不知如何盗得，临死之前，他身上穿着的正是那件‘千羽衣’！”

听完千羽王的话，昕姑身子一软滑坐到了地上。

“到底又是只凭一件衣服，就判定昕姑是凶手？”不哭一面去扶昕姑，一面愤愤地说，“死者遇害时，昕姑不正和我们在一起吗？”

“若是凡人行凶，自然是有不在场证明，可若是妖精杀人……只需假借妖物便可以实现了！”

“……”不哭一时语塞，小玉忽然指着千羽王，“这千羽衣你也穿过，怎么就你没事？这样看来，你才是妖怪的可能性更大一些。”

“放肆！”千羽王忆起斗衣节当日，身上确有莫名的异常反应，但马上又恢复如初，了无痕迹，忽然很自得地说，“本王这样的尊贵出身，这样的天人之姿，自不是圣人转世，也是仙人护体，这妖物，能奈我何？”

不哭也想起了比赛当日在台下的事情，他那时为护昕姑撞到千羽王身上，可这衣服便似藏了千根钢针，刺得他疼痛不已……这是否就是异状？可他又万不能将此事说出，一旦说出，怕昕姑更是百口莫辩！

“王爷。”一直冷眼旁观的黑铁皮突然开口，“能否看看死者？”

千羽王略一沉吟，倒也没有为难他们，挥手让官兵在前引路，连同已然绑了的昕姑一同去了死者家中。

死者家中红花高挂，喜堂还来不及撤下，宅内传来的却是阵阵撕心裂肺的号哭，不哭心中恻然，黑铁皮倒是面不改色，负着双手大踏步地进了宅子。

死者已经被抬到了床上，身上头上都盖着白布，由于涉嫌谋杀，暂时并未入殓，但凶案现场已被破坏，黑铁皮上前掀开死者脸上的白布看了看，除了死者脸上狰狞至极的神情外，再看不出其他端倪。

黑铁皮将那白布完全掀起，便看到死者身上那件未来得及脱下的千羽衣，少了阳光的映射，此时的千羽衣看起来便是一件白袍，与这哀戚的气氛倒是非常和谐。

“王爷说这件衣服是他盗得的？”黑铁皮微蹙着眉头，显然是难以理解这样的大喜之日，新郎为何要穿一件盗来的衣服，就算衣服再华美，寓意也不好，况且千羽衣再美，华丽也不过午时一瞬，而新郎迎亲是在早上，难不成他就打算穿着一身白袍前去迎亲？

“不是他盗来的，难不成还是本王送他的？”千羽王面露不快，随即露出不屑与之理喻的神情，“穿着魁首衣物去迎亲，难道还辱杀他了吗？”

黑铁皮的眉头拧得更深，临月人对衣物的追求简直已经到了变态的地步，实在让他难以理解。

一声喃喃打断了黑铁皮的思绪，转过头去，不知昕姑瞧见了什么，忽地变得神情诡异，任人呼唤也不作声，只喃喃重复着三个字：“是这样……是这样……”

千羽王看她神色异常，厉声问：“昕姑，你可是认罪服法？”

昕姑仍不理睬，依旧喃喃。

“来啊，人犯默认了！将她收监！”

昕姑毫不反抗地任凭官兵推来搡去，她瘦弱的身体被人拉扯得摇摇晃晃，仿佛下一刻便要晕倒在地，她仍是怔忡着，仿佛周遭的事儿与她毫无关系。

千羽王走到黑铁皮身边，目光从没有过的严肃，在他耳边轻轻说："上师，这次所剩的时间当真不多了，若上师觉得此案仍有疑点，可要抓紧时间了，否则纵然真相大白，恐怕昕姑也早已人头落地。"

千羽王又看了不哭一眼，带人匆匆走了，不哭呆立原地良久，忽地转过身去跪倒在黑铁皮面前。

"师父！昕姑不会杀人，她不会的！"他紧紧地攥着双手，脸上神情似哭非哭、似笑非笑。

黑铁皮自高处睨着他："你待如何？"

不哭缓缓地低头，一个头磕在地上："带她走吧，师父，求你。"

黑铁皮的心尖微微一颤。

曾几何时，也有一个人这样跪在地上，用无比纯净的眼睛注视着他，对他说：求你。

"如果我说不呢？"黑铁皮轻轻吸了一口气，抹去心头浮起的久远记忆。

不哭似乎没有想过这样的情况，他的神情更加茫然，许久之后，他咧嘴笑了笑，话里却带了哭音："昕姑、昕姑不一样……跟所有人都不一样，她明白我，我什么都没跟她说过，可她就是明白我。"

黑铁皮没再说话，让小玉把不哭扶起来，就在不哭已至绝望之时，黑铁皮带走了那新郎身上的千羽衣。

也不知是为了谁。

为不哭，还是为自己？黑铁皮搞不清楚心里那一瞬间的迟疑，换作以往，他不会踟蹰成这样，想走就走、想留就留，全凭他一人决定，可这一次……或许他只是好奇这些死者的真正死因吧，并非为了任何人。

"我来劫狱好不好？"这已是不哭想到的第十种方法，其他诸如法术替身、假死等方法都被昕姑的沉默一一否决，他急得不能再急，可面对一言不发的昕姑毫无办法，昕姑又退回到那个状态了，那个面如死灰、心如死水的状态，不哭不知道这一次，他该怎么做，才能再次将昕姑拉出那个深渊。

不哭急得几乎快哭出来，当然，换到他身上就是笑得格外灿烂开心，昕姑忽然抬起手，伸手摸了摸他的脸。不哭就像落水的人抓到了一棵稻草，紧紧握住昕姑的手："跟我说句话。"

"你觉得我做的衣服好看吗？"

不哭一怔，不知道昕姑这一问的含义，连忙点点头："好看，好看。"

昕姑却摇摇头："仅仅是好看还不够，简直是巧夺天工，对不对？"

"对对，巧夺天工。"不哭忽然觉得，这四个字，于昕姑不像是称赞，倒像是审判，昕姑的脸更加惨白："你也看到了，我制衣的时候神采飞扬，与平时判若两人，对不对？"

不哭似乎越来越能触到昕姑言语中的意味，又是点头，又是摇头："一个人若是做着自己最喜欢的事情，一定是神采飞扬的。"

"不是的，"昕姑苦笑着，摇摇头，"我这么平凡的一个人，怎么能有那么大的本事，做出巧夺天工的衣服，轰动四方……除非……"

不哭一下子堵住昕姑的嘴，生怕她把下面的话说出来。

昕姑看着不哭紧张的样子，寒彻的心头忽地一暖："你也猜到了，对不对？"

不哭使劲儿摇头。

"我做的衣服当真美，可再美，上面的花也是针线绣的，再生动，也是假的，可它……却引来了蝴蝶，你相信吗……我亲眼看见的，千羽衣上的绣花，引来了蝴蝶……你看到了吗……"

月光从小窗棂射进来，照在昕姑脸上，她朝不哭笑了笑，在幽蓝月色的浸润下，显得格外惨白凄美。

"不管你是看到，还是没看到，还是看到了装作看不到，这里面一定会有邪祟……”

不哭不甘心：“那也不一定就是你……”

昕姑摇摇头：“罗绮窝……你去过了吧？我给孩子们做的‘家’，我把人们只穿过一次就丢弃的衣服都捡了回来，当作材料，用了三个月的时间，做了这么一个‘家’，有两次月圆的时候，我看着这些几乎崭新的衣料，心里恨不得让这些衣服都生了爪喙，钻进那些人的皮肉里，让他们永远都不能把它脱下来，以惩罚人们的无情利用、无情抛弃……我……是不是很歹毒？”

不哭的头一直在摇：“不是的，不是的，每件衣服都是动物植物贡献了自己的身体，加上织女织工们的心血而成，这里的人们奢靡虚荣，置买衣服却不知珍惜，我看了也很生气。”

“你只是生气，可是我呢？我歹毒的心愿，竟然都毫不费力地实现了……你说，我不是……”

不哭把昕姑抱在怀里，使劲儿堵住昕姑的嘴，昕姑执拗地拦开不哭的手，终于说出了那个字……妖……你说，我不是妖又是什么……

随着这个字出口，不哭的泪水滴在昕姑的脸颊上……

我不相信你是妖，你只是梦里那个无依无靠、凄惶孤单的小女孩……

来牢里“审”昕姑，前前后后不下十次，这一次是最累的一次，累得不哭几乎寸步难行，他拖着灌了铅的双腿回到官驿，推开了黑铁皮的房门。

以前，他是断不敢打扰师父休息的，这一回，他想都没想，连门都没有敲，就推开了师父房门。

黑铁皮没有睡，盘腿坐在床上。

“师父，有没有可能，一个妖从来不知道自己是妖，不仅以为自己是凡人，还一直努力想当个好人？师父……”

黑铁皮没有点灯，屋子里一片昏暗，不哭看不见，还是能感觉到黑铁皮的震动，来自心底的震动。

这声音似乎从遥远的地方，穿越千年而来，而其源头，是个天籁般的女声——

“上仙你说，有没有可能，他永远不会知道自己是妖，不仅以为自己是凡人，而且永远努力当个好人。上仙……”

不哭有些忐忑，“师父，我是不是又说错话了？”不哭跪在黑铁皮床边，“便是错话，也请师父回答我。”

很久的沉默。

黑铁皮终于开口：“总有人知道他是妖，哪怕只有一个人，就是养大他的人，除非这个人死了，那么世界上，便没有一个人知道他是妖了，就算他自己，也永远不会知道自己其实是只妖了。”

这几句话，几十个字，黑铁皮竟像用了极大的力气，说完，竟有些精疲力竭。

不哭恍然大悟，对，去找养大她的人，缙妈妈！缙妈妈一定知道昕姑是不是妖！

不哭甚至来不及向黑铁皮告别，就匆匆跑了出去，黑铁皮望着黑暗中一阵风般消失的年轻身影，慢慢闭上眼睛，陷入深深的黑暗之中。

不哭狼狈地回来了，缙妈妈连本带利地把上回挨的一顿梭子还了回来，但不哭心里是开心的，因为缙妈妈一边打，一边气鼓鼓地说：“胡说八道，分明就是蓄意谋杀，还说什么妖术杀人？昕姑若是妖，我又是什么？我看着她那个死鬼娘亲把她生下来的！瘦得像只老鼠似的小妮子，哪里会是什么妖？最多是个鬼，饿死鬼投胎！”

不哭向千羽王提出，再审昕姑的时候，希望缙妈妈能做个证人。

这个逻辑不哭已经顺得非常清楚：纵然缙妈妈认为昕姑有充分的动机杀人，但只要她一口咬定昕姑是人非妖，就能够为昕姑开脱——最后一个死者遇害，昕姑是有不在场证明的，一个凡人，怎么能置身异地而用衣物杀人?

没想到，到了再审昕姑的时候，缙妈妈居然像只泄气的皮球，再没有那日的气势，支吾了半天，露出恐惧的目光，用细细的声音说：“织造司是个清苦的地方，织女填不饱肚子是常有的事儿，昕姑却一直生得匀称圆润……”

不哭站在大堂外，人群中的第一排，听了这话，不以为然，朗声说：“昕姑心地澄明，心无戚戚，生得圆润也算是面由心生，这有什么奇怪的？”

不哭少有这样坚定的时候，黑铁皮先是呆了一下，待回过神来，狠狠踢了不哭一脚，提刑官也拍了惊堂木，呵斥不哭。

缙妈妈抬起头，瞥了眼不哭，又在人群中扫视一圈，接着说：“我本来也没多想，可有一天夜里，我看到……看到她居然在生吃一只兔子！”

不哭不可置信地怒视缙妈妈，人群中顿时唏嘘四起，缙妈妈怕人不信，还补充了一句：“我还看到她血淋淋的獠牙，可到了第二天清晨，她又、又变回了人模样。吓死老身了，吓死老身了……”不哭收回目光，心疼地望向一言不发的昕姑，有人甚至断定她这是默认了。

这个红口白牙编故事的恶妇，不哭恨不得上去撕了她的嘴，可奇怪的是，缙妈妈脸上真的有着难以伪装的恐惧，不哭绝不相信这番鬼话，那么这恐惧，到底是哪里来的呢?

缙妈妈哆哆嗦嗦说了很多，总之一句话，昕姑这孩子，从小怪事多多，想来，就是个妖吧。

不哭在房间里转来转去，小玉的黑眼睛就跟着他的身子转来转去。

“一百二十一、一百二十二……”

数到一百多圈的时候，小玉终于咣当一声，躺倒在床上，又一下子蹿到不哭面前：“受不了你了！受不了了！走！我们现在就去那里！老的靠不住，小的也靠不住吗？”

不哭一时间没反应过来，被小玉拉着出了门，才意识到自己有多蠢，是啊，找那些孤儿，他们也可以帮昕姑做证的，与昕姑朝夕相处那么久，她是人是妖，他们也该知道，况且，小孩子的话，是最不加矫饰的。

还没到罗绮窝，他们就撞上了两个孩子，年纪最大的男孩子背着最幼的小妹妹，脸上挂的眼泪都来不及擦，一路狂奔。不哭摸了摸小女孩滚烫的额头，忙接过来，抱在怀里，向官驿跑去。

小女孩在不哭怀里沉沉地睡着，不哭跑得飞快，生怕这小小的生命就在自己手上消逝，他边跑边想，这世上，但凡有娘亲的孩子，都不会等烧到这个程度才要送医吧。

郎中的三根手指搭在小女孩的手腕上，他的眉头越皱越紧，不哭的心渐渐扭成一团。半晌，郎中的拇指轻轻一跳，不哭的心仿佛跟着跳到了嗓子眼："她……她怎么样？"

"还是……先给她刺血退烧吧……"郎中说出这几个字来，声音竟然控制不住地颤抖，他一边说一边打开针灸袋，手指竟也止不住地颤抖。

不哭心惊胆战地看他刺出小女孩的耳根血，又用力挤了挤，随后瘫坐在椅子上，擦了擦额上豆大的汗珠。

小玉小心翼翼地递上茶，又小心翼翼地问道："这女娃娃，不打紧吧？"

郎中没有看小玉一眼，只呆呆望着小女孩："热泄了，再开个通腑的方子，就不打紧了……"

小玉嘴里连声"哦"着，可看着郎中的神情，无论如何也不像"不打紧"的样子。

"不哭兄弟！"秦载的声音打断了各人的思绪，"那个缙妈妈有问题，她在堂上的话，不作数！"

"哦？"不哭急忙迎上去，看着秦载温和坚定的目光，他知道，事情一定有了转机。

"今天我在堂上，就觉得那妇人神情犹疑，言语吞吐，一定有隐衷。

押她下去的时候，我发现她一不看提点刑狱大人，二不看嫌犯昕姑，而是在人群中环视，顺着她的眼光，我看到一个人，死者李见远的弟弟：李怀远。”小玉又适时地递上水来，秦载也不客气，咕咚咕咚喝了两杯，继续说，“我暗中跟着李怀远，果然是这厮，胁迫了缙妈妈，让她无论如何，必须一口咬定昕姑是妖。”

“这……这对他又有什么好处？”

“唉，李家大娘病入膏肓，一心想要为儿子报仇雪恨，李怀远心想，若坐实了昕姑的罪行，杀了她祭奠亡兄，母亲的病也许会好起来吧！”

不哭倒吸了口冷气，人性自私，竟能至此！便是个妖，亦未必有这样恶毒的心思！

望着秦载，不哭心里又稍稍有些欣慰，这临月城的人如此虚荣虚伪，冷酷自私，老天却能生了秦载这样一位捕快在这里，到底也算垂怜一二。

床上的小女孩发出一阵剧烈的咳声，背她来的大哥哥急忙凑过去，轻拍她的胸脯，郎中走上前来探望，想把这男孩子拉到一旁，刚触到他的手腕，一下子弹开了，猛然抬头，惊恐地看着他，颤巍巍的手探了两下，终于鼓起勇气又拉过他的手臂，将三指搭在他的脉上。

众人鸦雀无声地看着这一幕。

郎中的嘴角抽动两下，似乎想叫，又叫不出来，盯着两个孩子，像得了癫病一样，呆呆怔怔的。

“又怎么了？”黑铁皮早看这郎中有些不耐烦，在他肩上重重一拍。

郎中被黑铁皮这样一拍，倒是回过神来，一下子跳起来，紧紧抓住黑铁皮的手：“上仙啊，这两个娃娃身上有邪祟啊！人有三焦两脉、十二正经，可他们分明都没有少阴心经啊！”

众人皆惊，面面相觑。黑铁皮忽然意识到什么，吩咐不哭和小玉把罗绮窝里所有的孩子都带来。

不多时，孩子们都来了，郎中一一把脉，每推过一个孩子，不哭都会绝望地等来郎中无奈的摇头——他们都少了少阴心经……

不哭想起，那天和小玉关于这群孩子的闲谈，他们快乐无虞，与寻常孩子一般无二，离家失亲的命运并没有在他们的心底留下任何不好的痕迹，难道，是这个缘故？

“果然是妖啊！果然是啊……”郎中忽然大叫起来，惊恐地往黑铁皮身边贴，“昕姑果然是妖啊，她假装善心，养了这些孩子，竟是为了吸他们的心气啊……上仙啊，救救我们吧，救救临月的百姓吧……”

不哭觉得自己的脑子快要炸掉了，到底是怎么回事……这一切到底是怎么回事……小玉常说，关心则乱，难道……竟是自己错了？他不愿相信昕姑是妖，所以，他只接受对昕姑有利的线索，而对一切不利的线索、证据都视而不见，不肯接受……

又有一个孩子踉跄着跑到郎中身边，刚递上小手，郎中一下子跳起来：“这个有！有少阴心经！可是……”

不哭简直要跳起来，总算有个孩子是正常的了，那是不是说明……可不哭的喜悦没能持续片刻，心情又跌入冰点——他陡然发现，那孩子……眉眼好熟悉，她是……凝香！

把她托付给厨娘照顾，才几天没见，她竟然从个小婴儿长成了幼童的模样？！

有个细节不哭没有注意到，却没逃过小玉的眼睛——郎中嘴里挤出“可是”两个字的时候，他盯着凝香的那目光，比方才的惊恐，不少半分……

不哭来不及去想，为什么在短短几天里，小凝香竟然长大了这许多。他满脑子都在想昕姑——也就是说，除了凝香，所有的孩子，都少了少阴心经，而除了凝香，所有的孩子，都是昕姑悄悄收养的！这难道还不能推断出：昕姑收养他们，是为了……

难道……昕姑真的是妖？真相或许是，昕姑真的不知道自己是妖，这没有伪装，可她的的确确是只妖，这也是千真万确的！原来，看起来好端端的一个人，也会有可怕的东西藏在身体里……

不哭痛苦地蹲下去，紧紧抱住自己的头。

“她不是！”

不哭顺着声音望去，黑铁皮看着他，目光温柔，坚定地说：“她不是妖！”

不哭忽然想像小玉那样，一头钻进师父怀里，哭他个昏天暗地……

他不知道师父知不知道，这四个字，哪怕只是骗他的一句安慰，对他而言，都有什么意义。

黑铁皮把自己关在房间里，对着千羽衣冥思良久，毫无头绪，老黑揉了揉太阳穴，起身打开窗子，想吹吹风让自己清醒一下，这时一只蝴蝶飞了进来，忽上忽下地盘旋在千羽衣旁边，此时的千羽衣虽然未能展现其美，可衣上的绣花仍旧栩栩如生，那蝴蝶盘桓一阵，极为轻巧地在一朵绣花上点了一下，那素白的花瓣，便也跟着轻颤了一下。他揉揉眼睛再看，蝴蝶飞舞依旧，花却不再动了。黑铁皮知道，那绝不是自己眼花了，黑铁皮忽然想到了什么——这蝴蝶，在另一个地方，他也见过。

在黑铁皮翻腾的脑海里，另一个人的嘴脸，把蝴蝶翩飞花瓣轻颤的情境挤了出去，赌三儿！是啊，为什么，赌三儿还活着，千羽王没有死的缘故，黑铁皮大约猜出几分——是不哭救了他，这小子身上留下的东西，不管是好的坏的，终究还是出了他黑铁皮的掌控啊……

话说回来，赌三儿到底为什么还活着？真如坊间传言，只因为他生得低贱丑陋、昕姑根本看不上眼吗？

黑铁皮闭上眼睛，弄清楚这件事，也许一切就都清楚了。

门外，有人影一晃而逝。黑铁皮睁开眼睛，叹了口气，这傻孩子，终究还是放心不下啊，看来，也只好这样了……黑铁皮起身，穿上外衣，出了门。

不哭走进牢房的时候，忽然有些后悔了，也许，他不该再来了。

可当他再次见到昕姑的脸庞，哀伤却温暖，平静而慈悲，他又后悔了，后悔方才不该后悔来看她。

就算她是妖吧，她也一定毫不知情，她没想过害人，她一直在努力善待身边的人。

梦是不会骗人的，昕姑在梦里，悲悯如斯。

就算她是妖吧，她心里也有人性，就好像很多人心里有妖性，甚至有人心里，人性的一面斗不过妖性的一面。既然这样，昕姑是妖又如何，他相信，她心里，人性的一面远远胜过妖性的一面。

昕姑抱着膝盖，坐在冰冷的地面上，抬起头："你现在信了吗？我是妖……"

不哭将脸埋进手掌中，难过地摇了摇头："你……真的不知道发生了什么吗？"这话出口，不哭心里一惊，原来自己心里还是怀疑的，怀疑昕姑害了那些可怜的孤儿。

昕姑抬头看着不哭，脸色慢慢变得惨白，她喃喃地说："又有人，被我害死了……"

孩子们的事儿，也许她真的不知道。

昕姑看不哭没有回应，苦笑着点点头："那就是了……我也该走了，把一切悲剧和罪恶都带走。"

"我走以后，你若还方便，多少替我照看那些孩子，"昕姑看着不哭，忽然觉得自己的要求也许太高了，这么美好的一个人，他有他的世界，怎么能企图捆绑他的前途呢？于是又补充了一句，"若还是不得已，就把他们送到缙妈妈那里去吧，好歹能留条性命。"

不哭恨不得抽自己的嘴。

昕姑怎么可能去害那些孩子？孩子们的事儿，她一定不知道。

不哭的后悔达到了极致，他恨自己，险些在心中认同了人们对昕姑的审判。他又想到小玉说过的一句话，“虽千万人吾往矣”。

虽千万人吾往矣，他差点没有做到。

他比往常更加感激小玉，感激那样一个顽童似的脑子里，装了那么多文绉绉的诗词经典，有圣人说的，也有痴人说的，很多很多，都可以让他在茫然不知所措时，认识自己，认出方向。

昕姑，我要找回我说的那句话——

“我信你。”

无条件地信你，就像你第一次见到我，可以无条件地透过我的脸，看到我的心。

“谢谢你。”昕姑把手伸向不哭，不哭急忙蹲下，抓住昕姑的手，“不哭，谢谢最后的日子里有你。”

“我知道你不愿意相信我是妖，我也不愿意。我甚至都不知道发生了什么，也不知道有哪些事要我承担，但事已至此，不管上天如何安排，我都接受，若是我的死，能带来人们的安宁，我死得其所。”

躲在暗处的黑铁皮，默默地在心里把这句话念了一遍。

“我甚至都不知道发生了什么，也不知道有哪些事要我承担，但事已至此，不管上天如何安排，我都接受，若是我的死，能带来人们的安宁，我死得其所。”

黑铁皮忽然想，大概这女孩是冥冥中有人安排与不哭相识的吧？不知道不哭能不能牢牢记住这句话，若有一天，山河变色，世事所迫，希望不哭在最最关键的时候，也能说出这句话。

“我甚至都不知道发生了什么，也不知道有哪些事要我承担，但事已至此，不管上天如何安排，我都接受，若是我的死，能带来人们的安宁，我死得其所。”

不哭忽然想明白，为什么师父最讨厌他忧戚伤感的样子，伤心，是最苍白无力的一件事。不哭猛然起身，时间还有，办法也一定有，一定还有办法证明昕姑的清白！

这样想着，不哭甚至连道别都没有，匆匆跑出牢房，跑到街上，跑啊跑啊，他慢慢站住了，他又该去哪里呢？又该从哪里下手呢？茫茫天地，这个所谓的“办法”，到底在哪里啊？

天不应，地不灵，不哭仰头看着湛蓝的天空，无声地诘问，到底是谁？谁在害人？害昕姑，害那些可怜的孩子，害这个并不招人喜欢的临月城？

不哭早已没了踪影，昕姑还在呆呆看着门口，他消失的地方。

或许此生也没有白来，临死之前，竟还能让她遇到像不哭这么好的人，她是临月第一织女，从小绣艺出众，虽然父母早亡，却也有过患难的朋友，成名后更不乏旁人的关注，可他们都不像不哭这么的……这么的……

昕姑极力地想找一个词语来形容不哭带给她的感觉，忽地眼前一花，转角处闪出一个人影来。

黑铁皮一直在听着他们说话，直到不哭离开，黑铁皮避开不哭，待他走了才又进到牢房里。

“不哭刚刚走了。”昕姑放下了心底的一切，决意赴死，反而变得开朗了不少，主动与黑铁皮说话。

黑铁皮的目光游移一阵：“我是来找你的。”

“上师也是来劝我不要认罪的？”

黑铁皮道：“我是来向你提亲的。”

“什么？”昕姑以为自己听错了。

“我代不哭向你提亲。”黑铁皮沉吟着，“我是不哭的师父，师父如父，想来有这个资格。”

昕姑惊讶得双唇微张：“你……什么？”她自是听清了黑铁皮的话，可她完全无法理解。

黑铁皮在原地踱了几步：“你别说你没看出来，那傻小子对你上了心，动了情。”

昕姑白皙的脸颊腾地升起两朵红云："他……不哭他只是、只是人太好，换作是谁，他都会这样尽心尽力的……"昕姑不敢接受黑铁皮的话，那夜，救了他们的那位姑娘，才该是让不哭上心动情的人。她心里十分好奇，那个绝色的姑娘是谁，和不哭什么关系，他们有什么共同的秘密……可昕姑到底什么都没有问，她甚至从来没敢让自己去想，她从小卑微凄苦，可再怎么受人唾弃的时候，都没有真的嫌弃过自己，可为了一个人，却竟能自惭形秽到这个程度。

"是吗？"黑铁皮哼笑一声，"那傻小子是个滥好人没错，但他再同情谁，也不会不管我的决定，可这一次，他三番两次地忤逆于我，说他没有别情，鬼才相信！"

"他……可是我……"昕姑有些慌，话都说不完全。

昕姑忽然抬起头："上师有办法救我？能证明我不是……"

"我救不了你，我也证明不了什么。"黑铁皮挥了挥手，似乎失了耐心，"我们的故乡有一个传说，叫作'新婚别，三世系'。世间夫妻的缘分，大概需要几千年的轮回修行，所以，寻常人能结成一世夫妻，就是天大的造化。可偏偏有些男女明明有这天大的造化，也终于结成夫妻，却要马上分开。'新婚别，三世系'说的就是这种新婚就要生离死别的夫妻，会以三生三世做补偿，三生三世的缘分都纠葛不断。"他说着看向昕姑，"我是救不了你的，等着你的只有死路一条，可我与那傻小子总算有一场师徒缘分，不愿他太过伤心，所以才来向你求取来世，你若觉得可以，便应下，若不中意那傻小子，也无妨，当我没有来过。"

他说完便要走，昕姑想也没想地抓住牢房的木栏，"上师！"冲上前去，昕姑才惊觉自己竟是在害怕黑铁皮真的就这样走了。

黑铁皮侧过头去朝昕姑笑了笑，微一点头，大踏步离开了牢房。

黑铁皮走后，昕姑后退了两步，怔了一会儿，又抬手摸了摸自己的脸颊，烧得厉害。

是吗？不哭对自己真的不一样吗？虽然也曾在夜深人静的时候偷偷想过，可昕姑怎么也不敢相信，像不哭那样美好的人，会对自己有了别样的心思。

相比起来，自己简直太过普通，虽然会一手绣艺，可那又管什么用？不哭天日之姿，又是上师的徒弟，本事想来也是很大的，自己这样平凡，真的配得上他吗？

昕姑惴惴不安，却也难以压抑心头的喜悦，虽然黑铁皮说得明白，她仍是死路一条，可还有来世的希望……她跟不哭的来世。

下一世，她想做一个普通的女孩，不需要什么天赋异禀，哪怕依然贫穷孤苦，只要能和不哭相识相守，希望不哭也不必生得这么出众，也不要再去求学仙法，乖乖地在家做个农夫，这样就不会再有谁配不上谁的纠结，他们两个就可以……昕姑抿了抿唇，脸上烫得很，不敢继续想下去。

可总是忍不住去想。

昕姑学着不哭的样子把脸埋到手心里，没人看得见，她才肆意地笑上一回，而后又觉得自己是不是太过分，竟然要耽误不哭的来世……

"昕姑姑娘……昕姑姑娘……"

耳边突地传来唤声，昕姑抬起头，便见到不哭那俊美得有些过分的脸庞。

昕姑的脸瞬时红成一片，她慌忙地转过头去，没看到不哭也是顶着一张大红脸，手足无措地在牢房外看着她。

"师父……师父说……他说他……"不哭平时虽拙于言辞，可也从没像现在一样半天也说不出一句完整的话来。

不哭万没想到黑铁皮竟然替他向昕姑提了亲。

不哭忧心忡忡地在街上徘徊，青天白日，却比每个漫漫长夜都要迷茫，看不清方向，直到撞上黑铁皮……

黑铁皮说：

“据说临月有一个旧俗，未婚而死于非命的女子魂魄无所依傍，死后不入轮回，一抹幽魂只能在世间游荡直至烟消云散，彻底地消失在这人世之间。”

黑铁皮说：

“……我们可以利用这一旧俗，恳求城主发个慈悲，让昕姑在受刑之前与你成亲，这样便是死了，也是个魂魄有所依靠的女鬼，可以安然转世投胎，而拜天地的时间就选在太阳下山的一瞬，只要将时间拖到天黑，我们就有机会让弥天槛带着昕姑一起离开这里……”

黑铁皮说：

“你不是说她跟别人不一样吗？师父怎能让你失去这么重要的人呢……”

黑铁皮说：

“……哭什么！难看死了！”

黑铁皮的话一句句地就在耳边，不哭的心情一直难以平复，多少年来，他一直都希望得到黑铁皮的认可，想要得到师父的关注，为了师父一句关怀，让他用什么去换都可以。可这么多年他一次次地期盼，又一次次地失望，就在他觉得自己已经有些麻木的时候，黑铁皮竟然与他说了这些话。

定了定心神，不哭想要把黑铁皮的计划告诉昕姑，可话到嘴边，又说不出来。

黑铁皮安排的这一切，是为了要救昕姑的性命，所以婚礼……是假的。

是假的吧？不哭不太确定，该是假的吧，那个旧俗是为了说服城主，而婚礼是用来拖延时间的。

不哭的心情突然就低落了下去。

原来是假的。

黑铁皮从牢里出来，自是早已与昕姑商量好的，所以昕姑也定然早知此事，而他……竟然还为了婚礼这件事扭捏得连话都说不完全。不哭的脸色渐渐恢复如常，觉得自己刚刚的表现简直蠢透了，幸好昕姑转着身子没有看到。

“你……你愿意吗？”一直垂着头的昕姑轻声问，声音细如蚊鸣。

不哭耳朵尖，还是听清了这句话，一时间没有反应过来：“愿意什么？”

昕姑的脸色迅速苍白了起来，她的身子僵了僵，两只手死死地扭在一起：“刚刚……你师父说会有……有一场婚礼……我……我虽然答应了可是如果你不愿意……我……我也没关系的。”

“我怎会不愿意？”不哭的情绪不高，但有了解救昕姑的办法，总归还是高兴的。

“是吗？”昕姑紧张得声音有些发抖，“那就好……那就好。我还担心你不愿意，毕竟事关三生……你可以反悔的！”她的声音提高了一些：“真的，你如果不愿意了，在我赴刑之前，随时可以反悔的，我不要紧，真的不要紧。”

不哭忽地明白了。

原来昕姑什么也不知道。

她只知道会有一场许下三生三世的婚礼，她甚至仍然做好了赴死的准备，可她刚刚说什么？她说……她答应了。

她愿意嫁给他。

不哭的心忽然狠狠地疼了一下。三生三世……你知道我的一生有多长吗？我们这一路走，从北风呼啸的雪夜到清风鸣蝉的夏夜，大概循环了上千次吧，我不知道，我这一生刚刚走完几分之一。

三生……师父他竟然用三生的约定来骗你。而你，竟然答应了。

你真的会等我三生吗？

不哭突然觉得眼睛发涩，鼻子也有些酸，他想哭，并非是心里高兴却不得不做出的小哭脸，而是真的想哭。

“我愿意的。”不哭低声说着，极为坚定，似乎要将这句话刻进昕姑的心里。

昕姑猛然转过身来。

不哭从未见过这样美丽的昕姑，她的颊边带着淡淡的红晕，一双眼睛波光粼粼，仿佛能滴下水来。

“我也愿意。”

这句话似乎用尽了昕姑全部的力气，她说完，马上垂下了她那极为好看的眼睛，脸上的红晕散到了耳根，紧紧绞在一起的一双手指节泛白，天知道用了多大的力气。她想问问不哭那天夜里救了他们的那位绝色的姑娘到底是谁，可又想，问了又有什么意义呢？她愿意相信不哭的真心，否则又何必在这里陪自己蹉跎？不过倘若他钟情的真的是那位姑娘，她也不会有什么怨言，毕竟她明白，只论姿容，自己就不如其十分之一。无论最终，不哭如何待她，都是……不悔相逢。

不哭险些摔了跟头。他的心跳得厉害，好像要从胸腔鼓噪而出，每跳动一下就抽走他一分力气，他不得不扶住牢房的木栏稳住身子，看着低头的昕姑，心里欢喜得要命。

“昕姑……姑娘……”

“哪有这么叫人的？”昕姑咬了咬下唇，仍是没敢抬头看他，吐出的声音又轻又软，“昕是我的名字，旁人叫着方便才唤昕姑……哪个像你一样，总叫什么昕姑姑娘。”

不哭的脸更红了一些，想到自己竟然这么叫了一个多月，就越发赧然，“那我……”他抓在木栏上的手紧了紧，“那我以后就叫你阿昕，好吗？”

昕姑微不可查地点了一下头，不哭更加高兴，“阿昕”“阿昕”连叫了几声，忽地又道：“你、你以后就叫我阿哭！”

昕姑扑哧笑出声来，不哭早已窘迫得一个字都说不出来了。

简直蠢透了。

不过，虽然这么蠢，却还是高兴，高兴得无以复加。

不是假的，阿昕要救，只要他们的心是真的，婚礼就不会是假的。

一直以来，不哭都不明白世上为何会有那么多痴男怨女，也不明白以前遇过的那些个姑娘为什么会为他伤心，可现在他似乎明白了。

他又明白原来他留意阿昕、在意阿昕、执意地想要救阿昕，为的不仅仅是不冤枉好人，还有别的。

真的是……太好了。

不哭挠着头，傻呵呵地笑了几声，又引来昕姑的笑，两人笑着笑着，昕姑突地睁大了眼睛："你在笑！"

不哭一愣，自己居然能正常地笑了？不过只一瞬，脸上的笑容迅速地垮了下去，又变成一张难看的小哭脸。

"我是、我是高兴的！"不哭连忙解释，生怕昕姑误会他是因为不开心才笑。

昕姑抿着唇低下头去，话里的笑意掩也掩不住："我自是知道的。"

昕姑的脸红了又红，鼓起勇气，又补了一句："那个女娃娃，我会当作亲生孩子的。"

不哭的脸变得比昕姑还红："不，不是的。你不要也误会了，这孩子，真的是我捡来的。他们都不信……"

昕姑抬起头，看着不哭着急的样子，一下子笑了。

"我信你……"

不哭呆了一下，是啊，阿昕怎么会不相信自己，她收养了那么多孤儿，怎么会不了解自己的心思，这世上，还有谁比他们更了解彼此的心思……

不哭的脸又红了，同时也觉得很奇怪，多少年了，这还是他第一次在开心的时候真正地笑出来。

可笑过之后，现在又笑不出来了，只记得当时的心情十分高兴，又很甜蜜。

不哭目不转睛地看着昕姑，越看，越觉得昕姑好看，以前遇过的那些或美艳或清丽的姑娘，在昕姑的面前通通失了颜色，他想起小玉念叨的那些淫词艳曲，金风玉露一相逢，说的就是这会儿的情形吗？

昕姑被他盯得不敢抬头，两个人就这样你看着我、我低着头，也不说话，四周却弥散着甜腻的味道。

也不知过了多久，牢外传来牢头的呼声：“小哥，时间不早了，不如明天再来审案吧。”

不哭朝墙上狭窄的窗户一看，外头天都黑了。

两个人都羞得不行，他们甚至都没有说话，就这么站了一个时辰。

“我先回去了。”不哭抓着牢房的木栏恋恋不舍地，“我明天再来看你。”

昕姑点了点头，在不哭松了手，慢慢朝门口退的时候，轻声说：“路上小心。”

不哭又绽开了一个笑容，可紧跟着又变成了一张小哭脸，他捂着脸转身就跑了。

这是昕姑今天第二次看不哭的背影，相比起上一次的感慨，这一次……她觉得有点遗憾。

一股极为强烈的求生欲望在昕姑心底不住地挣扎着，如果不是来世，如果是现在，该有多好！可惜，天不由人，连黑铁皮都无法救她，她是必死无疑。昕姑慢慢地坐回到墙角去，看着困住自己的一方小天地，心里想，要是她能早些面对心中的情愫，今天会不会为了生有可恋的牵挂而拒绝认罪……那样就好了，或许还能有一线转机，可惜……

可惜谁也救不了她了。

不过没关系，有他一片真心，有三生三世的期许，黄泉路上，她也是满足的。

昕姑的判决很快就下达了，仍是绞刑，行刑日就定在两天后，而城主也不知是看在黑铁皮这个“上仙”的面子上，还是真替昕姑觉得可惜，最终也同意了黑铁皮的建议，允许不哭和昕姑在行刑前成亲。

两天的时间，转瞬即过。

昕姑没有让不哭再来陪自己，依照风俗，新婚前三天新人是不能见面的，他们的时间不多，仅仅只有两天，昕姑却也希望能依照风俗，就像天下间所有人成亲时那样，安排自己的婚礼。

昕姑本已说过此生不会再动针线，可这两日她仍是托黑铁皮替自己找来针线布料，紧赶慢赶，直到坐上囚车，去往刑场的一路上，她都在不停地飞针走线，终是替自己赶制出了一件喜服。

用第一织女的目光看来，这件喜服实在过于简单，可它又是如此美好，眼见刑场在望，昕姑将喜服穿在身上，又以手代梳拢了拢自己的头发，她想，现在的她一定是很好看的。

囚车终于驶进刑场，此时的刑场完全笼罩在弥天槛下，一切都像极了月余前不哭他们初到此处的样子，唯一不同的是，绞架的对面布置了一个简单的喜堂。

昕姑一案，好奇者本就多，加上临刑拜堂一事，此时刑场外挤得人山人海，全是赶来看这前所未有的奇特婚礼。

昕姑远远地就看到了不哭。

不哭半夜就起了床，向麻烦了多日的厨娘大婶道了别，接回凝香。凝香已经不是个小婴儿了，而是一个会跑会跳的顽皮幼童。不哭实在担心今天的情形太混乱，怕把她遗失在这里，只能狠心把她绑进了小玉的背篓里。为了安慰凝香，不哭本来是想买些小玩具，翻遍了身上也找不出什么值钱的东西，又想去向秦载借几文钱，除了昕姑，秦载算是这里唯一可以信赖的朋友。可不哭思量，留了债在这里，自己可能永远没有机会还了，就打消了这个念头，于是早早起床采了些毛毛草，编了些小兔小猫，给关在背篓里的凝香当玩具。待天色微明，不哭洗了洗脸，穿上补丁最少的一件内衫，套上师父交给他的喜服，像个真正的新郎官那样，迎候着生命中最重要的一天。

昕姑看到，此时的不哭站在喜堂前，身姿挺拔得如同一杆长枪，他生得可真好看……昕姑走下囚车，理了理自己的衣裙，想让自己看起来像样一点，等再朝不哭看去，忽然呆住了，昕姑的脸色骤然惨白！

不哭身穿一件素袍，初时昕姑还觉得奇怪，待走近了她才看得真切，不哭身上穿着的竟是那件害死过人的“千羽衣”！

昕姑再顾不得什么矜持，飞奔到不哭身边，伸手就去撕那衣服！可千羽衣就像长在了不哭身上一般，无论她如何拉扯，它都紧紧地箍在不哭身上！

“这是做什么……做什么！”昕姑大吼，眼泪不受控制地迸出，明知是徒劳无功，她还是使尽了所有的力气想要将衣服撕开。

看着昕姑歇斯底里的样子，不哭忽然一阵心疼，好像有东西堵在嗓子里，却又什么都说不出来，就像是被人勒住脖子，勒得他浑身发麻。

不……不对！

被紧箍住的身体让不哭突然意识到，这并非是他的心情作祟，而是这件衣服！这件衣服正紧紧地缠着他，原本舒适合体的衣服此时已变得完全贴身，不仅如此，它似乎还在不断地缩小！越来越小！无数条细小的丝线化为根根钢针，似乎要钻到他的皮肤里一般！

不哭剧痛难忍，眼前，昕姑挂着眼泪的那张脸慢慢地模糊，他只看到昕姑的嘴一张一合，却完全听不到她在说什么。

一个幽幽的声音在耳边响起，“好好的衣物，就这样丢弃，真是暴殄天物……恨不能让这些衣服都生了爪喙，钻进那些人的皮肉里，让他们永远都不能把它脱下来，狠狠地惩罚这些虚荣的人……”这是昕姑的声音！

这声音又分明不是从昕姑嘴里传出来的，而是……从衣服里传出来的！

“皮肉是你们唯一的吧？你们永远不能脱，不能换，不能丢吧？我就钻进你们的皮肉，变成你们的皮肉，让你们永远都不能把我脱下来，哈哈……”这声音愈加狰狞，从不哭的耳朵钻进去，像针刺一样扎进脑子里，疼，疼，无法忍受的疼……

疼痛终于慢慢消失了，不哭发现自己竟到了一片陌生的地方，这是哪里？茫茫无际，无天无地，不哭只看到一个背影，颀长英武。

“你终于来了，你母亲等你等得好苦……以后，我们一家三口，再也不分开了。”

这个人难道是……

男人慢慢转过身来，不哭赫然看到，他的双目是两个血窟窿……极其恐怖的一张脸，不哭却能在这恐怖的面目下看出一张俊朗无比的脸，除了眼周血肉模糊的皮肤，脸上其他的部位，还是那么美。不哭从来没有见过这么美的脸，都说九尾狐君是宋玉在世，又说不哭比九尾狐君毫不逊色，可这个人，比他们都甚几分。可是他，究竟遭受了什么？

一阵白烟飘过，环绕着这个人，像一双手轻拂他的面庞。不哭听到一个声音在那人耳边低语：“时间还没有到，让他回去吧……”

这声音越来越近，又贴到自己耳边：“孩子，回去吧，回去吧，阿娘就在你身边，从来都没有离开过你，永远也不会离开你……”

不哭似乎被一阵巨大的力量推了一把，这一推，像跌落黄泉碧落几万重。

不哭感觉回到了自己的身体了，那种无法承受的剧痛，还在身体里蔓延。

昕姑抱着不哭，悲痛欲绝：“求求你，放了他吧……求你放过他……我不知道你到底是谁，你从哪里来？但我知道，你和我一定有某种关系，对不对？看在……这层情分上，求你放了他，否则我也不会独活……”

这一瞬，不哭觉得身体松了一下，剧痛随之缓解了一些，趁这须臾，不哭蓄了全身力气，大吼一声，意图挣断身上的束缚，一时间，不哭似乎有一种天崩地裂的感觉，不仅挣脱了身上的束缚，似乎连带心底，也有某种东西被冲破了。

瞬时，一团东西飞了出去，伴随长长的惨叫。

忽然，天空似乎阴沉下来，人们抬头仰望，竟有一块颜色奇异的“云朵”飘了过来，似乌云遮住太阳。

不哭定睛去看，哪是什么云朵，竟然是罗绮窝！从不哭身体飞出的那团东西被罗绮窝接住，旋即与它融为一体，竟化成人形，趴在地上，久久不能动弹。

“你终于现了原形。”黑铁皮冷冷道。

人群骚动，有人惊恐地大喊：“妖怪出来了！妖怪终于现形了！”

黑铁皮掏出铁笛：“事到如今，还不想认罪伏诛吗？”

昕姑脸上还挂着泪，呆呆看着这妖物。这妖物忽然起身，向昕姑走来，不哭急忙撑着身子，想挡在昕姑面前。

昕姑对这妖，却有似曾相识的感觉，向不哭轻轻摆了摆手，示意无妨。

妖物走到昕姑面前，跪在她脚下：“拜谢娘亲生养之恩，让娘亲受了委屈，裹罪该万死。”说完，这妖物软软地瘫在地上，像一具奇怪的尸体，更像一床慢慢铺开的帷幔。

人群一下子炸开了锅。

“妖……妖怪管昕姑叫……叫娘亲……”

“看来，昕姑还是妖啊！”

“妖怪的娘亲，那是更厉害的妖怪啊！”

原本，在妖物现形之处，人们便释了昕姑之疑，那李家大娘甚至走到昕姑身边，想要致歉请罪，可妖怪这话出口，拢在昕姑身边的百姓又一哄而散，无比惊恐。

“昕姑不是妖。这妖物……是你们临月全城人，齐力造成的！”黑铁皮环视众人，语气里带着斥责和鄙夷。

常言道，勿以善小而不为，勿以恶小而为之，一人奢靡挥霍，的确不算大恶，可临月满城的人都有此弊，便是积恶至重。

黑铁皮难得有这样的耐心，一字一句，向满城的百姓讲述这自名为“裹”的妖物究竟是何来历，也希冀以此给他们一个深重的教训。

这裹妖是人们多年丢弃的衣服聚集形成的。

衣服的原材料出自植物或动物，它们都是吸收天地日月的精华所成的，也有自己的灵性，被制成衣服后，都有意愿希望被主人欣赏珍视，不想却被人匆匆丢弃，久而久之，积怨日益。

后来，昕姑把它们捡来，经过自己的巧手，给了它们一个新的存在形式——罗绮窝，这些积怨的旧衣，聚在一起，更易成气候。

仅仅这些，还不至于在短时间里生了这样一个祸患无穷的妖物，另一个重要的契机，就是罗绮窝里住着的那些孩子，他们都是被遗弃的孤儿，孩子的心气，是最旺的。梦里是执念，心中是怨念，这些被人抛弃的耿耿心思，与裹妖异曲同工，殊途同归。

小孩子心底最纯洁，念头也最盛，这些念头被裹妖一一敛去，助了它早日修炼成精。裹妖虽然掠取了孩子们心中的执念怨念，但从另外的角度想，对这些孩子们也未必是件坏事。比起心底轻得一阵风都能吹起波澜的人，活得麻木一些，何尝不是件大好事？

裹妖成精后，四下寻找适合它的身体，就像昕姑为它们愤愤不平时所说的，恨不得让这些衣服都生了爪喙，钻进那些人的皮肉里，让他们永远都不能把它脱下来，以惩罚人们的无情抛弃……

只是寻常肉体衣物难以承受，越精致华贵的衣服越能吸引裹妖，昕姑作为临月第一织女，每件衣服都是她的心血之作，她没有将它们视为死物，而是将它们视为孩子、视为血肉。或许正因为如此，这些衣服便被赋予了灵性。这股灵犀，吸引了同样始于她手的裹妖，这也就是为什么裹妖都依附在昕姑所做的衣服上的原因。一旦它找到作为目标的人，会套在这人的身上，开始的时候，会让人觉得这衣服华美无比，似有生命一般，慢慢地，裹妖会与这人的皮肤融合，这没皮的人会剧痛而死，裹妖便离他而去，去找下一个目标。

昕姑虽然没能猜到这个真相，但她能意识到，此前屡屡作祟的东西，与她巧夺天工的手艺有关，亦与她心中的怨念有关，所以她想，大概她死了，不能再绣制喜服，这妖，也就不能作祟了吧。所以，昕姑一心求死。

真相大白，妖孽伏诛，不哭长长吁出一口气，看向昕姑……然而，他震惊地发现，此刻，昕姑脸上并没有冤屈昭雪的喜悦，取而代之的，是一种深深的绝望。

她慢慢向不哭走来，幽幽地问："你，是怎么知道，罗绮窝……有问题？"不哭没有回答，他不知道罗绮窝有问题，他更不知道昕姑此刻怎么会有这样的目光、这样的语气，两人竟像最熟悉的陌生人。

"是我猜到的，"不知道什么时候，黑铁皮走到他们身后，"四个人相继遇害，千羽王若非不哭身上异力的保护，也是在劫难逃，只有赌三儿安然无恙，正是这点把我的目光引到了罗绮窝。罗绮窝建成，是在赌三儿夺魁之后，那时还没有裹妖，所以赌三儿平安无事。继而我又发现罗绮窝吸引的蝴蝶与千羽衣吸引的蝴蝶一模一样……"

在黑铁皮说出这番话的时间里，昕姑始终没有看他一眼，而是定定地看着不哭。半晌，她的嘴角动了动，"今天，你穿着千羽衣……婚礼……你们……你们是想捉妖？"昕姑努力试图让泪水不要滚出眼眶，可一串串的大滴泪珠，不受控制地落下来，"你们的计策……用一场婚礼，引那害人的东西出来……所以，这婚礼是假的……是吧……"

不哭的眼角也泛了泪，他使劲儿地摇头，摇得眼泪都飞甩出来。

"你哭成这样，心里一定是特别开心的。"昕姑苦笑一声，狠狠掐了掐自己的手，她恨着自己，难道不是已经想好了吗，无论不哭最终怎么对待自己，都不悔相逢吗？怎么真的面对背叛，心里还是这样疼、这样怨？

不哭的心就像被刀绞住一般，疼得就快失去知觉，他没想到事情会发展到这个地步。明明上一刻他还在期待这场婚礼，可当黑铁皮拿出这件衣服给他穿，他就算有一百种替黑铁皮辩解的方法，也难以让自己相信这不是黑铁皮的刻意为之，而事到如今，不容他不信，也不容他辩解。

就在这个时候，一团东西向毫无防备的不哭冲过来——原来，那妖物并没有死！

那嚎叫极为刺耳，似小儿夜啼，又似山猫闹春，围观的百姓纷纷惊恐捂耳，又有不少人一边喊着“妖怪”一边向外逃去！这一逃又带动了许多人，原本就拥挤不堪的刑场登时乱了起来，只有不哭身边留了一大块空地没人敢接近，不哭像上次一样奋力挣扎，黑铁皮站在一旁，面无表情地静观其变，还阻止了想要上前的小玉。

一个身影猛然扑到了不哭身上！

昕姑手脚并用，连牙齿都用上，双眼通红地扯咬着裹妖：“来找我！来找我！别害他！”

可也仅仅是一瞬，她便被裹妖反弹而来的力道掀翻在地，她又一次冲上去，将自己身上的大红喜袍扯下，再次抱住不哭：“没有婚礼！婚礼是假的！他不是新郎！别害他！求你别害他！”

裹妖又一次将昕姑弹开，甩到人群里，瞬间便被拥挤的人群淹没。

不哭大叫着：“阿昕！阿昕！”回应他的却只有嘈杂的惊呼与混乱的场面，不哭又急又怒，不顾黑铁皮是否还有什么安排，反手去撕，裹妖本已不住地颤抖尖嗷，得不哭这一撕，被他手掌抓住的地方立时紧缩了起来，嚎叫声直冲云霄！不哭却因担心昕姑而顾不上疼痛，发觉裹妖不仅钻不进自己体内，反而还很怕自己似的，便也发了狠，不住地拉扯着它，每拉扯一处，裹妖便发出比之前更尖亢的嚎叫，混乱的百姓有许多抵抗不住这样的魔音，纷纷不支倒地。

黑铁皮有些恍惚。

不哭大喝着对抗千羽衣的时候，那伟岸的身姿、刀刻斧凿般的俊美脸庞将他瞬间带回了千年之前，那时，也有这样一个人，身着黄金龙铠，面对十万仙兵面不改色，后来……后来……那个叫赤伏的年轻上仙……

小玉呢？黑铁皮一惊，扭头去找小玉，才发现小玉正被自己紧紧地拉着，心头一松，张臂便想去抱小玉。

“老爹小心！”

小玉突然极为惊恐地想要推开黑铁皮，却是晚了！裹妖挨不过不哭的触碰，尖叫着从不哭身上脱离开来，朝黑铁皮呼啸而去！

黑铁皮被这一记重击摔倒在地，裹妖发出凄厉的怒吼：“是你害我！”

黑铁皮的神情有些茫然，似乎不知道发生了什么事一般，任裹妖将自己紧紧缠绕，一如方才缠绕不哭，不同的是裹妖并不怕他，瞬间便将他勒得脸色发青！

“不哭！”小玉也看明白了，此时只有不哭能对付裹妖，连忙喊他。

不哭却迟疑了。

他站在黑铁皮身旁，由上而下地注视着痛苦不堪的黑铁皮，就像刚刚黑铁皮看着他一样。不哭的迟疑，不是因为黑铁皮没有及时出手相救，而是因为黑铁皮竟然骗他，世界上最恶毒的欺骗，以一场婚礼，欺骗两个最傻的人。

黑铁皮虽然痛苦，却没有呼叫出声，他也看着不哭，目光时而喜悦时而憎恶，最后又有些迷茫，似乎认不出眼前的人究竟是谁。

“不哭……不哭！”小玉焦急地喊叫，再不出手，夜色将至，弥天槛消失，更难降妖了。

小玉的唤声终于惊醒了不哭，不哭惊于自己竟然在犹豫而没有马上去救黑铁皮！眼看黑铁皮眼中的血丝都被勒了出来，不哭再不多想，冲上前去抱住黑铁皮——裹在黑铁皮身上的裹妖登时又哀嗷起来！在不哭怀里不断地颤抖挣扎，再无本事去害黑铁皮，得了自由的黑铁皮抽出铁笛，在最后的余晖里，将笛尾指向裹妖，奏出惊天动地却只有裹妖才能听到的一曲，弥天槛的根须迤逦而出，裹妖被紧紧缚住，生生被拉进树干之中……夜幕笼盖下来，弥天槛像往常那样迅速缩小，黑铁皮向小玉使了个眼色，小玉怜悯地看了不哭一眼，乖乖蹲下来，迅速挖出土中的花樽，眼前的一切像往常那样骤然被迷雾笼罩，可不哭却从来没有过这般的恐惧，他声嘶力竭地朝混乱的人群大喊“阿昕”！

迷雾散去，夜黑星稀，古道悠长。远处城楼依稀可见，他们又站在了最熟悉的土地上。

（第一季完）

后记

我把《夜行记》初稿拿给朋友小水看的时候，她警惕地看着我说：“夜里一个人看，行吗？我最近可要经常出差啊！”

嗯……这个……原来，大家根本就不熟，她实在高看我了，像我这种夜里看《名侦探柯南》都要拉个人一起的孬种，半夜赶稿的时候，在word里打出个“鬼”字，盯着看一会儿，都会陡然跳起来，让我写个惊悚恐怖小说，真能自己吓死自己。

小水很不屑，都“夜行”了还不惊悚恐怖，那它讲的是什么啊？

我想了很久，给她一个酸文假醋的答案：我一直想写一个一本正经的奇幻故事，一本正经地怪力乱神，一本正经地海阔天空。在一个个虚无缥缈的世界，找到自己，每一个自己——阳光灿烂的自己，阴郁伤感的自己，忧心惴惴的自己，坚定不移的自己，戾气横生的自己，温暖慈悲的自己。

小水表示没有听懂。

我只好扔出一句：就是把人们各种心理和行为，通过小说创作者的想象力，更生动地体现出来！

哦……这下我懂了，你这不就是小说版的《金牌调解》吗？

我差点学黛玉，把稿给焚了。

细想，她说的也不是全错，不过我没那么大野心，只想在小说里表达一些困惑，至于解决问题，还不敢想。

比如，当我们全力去恨一个人、一件事，或者一段岁月的时候，当真是在心中酝酿了那么大的怨怼吗？还是说，有一份未能慰藉的情感，未能满足的需求，在心底里挣扎发酵，最终以仇恨的模样去填补和代偿？

继续反省下去。爱情到底是个什么玩意？爱情最特别的那部分，亲情、友情所没有的那部分，是否只是一种即时的情绪？和听到一个故事、看一段书、见一种风景时产生的情绪没有本质差别，只不过它带着人际互动的不确定性和表演性，才显得很不一样。而那么多值得称道的爱情，大约都混合了友情、亲情、袍泽之谊、患难之交，才显得永恒和伟大。

再说下去，亲情又是什么？一个妈妈的心，当真可以爱子成魔，贻害桑梓？真相大白的时候，谁又能说得清，到底谁对谁错，谁冤谁辜？小玉用“悲智”去形容不哭，离了悲的智和离了智的悲，都可能成为魔障吧？

小水听完这番碎碎念，说：这回你装大了。

想想，我还是以更专业的精神回答她的问题吧：

这是一个如假包换的奇幻神话小说，比《聊斋志异》更《西游记》一点，比《西游记》更《指环王》一点，比《指环王》更《权力的游戏》一点，比《权力的游戏》更《前目的地》一点……

她表示我可以闭嘴了。

为了友谊的小船，我又以更书面的形式再次回答了她的问题：

一个颓废帅大叔带着一个虽然颜值爆表但表情混乱的“鬼脸仔”，还有一个自恋博学的熊猫，背着一个囚禁百妖的神奇盆栽，为了一项神秘的任务而踏上了穿越时空的夜行路。

每个白日，他们都会进入不同时空的普通人世，却总能发现正常之下的异端，或惊险或凄美或诡异，最终，剥丝抽茧地、“以妖治妖”地，解决了各种怪力乱神，包括更难测的凡人的心魔。

同时，他们渐渐发现了自己和彼此的异常与隐秘身世。他们每离开一个地方，都会留下一方清明，甚至改变历史上让人唏嘘的悲剧。却不知，他们自己正走进一个巨大的深渊，等待他们的，是陌生而久违的世界……

当然，这是《夜行记》全集的内容提要，此书仅仅是一个开始。

《夜行记》全集大约七到八季，严格说，这个项目的实现是一个团队努力的成果。

项目之初，有我多年的剧作搭档袁慧慧，多少次与我畅谈至夜，月华笼盖的蓝色港湾，为我们酝出多少浪漫的念头。

在小说创作最艰苦的阶段，有圆不破、云霓两位起点白金作家的大力支持，剧本和小说是完全不同的艺术形式，虽然讲的是同一个故事，但表现手法完全不同，幸亏有两位小说作家的帮助和指点。

除此之外，还有我的妹妹冬小堆，我的宝贝萌小眸，我的老“战友”熊艳章、夏莱、谢宗晓、金成、英君等，在我陷入思路死角的时候，给我太多的刺激和灵感。

另外，还有极富才华的画师明珠、贾凡，他们以另一种表达方式诠释了我们的作品。

相信在其后的创作中，会有越来越多优秀的创作者加入我们的团队。的确，艺术创作常常需要浸于孤单寂寞，但也有很多时候，需要碰撞和交流，也就是我们传统文化里所谓的“感应”，想至此，无比怀念我的大学时光，感激给了我价值观底色的老师们，直到现在，我的案头还有周一骑老师的《感应与意义体悟》。

过了些日子，小水看完初稿，很认真地给我一个反馈：你们的故事很新奇，但我常常能瞥见一些影子，很久很久以前见过的影子。

是啊，那些影子，在我们小时候，爷爷讲过的故事里，外婆唱过的童谣里，都见过。

小水的话让我想起一个人，曾经的东家，也是《夜行记》项目的发起人柯利明先生。在我们最初的讨论中，他不止一次地说到“小时候”，小时候，奶奶讲的传说；小时候，对奇幻爱情的期待；小时候，山间野林的探险，以及即将进入野外某个陌生未知的环境时，脑子里瞬间产生的诸多恐惧、刺激和幻想……

在很多人眼里，他是个成功的制片人、商人，可在那些创作讨论中，我觉得他就是一个不愿长大的孩子。

小时候的那些童谣太简短，故事太仓促，还没来得及痴痴徘徊，就已长大。有的人长大了，会忘记曾经的小脑袋里幻出的那个世界，有的人却久久浸润在那个世界里，不愿离开。不知道，是永远不愿长大的孩子，还是通过十几年成人的努力，非要活出心里的那个孩子？

一年半的创作中，我一直感念他的帮助，他理性的市场判断和感性的创作灵感，给了我足够的信心，抛下其他创作工作，将这个项目进行下去。如果不动手去写，我也许根本不会知道，我原来如此喜欢，甚至也擅长，去写神话奇幻的故事。它既传统又跳脱，既现实又诡谲——“恨血千年土中碧”是一个神话，“人生不满百，常怀千岁忧”亦是个神话，甚至连“君子远庖厨”和佛教中的“三净肉”都可以成为一个神话故事的核。它如此温柔地释放了我的想象力，又如此喷薄地表达了我的爱恶欲。

近几年流行小说玄幻当道，而我们一直避免将《夜行记》定位为所谓的“玄幻”题材，它没有虚构一个自圆其说的超现实世界，而是立足于中国传统神话系统的故事，我们也一直努力在其中加入对传统文化的理解和展示。中国的传统文化中，其实一直有必不可少的一部分，充满了诡谲奇异、横空出世的浪漫想象力。

我们也一直希望，故事能立根于现实基础。在第一季的三个单元故事里，故事背景分别是：东汉初年牧野一位孝廉的宅门里；类似《镜花缘》唐敖海外游历时遭遇的有着奇异民众特征的海岛小国邦；隋朝某钤辖、知州的府衙及市井间。已经完成大纲的第二季的三个故事，分别是熏笼清漏的后宫，尘封千年的古城，五更鼓角、羌管悠悠的沙场。

我们的主角，也没有太多“开挂”的法术和法器，要靠自己的智慧甄别出混迹各种人世环境中的妖怪——不唯智慧，更有人性的敏感和情怀，我一直觉得，好的侦探小说中，最出彩的梗是靠侦探的敏感和情怀去打破困境——所以，我的责编夏莱会提出“妖界福尔摩斯”的关键词。

最后，改今敏一段话，以志《夜行记》第一季的完成：

人们常说幻想是谎言，我不这么认为。神话和宗教都是巨大的幻想，叙事都是不现实、不科学、不理性的，但没人能否定其意义。这也是我喜欢超现实作品的原因，它更容易实现初衷，更贴近幻想的状态，能从中看出成长的轨迹，许多事也并非那么遥不可及。

蒋恕，于2018年立春，蓟州府君山